本书由大连外国语大学2015年度学科建设经费资助出版。

李大博 著

明清小说识要

中国社会科学出版社

图书在版编目（CIP）数据

明清小说识要 / 李大博著 . —北京：中国社会科学出版社，2017.4
ISBN 978-7-5203-0505-1

Ⅰ.①明… Ⅱ.①李… Ⅲ.①古典小说-小说研究-中国-明清
时代 Ⅳ.①I207.41

中国版本图书馆 CIP 数据核字（2017）第 132557 号

出 版 人	赵剑英
责任编辑	慈明亮
责任校对	王佳玉
责任印制	戴　宽

出　　版	中国社会科学出版社
社　　址	北京鼓楼西大街甲 158 号
邮　　编	100720
网　　址	http：//www.csspw.cn
发 行 部	010-84083685
门 市 部	010-84029450
经　　销	新华书店及其他书店

印　　刷	北京明恒达印务有限公司
装　　订	廊坊市广阳区广增装订厂
版　　次	2017 年 4 月第 1 版
印　　次	2017 年 4 月第 1 次印刷

开　　本	710×1000　1/16
印　　张	17.75
插　　页	2
字　　数	263 千字
定　　价	79.00 元

自　序

17年前，当我踏入辽宁师范大学中文系大门的时候，并未对明清小说产生多大的兴趣。当时，整天浸润在语言和文学世界中的我立志做一名中学语文教师。那股从师之志，至今想来，仍让我心潮澎湃。直到大学三年级，遇到了我后来的研究生导师韩向东教授，她所讲授的《语文教育心理学》课程让我心灵的潮水得以沸腾，也让我对语文教学由感性观照提升到了理性沉思的高度。可以肯定地说，我是这门课的超级粉丝，也是参加课堂活动频率最高的学生，每次模拟教学时那入境的表现，都会引来些许同学诧异的目光和导师那满怀真诚的赏识与赞许。这一切让我对语文教学产生了无法克制的热情和超越一切学科之上的兴趣，我也由此萌生了研究语文教学的想法。

2004年本科毕业后，我有幸成了一名教法老师，执教于古城咸阳的一所高校。初为人师的热情与对语文教学的执着并未让我在遥远的古城感到一丝的孤独，相反，每一次理论讲授和教学实训都会让我感到难以言说的快慰。

2006年，我考取母校文学院的课程与教学论（语文）专业硕士研究生，师从韩向东教授。四年前的那段师生情缘让我和导师很快成了挚友。读研期间，我对语文教学的研究由技法探讨转向了理论建构。作为教法专业为数极少的男生之一，导师看重我对语文教学的热情与执着，每一堂课，我在她的脸上看到的都是"独夜传衣转慕僧"的严谨与执着，在她的眼神中读到的是对这个学科那份深沉的情感。导师是一位学术视野极为开放的研究者，她一向反对脱离语文本体的空洞研究，她曾坦言，语言学、文学、哲学、教育学、心理学，这是每一个语文教育研究者均要涉足的五大学科。在导师的启发下，我由先前的单纯对课程论与教学论的研究，转向了对语文学科本体的关注，并力图依据学科本体的特点来研究语文教学。在这一过程中，我对中国古典文学和文艺美学产生了兴趣。也许是文学那感性、诗意的面孔较之教育学那理性、思辨的面孔更能吸引人的眼球，这段时间，我对古典文学和文艺美学的涉猎居然超过了对教育学的关注。这种"喧宾夺主"的做法很快引来了我自己的疑虑，恰在此时，导师送来了两句朴素而深刻的话，"兴趣是最好的老师，只要读书就会有收获"，"不知内容，何谈方法"。导师这种包容的心态与深刻见地让我铭刻肺腑，受益终生。

2009 年初夏，当我的硕士论文《后现代课程观视域下的语文个性化阅读教学研究》完稿的时候，我已经与一所外语院校签署了就业协议。面对即将开始的从教生涯，我的内心五味杂陈。曾几何时，我是师门中导师最为看重的学生，也是"语文教育学"这个学科的接班人，可此时我却要开始新的学术之旅。这并非是简单的"改走他路"，我放弃的是对一个学科的责任和对恩师的信守，这份人生遗憾实难弥补。从教后，我先后从事大学语文与中国古代文学的教学与研究，并最终将明清小说及大学语文教学作为自己的研究领域。八年来，我对古典小说的热情并未冲淡我对语文教学的关注与研究，无论中国的教育现状如何，无论"语文教育学"的学科处境如何，我始终会将语文教学作为我的研究领域之一，并为之孜孜不倦，乐此不疲。

经过两年的努力，我的第一部学术专著《明清小说识要》终于出版了，这部专著是在我讲授《中国古代文学》和《明清小说研究》这两门课的基础上创作完成的。全书共分八章，以明清时期的六大长篇白话小说及"三言二拍"《聊斋志异》这两部具有代表性的短篇小说集为研究对象，结合学术界的最新研究成果，精准研究每一部名著，包括其复杂而漫长的成书过程、不断被解构与重构的思想内蕴、具有代表性的艺术形象、独特而精深的艺术特质及其在当代语境下的传播过程。由于理论水平有限，偏狭和浅陋自不待言，但拙著的付梓姑且可作为本人对恩师一纸未必合格的答卷，以表达对恩师的虔敬之心。

目　录

第一章　《三国演义》与历史画卷的描摹…………………（1）

　　第一节　章回体小说的崛起　…………………………（1）

　　第二节　世代累积后的成书与扑朔迷离的作者身世………（3）

　　第三节　宏大历史画卷的描摹与悲怆中的回溯传统………（6）

　　第四节　历史叙事中的艺术探寻………………………（19）

第二章　《水浒传》与英雄群像的透视…………………（31）

　　第一节　"水浒故事"的流变过程与难以定论的作者之谜（31）

　　第二节　群雄造反的故事框架与纷争不休的主题指向（36）

　　第三节　草莽英雄世界的建构…………………………（41）

　　第四节　精妙绝伦的艺术构思…………………………（56）

第三章　《西游记》与神魔世界的建构…………………（64）

　　第一节　超越现实，走向神话…………………………（64）

　　第二节　两个故事构筑的多重主题……………………（67）

　　第三节　从世态批判到精神隐喻………………………（71）

　　第四节　神魔小说的艺术经典…………………………（83）

第四章　《金瓶梅》与市井风情的展现…………………（91）

　　第一节　《金瓶梅》的成书过程与作者之谜…………（91）

　　第二节　直面市井风情，暴露人性之恶………………（93）

　　第三节　性爱世界中的人性暴露………………………（104）

　　第四节　世情小说的典范之作…………………………（110）

第五章　"三言""二拍"与白话短篇世界中的人生百态……（118）

　　第一节　从说唱到案头——话本小说的"前世今生"……（118）

　　第二节　冯梦龙与"三言"中的人生百态 …………………（124）

　　第三节　凌濛初与"二拍"的价值新变 …………………（136）

　　第四节　白话短篇世界中的艺术探寻 …………………（139）

第六章　《聊斋志异》与狐鬼花妖世界中的世态讽刺与人性

　　　　　诉求 …………………………………………………（147）

　　第一节　文言小说概说…………………………………………（147）

　　第二节　蒲松龄的创作心态和《聊斋志异》的成书 ……………（150）

　　第三节　从官场风云到科场百态 …………………………（155）

　　第四节　狐鬼花妖情世界 …………………………………（161）

　　第五节　文言小说的集大成者 …………………………（167）

第七章　《儒林外史》与封建末世的文人群像 …………………（176）

　　第一节　吴敬梓的生平与《儒林外史》的诞生 …………………（176）

　　第二节　儒林群像与封建末世的文化反思 …………………（178）

　　第三节　嬉笑怒骂皆成文章 …………………………………（195）

第八章　《红楼梦》与女儿世界的诗意建构 …………………（204）

　　第一节　曹雪芹的身世之谜与《红楼梦》的成书之谜 ………（204）

　　第二节　《红楼梦》的创作性质与版本系统 …………………（210）

　　第三节　政情两线与两大主角 …………………………………（218）

　　第四节　悲剧意蕴与超前之思 …………………………………（237）

　　第五节　难以逾越的巅峰之作 …………………………………（256）

　　第六节　《红楼梦》的海外传播 …………………………………（271）

参考文献 ……………………………………………………（276）

后记 …………………………………………………………（279）

第一章

《三国演义》与历史画卷的描摹

　　《三国演义》是中国古典小说史上第一部成熟的章回体长篇白话小说，也是历史演义小说的开山之作。它在思想意蕴、人物塑造、叙事视角、结构安排及语言运用等方面取得了巨大成就，为明清时期的长篇白话小说创作提供了丰富的艺术经验。

第一节　章回体小说的崛起

　　章回体是中国古代长篇小说的一种叙述体式，一般将全书分为若干章节，称为"回"或"章"。章回小说是我国古代长篇小说主要的，甚至是唯一的体式。它的发展和定型是明代文学对中国文学做出的最为宝贵的贡献。

一　章回体小说的产生

　　章回体小说是在宋元讲史话本的基础上发展而来的，而讲史又是说话艺术中一种代表性的艺术样式。中国古代的说话艺术起源很早，先秦时期便有专门讲故事的人，到了唐宋时期，"说话"成为一种受众广泛的说唱艺术流行于民间。宋代的说话艺术形成了数家，最具代表性的是四家：小说、讲史、说经和说合生。小说一般是单篇段子，演说内容包括灵怪、烟粉、传奇、公案、杆棒、神仙等；讲史一般要讲若干次，主要演说前代书史文传中的战争兴废之事；说经是演说宗教传说和佛、道教的经典故事；说合生，也称说铁骑儿，类似于今天的滑稽表演。说话艺人说唱表演时所使用的底本称为话本，宋代的话本可分为话本、平话和诗话，分别对应小说、讲史和说经。章回体小说就是在讲史话本（平话）的基础上形成的。早期的讲史话本一般不分卷，到了宋元时期，随着说话艺术的成熟，讲史话本已经开始分卷，并且有了回目，这是后世小说分章回的开始。不足之处是回目的字数往往参差不齐。到了明代，目录文字已较为精致，今见最早的嘉靖壬午刻本《三国志通俗演义》，每回标题都是单句七个字；崇祯本《金瓶梅》的回目已十分完美。

二　章回体小说的特点及类型

章回体小说作为我国古代长篇小说唯一的体式，有其独特的艺术特征。

其一，分回。古代说话艺人在讲史的过程中，一般不会一次讲完，而要分成若干次去讲，因此宋元时期的讲史话本开始出现了分卷（分回）的现象。在讲史话本基础上产生的章回体小说自然也以"分回"为形式特点，每一回相当于说话艺术中的一场。每一回的结尾往往是在情节发展的关键处停顿，而非自然停顿，这也明显保留了说话艺术的特点。

其二，有回目。古代说话艺人在讲史的过程中，每一次在开讲之前，都要用简单的语言对这次所讲的内容进行概括，这就使后来的讲史话本出现了回目，在此基础上产生的章回体小说，也形成了"每回都有题目"的形式特点。早期章回体小说的回目为单句，后来逐渐发展为双句。

其三，语言上以白话行文，韵散结合，诗词也是小说的重要表现方式。

其四，结构上讲求脉络清晰，故事有头有尾。

其五，人物形象塑造上主要通过人物自身言行来表现人物的性格特征，基本没有孤立的评论和静态的心理描写。

明清时期的章回体小说数量大，内容庞杂，分类方法也不相同。这里我们将中国古代的章回体小说分为四类，即历史演义小说、英雄传奇、神魔小说和世情小说。历史演义小说往往以宏大的历史视角讲述一朝一代的兴亡之事，如《三国演义》《东周列国志》《隋炀帝艳史》等；英雄传奇往往以近距离的视角观照英雄人物，展现英雄豪杰不同寻常的业绩，如《水浒传》《杨家府演义》《隋史遗文》等；神魔小说将笔触由现实世界转向了超现实世界，有所寄托地展现神鬼精怪的世界，如《西游记》《封神演义》等；世情小说则由历史风云、英雄业绩和神魔世界转向对常态世界的关注，展现现实生活中的人情世态和平凡人生的悲欢离合，如《金瓶梅》《醒世姻缘传》等。

第二节　世代累积后的成书与扑朔迷离的作者身世

一　世代累积中的群体创作

《三国演义》的成书并不是一蹴而就的，而是经历了一个相对漫长的积淀过程。这其中涵盖了历史史实的民间流传，民间说话艺人的加工改造，戏曲艺人的二度创作，文人加工整理并最终成书的过程。可以说，《三国演义》是在世代累积中借助群体创作"合力"而创造出的历史演义小说的典范之作。

（一）《三国演义》的史学来源

《三国演义》是以一段真实的历史史实为原型而演绎出的长篇历史小说，因此小说的创作过程必须要有相应的史学来源。虽然我们无法还原作者创作《三国演义》的全过程，但正史中的相关著作，如西晋陈寿的《三国志》、东晋习凿齿的《汉晋春秋》、南朝裴松之的《三国志注》等必然为《三国演义》的创作提供了大量的史料依据，这些史学著作也被视为《三国演义》成书的最重要的基础。

（二）"三国故事"的民间流传

两晋以来，三国时期的历史故事开始在民间流传。隋唐时期，在宫廷的文艺表演及民间的说唱艺术中，已经出现了一些关于三国故事的节目，据唐初颜师古《大业拾遗记》记载，隋炀帝喜欢看水上杂戏，其中就包括曹操谯水击蛟、刘备檀溪跃马的故事。晚唐时期，三国故事的民间受众更加广泛，李商隐的《骄儿诗》云："或谑张飞胡，或笑邓艾吃"，这说明三国故事在晚唐时期已经妇孺皆知。到了宋代，通过说书艺人的表演说唱，三国故事更为流行。"涂巷中小儿薄劣，其家所厌苦，辄与钱，令聚坐听说古话。至说三国事，闻刘玄德败，颦蹙有出涕者；闻曹操败，即喜唱快。"（苏轼《东坡志林》）可见，到了宋代，三国故事的流传更加广泛，而且已经出现了"尊刘贬曹"的倾向。同时，在宋元时期，还出现了专门演说三国故事的职业艺人，以三国故事为题材的讲史话本也大量出现，如元世祖时期的《三分事略》、元英宗时期的《全相三国志平话》等，这些讲史话本的出现是《三国演义》成书过程中的关键一环。

（三）"三国故事"的戏曲舞台传播

金元时期，戏曲艺术大放异彩。元杂剧作为中国戏剧史上第一个成熟的戏剧样式，对三国故事的传播起到了重要的推动作用。元杂剧中的"三国戏"占了相当的比重，传世剧目有六十多个，占元杂剧传世剧目的十分之一，现存剧本有二十一种，占元杂剧现存剧本的八分之一左右。其中比较有代表性的如关汉卿的《单刀会》《西蜀梦》，高文秀的《刘玄德独赴襄阳会》，郑光祖的《虎牢关三战吕布》，无名氏的《刘关张桃园结义》《诸葛亮隔江斗智》等，这些作品塑造了一批生动的三国人物的戏剧形象，提炼和编织了许多发生在三国人物之间的戏剧冲突，为后来罗贯中的创作提供了宝贵的艺术借鉴。

（四）《三国演义》的成书

元末明初，罗贯中在正史、民间传说、话本和杂剧等三国故事的基础上写成了长篇章回体小说《三国志演义》。明人高儒在《百川书志》中这样概括罗贯中创作《三国演义》的过程："据正史，采小说，证文辞，通好尚，非俗非虚，易观易入，非史氏苍古之文，去瞽传诙谐之气，陈叙百年，该括万事。"

二　《三国演义》的作者之谜

关于《三国演义》的作者，一般有两种观点：其一为"罗贯中"说；其二为"非罗贯中"说，即认为《三国演义》并非出自罗贯中之手，而是另有其人。目前学术界比较认同的是"罗贯中"说，支撑"罗贯中"说的最主要的一条文献出现在《三国演义》早期版本嘉靖本的正文首页，题曰："晋平阳侯陈寿史传，后学罗贯中编次。"古人多以"编次"指代创作、撰写，这里明确提出罗贯中是在正史的基础上创作了《三国演义》这部小说。这条文献的可信度很高，所以学术界一般认为《三国演义》的作者是罗贯中。

（一）罗贯中生平情况

罗贯中是一个名不见经传的人物，关于其生平情况在正史中并无记载，只是零星地散见于一些文人的笔记中。"罗贯中，太原人，号湖海散人。与人寡合。乐府、隐语极为清新。与余为忘年交，遭时多故，各天一方。至正辰复会，别来又六十余年，竟不知其所终。"（贾仲明《录鬼簿续编》）由这则资料我们大致可以了解到罗贯中的一些基本情况：罗贯中，名本，字贯中，号湖海散人。贾仲明提到罗贯中是太原人，其实关于罗贯中的籍贯有太原、东原、杭州、慈溪、庐陵五种说法。20世纪80年代以来，学术界对这个问题的研究逐渐集中在"太原说"和"东原说"这两种说法上，但迄今仍无定论。罗贯中是布衣之士，一生没有获取过功名，也没有混迹过官场，而是四方漂泊，四海为家。关于罗贯中的性格，这段材料中提到他"与人寡合"，也有人说他是"有志图王者"（王圻《稗史汇编》），还有人说他是施耐庵"门人"（胡应麟《少室山房笔丛》）。

（二）罗贯中创作情况

罗贯中流传下来的作品主要是戏曲和小说。《录鬼簿续编》录其杂剧三种，现仅存《赵太祖龙虎风云会》一种；小说除《三国演义》外，还有《残唐五代史演义》《三遂平妖传》《小秦王词话》《隋唐两朝志传》《粉妆楼全传》五种。

三 《三国演义》的版本系统

《三国演义》的版本系统极为复杂，根据近年来专家们的研究，其版本有一百多种，大体可以分为三类：《三国志传》系统，《三国志通俗演义》系统，毛本《三国演义》系统。总的来看，前者成书较早，而且民间色彩较重；后两者基本出自文人之手。但是，"志传"本现在所留存下来的，基本上是明代后期和清代的版本。所以，一般认为《三国演义》最早的版本是演义类的《三国志通俗演义》，产生于明代嘉靖年间。而后来成为通行本的《三国演义》，是清人毛纶、毛宗岗在此基础上加工改编而成的。

目前学术界比较关注的版本有三个：

嘉靖本。全名为《三国志通俗演义》，二十四卷，每卷十则，共二百四十则，每则前有七言一句的题目。"嘉靖本"为现存《三国演义》的最早版本。

李评本。产生于明代万历年间，全名为《李卓吾先生批评三国志》，简称"李评本"。此版本不分卷，将二百四十则合并为一百二十回，题目由单题变为双题，有眉批、总批，后学界认为此本系叶昼假托，故后人称"伪李评本"。

毛本。此版本为清朝康熙年间毛纶、毛宗岗父子评点的版本，题名为《三国演义》，简称"毛本"。"毛本"对"李评本"的回目、正文多有修改、增删，正统道德色彩浓厚，很多评语见解精辟，是三百多年来最流行的版本。

第三节　宏大历史画卷的描摹与悲怆中的回溯传统

一　宏大历史画卷的描摹

《三国演义》真实地描写了上起汉灵帝中平元年（184），下至晋武帝太康元年（280）的三国时代封建统治集团内部的复杂矛盾和激烈斗争。

纵向看，《三国演义》描写了从汉灵帝中平元年（184）至晋武帝太康元年（280）共九十七年的历史。全书一百二十回，分三大部分：第一部分为第一回至第三十三回，主要写汉末动乱和群雄并峙，曹操集团的崛起和壮大；第二部分为第三十四回至第八十五回，主要写刘备集团的崛起和壮大，三国鼎立，蜀国南征北战，互相争雄的局面。第三部分为第八十六回至第一百二十回，写三国的衰落，最终为司马氏所统一，建立西晋王朝。

横向看，《三国演义》描写了魏、蜀、吴三国间尖锐复杂的政治斗争，展示了三国时期近百年的战争史；描写了令人眼花缭乱的外交手段，在政治、军事、外交斗争中蕴含着极为丰富的经验，堪称一部"谋略百科"，有相当的认识意义和借鉴价值；从形象塑造的角度来看，《三国演义》浓墨重彩地塑造了许多栩栩如生的历史人物形象。

二 众说纷纭的三国往事

《三国演义》的主旨究竟是什么？这是一个颇受关注而又众说纷纭的话题。作为一部世代累积型的小说，《三国演义》在成书之前经过了漫长的民间流传，下层文人和民间艺人在对三国故事进行整理和再创作时，必然会将自己的价值理念和思想情感倾注其中，在此基础上成书的《三国演义》，其主题思想必然是非常复杂的。而历代读者在接受文本的过程中，必然会因为接受主体的差异而对文本进行多元化的阐释，这就使作品的主旨更加复杂。目前，关于《三国演义》主旨的认识大约有三四十种说法，以下我们选择具有代表性的说法对前人的观点进行梳理。

（一）尊刘贬曹说

在《三国演义》之前的史学著作中曾有"尊蜀"和"尊魏"两种倾向，可《三国演义》却表现出浓重的"尊刘贬曹"的倾向，这也是宋元以来民间流传的各种三国故事的基本倾向，因此很多研究者认为《三国演义》的主旨在于"尊刘贬曹"。

（二）描绘三国时代各封建集团之间的斗争说

"它（《三国演义》）集中地描绘了三国时代各封建统治集团之间军事的、政治的、外交的种种斗争，斗争的方式有公开的，有隐蔽的。通过这些斗争作者揭示了当时社会的黑暗和腐朽；谴责了统治者的残暴和丑恶；反映了人民在动乱时代的灾难和痛苦……"① 李景林

---

① 游国恩等主编：《中国文学史（四）》，人民文学出版社1983年版，第17页。

认为《三国演义》揭示了封建统治集团间的相互矛盾和斗争，并对此进行了谴责和否定①；中国古典文学史家冯沅君教授认为《三国演义》的主题，一是揭示封建统治阶级的几个政治集团在斗争中的纵横驰骋及其原因，二是显示人民的政治感情——拥护仁君贤相，反对奸雄。②

（三）反分裂求统一说

《三国演义》一开篇，作者便提到"话说天下大事，合久必分，分久必合"。陕西师范大学王志武教授认为作品表现了天下归一的进步思想③；四川大学沈伯俊教授《向往国家统一，歌颂"忠义"英雄》一文认为：向往国家统一的政治理想构成了三国演义的经线，歌颂"忠义"英雄的道德标准构成了《三国演义》的纬线，二者纵横交错，形成《三国演义》的主题。④

（四）人民愿望说

陕西师范大学霍松林教授认为，虽然《三国演义》的作者对农民起义并不赞成，但却描写了封建统治的罪恶和人民的痛苦，从而揭示了人民起义的真正原因，在一定程度上反映了人民的愿望。⑤

（五）追慕圣君贤相鱼水相谐说

明清小说研究专家曾学伟先生《试论三国演义的主题》一文⑥提出，在《三国演义》中，刘备是圣君的典型，诸葛亮是贤相的典型，他们鱼水相谐而获得事业上的成功，因而小说表达了对圣君贤相的风云际会，鱼水相谐的政治理想的思慕和追求。

（六）忠义说

北京大学褚斌杰教授认为《三国演义》中刘、关、张同心协力，

---

① 李景林：《对〈三国演义〉倾向性的初步探索》，《东北人民大学人文科学学报》1955 年第 2 期。

② 冯沅君：《三国志演义刍论》，《山东大学学报》1959 年第 4 期。

③ 王志武：《试论〈三国演义〉的主要思想意义》，《西北大学学报》（哲学社会科学版）1980 年第 3 期。

④ 沈伯俊：《向往国家统一，歌颂"忠义"英雄》，《天府新论》1985 年第 6 期。

⑤ 霍松林：《略谈三国演义》，《语文学习》1955 年第 11 期。

⑥ 转引自贾三强《明清小说研究》，西北大学出版社 2008 年版，第 5 页。

救危扶困，上报国家，下安黎庶的忠义是应该得到肯定的。① 因此"忠义"应该是《三国演义》的最大主题。

（七）人才说

安徽师大赵庆元教授认为《三国演义》是一部封建贤才的热情颂歌。②《三国演义》研究专家于朝贵先生也持相同的看法，他在《一部生动的人才学教科书》一文③中认为《三国演义》的主题是重视人才，谁能重视人才、笼络人才，就能在复杂的政治斗争中取胜。

（八）悲剧说

黄均《我们民族的雄伟的历史悲剧》一文④认为，魏胜蜀败的结局揭示了对封建政治生活起支配作用的力量，不是正义而是邪恶，不是道德而是权诈。因此，《三国演义》所表现的蜀汉集团的悲剧，是悲剧的时代所诞生的我们民族的一部悲剧，既是民族苦难的自白，也是民族勇气和信心的见证。

此外，还有天命说、总结政权经验说、歌颂乱世英雄说、颂扬强者说、反思历史说、市井细民写心说、保国安民说等。

以上诸种观点都有合理性的一面，同时又都有不足之处。单一的某种说法无法全面涵盖《三国演义》的主题，也无助于我们全面把握《三国演义》的主题。《三国演义》的主题是多元而复杂的，这主要是因为《三国演义》是一部世代累积型的小说，历代数不清的作者参与了这部小说的创作，那么作品势必存在着多种主题倾向。

三　在悲怆之中回溯传统

《三国演义》以儒家政治道德观念为核心，同时也糅合着千百年来广大人民的愿望，鲜明地表现出"尊刘贬曹"的思想倾向。其中既有对明君贤相、清平世界的赞美与渴慕，对昏君贼臣、天下大乱的痛恨与厌恶，又有由于最终理想幻灭、道德失落、价值颠倒的惨痛现实

---

① 褚斌杰：《谈〈三国演义〉》，《大公报》1954 年 3 月 24 日。
② 赵庆元：《封建贤才的热情颂歌》，《安徽师大学报》1983 年第 3 期。
③ 转引自贾三强《明清小说研究》，西北大学出版社 2008 年版，第 5 页。
④ 同上。

所带来的悲怆与迷惘。

（一）"仁政为本"的政治诉求

追求仁政，反对暴政，这是儒家核心的政治观念。《三国演义》在宏大历史画卷的描摹中鲜明地表现出对"仁政为本"的儒家政治观念的诉求。为此，罗贯中塑造了刘备这个"仁君"的典范。在《三国演义》中刘备性格的基调是"宽仁厚道"，即为人忠厚，仁爱诚信，知人善任。刘备从桃园结义起，就抱着"上报国家，下安黎庶"的理想，小说也极力写出了刘备的"仁德及人"。

首先，刘备爱民。他所到之处与民秋毫不犯，致力于百姓的丰衣足食，深得民心；当他被吕布打败逃难时，"但到之处，闻刘豫州，皆跪进粗食"；当曹操大军南下，攻陷新野，逼近樊城时，有数十万百姓随同刘备逃难，两岸哭声不绝。刘备大恸道："为吾一人而使百姓遭此大难，吾何生哉！"竟要投江而死，虽然他的做法有些做作，但很得人心，"闻者莫不痛哭"。诸葛亮劝刘备，不如暂弃百姓，先行为上，刘备却哭着说："举大事者必以人心为本，今人归吾，奈何弃之？"这是刘备立信立德于天下的一大壮举。刘备是作者着力塑造的理想的仁德明君，他以自己的"大仁大义"感召着天下英雄。

其次，刘备爱才。刘备待士以诚信宽厚，与士肝胆相照。《三国演义》中关于刘备爱才的故事很多，其中"三顾茅庐"是刘备爱才的集中表现。第一请，诸葛亮不在家，在外云游。对此刘、关、张三人的反应不同：张飞"既不见，自归去罢了"；刘备"且待片时"；关羽"不如且去，再使人来探听"。第二请，诸葛亮仍不在家，巧遇诸葛均。此处张飞的急躁与刘备的恭敬沉稳形成了鲜明对比：张飞"问他则甚，风雪甚紧，不如早归"；刘备"岂敢望先生枉驾，数日之后，备当再至"。第三请，诸葛亮在家，久睡不起。此处张飞的急躁与刘备的恭敬沉稳又形成了鲜明对比：张飞"这先生如此傲慢……等我去屋后放一把火，看他起不起"；刘备"且勿惊动"。作者正是通过多次的对比鲜明地表现出刘备的"求贤若渴"。此外，刘备的爱才还表现在对赵云和黄忠的态度上。刘备初见赵云便"甚爱之"。江陵大战，赵云单骑救主时，张飞和糜芳都以为赵云投曹操去了，刘备却说：

"子龙于我从于患难，心如铁石，非富贵所能动摇也。"果然，赵云一生追随刘备，忠心不二。黄忠原属长沙太守韩玄，后来魏延杀韩玄，长沙陷落，可黄忠誓死不降。刘备以自己的真诚打动了黄忠，后来黄忠成了蜀汉的"五虎上将"之一。可以说，正是刘备的爱才，才使得一批杰出的人才始终追随刘备，为蜀汉集团立下了赫赫战功。

再次，刘备重义。如果说"仁"更多地表现了刘备为君的风范，那么，"义"则更多地表现他的平民气质。如小说所写"三让徐州"，陶谦因年迈，再三要把徐州让给刘备，可他坚决不受，并说："天下将以备为无义人矣！"博望坡火烧曹营后，料定曹军必来报复，诸葛亮劝他趁刘表病危，取荆州安身，刘备却说："吾宁死，不做负义之事。"入西川，庞统劝他杀刘璋取而代之，刘备坚决不从。"刘玄德败走荆州"，为了实现桃园结义的诺言，刘备百折不挠。这一切都是刘备重义的集中表现。

当然，刘备在彰显"仁君"风范的同时，其性格也表现出复杂性的一面。如刘备有时为了表现自己的仁德，其言行极为做作，这也让他在仁德之余表现出伪善的一面。"三让徐州"时，刘备自称会陷己于"不义"，直到陶谦要自刎，他才不得已"权领"了徐州。"权领"这个词蕴含丰富，可视为春秋笔法。在新野诸葛亮劝刘备取荆州，刘备不从；刘表病重，托孤刘备，刘备极力推辞，看起来真是大仁大义。而赤壁之战后，刘备却一门心思地想得到荆州，并说"权且容身"，诸葛亮还嘲笑刘备："当初亮劝主公取荆州，主公不听，今日却想耶？"刘备说："事已至此，不可奈何。"庞统劝刘备取益州，刘备不取，张松献图后，刘备却发动了一场政变，自领了益州牧。以上三次政治行动，在小说叙事中叫作"重复叙事"，作者通过重复叙事渲染了刘备的政治野心与伪善的性格。刘备的这些做法和《水浒传》中的宋江极为相似，所以鲁迅认为，《三国演义》是"欲显刘备之长厚而似伪"。①

与刘备相对立，作者塑造了曹操这一奸雄的典型。奸雄又称奸

---

① 鲁迅：《中国小说史略》，人民文学出版社1973年版，第107页。

绝，"奸"是从伦理角度来观照，就其德行而言；"雄"是从政治角度来观照，就其能力而言。"奸"与"雄"在曹操身上是对立统一的，从而构成一个既是治国之能臣，又是乱世之奸贼的复合式形象。《三国演义》的作者让曹操汇集了历代统治者的奸诈、阴险、虚伪和狠毒，对历史上的曹操进行了丑化；但作者也并未做简单化的处理，在表现曹操负面性格的同时，也凸显了他的雄才大略。

　　曹操的雄才大略主要表现在：其一，曹操具有惊人的政治才干与军事指挥才能。在董卓横行，满朝大臣束手无策的时候，曹操敢于挺身而出，冒着生命危险暗中行刺董卓，失败后仍然百折不回，最后会合诸侯共讨董卓。曹操一出场就表现出惊人的胆识和政治才干。官渡之战，面对实力远在自己之上的袁绍，曹操指挥若定，火烧乌巢，使袁军不攻自破，表现出卓越的军事指挥才能；宛城之战，曹操能倾听谋士的意见，对杀死曹昂的张绣既往不咎，充分显示了曹操广阔的胸襟和政治家的风范。其二，曹操具有精准的洞察力。作为一个优秀的政治家，曹操善于在动荡中觉察形势，如"煮酒论英雄"，在刘备落魄的时候，曹操就已经觉察出刘备的政治才干与政治野心；"挟天子以令天下"，这更是在天下大乱、群雄并起的背景下极为高明的一种政治手段，也彰显出曹操精准的洞察力。其三，曹操爱才、重才、惜才。曹操在兖州时便招贤纳士，文有荀攸、荀彧、郭嘉、刘晔、满宠等，武有于禁、典韦等，这些人一直追随着曹操，成了南征北战的功臣。而曹操礼遇关羽更是其"爱才"的集中表现。

　　《三国演义》的作者在肯定曹操雄才大略的同时，又着力展现了曹操的奸诈残暴和嗜杀成性，使其与刘备的仁德形成鲜明对照。小说的第四回曹操谋杀董卓失败后，在逃难途中因为本性多疑而杀了吕伯奢一家，真相大白后，他不但无悔愧之心，反将吕伯奢砍于驴下。当同行的陈宫指责他时，曹操干脆道出了深藏于心的人生哲学：宁使我负天下人，休教天下人负我。小说正是从这一思想出发，表现了曹操的奸诈与残暴。以下我们通过小说中的几个典型事件来看一看曹操的奸诈与残暴。官渡之战时，曹军军粮奇缺。一天许攸来投奔曹操，并故意询问曹军军粮的情况，曹操却摆出一副奸诈的姿态，始终不肯说出实情。

> 时操方解衣歇息，闻说许攸私奔到寨，大喜，不及穿履，跣足出迎。遥见许攸，抚掌欢笑，携手共入，操先拜于地。……攸曰："公今军粮尚有几何？"操曰："可支一年。"攸笑曰："恐未必。"操曰："有半年耳。"攸拂袖而起，趋步出帐曰："吾以诚相投，而公见欺如是，岂吾所望哉！"操挽留曰："子远勿嗔，尚容实诉：军中粮实可支三月耳。"攸笑曰："世人皆言孟德奸雄，今果然也。"操亦笑曰："岂不闻兵不厌诈！"遂附耳低言曰："军中止有此月之粮。"攸大声曰："休瞒我！粮已尽矣！"① (《三国演义》第三十回)

两个人对话的过程可谓斗智斗勇，曹操奸诈的性格可见一斑。小说中还写到一件与军粮有关的事情，曹操与袁术作战，同样面临缺粮的窘境，粮官王垕向曹操请示："兵多粮少，当如之何？"曹操回答："可以将小斛散之，权且救一时之急。"而后曹军一片哗然，军心涣散。曹操为了稳定军心，居然杀掉了王垕，并给出一个堂而皇之的理由："故行小斛，盗窃军粮，谨按军法，因此斩之。"这一事件再次将曹操奸诈的本性暴露无遗。曹操生性多疑，常怕别人暗杀他，因此吩咐左右人说："吾好梦中杀人，睡着时汝等勿近前。"一天曹操在昼寝时故意将被子掉在地上，身边侍卫将被子捡起给他盖上，此时曹操突然坐起，拿起宝剑将侍卫杀死，而后复上床假寐。半晌醒来，惊讶道："谁人杀我近侍？"其他近侍以实相告，曹操痛哭，命人厚葬。可见，曹操自身的安全是以牺牲无辜者的生命为代价的，作者也借杨修之口尖锐地指出了曹操奸诈的本性："丞相非在梦中，君乃在梦中也。"曹操爱才、重才、惜才，但也有忌才妒能而乱杀贤者的一面，"杨修之死"便是典型案例。"花园"事件和"一盒酥"事件让曹操对杨修先忌之，继而恶之；"梦中杀人"事件则让曹操愈恶之；而

---

① 本章所引《三国演义》原文均出自齐煊校点《三国演义》，齐鲁书社 1991 年版。

"鸡肋"事件则让曹操最终决定杀了杨修。曹操之所以杀了杨修，表面看是因为杨修的恃才傲物，其深层原因则在于曹操的狡诈用心一次次被杨修戳穿，曹操深感杨修的心机在自己之上，因此才对他痛下杀手。赤壁之战前曹操中周瑜反间计而错杀蔡瑁、张允，则是其"聪明反被聪明误"的狡诈性格的又一次体现。

（二）"忠义本位"的人格建构

《三国演义》在人格建构上的价值取向是恪守以"忠义"为核心的伦理道德观念。无论是写人还是叙事，都鲜明地以此来区分善恶，评定高下。作者对其笔下的人物，不论其身处什么集团，也不论其出身贵贱和性别，只要恪守以"忠义"为核心的伦理道德观念都一律加以赞美。蜀汉集团的诸葛亮可谓"忠"的楷模，为报刘备三顾茅庐的知遇之恩，他出山辅佐刘备兴汉；为光复汉室他竭尽忠诚，鞠躬尽瘁，死而后已；为辅佐心中的仁德之君——刘备，他忠心耿耿，恪尽臣守；刘备临死前，于白帝城托孤，诸葛亮更是极尽忠诚，"臣安敢不竭股肱之力也？尽忠贞之节，继之以死乎！"刘备死后，他力撑危局，知其不可为而为之，直到死而后已！临死前他还深深慨叹："再不能临阵讨贼矣！悠悠苍天，曷我其极！"此外，东吴集团的黄盖为报吴侯三世厚恩，不顾自己年迈，亲自献上苦肉计，以成功地向曹操诈降；汉献帝身边的董承、王子服、吉平等人，为了尽忠汉献帝，诛除国贼曹操，虽灭九族，亦无后悔。事情败露后，全家老小，皆为曹操所杀。这些人也可谓"忠"的典型。

"义"也是《三国演义》极力推崇的一种人格价值观，小说中的关羽可谓"义"的化身，也被称为"义绝"。笔者认为，"义"这种价值观在与关羽这个形象相结合的时候有了多层次的表现。首先是"忠君大义"，即关羽对大汉王朝、对刘备政治集团忠心耿耿的大义。许田围猎时，当曹操纵马直出，先于汉献帝之前迎受万岁呼声的一瞬间，百官皆大惊失色，唯有关羽怒目而视，提刀出马，要斩曹操。当关羽被迫投降曹操时，他却别出心裁地提出了"三事之约"，其中第一条就是"降汉不降曹"。清代的毛宗岗点评道："云长本来事汉，何云降汉？降汉云者，特为不降曹三字下注脚耳。"其次是"桃园情义"，即为封建时代许多人赞赏不已的江湖义气。最典型的是关羽降曹后对刘备的魂牵梦绕，曹操对关羽可谓义重如山，但关羽却利用一切机会向曹操表达他对刘备的忠诚和思念：曹操赐关羽新袍，关羽以旧袍覆盖之，以示不忘兄长之恩；曹操以赤兔马相送，关羽非常高兴，曹问其原因，关羽答道："吾知此马日行千里，今幸得之，若知兄长下落，虽有千里，可一日而见面也。"张辽多次劝说，关羽仍不降曹，最后挂印封金，过五关斩六将，寻刘备而去。再次是个人恩义，即人与人之间有恩必报的一种道德规范的表现。关羽是一个恩义分明的英雄，在作品中一方面他表示永远不忘刘备的深恩，另一方面，对于曹操所施的恩典，关羽也表示日后必报，故而他用逐文丑、杀颜良的举动即刻报答曹操的知遇之恩。"华容道义释曹操"更是这种个人恩义的集中体现，曹操是以所谓的"信义"最终让关羽折服的，"五关斩将之时还能记否？大丈夫以信义为重"。接着曹操又让手下"皆下马，拜哭于地"，在情感上打动关羽。此时的关羽是在坚守"义"的人格价值观和维护蜀汉集团利益这两者之间权衡，最终前者压倒了后者。而关羽在出师前与诸葛亮立有军令状，这种选择意味着他要以牺牲自己的生命为代价换取对"义"的坚守，"舍生取义"正是关羽人格价值观的真实写照。

（三）"智胜为先"的谋略指向

《三国演义》是一部崇尚智胜与谋略的小说，在各个政治集团的政治、军事斗争中，作者极力凸显了智胜与谋略的重要性。小说一开篇便展现了汉末天下大乱的广阔图景，在十常侍与何进的激烈较量中，何进死于非命；而后董卓独霸朝纲，王允巧用连环计将其铲除，可随后又引来了李傕、郭汜作乱，结果王允被此二人残杀。在何进和王允事件中蕴含着作者对汉亡原因的深刻解析：东汉之亡，亡于何进的无谋和王允的智小，谋略上的失误酿成了千古大错。接着小说又以较长的篇幅叙述了曹操和袁绍两大军事集团的对峙与斗争，最终以袁绍集团的失败而告终。在官渡之战这场决定性的战争中作者深刻地指出：袁绍尚"力"，故"虽强必弱"；曹操尚"智"，故"虽弱必强"。这里仍然在凸显智胜与谋略的重要性。其后，在魏、蜀、吴三大政治集团的斗争中，小说更加凸显了智胜与谋略的重要性。赤壁之战奠定了三分天下的局面，小说也以赤壁之战证明了鲁肃、诸葛亮结孙刘联盟以抗曹之谋略的正确。而在魏、蜀、吴三大政治集团的外交、军事斗争中，小说又将诸葛亮着力打造成谋略与智慧的化身。人们在分析诸葛亮这个人物形象的时候多半着眼于"忠贞"和"智慧"，认为诸葛亮是忠贞的代表、智慧的化身。值得注意的是，"忠"和"智"在孔明的身上并不是并列存在的，大致而言，忠贞是其思想内核，而智慧则是其外在表现。关于诸葛亮的"忠"，前文已述，此处不再赘述。在笔者看来，诸葛亮的"智"集中表现在两个方面。

其一，深谋远虑、高瞻远瞩的政治眼光。诸葛亮未出茅庐，已知三分天下，并为刘备定下了联吴抗曹的总方针：

> 自董卓造逆以来，天下豪杰并起。曹操势不及袁绍，而竟能克绍者，非惟天时，抑亦人谋也。今操已拥百万之众，挟天子以令诸侯，此诚不可与争锋。孙权据有江东，已历三世，国险而民附，此可用为援而不可图也。荆州北据汉、沔，利尽南海，东连吴会，西通巴、蜀，此用武之地，非其主不能守；是殆天所以资将军，将军岂有意乎？益州险塞，沃野千里，天府之国，高祖因之以成帝业；今刘璋暗弱，民殷国富，而不知存恤，智能之士，思得明君。将军既帝室之胄，信义著于四海，总揽英雄，思贤如渴，若跨有荆、益，保其岩阻，西和诸戎，南抚彝、越，外结孙权，内修政理；待天下有变，则命一上将将荆州之兵以向宛、洛，将军身率益州之众以出秦川，百姓有不箪食壶浆以迎将军者乎？诚如是，则大业可成，汉室可兴矣。此亮所以为将军谋者也。惟将军图之。将军欲成霸业，北让曹操占天时，南让孙权占地利，将军可占人和。先取荆州为家，后即取西川建基业，以成鼎足之势，然后可图中原也。（《三国演义》第三十八回）

后来关羽正是因为违背了这一正确的战略方针，才招来了杀身之祸；刘备也正是因为违背了这一方针才导致夷陵之败，蜀国元气大伤。

其二，运筹帷幄、神机妙算的军事指挥才能。诸葛亮初出茅庐就取得了火烧博望、火烧新野的大胜。在赤壁之战中，诸葛亮更是起到了不可替代的关键作用。从第四十二回到第五十回，小说用了整整九回的篇幅来写赤壁之战。这既是为了充分凸显这场中国历史上的著名战役在"三国鼎立"中的关键作用，也是为了充分展示诸葛亮的智慧与谋略。在赤壁之战中，诸葛亮舌战群儒，智激孙权和周瑜，草船借箭，定计火攻，七星坛祭风，智算华容。表面看，孙刘联军的主帅是周瑜；实质上，周瑜只是诸葛亮的侧面陪衬，"反间计""苦肉计"这些让周瑜自鸣得意的计策最终都被诸葛亮识破。所以，"赤壁之战"可谓诸葛亮智慧与谋略的绝好演绎。此后诸葛亮又三气周瑜，周瑜仰天长叹："既生瑜，何生亮！"此外，诸葛亮还曾七擒孟获，六出祁山。七擒孟获是蜀汉后期一场极为重要的战役，在这场战役中，诸葛亮针对西南蛮部的特殊性，采取了攻心为上的"心理战"方式，最终让孟获心服口服。在六出祁山的过程中，诸葛亮采用骂死王朗、空城计、明修栈道、暗度陈仓、造木牛流马、上方谷地雷阵、死诸葛吓走生仲达等一系列妙计，以致司马懿屡屡称颂诸葛亮是"天下奇才"。

在《三国演义》中，诸葛亮是忠贞的代表，智慧的化身，但就某种意义而言，诸葛亮也是一个悲剧人物。首先是大业未成身先殒的悲剧。诸葛亮为报三顾茅庐的知遇之恩而辅佐刘备兴汉，但终究未能挽救蜀汉走向衰亡的厄运，其临终前慨叹道："吾本欲竭忠尽力，恢复中原，重兴汉室，奈天意如此，吾旦夕将亡矣。"其次是"忠"与"智"的矛盾。诸葛亮的最大悲剧在于，当忠贞与智慧在他的身上不能统一的时候，他往往弃"智"而取"忠"，六出祁山的悲剧性结局，便是"智慧"向"忠贞"让步的证明。这一过程也是其智性人格被德性人格所掩盖、所摧残、所吞噬的过程。诸葛亮的理想是仁政、明主、贤相、英才相结合的理想社会，但这个理想在强大的"天意"面前被击得粉碎，这在一定程度上表现了作者由于理想的幻灭、道德的失落、价值的颠倒所感到的一种困惑和痛苦。诸葛亮最后壮志未酬，饮恨而终，成了一个悲剧性的人物。在诸葛亮身上，寄托了作者的理想。从这个意义上说,《三国演义》也是一部大悲剧。

(四)"尊刘贬曹"的思想倾向

无论是在史学著作中,还是在三国故事民间流传的过程中,一向就有"正统与非正统"之争。不同的作家在处理这个题材时,会将自己的好恶与是非倾向赋予作品。一般来说,这种争论主要集中在曹魏与蜀汉之间。

从史学角度看,到底以曹魏为正统,还是以蜀汉为正统,各有侧重。西晋陈寿所著的《三国志》以曹魏为正统;东晋习凿齿所作《汉晋春秋》以蜀汉为正统;北宋司马光所作《资治通鉴》以曹魏为正统,但宋代民间以尊蜀汉为正统,所以南宋朱熹作《通鉴纲目》时又改尊蜀汉为正统。史学家在"尊曹"与"尊蜀"这两者之间徘徊,其根本原因在于维护自己所处的政治集团的利益。"陈氏生于西晋,司马氏生于北宋。苟黜曹魏之禅让,将置君父于何地?而习与朱子则固南渡之人也,唯恐中原之争正统也。诸贤易地而皆然。"(章学诚《文史通义文德》)史家的"尊曹"与"尊蜀"之争由来已久,在由历史走向小说的过程中,作者为什么会卷入这场是非之争,而表现出鲜明的"尊刘贬曹"的倾向?笔者认为,其原因有三个方面。其一,《三国演义》在成书之前曾经过长期的民间流传,说话艺人为了满足底层受众"尊蜀"的价值诉求,必然会对历史故事进行相应的加工和改造,这对《三国演义》"尊刘贬曹"思想的形成产生了一定的影响。其二,儒家的仁政理想与封建正统论思想的影响。在封建宗法时代,中国人的文化心态基本上是儒家的,儒家的核心思想是"仁",儒家的社会理想是君正臣贤的"仁政理想"。罗贯中是一个深受儒家思想与封建正统论思想影响的人,他在刘备身上比在曹操身上发现了更多的符合民众愿望的东西。刘备与曹操相对,曹操凶残暴虐,挟天子以令诸侯,而刘备是刘皇叔,宽厚仁德,礼贤下士,以匡扶汉室为己任,作者是把刘备作为一个理想的统治者加以塑造的,因此刘备来承袭大统是顺理成章的,人们也希望这样,这充分体现了封建正统论的思想。其三,民族情绪的影响。《三国演义》成书过程的社会背景,与这种民族情绪的产生息息相关。《三国演义》成书于元末明初,宋元以来民族矛盾尖锐，人心思汉，光复汉室成为广大民众的共同愿望。刘备恰恰是汉室宗亲，又是一位仁德的君子，因此，"刘备成为国家的主宰"就成了在民族矛盾极为尖锐的背景下的一种必然选择，"尊刘贬曹"的思想恰恰与这一背景相应。"尊刘贬曹"的思想倾向究其实质来说是尊崇仁德忠义，贬斥残暴奸诈；揭露暴君，歌颂仁主。这既是封建社会儒家传统的政治理想，又曲折地反映了人民群众的愿望和要求。

《三国演义》通过"仁政为本"的政治诉求塑造了刘备这个仁君的典范；通过"忠义本位"的人格建构让一系列的"忠义之士"跃然纸上；通过"智胜为先"的谋略指向打造出诸葛亮这个贤相的代表；通过"尊刘贬曹"揭露暴君，歌颂仁主。但这一切最终无法改变历史演进的基本走向，作者终究不能改变蜀汉集团在三大政治集团中最先灭亡的惨痛现实，"并借此谱写了一曲暴政战胜仁政、丑恶消灭美好、奸诈打倒善诚的悲歌，让作品成为我们民族深沉的历史悲剧和道德悲剧"[①]。《三国演义》的作者只能在悲怆中回溯传统，而无法改变这一历史悲剧的必然性。

第四节　历史叙事中的艺术探寻

作为我国章回体小说的开山之作和历史演义小说的杰出代表，《三国演义》取得了极高的艺术成就。罗贯中在历史叙事中那精妙的艺术探寻，使《三国演义》成为历史演义小说的典范之作。

一　历史事实与艺术虚构的完美结合

《三国演义》作为中国小说史上第一部历史演义小说，其突出的艺术成就首先表现在对历史事实和艺术构思的巧妙处理上。它既遵循史实，又不拘泥于史实，在历史时空的宏大背景下，在对虚与实的巧妙处理中，创造了生动形象的艺术世界。

---

① 谭邦和：《明清小说史》，湖北人民出版社 2002 年版，第 43 页。

　　虚与实之间的关系是小说创作中的重要问题，小说不同于史学著作，小说就应该有虚构。金圣叹在点评《水浒传》时曾说，《史记》是以文运事，《水浒》是因文生事。① 史学著作是着眼于"事"，史学著作中的"文"是服务于"事"的；小说则是着眼于"文"，小说中的"事"是根据艺术形象的需要而创作出来的，这就是"因文生事"。《三国演义》作为历史演义小说，其整体上必须要遵循基本的历史框架与进程，但在细节上需"生事"，即虚构。在对虚实之间关系的处理上，《三国演义》为后世的历史演义小说提供了宝贵的艺术借鉴。

　　清代学者章学诚认为《三国演义》是"七分事实，三分虚构"。就实的方面而言，首先，作为一部历史演义小说，《三国演义》忠实地遵循了三国历史的基本格局和演进过程，小说从汉末天下大乱开始写起，以魏、蜀、吴三家归晋为终结。在这一过程中，小说浓墨重彩地描绘了魏、蜀、吴三大集团之间复杂的政治、军事和外交斗争。《三国演义》作为一部历史演义小说，其历史演义的构架和基本历史进程是相符合。其次，历史演义故事的时间、地点、人物和结局基本符合史实。《三国演义》的作者主要是从正史的记载中选取基本史实，而在广泛汲取民间传说、话本、杂剧"三国戏"时，删除了某些过于荒诞的描写，使重大事件和主要人物基本保持了历史的原貌。再次，作品虽然有尊刘贬曹的倾向，但是并未否认蜀国最先灭亡的历史史实。在《三国演义》中，蜀汉集团是作者极力讴歌的理想的政治集团，但并未因此而否认蜀汉在三国中最先亡国的史实。总之，这种尊重史实的创作态度，使《三国演义》的真实感大大加强。然而，小说毕竟是小说，历史小说并非正史的附庸，而是作家想象、虚构的产物，若完全剔除想象和虚构，历史小说也就失去了自身存在的价值。因此，《三国演义》在基本尊重历史的同时，按照一定的艺术规律和美学原则，对史实进行了理想化的排列组合，并进行适当虚构，旨在创造一个与三国历史相应又不完全等同的艺术世界。《三国演义》中的虚构大致有三种情况。其一，纯属虚构。如诸葛亮故事中的舌战群

---

① 叶郎：《中国小说美学》，北京大学出版社 1982 年版，第 61 页。

儒、智激周瑜、七星坛借东风、柴桑祭吊周瑜等；关羽故事中的过关斩将、单刀赴会和义释曹操等；曹操故事中的行刺董卓、横槊赋诗等，这些情节纯属子虚乌有，是作者出于情节发展和塑造人物的需要而虚构的。其二，对历史史实进行夸张再现。如"三顾茅庐"的故事，《三国志》中的记载非常简单："由是先主遂诣亮，凡三往乃见。"《三国演义》则据此进行大肆渲染，进而凸显刘备礼贤下士的仁君风范。再如"曹操杀吕伯奢一家"的故事，按《魏书》记载本是曹操的自卫，小说则对此事进行了夸张，进而道出曹操"宁使我负天下人，休教天下人负我"的人生哲学。其三，移花接木，即把发生在人物 A 身上的事情转移到人物 B 上，按照人物性格的特点来改造历史人物。如为了凸显刘备的仁德，作者将刘备鞭打督邮改写成张飞鞭打督邮；为了表现关羽的勇武，作者将刘备斩蔡阳改写成关羽斩蔡阳，将孙坚斩华雄改写成关羽斩华雄；为了塑造诸葛亮的"智绝"形象，将孙权草船借箭改写成诸葛亮草船借箭。通过这一系列的虚构，作者将历史事件和历史人物按照自己的审美理想得以呈现，进而实现了历史真实和艺术虚构的完美结合。

二　特征化性格的艺术典型

《三国演义》不仅展现了宏大的历史画卷，也为中国文学画廊增添了一系列具有特征化性格的艺术典型。小说往往以道德色彩作为塑造人物形象的底色，创造了个性鲜明的艺术典型。如宽厚仁德的刘备、奸诈雄豪的曹操、谋略超人的诸葛亮、忠义勇武的关羽、粗豪爽直的张飞、心胸狭窄的周瑜、老奸巨猾的司马懿……这些个性鲜明的艺术典型往往又表现出某种类型化的特点，即他们的性格特征一般比较稳定和单一，表现出戏曲艺术中人物塑造的类型化、脸谱化的特征。"这种具有特征化性格的艺术典型，在整体上呈现出一种单纯、和谐、崇高的古典美，容易给读者造成强烈、鲜明的审美印象，适应并规范了古代读者的艺术欣赏趣味。"①

---

① 郭英德：《中国四大名著讲演录》，广西师范大学出版社 2006 年版，第 79 页。

这种具有特征化性格的人物形象的塑造，得益于《三国演义》的作者所采用的一系列的艺术手法。

（一）出场定型

所谓"出场定型"，就是人物出场后就确定人物性格的主导基调，随着情节的发展，人物性格的主导基调一般不会发生变化。如刘备一出场，即表现出仁德的一面；诸葛亮一出场，即表现出智慧超人的一面；曹操一出场，即表现出奸诈的一面。以曹操为例，小说第一回曹操首次出场时作者讲了这样一个故事：曹操的叔父向曹操的父亲曹嵩告状，说曹操整天游手好闲，不务正业。曹嵩便去责骂曹操，曹操因此怀恨在心。一天见叔父走来，曹操诈倒于地，假装中风。叔父急忙将这个消息告诉曹嵩，曹嵩赶到时却发现曹操安然无恙，此时曹操反而倒打一耙，说叔父诬陷他。此后，曹嵩逐渐疏远弟弟，不再相信他的话。这虽然是一件小事，但从人物形象塑造的角度看，这是典型的出场定型，作者通过这样一件小事就定位了曹操奸诈的本性，而随着故事情节的展开，曹操这种奸诈的本性并没有发生变化，而成为其性格的主导基调。

（二）反复渲染

所谓"反复渲染"，即围绕人物性格的主要特征，多角度、多层面地加以强化、深化，使人物性格在单一性中呈现丰富性和复杂性。以张飞这个形象为例，小说中张飞性格的主导基调是疾恶如仇、粗豪爽直，作者主要是通过怒鞭督邮、古城会拒关羽以及关羽死后张飞责问刘备为什么迟迟不发兵为关羽报仇等情节突出表现出来的。但作者也并未将张飞的性格作简单化处理，张飞有疾恶如仇的一面，也有从谏如流的一面。如小说写道：张飞初见孔明并不服气，可等到诸葛亮取得火烧新野的胜利后，他立即下马拜服；张飞来到耒阳见庞统，因为庞统懒惰倦怠而勃然大怒，而当他发现庞统能在极短的时间内把积压已久的公务处理得井井有条时，又佩服得五体投地，还称庞统是天才。又如小说写曹操的凶残、奸诈也是通过反复渲染完成的。

（三）细节描写

细节描写，即通过生动的细节刻画来突出人物的性格特征。如小说第三十回的"许攸问粮"就是典型的细节描写，作者通过这样的细节把曹操虚伪狡诈的性格惟妙惟肖地刻画出来。又如"张翼德喝退长坂坡"和"杨修之死"，也是属于典型的细节描写，作者通过这两个细节再现了张飞的勇猛、曹操的忌才妒能以及杨修的恃才傲物。

（四）对比、烘托及夸张手法的运用

对比、烘托及夸张手法是《三国演义》经常使用的凸显人物性格的手法。首先是对比。如曹操和刘备的对比，作者用曹操的奸诈对比刘备的仁德；官渡之战中袁绍和曹操的对比，作者用袁绍的刚愎自用对比曹操的从谏如流；官渡之战中袁绍和曹操对关羽不同态度的对比，袁绍的忌才妒能和曹操的爱才重才形成了鲜明对比；赤壁之战中诸葛亮与周瑜的对比，作者以诸葛亮的运筹帷幄对比周瑜的心胸狭窄。其次是烘托。如"关羽斩华雄"，作者并没有对关羽斩华雄的过程进行细致描绘，最后当关羽提华雄之头掷于地时，只点了一笔"其酒尚温"，这是典型的烘托手法，作者借此表现关羽的勇武。再如"三顾茅庐"，刘备三次请诸葛亮出山，作者着力写前两次的不遇，借崔州平等人的言论和卧龙岗的山林景色层层烘托诸葛亮的贤者形象，同时又以张飞的粗鲁急躁烘托刘备求贤的真诚和谦恭。此外，还有夸张，如"张翼德喝退长坂坡"便是典型的夸张手法。

当然，《三国演义》的人物形象塑造也存在一些问题，如人物出场定型而缺少变化，脸谱化、单一化的现象较为普遍；某些地方夸张失实，过分脱离真实，比如刘备的某些行为并非发自本心，并非是其仁德的表现，而是为了收买人心。这种过度地夸张失实往往会将人物性格静止化。

三 高度艺术化的战争描写

就所叙述的事件而言，《三国演义》以描写战争为主，可以说是一部全景式的军事文学作品。它描写战争时间之长、次数之多、形式之富、规模之大，在世界文学史上是罕见的。全书共写了四十多场战争，几乎包括了这一历史时期的所有重大战役，但作者能将每一场战争写得各尽其妙，绝少雷同。

（一）抓住人物的性格特点来写战争

《三国演义》往往以人物为中心展开对战争的描写，围绕人物的个性展现战争发生、发展的全过程。比如，"张辽威震逍遥津"这场战争就是围绕张辽的性格特点来写的。曹操平定汉中后欲南下扫平西川，而诸葛亮用计让东吴的孙权率领十万大军进攻合肥。由于曹操的大军多数派去了西线汉中战场，东线合肥只屯有七千多士兵。或许曹操深知张辽的才能，以七千人足以抵挡东吴的进攻，所以他留有妙计，让同守合肥的李典、张辽出兵迎敌，而让乐进守城。孙权十万大军以锐不可当之势杀来，曹军顿时军心涣散，气势大减。于是张辽先发制人，决定在东吴阵营尚未扎稳前偷袭吴军，以壮曹军士气。张辽挑选了百名壮兵，当晚一马当先杀入未防备的孙权阵营，吓得孙权避于小山不敢应战。后来东吴的其他队伍把张辽围住，张辽却杀出重围返回营地。这次小战虽然对东吴没有造成什么重大损伤，但张辽的身先士卒却激起了曹军的斗志。于是张辽、李典、乐进三人展开了以防御为主的持久战，东吴围攻合肥数日无果，补给困难，军心动摇，孙权下令退兵，当东吴大军退至长江渡口逍遥津时，张辽突然袭来，吴军被杀得狼狈不堪，"人人害怕，闻张辽名，小儿不敢夜啼"。在这场战争中，无论是偷袭吴军，打持久战，还是威震逍遥津都是围绕张辽"身先士卒、勇气十足、审时度势"的性格特点展开的。围绕人物性格进行战争描写的好处在于避免战争描写的呆板、单一，使战争描写为塑造人物形象服务，进而凸显人在战争中的作用。

（二）抓住矛盾的特殊性，将每一次战争写得各具特色

《三国演义》的作者在描写每一场战争的时候，都力图抓住战争发生、发展的特殊性，将每一次战争写得各具特色，即便是同类战争也能做到同中有异，各尽其妙。以官渡之战与夷陵之战为例，这两场战争中的相似性因素很多：就战争过程来看，都是以弱胜强、以少胜多；就战术运用来看，都写了火攻。但作者却根据两次战争发生的不同时间和不同条件，把两次战争写得毫不重复、各尽其妙。我们试将两次战争进行比较，官渡之战发生在曹操和袁绍两大军事集团之间，以曹操集团的胜利而告终。曹军胜利的根本原因在于曹操的从谏如流

和善于用人，荀攸、许攸为曹操献上计策，有化险为夷之功；荀彧则具备长远的战略眼光，能够鼓励和帮助曹操在关键时期坚持战斗。最终曹军获得了大胜。夷陵之战是发生在东吴和蜀汉两大军事集团之间的战争，以吴军的胜利而告终。在这场战争中吴军取胜的根本原因在于吴军主将陆逊对战争科学、合理地分析。陆逊大胆后退诱敌，集中兵力，后发制人，击其疲惫，巧用火攻，终于以五万兵力一举击败气势汹汹的蜀军，创造了由防御转入反攻的成功战例，体现了高超的指挥艺术和军事才能。看似相同的两次战争，仔细分析却有其不尽相同的特殊性蕴含其中。

（三）战争描写以写人为主，突出智斗

《三国演义》的战争描写，特别突出智斗，重点写统帅们的战略决策和战术运用，运筹帷幄，决胜千里，将战争和错综复杂的政治斗争、外交斗争交织在一起。我们以赤壁之战为例，赤壁之战中魏、蜀、吴三国的将领分别是曹操、诸葛亮和周瑜，三个人从年龄上看，曹操的年龄最大，其次是周瑜，年龄最小的是诸葛亮。但在这场战争中，三个人的智商似乎跟他们的年龄成反比。曹操年龄最大，却办了很多不明智的事情，往往是在事情过后才明白原委；周瑜虽然很年轻，但在战争发展过程中能随机应变，属于正常发挥；诸葛亮年龄最小，但对整个战局的把握可谓成竹在胸，是决定战争胜利的关键人物。

先看曹操。赤壁之战一开始，周瑜便使用反间计让蒋干把一封假信带回曹营，曹操一怒之下杀了蔡瑁、张允，二人的人头刚刚落地，曹操幡然悔悟："吾中计矣！"这是典型的"事后知"。更有趣的是，作者在曹操败逃华容道的过程中写了他的"三次大笑"，每一次大笑都是典型的"事后知"：第一次是在"乌林之西"，曹操突然在马上仰面大笑，并对手下人说："吾不笑别人，单笑周瑜无谋，诸葛亮少智，若是吾用兵之时，预先在这里埋伏一军，如之奈何？"话音未落，赵云领兵杀出；第二次是在"葫芦口"，曹军将士正在埋锅造饭，曹操坐在树林之下，突然仰面大笑，又对手下人说："吾笑诸葛亮、周瑜毕竟智谋不足。若是我用兵时，就这个去处，也埋伏一彪军马，以逸待劳，我等纵然脱得性命，也不免重伤矣。彼见不到此，我是以笑之。"话音未落，张飞领兵杀来；第三次是在"华容道"，曹操突然在马上大笑，并对众人说："人言诸葛亮、周瑜足智多谋，以吾观之，到底是无能之辈。若在此处伏一旅之师，吾等皆束手受缚矣。"一语未了，一声炮响，关羽领兵杀出。这个例子非常具有讽刺意味，很好地凸显了曹操在战争中的事后知和自作聪明。

再看周瑜。与曹操相比，周瑜在这场战争中可谓高出一筹，他是摸着石头过河，每一次决策都经过深思熟虑，力图在战争中学会战争。反间计、定计火攻、诈降计、苦肉计、连环计，这些计策都是周瑜在战争发展中一步步想到的，他并没有未卜先知，也没有放马后炮，而是因时而异，因地而异，因势利导，是典型的"事中知"。但周瑜的"事中知"是有局限的，万事俱备，周瑜突然想到一个问题，决定战争胜负的关键因素——东风没有解决，于是心胸狭窄的周瑜顿时昏死过去。

最后看诸葛亮。正当周瑜无计可施的时候，诸葛亮出场了。诸葛亮在给周瑜探病的时候便秘密写下十六个字送给周瑜：欲破曹公，宜用火攻，万事俱备，只欠东风。这张十六字的字条正是诸葛亮"事先知"的绝好例证。接着就是诸葛亮借东风的过程，确切来说东风不是借来的，而是诸葛亮算来的，因为早在草船借箭的时候，诸葛亮就已经预料到了这一点，这是典型的"事先知"。正因为有了诸葛亮的事先知，赤壁之战才取得了最后的胜利。赤壁之战与其说是军事上的较量，不如说是智慧上的较量。我们再看，随着情节的发展，智算华容、锦囊妙计、三气周瑜、八阵图、安居平五路、七擒孟获、智伏姜维、死诸葛吓走生仲达、遗计斩魏延等，都是诸葛亮神机妙算的结果。可以说，在《三国演义》的每一次战争中都凸显了"智斗"的重要性。

（四）动静结合、刚柔相济

战争往往是残酷的，但《三国演义》的作者在描写战争的时候能够将紧张激烈的战争和轻松闲适的场面描摹结合起来，做到一张一弛、刚柔相济，把战争写得丰富多彩、摇曳多姿。

比如在赤壁之战中,作者插入"群英会""庞统挑灯夜读""曹孟德横槊赋诗"等轻松、闲适的情节,让读者兴趣盎然,同时也反衬出开战前交战双方死一般的沉寂感。在描写空城计的时候,大敌当前,但蜀军并无御敌之兵,诸葛亮却大开城门,在城头上诗意地抚琴,这种轻松闲适的画面不仅再现了诸葛亮的超人智慧,也让读者紧张的心弦暂时得以放松。

(五)重视各种自然条件和人文条件

"七擒孟获"是《三国演义》中的一场重要战役,在对这场战役的描写中,作者充分注意到了西南蛮部的自然条件和人文条件。孟获是蜀国西南蛮部的将领,诸葛亮在与孟获作战的过程中,既充分注意以孟获为首的蛮部地处西南边陲的自然条件,又注意到蛮部作为少数民族部落与蜀国的文化差异,因此采用心理战的方式,七次擒获孟获,又七次放了孟获,并最终让孟获折服。第一次双方阵前交锋,孟获比武不敌,被蜀军俘获,但孟获不服,诸葛亮将其释放;第二次诸葛亮使用了反间计,挑拨孟获和手下副将之间的关系,孟获再次被擒,孟获依然不服,诸葛亮再次将其释放;第三次,孟获采用弟弟孟优的建议诈降蜀军,结果被诸葛亮识破,孟获再次被擒,后被诸葛亮释放;第四次,诸葛亮采用诱敌深入的办法,亲自到前线去视察,孟获求胜心切,领兵来捉拿诸葛亮,却落入诸葛亮预先设置好的陷阱中,孟获被擒,后被诸葛亮释放;第五次,诸葛亮多次擒获孟获,多次释放的做法,感动了孟获手下的将领杨锋,杨锋趁孟获酒醉时将其擒获,并送给诸葛亮,孟获再次被擒,后又被诸葛亮释放;第六次,孟获利用毒泉和猛兽与蜀军作战,并一度占了上风,但诸葛亮得到了孟获的弟弟孟优的支持,发明了能够吐火的假猛兽来克制孟获,结果孟获再次被擒。此时的孟获其实已经心服,但还有些小小的不甘,因此诸葛亮再次将其释放;第七次,孟获得到了乌戈国国王的支持,建立了一支英勇善战的藤甲军。诸葛亮用了火攻的办法,让孟获的藤甲军全军覆没。这次孟获心服口服,跪地请降,诸葛亮非但没有追究孟获的罪过,反而委任他掌管南蛮之地,孟获深受感动,发誓永远不再背叛蜀国。诸葛亮为什么要七次擒获孟获，又七次放了孟获，其原因就在于孟获是一位蛮部的将领，这种特殊的文化背景使得蜀国不能采用武力镇压的方式使其臣服，而应利用中原文化的优势和心理战的方式让其"心服"，这样才能从根源上解决问题，让蜀国获得长治久安。

四　历史演义体语言的构建

《三国演义》作为中国古典小说史上第一部长篇白话小说，对唐传奇的文言和宋元话本的粗糙白话进行了改造，将传统的书面语言和民间白话巧妙地结合起来，构建出"文不甚深，言不甚俗"的历史演义体语言。这种语言的特点是精练、准确、生动、简洁、明快。既有利于营造历史气氛，又能使读者"易观易入"，雅俗共赏，形成了一种适合于历史演义小说的独特的语言风格。

（一）精妙的叙事语言

《三国演义》是由宋元讲史话本发展而来的，并融入了古代史传文章的语言传统，因此其叙事语言较为丰富。

其一，粗笔勾勒与工笔精绘相结合。《三国演义》的叙事语言既有粗线条的宏观勾勒，又有工笔式的精细描绘。如小说第一百〇四回对"孔明巡营"的叙述就属于典型的粗笔勾勒。

> 孔明强支病体，令左右扶上小车，出寨遍观各营，自觉秋风吹面，彻骨生寒……

简单的几句话就勾勒出孔明带病巡营的过程。小说第七十二回对"杨修之死"的叙事则属于工笔精绘，作者将曹操杀杨修的原因及过程作了极为精细的交代，进而表现杨修的恃才放旷和曹操的忌才妒能。

其二，注重叙事语言的渲染功能。《三国演义》往往不直接针对某一对象进行描写，而是在对相关事件或场面的描写中，间接地表现出这一对象的特征。如小说第五回所描写的"关羽斩华雄"一段：

操教酾热酒一杯，与关公饮了上马。关公曰："酒且斟下，某去便来。"出帐提刀，飞身上马。众诸侯听得关外鼓声大振，喊声大举，如天摧地塌，岳撼山崩，众皆失惊。正欲探听，鸾铃响处，马到中军，云长提华雄之头，掷于地上。

作者这里并没有对两人交战的过程进行直接描写，而只用"天摧地塌，岳撼山崩"八个字就渲染出打斗过程的惨烈和关羽的神武。

其三，注意叙事语言的生动传神。如作者笔下的张飞"身长八尺，豹头环眼，燕颔虎须。声若巨雷，势如奔马"，二十个字便将张飞作为猛将的传神之态表现出来；写关公"身长九尺，髯长二尺；面如重枣，唇若涂脂；丹凤眼，卧蚕眉；相貌堂堂，威风凛凛"，这段文字既有线条，又有色彩，还有神韵，可谓传神之笔。

（二）个性化的人物语言

在人物语言个性化方面，《三国演义》也取得了很高的成就。曹操的语言，暗含奸诈；关羽的语言，包藏傲骨；诸葛亮的语言，敏锐机智。试看"诸葛亮舌战群儒"的一段文字：

鹏飞万里，其志岂群鸟能识哉？譬如人染沉疴，当先用糜粥以饮之，和药以服之；待其腑脏调和，形体渐安，然后用肉食以补之，猛药以治之：则病根尽去，人得全生也。若不待气脉和缓，便以猛药厚味，欲求安保，诚为难矣。吾主刘豫州，向日军败于汝南，寄迹刘表，兵不满千，将止关、张、赵云而已：此正如病势尪羸已极之时也，新野山僻小县，人民稀少，粮食鲜薄，豫州不过暂借以容身，岂真将坐守于此耶？夫以甲兵不完，城郭不固，军不经练，粮不继日，然而博望烧屯，白河用水，使夏侯惇、曹仁辈心惊胆裂：窃谓管仲、乐毅之用兵，未必过此。至于刘琮降操，豫州实出不知；且又不忍乘乱夺同宗之基业，此真大仁大义也。当阳之败，豫州见有数十万赴义之民，扶老携幼相随，不忍弃之，日行十里，不思进取江陵，甘与同败，此亦大仁大义也。寡不敌众，胜负乃其常事。昔高皇数败于项羽，而垓下一战成功，此非韩信之良谋乎？夫信久事高皇，未尝累胜。盖国家大计，社稷安危，是有主谋。非比夸辩之徒，虚誉欺人：坐议立谈，无人可及；临机应变，百无一能。——诚为天下笑耳！（《三国演义》第四十三回）

诸葛亮的一席话说得张昭无言以对，再现了孔明谋略过人、机智善辩的性格特质。

五　宏伟壮阔，不失精巧的叙事结构

《三国演义》人物众多，情节复杂，但结构非常明晰。整部小说可归纳为五条线索：以汉亡为引线，以晋国统一天下为终结，中间的主线是魏、蜀、吴三方的兴衰。这几条线索，此起彼伏，交互联结，构成了完整的艺术整体。在魏、蜀、吴三条线索中，以魏、蜀两大政治集团的矛盾斗争为主要线索；在写魏、蜀双方时，又以蜀汉的故事为主干；在写蜀汉时，则以诸葛亮为中心；在写诸葛亮时，又以隆中决策为关键。可以说，小说的基本情节结构都是"隆中对"的演绎。直到最后一卷才写到三家归晋，并以此作结。这样的结构安排，使整部小说宏伟壮阔，脉络清晰，构成了一幅波澜壮阔的历史画卷。

第二章

《水浒传》与英雄群像的透视

《水浒传》是中国古典小说史上最优秀的一部英雄传奇小说，也是后世长篇武侠小说的滥觞，在中国文学史上占有极高的地位。这里所说的英雄传奇小说与前文所述的历史演义小说属于不同类别的章回体小说。二者的相同之处在于：小说中的主要人物和题材都有一定的历史根据。不同之处在于：首先，来源不同，英雄传奇小说一般来源于宋元话本中的"说公案""朴刀、杆棒，及发迹变泰之事"或"说铁骑儿"，历史演义小说则来源于宋元时期的讲史话本；其次，叙事视角不同，英雄传奇小说以塑造一个或几个传奇式的英雄为重点，历史演义小说则着眼于宏大历史画卷的描摹与历史进程的推演；再次，虚实关系不同，英雄传奇小说中的故事多出于虚构，历史演义小说的故事则以写实居多，前者虚多于实，后者实多于虚。

第一节 "水浒故事"的流变过程与
难以定论的作者之谜

一 "水浒故事"的流变过程

与《三国演义》一样，《水浒传》同样属于世代累积型的小说。《水浒传》的成书经历了一个漫长的历时态群体创作过程。

（一）历史上的宋江起义

水浒故事最早来源于发生在北宋徽宗朝以宋江为首的一次农民起

义，这次起义给宋王朝以沉重的打击，史书中有相关的记载。"宣和三年二月，淮南盗宋江等犯淮阳军，遣将讨捕；又犯京东、江北，入楚、海州界，命知州张叔夜招讨之。"（《宋史·徽宗本纪》）"宋江寇东京，蒙上书，言：'宋江以三十六人，横行齐魏，官军数万，无敢抗者，其才必过人。今青溪盗起，不若赦江，使讨方腊以自赎。'徽宗曰：'蒙居外不忘君，忠臣也。'"（《宋史·侯蒙传》）"张叔夜再知海州。宋江起河朔，转略十郡，官兵莫敢撄其锋，声言将至。叔夜使间者觇所向，贼径趋海频，劫钜舟十余，载虏获。于是募死士得千人，设伏近城，而出轻兵距海诱之战。先匿壮士海旁。伺兵合，举火焚其舟。贼闻之，皆无斗志，伏兵乘之，擒其副贼，江乃降。"（《宋史·张叔夜列传》）由此可见，以宋江等三十六人为核心的农民起义在历史上确有其事。不过，小说和史实还是存在一定差别的，在《水浒传》中以宋江为首的梁山义军声势浩大，并在梁山泊建立了根据地，而历史上的宋江起义并未以梁山泊为根据地，起义规模也没有小说中梁山起义的规模那么浩大，并以失败而告终。

　　关于梁山泊的民众造反，在历史上也有相关的记载。梁山泊，也叫张泽泊，古称巨野泽，位于今天山东省寿张县东南梁山下。由于特殊的地理形势，梁山泊自古便成为农民起义军的根据地。"彭越，字仲……常渔钜野泽中，为群盗。陈胜、项梁之起，少年或谓越曰：'诸豪桀相立畔秦，仲可以来，亦效之。'彭越曰：'两龙方斗，且待之。'居岁余，泽间少年相聚百余人，往从彭越，请仲为长。"（《汉书·彭越传》）《宋史》中提到梁山泊的时候也往往说它多"盗"。"逾年，加资政殿学士，徙亳、杭、郓三州。郓介梁山泺，素多盗。"（《宋史·蒲宗孟传》）"梁山泺多盗，皆渔者窟穴也。"（《宋史·许几传》）"提点京东刑狱。梁山泺渔者习为盗。"（《宋史·任谅传》）"筑山泺（梁山泊）古巨野泽，绵亘数百里，济、郓数州，赖其蒲、鱼之利，立租船纳直，犯者盗执之。"（《宋史·杨戬传》）现存的史料看不出宋江起义和梁山泊民众造反之间有什么样的关联，很可能是水浒故事在流传的过程中，人们逐渐将宋江起义和梁山泊造反的事实捏合在一起的。总之，宋江起义和梁山民众造反，这是《水浒传》的两大故事源头。

（二）水浒故事的民间流传

从南宋开始水浒故事便在民间广泛流传，成为说唱艺人喜爱的题材之一。宋末元初，画家龚开作《宋江三十六人赞》（原图早已佚失，赞语和序文保留在周密的《癸辛杂识续集》中）。龚开完整地记录了结义三十六人的姓名和绰号，并在序文中提到："宋江事见于街谈巷语。"与龚开同时代的罗烨著有《醉翁谈录》，其中在"话本小说"中的"朴刀杆棒"类中录有"石头孙立，朴刀类青面兽，杆棒类花和尚，武行者"等说话名目。这是最早的独立的水浒故事。宋末元初，还出现了一个讲史话本《大宋宣和遗事》，这部作品按年编述历史故事，记载了"杨志卖刀、智取生辰纲、宋江杀惜、张叔夜招安、征方腊、宋江受封节度使"等故事。笔墨虽简单，但将水浒故事连缀起来，使其成为一个整体。因此，讲史话本《大宋宣和遗事》在《水浒传》成书的过程中起到了至关重要的作用，它为章回体长篇小说《水浒传》的创作提供了蓝本。

（三）水浒故事的戏曲舞台传播

到了元代，戏曲艺术大放异彩。在民间水浒故事的基础上产生了一大批"水浒戏"，根据傅惜华《元代杂剧全目》的统计，存世的剧目有三十四种，而今天还能读到的剧本有六个。比较有代表性的，如高文秀的《黑旋风双献功》、康进之的《黑旋风负荆》、李文蔚的《同乐院燕青博鱼》、李志远的《大妇小妻还牢陌》。在元代"水浒戏"中，故事情节更加完善，人物形象更加丰满，特别是宋江、李逵等主要人物的性格更加鲜明生动。有些作品甚至被直接搬进小说《水浒传》中。总之，元代的"水浒戏"对《水浒传》的成书产生了直接影响。

（四）各种材料的拼凑组装

在《水浒传》成书的过程中，出于满足民间受众心理的需要，说唱艺人将一些与水浒故事本无连带关系的历史故事和水浒故事整合起来，如王伦之事，方腊、田虎、王庆起义之事，这些故事与水浒故事本无关系，但在民间说唱艺人和《水浒传》作者的艺术化构思中逐渐整合在一起，并成为《水浒传》的重要组成部分。

总之，《水浒传》这部小说是以北宋末年的宋江起义作为一个框架，宋江作为一个符号存在，在具体内容上，小说吸收了大量的关于农民战争和民族战争的史料。

二　难以定论的作者之谜

《水浒传》的作者究竟是谁？这也是一个至今尚无定论的问题。研究者众说纷纭，但主要集中在施耐庵和罗贯中这两个人的身上。目前学术界关于《水浒传》的作者研究主要有四种观点。第一种观点认为是施耐庵原著，罗贯中编次。高儒《百川书志》中说："《忠义水浒传》一百卷。钱塘施耐庵的本，罗贯中编次。"郎英《七修类稿》中说："《三国》《宋江》二书，乃杭人罗本贯中所编。予意旧必有本，故曰编。《宋江》又曰钱塘施耐庵的本。"第二种观点认为是罗贯中所作，万历年间田汝成的《西湖游览志馀》和王圻的《稗史汇编》，均持这种观点。第三种观点认为是施耐庵所作，万历年间胡应麟《少室山房笔丛》说："武林施某所编"，"世传施号耐庵"。第四种观点认为是施耐庵创作，罗贯中续作。金圣叹《第五才子书水浒传》认为，施耐庵《水浒正传》原本只有七十卷（即七十回），后三十回是"罗贯中《续水浒传》之恶札也"。目前学术界基本认同第一种说法，即《水浒传》为施耐庵所作，其门人罗贯中在施"底本"（即真本）基础上，又作了一定的加工。但也有一些现代学者认为施耐庵和罗贯中两人均系托名，历史上并无其人，胡适《水浒传考证》一文持此说；戴不凡、张国光等学者则认为施耐庵是明朝贵戚郭勋及其门客的托名。① 因此，关于《水浒传》作者的问题目前还难以定论。

施耐庵是名不见经传的人物，现存的关于施耐庵的生平资料很少，而且这些资料往往散见于文人笔记中，我们很难找到可靠的史料。明代人比较一致地认为施耐庵是杭州人，从 20 世纪 20 年代开始，出现了施耐庵是江苏兴化人的说法，但这种说法所依据的史料漏

---

① 郭英德：《中国四大名著讲演录》，广西师范大学出版社 2006 年版，第 83 页。

洞较多，难有说服力。关于施耐庵的生活年代，也有多种不同的说法，有人认为他是南宋人，如田汝成的《西湖游览志馀》、许自昌的《樗斋漫录》；有人说他是元人，如李贽的《忠义水浒传序》、胡应麟的《少室山房笔丛》；还有人说他是元末明初人，这种说法散见于各种版本的文学史中。关于施耐庵的真实姓名，学术界也存在一些猜测。明人徐复祚认为施耐庵是元末南戏《幽闺记》的作者施惠，1935年吴梅在《故曲麈谈》中也持同样的说法，但并未得到学术界的普遍认同。有资料提及施耐庵曾入张士诚幕，张士诚失败后隐居海陵白驹，又为避朱元璋征召而居淮安。但此说法争议较多，让人难以置信。

三 繁简交错的版本系统

关于《水浒传》的成书年代，学术界说法不一，大致有元代、元末明初和明代中期等几种说法。一般认为《水浒传》成书于明代中期。

《水浒传》的版本系统非常复杂，明清以来出现的多种《水浒传》版本，学术界一般将其分为繁本和简本两个系统。一般认为，所谓繁、简之分，不在情节、人物本身，而是指叙述、描写的文字有粗略和细腻之不同。繁本的文字较为细腻，简本的文字比较粗略。关于繁本和简本孰先孰后的问题，学术界也一直存在着争议：有人认为繁本是在简本的基础上加工而成的，也有人认为简本是繁本的节缩本。笔者这里将《水浒传》的版本分为四个系统，即繁本系统、简本系统、繁简综合本系统和腰斩删节本系统。繁本又称"文繁事简本"，文字比较细腻、翔实，就内容来说，梁山大聚义以后，只有平辽和征方腊的故事，而没有平田虎和王庆的情节。繁本为一百回本，现存最早的繁本是万历十七年（1589）的刊本，全名为《忠义水浒传》。因卷首有署名"天都外臣"（汪道昆）的一篇序文，故称"天都外臣本"。该书的原刊本已经佚失，今天看到的是清朝康熙年间补刊的。另外，万历三十八年（1610）容与堂刊《李卓吾先生批评忠义水浒传》，也是繁本系统中较早出现的代表性版本。简本又称"文简事繁本"，文字比较粗糙、简陋，一般都有平田虎和王庆的故事。简本系统主要有一百〇二回本、一百一十回本、一百一十五回本、一百二十四回本、一百二十回本和不分卷本。现存较早的、较为完整的简本为万历二十二年（1594）由双峰堂刊印的《水浒志传评林》。"繁简综合本"是在百回本的基础上增加了平田虎和王庆的故事，文字上也做了一些润泽和修改，而且有署名李贽（实为叶昼）的评语。"繁简综合本"为百二十回本，现存最早的是万历四十二年（1614）由书坊主袁无涯刊刻的《李卓吾先生批评忠义水浒全传》。"腰斩删节本"由明末点评家金圣叹删改而成。金圣叹砍掉七十二回以后的内容，又把第一回改为"楔子"，形成新的版本，即《贯华堂第五才子书施耐庵水浒传》。金圣叹的改本保留了原书的精华部分，在文字上做了大量的修改与增饰，同时增加了大量批语，这个版本的《水浒传》是清代以来最为流行的版本。

第二节　群雄造反的故事框架与纷争不休的主题指向

一　群雄造反的故事框架

《水浒传》讲述的是一个群雄造反的故事，是一幅百川汇聚的壮阔图景，也是一曲逼上梁山的壮曲悲歌。小说以北宋末年乱自上作、官逼民反的社会现实为背景，着力描写了群雄造反并领导梁山起义的全过程。故事框架大致由三部分构成：第一部分是从第一回到第七十一回，主要叙述群雄造反的缘起及发展过程。从第一回"王进私走延安府"开始，到第四十回"梁山泊好汉劫法场"，为第一个层次，梁山义军初具规模。这四十回主要由鲁智深、林冲、武松、宋江等人各自被逼上梁山的生活经历组合而成，每个人被逼上梁山的方式不同，凸显了"官逼民反"的主题；从第四十二回"宋公明遇九天玄女"，到第七十一回"梁山英雄排座次"，为第二个层次。排座次后梁山好汉的集体行动增多，单个好汉上梁山的苦难经历减少，原来反抗压迫的复仇精神、抗恶精神，被九天玄女所昭示的"替天行道、保国安民"的旨意所冲淡。第二部分是从第七十二回到第八十二回，主要写群雄与官军对抗并最终受招安的过程。作者浓墨重彩地表现了宋江"两赢童贯""三败高俅"的过程以及受封朝廷的招安情节。第三部分是从第八十三回到第一百二十回，主要写群雄奉命征辽，平方腊、田虎和王庆的过程及其悲剧性的结局。

二 《水浒传》的主题纷争

从水浒故事的流传到《水浒传》的成书经历了漫长的过程，这其中既融入了说话艺人对原故事的加工、改造，也融入了民间视角对原有故事的解构，因此《水浒传》的思想内涵极其复杂，后世学者对《水浒传》主题意蕴的阐释也存在着纷争。

《水浒传》成书于明代中叶，当时中国社会正处于思想解放、个性觉醒的时期，此时许多学者对《水浒传》是持肯定态度的，认为《水浒传》所表现的梁山好汉"诵义负气，百人一心。有侠客之风，无暴客之恶"（天都外臣《水浒传·序》），即把梁山英雄看成是公平和正义的化身，把《水浒传》的主题定位为"对社会公平与正义"的渴求。当然，也有人把罗贯中、施耐庵看成是宋代遗民，认为《水浒传》是借写伏身草莽的英雄豪杰用以表达对异族统治的不满，即把《水浒传》的主题定位在"表现民族矛盾"的层面上。到了清代，封建专制统治空前加强，清代统治者对思想界实行全面控制。此时主流舆论对《水浒传》多持否定态度，说它"诲淫诲盗"，并把《水浒传》视为最败坏人心的作品。①

20 世纪初，西学东渐，许多研究者借《水浒传》来比附当时的政治斗争。定一《小说丛话》："（《水浒传》）独倡民主、民权之萌芽。""因外族闯入中原，痛切陆沉之祸，借宋江之事，而演为一百〇八人。以雄大笔作壮伟文，鼓吹武德，提振侠风，以为排外之起点。"王钟麟在《中国三大小说家论赞》中指出《水浒传》是讲平等、均

---

① 王学泰《〈水浒传〉思想本质新论》，《文史哲》2014 年第 4 期。

财产的"社会主义小说"。钱玄同在给陈独秀的书信中称赞施耐庵有社会党人的思想,《水浒传》一书的主脑在于表现"官逼民反"①。

20世纪50年代以来,对《水浒传》主题的纷争,主要围绕阶级斗争学说展开,比较有代表性的观点有以下几种。

其一,"农民起义"说。20世纪50年代,王利器、冯雪峰、戴不凡等学者先后提出"农民起义"说、"农民运动"说和"农民革命"说。他们称《水浒传》是"农民起义的教科书";是"无数次农民起义的经验、教训,以文学形象为手段所作出的一个总结";"雄伟的农民战争史诗";"是一部反映封建社会农民的阶级斗争、农民起义和农民战争的小说"等。

从作品的题材来源上看,《水浒传》无疑是以历史上宋江起义为依据的,而宋江起义是历史上曾经真实发生过的农民起义则确定无疑,同时作品中的梁山好汉又是以"替天行道"与"劫富济贫"为宗旨,这些都可见《水浒传》农民起义的特征。从这个角度看,说《水浒传》是农民起义的赞歌也不为过,因为它毕竟从正面肯定了这次起义,又将同情与正义毫无保留地给予了这些历来被视为盗贼的造反者。但《水浒传》中的梁山英雄并不完全出身农民,以降官、降将或市井流民的身份走上梁山的大有人在,所以,以"农民起义"说来观照《水浒传》,又存在很大的局限性。

其二,"为市井细民写心"说。这种说法认为《水浒传》主要写的不是农民而是市民,《水浒传》保留了浓厚的市民意识、市民情趣与市民心理。"(《水浒传》)根据市民阶层的思想,着重表现了市民的反抗思想和行为。"②欧阳健进一步指出作品中官逼民反的"民",主要不是指农民,替天行道也并非代表农民利益的旗帜,梁山好汉发动的战争不是农民革命战争,而是展现了市民生活的场景,代表了市井细民的爱与憎。③

---

① 王学泰《〈水浒传〉思想本质新论》,《文史哲》2014年第4期。

② 伊永文:《〈水浒传〉是市民阶层利益的作品》,《天津师院学报》1975年第4期。

③ 欧阳健:《水浒新议》,转引自贾三强《明清小说研究》,西北大学出版社2008年版,第27页。

《水浒传》中的主人公是大批非农民化的人物，梁山好汉大多出身市民而非农民，同时水浒故事发生的背景大都在市井而不在农村。另外，就梁山英雄的价值观和个性来看，也更多反映了市民阶层的人生向往。"大碗喝酒，大块吃肉，大盘分金银"，"图个一世快活"，"疏财仗义"，"路见不平，拔刀相助"，"该出手时就出手"等，都表现出市井细民的思想感情和价值观、人生观，使小说蒙上了一层特殊的江湖豪侠气息。从这个角度看，"为市井细民写心"说有其合理性的一面。但《水浒传》毕竟取材于历史上一场真实发生的农民起义，所以就题材来源的角度而言，"为市井细民写心"说又有其局限性的一面。

其三，"忠奸斗争"说。这种说法认为贯穿《水浒传》这部小说的是"忠与奸的斗争"。侯民治认为，作品通过使宋江等人参加到地主阶级内部的忠奸斗争来颂扬忠臣良将。① 凌左义认为，高俅是奸佞的代表，宋江是忠义的典型，宋江与高俅的矛盾及不同形象是判定《水浒传》主题的主要依据。②

这种观点着眼于《水浒传》中"忠与奸"的斗争，进而肯定以宋江为代表的"忠义之士"。就其本质而言，这种认识仍然是围绕阶级斗争而展开的，缺乏对人物性格复杂性的多元化审视。因此，以这种观点定位《水浒传》的主题仍然有以偏概全的嫌疑。

20 世纪 90 年代以来，学术界基本摆脱了以社会学视角解读文本的局限，对《水浒传》主题的阐释也出现了多元化视角，比较重要的提法有以下几种。

"忠义悲歌"主题说。"忠义主题"说并不是 20 世纪 90 年代之后产生的，早在晚明时期就已经出现了，"谓水浒之众，皆大力大贤有忠有义之人可也。然未有忠义如宋公明者也。今观一百单八人者，同功同过，同死同生，其忠义之心，犹之乎宋公明也。独宋公明者，身

---

① 侯民治：《论〈水浒〉的主题思想》，转引自贾三强《明清小说研究》，西北大学出版社 2008 年版，第 27 页。

② 凌左义：《论忠奸斗争是〈水浒〉的主线》，转引自贾三强《明清小说研究》，西北大学出版社 2008 年版，第 27 页。

居水浒之中，心在朝廷之上，一意招安，专图报国，卒至于犯大难，成大功，服毒自缢，同死而不辞，则忠义之烈也！"（李贽《忠义水浒传序》）李贽认为《水浒传》将以宋江为代表的忠义之士和以方腊为代表的乱臣贼子区分开来，表现出对以宋江为代表的忠义之士的热烈赞颂，《水浒传》是一曲忠义的赞歌。20世纪90年代以来有人提出《水浒传》毕竟是经过文人重新加工整理的长篇小说，无论是农民起义的题材特征，还是民间流传中所保留的市民意识，都必须整合在作者的整个构思中，这种构思便是悲剧的眼光与意识，而其悲剧情节又是围绕着"忠义"而展开的。于是便出现了"忠义悲歌"主题说。宋克夫认为梁山英雄的悲剧不在于"受招安"，而在于被"逼上梁山"的过程。① 通过这种悲剧，表现了对封建乱世的极大愤懑和深沉迷惘。袁行霈主编的《中国文学史（第四卷）》认为梁山英雄的悲剧既在于被逼上梁山的过程，又在于受招安后的悲剧性结局，"作者为这样的现实所不满，发愤而谱写了一曲忠义的悲歌"②。

　　"反道学"主题说。进入新时期以来，一些学者结合《水浒传》产生的文化背景来阐发《水浒传》的主题，认为产生于程朱理学所笼罩的晚明时代的《水浒传》，具有鲜明的反道学倾向。"《水浒传》虽是在程朱理学笼罩着的时代氛围中形成，其所公开使用的武器也是儒家不得已而'用权'的哲学，但它实际所具有的反道学精神，却达到了当时可能达到的最高思想高度，对明代陈献章、王阳明、李贽等为代表的新学的崛起当不无影响。"③

　　"反抗者的反抗与追求"主题说。郭振勤从《水浒传》生成史的角度，将《水浒传》的成书和作品主题的嬗变联系起来，认为："《水浒传》已经远远有别于历史上的宋江起义，由于在漫长的生成过程中呈现出极为复杂的情况，渗透进几乎除去当权者之外的各个阶

---

① 宋克夫：《乱世忠义的悲歌——论〈水浒传〉的主题及思维方式》，《湖北大学学报》1993年第6期。

② 袁行霈主编：《中国文学史》（第四卷），高等教育出版社2014年第3版，第40页。

③ 熊飞：《〈水浒传〉主题的哲学反思》，《理论月刊》1997年第1期。

级、阶层的思想意识和审美趣味，它既是封建社会后期社会现实的反映，又不是对某一种比较具体、比较狭隘的现实的反映，也不是对某一阶级、某一阶层，甚至某一类人的思想行为的现实的反映，而是对封建社会后期现实的一种全景式的综合反映。它所演奏的不是一支单管曲，而是一支封建社会后期广大被统治、被压迫者，尤其是那些有志之士对黑暗的社会现实的既有义无反顾的革命和美好追求，又有带着浓郁的郁闷和迷惘的反抗的交响曲。"①

"多元主题并以讽喻为主元"说。欧恢章认为《水浒传》的主题是多元化的，但多元中又有主元。《水浒传》主题的主元就是"讽喻"，既有对宋代统治者的批评，又有对后人要以此为鉴的劝诫。②

对于以上诸种观点，笔者基本认同"忠义悲歌"主题说。其实对于《水浒传》这种大型的叙事文学作品而言，其主题思想往往都是复杂的，很难以一种判断做出全面的概括，这也就是文艺美学中所说的"形象大于思想"。另外，与《三国演义》一样，《水浒传》也属于世代累积型的作品，在其成书之前，大量的民间说唱艺人对水浒故事进行了加工、整理和改造，使《水浒传》的思想极为庞杂，主题空间甚大。当后世读者以自己的阅读感受去填补作品中的"意义空白"的时候，也就得出了不同的结论。

第三节　草莽英雄世界的建构

《三国演义》着眼于宏大历史画卷的描摹，而《水浒传》则主要以一百〇八个英雄人物为描写对象，建构了以草莽英雄为主体的绿林世界。

一　从"乱自上作"到"逼上梁山"

《水浒传》的故事始于"洪太尉误走妖魔"。小说第一回写道，洪

---

① 郭振勤：《从生成史略论〈水浒传〉的主题》，《汕头大学学报》1993 年第 3 期。

② 欧恢章：《〈水浒传〉主题的多元与主元》，《重庆师院学报》1997 年第 4 期。

太尉奉宋仁宗的圣旨，到江西信州龙虎山请张天师祈禳瘟疫，在上清宫伏魔殿，他擅自掀开石板，放出了一百〇八个"魔君"，即后来的一百〇八位梁山好汉，散落在四面八方。这一百〇八个"魔君"降生的原因是奉了圣旨的洪太尉在上清宫伏魔殿"误"放出来的，这一神话背景显然隐含着"乱自上作""官逼民反"的思想。当小说由神话背景转入民间背景的时候，作者便着力描写了以北宋末年为背景的一系列的"自上而下"的恶行。作者深刻地揭露了上自朝廷，下至地方的一批贪官污吏、恶霸豪绅的不忠不义。

　　就社会上层而言，许多达官显宦的所作所为正是社会黑暗与动荡的根源所在。小说中第一个正式出场的人物是高俅，他因善踢球而得到皇帝宠信，从一个市井无赖升为殿帅府太尉，从此倚势逞强，无恶不作。小说以此人物为开端，大有"乱自上作"的意味。正如金圣叹所言："一部大书七十回，将写一百八人也。乃开书未写一百八人，而光写高俅者；盖不写高俅，便是一百八人，则是乱自下生也，不写一百八人，先写高俅，则是乱自上作也。"（《第五才子书施耐庵水浒传》）随着小说情节的展开，我们发现高俅并不是孤立的，手握朝纲的蔡京、童贯、杨戬均是其同类，正是这些无恶不作的达官显宦控制着整个王朝的命运。就社会中层而言，好多穷凶极恶之徒倚仗上层人物的势力无恶不作。梁中书倚仗着丈人蔡京的"泰山之恩，提携之才"在大名府搜刮民财，送到东京给丈人祝寿。高俅的螟蛉之子高衙内和其弟高廉，或在东京欺侮他人妻女，或在高唐州无所不为。青州知府慕容彦达，是徽宗天子慕容贵妃之兄，"倚托妹妹的势要，在青州横行，残害良民，欺罔良友，无所不为"。江州知府蔡九更是贪赃枉法，干尽了坏事。就社会下层来说，许多地痞无赖、豪强势要横行乡里，无法无天。西门庆、蒋门神、郑屠、毛太公、张都监，乃至陆谦、富安、董超、薛霸等爪牙走狗相互勾结，狼狈为奸，把整个社会弄得暗无天日，民不聊生。《水浒传》作为一部长篇小说，第一次如此广泛而深刻地揭露了朝政、吏治和社会的腐败黑暗，并揭示了社会黑暗和梁山起义之间的因果关系。整个社会一片黑暗，正义之士无处容身，最后被逼上梁山。这就是金圣叹所说的"乱自上作"，也是人们常说的"官逼民反"。

在"乱自上作"的背景下，正义之士纷纷被逼上梁山。小说的前四十回主要讲述了正义之士被逼上梁山的过程。总体来看，梁山英雄被逼上梁山的方式大致有三种。

其一，因为无法忍受统治阶级的迫害而被逼上梁山。如林冲、武松、鲁智深等，他们在上梁山前多为底层官吏，但却因"乱自上作"造成的司法不公、社会公道的缺失，被逼无奈，走上梁山。以林冲为例，在水浒英雄中，"逼上梁山"在林冲的身上体现得最为明显，这主要是由林冲的性格所致。林冲的性格始终在"忍"与"不忍"这两者之间权衡：一方面林冲有"忍"的一面，他是一位不甘寂寞的英雄，落草前是八十万禁军教头，有着优越的生活环境，有贤惠美貌的妻子。他的生活境遇不错，但却空有一身武艺，屈居于小人之下，一直保持隐忍。优越的生活环境和隐忍的处世态度，造成了他安分守己、怯于反抗的性格。他胆小怕事，逆来顺受，忍气吞声，委曲求全。高衙内调戏他妻子时，尽管难压心中怒火，但他还是怕得罪上司，并最终息事宁人。后来在高俅父子的多次阴谋陷害下，被发配沧州充军，虽然感到含冤负屈，但他仍抱有幻想，希望挣扎回去，重见天日。野猪林鲁达要打死监军，他坚决不允许，甚至被贬到大军草料场时，他仍然想苟安下来。另一方面，他性格中也有不愿忍让的一面，对陆谦等人的态度，就表现了林冲的反抗意识，而从李小二的身上又看到了林冲对弱者的同情。可以说，林冲一方面步步忍让，另一方面也在怒火中烧。直到《林冲风雪山神庙》一回，草料场被烧，陆谦的出现，才使他识破了高俅的狠毒，林冲终于积愤爆发，手刃仇人，奔上了梁山。林冲从一个顺民变成了一个叛逆者，他走上梁山的过程，充分暴露出官逼民反而不得不反的现实。逼，在他的身上表现得最为充分。

其二，由于物质生活窘困，无法生存而被逼上梁山。如李逵、阮氏兄弟和谢氏兄弟等，这些人多为底层的市民或农民，由于生活陷入赤贫境地，无法维持自我生存而被逼上梁山。以李逵为例，李逵本是一个生活在社会底层的农民，家中仅有一个老娘，因人命逃到江州，当了个小牢头。家中的老娘因思念他而哭瞎了双眼，他沦落到社会底层，一无所有。赤贫的境遇让他走上梁山以求生存，也激起了他的反抗意识。逼上梁山后，他的反抗意识有增无减，他反抗的矛头居然对准了最高统治者——封建皇帝。

其三，由于个人理想难以正常实现而被逼上梁山。柴进、卢俊义等人原属统治集团内部的高级人士，由于用世之志难以实现而被逼上梁山。小说中的卢俊义是一个智勇双全的人物，当初曾与梁山势不两立，甚至要踏平梁山，擒拿宋江一伙。卢俊义后来走上梁山固然是吴用的计策起了一定的作用，但更主要原因则在于统治者的昏聩：李固与卢俊义的妻子通奸，并霸占了卢俊义的财产，还到梁中书那里诬陷其"勾结叛匪，准备里应外合攻打大名府"，卢俊义被捕之后屈打成招，被打入死牢。在柴进的疏通下，卢俊义得以免除死罪而改判刺配，但李固买通差役董超、薛霸让他们在刺配路上杀死卢俊义，幸亏燕青放冷箭将董超、薛霸二人射死，将卢俊义救下。但卢俊义不幸又被后来赶上的官军抓走，因为杀死公差而被重新定了死罪。宋江三打大名府后，卢俊义最终上了梁山。一个有用世之志的豪杰就这样一步步被逼上梁山！小说中还有一种人，他们地位不高，属于底层知识分子，满腹才学却无人赏识，终因个人理想难以实现而被逼上梁山。吴用本是一个教书匠，因为贫穷生活难以为继，用世之志难以实现最终被逼上梁山。梁山事业的壮大、发展，与吴用过人的才智有着直接的关系，在梁山英雄中，他是一位"运筹帷幄之中，决胜千里之外"的传奇人物。

二　形态各异的英雄群像的构建

《水浒传》的作者将肯定与赞扬毫无保留地给予了那些历来被视为"盗贼"的反叛者，高度赞扬了在梁山英雄身上所表现出的、源于民间的、人与人之间以诚相待的高贵品质，塑造了形态各异的英雄群像。

（一）李逵：率真鲁直的草莽英雄

以往人们对李逵形象的解析更多着眼于李逵的反抗性格，认为在李逵的身上没有任何的清规戒律，他对官府没有任何幻想，对统治阶级充满了仇恨，"构成李逵性格核心的是他强烈的革命要求和彻底、坚定的革命精神。他是一团仇恨和反抗的烈火，是一股扫荡腐朽、黑暗势力的旋风"[1]。由于这种以社会学视角观照人物形象的方法在一段时间内迎合了主流政治话语的要求，所以"反抗性"几乎成了李逵性格特质中最重要的组成部分。仔细分析，这种观点问题很多。其实，小说中李逵的反抗没有任何的纲领和原则，他的种种"反抗"行为与其说是"革命性反抗"，不如说是古代游民反抗社会的暴行。笔者认为，我们在解析这一人物形象的时候，应跳出社会学视角和阶级分析方法的局限，将这一形象还原为一个活生生的人。还原之后的李逵形象是丰富而多元的，其性格特质突出表现在"率真"和"鲁直"两个方面。

金圣叹在点评《水浒传》的过程中，常常将李逵与宋江进行比较，比较的要点就在于以宋江之"假"映衬李逵之"真"。小说中，李逵的诸多言行往往能让我们窥视到其率真的本性。第三十八回李逵一出场得到了宋江给予的十两银子，可他居然拿着这十两银子去赌博，目的是做一个讲义气的"好汉"，"赢得几贯钱来，请他一请也好看"。李逵一出场，其率真的一面便暴露无遗。第四十一回宋江等人上了梁山后，向众头领说起江州知府蔡九捏造谣言一事，李逵突然跳起大吼道：

> 放着我们许多军马，便造反，怕怎地！晁盖哥哥便做大宋皇帝；宋江哥哥便做小宋皇帝；吴先生做个丞相；公孙道士便做个国师；我们都做将军；杀去东京，夺了鸟位，在那里快活，却不好？不强似这个鸟水泊里！[2]

当戴宗斥责他"胡言乱语"，并说要割他的头时，李逵又说：

---

[1] 游国恩等主编：《中国文学史（四）》，人民文学出版社1983年版，第34页。
[2] 本章所引《水浒传》原文均出自刘一舟校点《水浒传》，齐鲁书社1991年版。

阿呀，若割了我这颗头，几时再长得一个出来？我只吃酒便了。

更有趣的是，当宋江攻陷高唐州，想要派人到后牢枯井中搭救柴进的时候，李逵自告奋勇地说自己愿意下去救柴进，因为他是坐在一只被绳子系住的箩筐里而被人放下去的，所以临下井时李逵担心地说道："我下去不怕，你们莫割断了绳索。"其率真的一面又一次表现出来。当柴进众人被救上来以后，众人却忘了枯井中的李逵，李逵在井中大叫不止，被拉上来后还埋怨众人："你们也不是好人！便不把箩放下去救我。"小说中李逵的此种言行甚多，都体现了李逵的率真。李逵的这种率真是摆脱了一切外在束缚的人的"本真"，也是一种充满孩童之气的"纯真"。

如果说率真的性格特质更多地暴露了李逵的本性，那么鲁直则彰显了他的言行特点。首先，李逵的鲁直表现在他言行的"不拘小节"上。第三十八回李逵一出场，其鲁直的言行便随即显现。

李逵看着宋江，问戴宗道："哥，这黑汉子是谁？"戴宗对宋江笑道："押司，你看这厮怎么粗卤，全不识些体面！"李逵便道："我问大哥，怎地是粗卤？"戴宗道："兄弟，你便请问'这位官人是谁，便好，你倒却说，这黑汉子是谁'，这不是粗卤，却是什么？"

一见宋江肤色发黑，便以"黑汉子"呼之，其粗鲁、直白可见一斑。在琵琶亭酒馆饮酒吃鱼的时候，李逵吃鱼不用筷子，而是用手去碗里把鱼捞起来，连骨头都嚼着吃了。当他发现戴宗和宋江不爱吃鱼的时候，居然伸手去他们碗里捞鱼肉：

李逵嚼了自碗里鱼，便道："两位哥哥都不吃，我替你们吃了。"便伸手去宋江碗里捞将过来吃了，又去戴宗碗里也捞过来吃了。滴滴点点，淋一桌子汁水。

"去碗里捞鱼肉"的行为让李逵这一鲁直的莽汉形象跃然纸上。其次，李逵的鲁直表现在头脑简单上。比如小说第四十三回所表现的"李逵以母饲虎"的惨剧便是由李逵头脑中极为简单的思维方式所致。为了给母亲找水喝，居然把母亲放在松林边的一块大青石上；因为听见山涧里有水，所以要爬过山去找水；为了盛水，居然搬来了庙里的香炉。这一系列简单、粗笨的举动造成了一个严重后果：眼瞎的母亲被老虎吃了。而李逵"杀四虎"为母报仇的过程更是"以暴制暴"的简单之举。李逵"以母饲虎"和"杀四虎"为母报仇的行为背后隐藏的是其头脑中极为简单的思维方式，这种思维方式外化后便造就了他鲁直的言行。李逵的鲁直还表现在脾气暴躁上。在琵琶亭酒馆吃酒时，宋江吩咐酒保切二斤牛肉来，酒保回答只有羊肉，并无牛肉。李逵闻听勃然大怒，顿时将一碗鱼汤泼在酒保身上；当卖唱的歌女玉莲前来卖唱的时候，李逵觉得她的歌声影响了他们的谈话，"跳起身来，把两个指头去那女娘额上一点。那女娘大叫一声，蓦然倒地。"动辄大发雷霆，本身就是一种鲁直的表现。

值得注意的是，李逵的率真与鲁直并不是相对立而存在的，而是相辅相成的：鲁直是其性格的外在表现，率真则是其性格的内核。

此外，李逵的性格中还有愚忠和嗜杀的特征。李逵出场后便和宋江结下了非同一般的关系，此后宋江就成了他心中的圣人，天不怕地不怕的李逵就听宋江一个人的话，李逵俨然成了宋江的忠实仆从。小说中李逵对宋江无原则的顺从实则是一种"愚忠"。《水浒传》中的李逵最为人诟病之处在于他的嗜杀，很多时候李逵杀人的动因完全出于嗜杀的欲望。[1] 试看李逵在第四十回中的表现：

> 这黑大汉直杀到江边来，身上血溅满身，兀自在江边杀人。百姓撞着的，都被他翻筋斗，都砍下到江里去。

---

① 裴云龙：《文人对游民的认同与隔膜——剖析李逵形象从水浒戏到〈水浒传〉的变迁》，《中国文化研究》2007 年第 2 期。

三打祝家庄时，李逵将扈三娘一家数十妇孺尽数杀绝，还叫嚷"吃我杀的痛快"。第七十三回一对情侣毫无缘由地死在李逵的板斧之下。王学泰先生认为李逵愚忠和嗜杀的性格特征恰恰彰显了其作为古代游民的群体性格。帮派能促使他们（游民）与相同命运的人们联合起来，拉帮结伙，互相提携以求生存。① 因此，李逵对宋江的愚忠是古代游民群体帮派意识的重要组成部分，也是其得以生存的必要基础。对于李逵的嗜杀，王学泰也在古代游民的群体性格中找到了答案：由于古代游民处于社会最底层，他们对残暴野蛮司空见惯，不以为意。② 由于自己的生命被主流社会所轻贱，因此对他人生命的珍视程度自然大打折扣。

（二）鲁智深：追求自由与不平则鸣的英雄禅客

《水浒传》中的鲁智深是一个性格极为特异的人物形象，在他的身上既有侠义的品格，又有佛禅的精神，是一个典型的"英雄禅客"（袁无涯）。侠者与禅者，入世与出世，看似矛盾的两种身份，统一在了鲁智深的身上。

1. 行侠仗义的英雄

鲁智深首先是一位不折不扣的英雄，追求自由与不平则鸣是其英雄本色的突出表现。行伍出身的他原本是一位提辖，后来做了和尚，最后又落草梁山，不管是哪一种身份，鲁智深的英雄本色依旧：率性而行，追求自由；善恶分明，不平则鸣。

鲁智深一生追求自由的"本我"而不受任何束缚，金圣叹在点评《水浒传》第四回时这样写道："遇酒便吃，遇事便做，遇弱便扶，遇硬便打，如是而已。"他从不瞻前顾后，患得患失，总是凭着自己的良知，由着自己的性情去行动。当他得知金翠莲与其父亲的不幸遭遇后，他怒不可遏，当即便要"去打死那厮便来"，竟"饭也不吃，气愤愤地睡了"。第二天一早，确保金氏父女脱离险境后，自己独自去找郑屠，最后一怒之下，三拳打死镇关西。在整个事件发展的过程

---

① 王学泰：《游民文化与中国社会》，同心出版社 2007 年版，第 243 页。
② 同上书，第 255—256 页。

中，鲁智深丝毫没有被提辖的身份所束缚，而是任情而动，任性而为之。当了和尚之后的鲁智深，也常常忘记自己的僧人身份。作为和尚应该遵守清规戒律，牢记"三归""五戒"。"三归"，即皈依佛、法、僧三宝，但这"三归"对于鲁智深来说毫无意义：他没有一点皈依佛的意识，从不念经拜佛；他从不参禅修行，不尊敬佛法；他对僧门师友极尽奚落、挑衅，更无尊敬可言。"五戒"，即不杀生、不偷盗、不邪淫、不妄语、不饮酒，除了"不邪淫"外，其他"四戒"他都没有遵守：和尚不准杀生，他动辄要人性命，杀人无数；和尚不蓄金银财宝，他却攒下私房钱去打造兵器；和尚不准偷盗，他在桃花山却趁李忠和周通下山之时，将"桌上的金银酒器，都踏扁了，拴在腰里"，在后山滑到山脚下；和尚不准饮酒吃肉，他却经常喝得酩酊大醉，还把吃剩下的狗腿带到僧床上；和尚不准说谎，他却"妄语"多多。小说第四回作者集中笔墨描写了他对清规戒律的僭越之行：

> 话说鲁智深回到丛林选佛场中禅床上，扑倒头便睡。上下肩两个禅和子推他起来，说道："使不得。既要出家，如何不学坐禅？"智深道："洒家自睡，干你甚事？"禅和子道："善哉！"智深裸袖道："团鱼洒家也吃，甚么'鳝哉'？"禅和子道："却是苦也！"智深便道："团鱼大腹，又肥甜了，好吃，那得苦也？"上下肩禅和子都不睬他，由他自睡了。……智深见没人说他，到晚放翻身体，横罗十字，倒在禅床上睡。夜间鼻如雷响。如要起来净手，大惊小怪，只在佛殿后撒尿撒屎，遍地都是。

我们看鲁智深的行为哪一点像僧人，修身养性的佛门净地让他闹了个一塌糊涂！可以说，鲁智深的人生哲学就是忘掉身份，摆脱一切的束缚，追求生命中的"本我"。他"率性而为，不拘小节"的行为方式让他的人生没有半点的矫情和伪饰。

在梁山英雄中，"善恶分明，不平则鸣"的侠义品格在鲁智深的身上表现得最为明显。他不仅为自己的朋友不计后果，主动出击，还一次次地保护那些素不相识的人。鲁智深与金氏父女素不相识，但他

却毫无顾忌地拯救危难中的父女俩，三拳打死镇关西。鲁智深为此丢
掉了提辖的官职而亡命江湖。在桃花村鲁智深巧遇周通强娶刘太公之
女，他不假思索地承担下来，并谎称自己会"说姻缘"。等到周通来
到刘太公家，他又抓住周通，"一顿拳头脚尖，打得一身伤损"，然后
领着刘太公到桃花山退亲，并逼得周通折箭为誓方才罢休。为了拯救
几个受人欺压的老和尚，他弄清原委后立即将崔道成、邱小乙杀掉，
并火烧瓦罐寺。在东京，当他得知高衙内调戏林冲娘子的时候，并没
有考虑到高衙内的权势，领了几个帮忙的打手匆匆赶来，在林冲慑于
高俅的势力隐忍不发时，鲁智深怒不可遏，对高俅及高衙内破口大
骂。后得知高俅买通董超、薛霸要害林冲，他大闹野猪林救下林冲，
一路护送林冲直到沧州。当他听说史进身陷囹圄时，独闯虎穴，去救
史进，结果自己也陷入其中！"禅杖打开危险路，戒刀杀尽不平人"
是鲁智深扶危济困侠义品格的写照，在鲁智深身上，路见不平拔刀相
助的品性最为突出①。

此外，作为一位本色英雄，鲁智深还有其他的一些性格特质，如
性格急躁，粗鲁莽撞；凶顽憨拙，狡猾机警；粗中有细，心有韬略；
等等，但构成其性格特质的主导因素却是追求自由与不平则鸣。

2. 佛性极深的禅客

小说中的鲁智深是一个不合格的和尚，因为他违反了佛门的清规
戒律，然而鲁智深的佛性也不浅。小说第四回鲁智深初到五台山的时
候，作者便通过谶语的方式暗示了他的佛性。文殊院的和尚反对给鲁
智深剃度，可智真长老却说：

> 只顾剃度他，此人上应天星，心地刚直，虽然时下凶顽，命
> 中驳杂，久后却得清净，证果非凡，汝等皆不及他，可记吾言，
> 勿得推阻。

所谓"上应天星"，即鲁智深与梁山其他英雄一样，是上清宫伏

---

① 熊明：《鲁智深：理想人格范式的承载》，《菏泽学院学报》2007 年第 1 期。

魔殿中的一百〇八个魔君之一;"证果非凡"则是鲁智深的个人宿命,即他会成为佛性极深的禅客。此后智真长老又两次给鲁智深送偈。

> 智深跪下道:"洒家愿听偈子。"长老道:"遇林而起,遇山而富,遇州而迁,遇江而止。"(《水浒传》第五回)
>
> 长老说罢,唤过智深近前道:"吾弟子此去,与汝前程永别,正果将临也!与汝四句偈,去收取终身受用。偈曰:'逢夏而擒,遇腊而执。听潮而圆,见信而寂。'"(《水浒传》第九十一回)

智真长老的两首偈颂,暗示出鲁智深一生的主要经历与最终归宿。小说最后写道,鲁智深夜深时听到钱塘江潮,以为是战鼓声响,摸了禅杖,大和一声便闯了出去。而后想起智真长老的偈颂"听潮而圆,见信而寂",寂然坐化。这种人生归宿其实正深谙佛家三昧。一个行伍出身,粗鲁、莽撞、嗜杀而又无视清规戒律被逐出山门的不合格的和尚,居然得道升天,证果非凡。这看似不合理的情节安排,却隐藏着深刻的人生哲理。众僧的得道是"刻意"修行的结果,而鲁智深佛性则是流露在"无意间"①,鲁智深的"追求自由""不平则鸣"正暗含着佛教的两重境界——自我解脱和普度众生。我们知道,佛教修行有自度和度人的目标指向。自度即自我解脱,鲁智深率性而行、不拘小节,豪侠仗义、追求自由,正是其自度的表现;度人即普度众生,鲁智深疾恶如仇、不畏强暴,古道热肠、不平则平,正是其度人的表现。隋唐以来,在中国民间形成了浓重的观音信仰,由于它强调观音菩萨具有闻声往救的特殊救济功能,而且救济的方法极其简单方便。所以,当社会动荡不安、苦难频仍之时,这种虚幻的寄托,便成为人们在艰难无助的现实生活中坚强的理由和希望。正因为如此,人们往往把那些打抱不平、扶危济困、仗义行侠的英雄视为菩萨现身。②《水浒传》中鲁智深的"不畏强暴,不平则鸣"正暗合了民间这种浓

---

① 石麟:《从"三国"到"红楼"》,河南人民出版社 2008 年版,第 83 页。

② 熊明:《鲁智深:理想人格范式的承载》,《菏泽学院学报》2007 年第 1 期。

重的观音信仰。正因如此，鲁智深才成了梁山英雄中佛性极深的禅客，只不过他在表现佛性的时候凭借的是禅杖、戒刀，而不是念经忏悔的方式。

三 梁山起义的发生、发展与受招安

《水浒传》全面展现了梁山起义的全过程，作者细致描绘了这次起义从小到大，由弱到强，由个体反抗到有组织、有纲领地反抗封建王朝的过程。起义伊始是梁山英雄或因为统治阶级的迫害，或因为生活的窘困，或因为个人理想难以实现而自发逃亡或啸聚山林；为了免于灭亡，分散的梁山英雄又发展成小股的联合；在大闹清风寨和火并王伦后，梁山队伍才真正壮大，义军才有了起义的性质。接着，梁山义军上演了三打祝家庄、打高唐州、闹华山、攻青州、踏平曾头市等一系列军事壮举，大排座次后又两赢童贯、三败高俅，把梁山事业推向了顶峰。就在梁山事业走向巅峰的时候，以宋江为首的梁山义军却接受了朝廷的招安。梁山义军为什么要接受招安？这是《水浒传》中非常值得我们深思的问题。

（一）梁山受招安的特殊性

在中国古代社会中，农民起义的结局无非有四种可能：其一是被镇压，如东汉末年的黄巾起义、唐末的黄巢起义等；其二是义军的胜利果实被篡夺，如东汉的刘秀；其三是义军内部腐化变质，并最终导致失败，如明末的李自成起义；其四是接受招安。《浒水传》中的梁山起义属于第四类，但梁山的受招安又有其特殊性。在古代社会，农民起义接受招安往往是被迫的，而《水浒传》中的梁山受招安不是被迫的，而是主动接受招安。梁山义军的领袖宋江从走向梁山伊始，便积极准备接受招安，梁山最终受招安的结局被宋江当成普天同庆的事情。

（二）梁山受招安的原因

梁山为什么要主动接受招安？其深层的原因究竟是什么？这是解读《水浒传》这部小说必须要解决的问题。综合来看，梁山受招安既有内部原因，也有外部原因，还有农民起义这种反抗形式的影响。

1. 内部原因

梁山受招安存在着强大的内部动力：首先，梁山领袖宋江自始至终所奉行的是忠义之理；其次，梁山内部有受招安的基础，梁山英雄中的大部分人上梁山的目的"只是暂在山寨安身，等候日后招安"，他们的思想与宋江"忠君报国""盼望早日招安"的愿望是合拍的；最后，反招安斗争的不利，梁山义军中虽然有鲁智深、李逵、武松等人反对招安，但终究扭转不了大势所趋。就梁山内部这三大动力来看，宋江是梁山接受招安最重要的决定力量。

宋江为什么极力主张接受招安？这与宋江的身份、思想乃至价值观有着极为密切的关系。

首先，与其他梁山英雄相比，宋江的身份、思想更为复杂。先说宋江的身份：就经济地位而言，他是一个小地主，是有田产、有家业的人；就政治地位而言，他是个文书（宋押司）；在文化上，他又很特殊，是个知书达理的文人。其实，在梁山英雄中，真正体现了文人特点、体现得最明显的恰恰是宋江，小说中不止一次写到宋江既吟诗又作词，最典型的例子是浔阳楼题反诗，典型地体现了宋江的文人气质。就社会行为而言，宋江又是一位仗义疏财的侠士，有一种扶弱济贫的侠士风范。再说宋江的思想：在梁山英雄中，宋江的绰号最多，这其实代表了他思想的复杂性，"及时雨"是说他仗义疏财、扶弱济贫，就像久旱后的甘霖，能滋养万物；"呼保义"是说他有号召力和组织能力，能够把天下的英雄豪杰聚集成一个坚强的整体；"孝义黑三郎"是说他在心底恪守着传统的伦理道德，即使身处绿林，也要做一个忠臣孝子。在宋江看来，他既要做一个忠臣，又要做一个义士，"忠"与"义"二者可以兼而有之。宋江这种复杂的身份和思想及其对传统道德观念的执着坚守，在一定程度上影响了他走上梁山而又接受招安的价值选择。

其次，与其他梁山英雄相比，宋江走上梁山的过程更为复杂。他左右为难而又摇摆不定，最终被迫走上梁山。小说开篇不久，宋江就被安排在一个左右为难的处境中。第十八回，晁盖等人在黄泥冈上夺走了蔡太师的生辰纲。得知这个消息，蔡京极为愤怒。济州知府何涛奉命到郓城县逮捕晁盖，而此时宋江正在郓城县做押司，得知朋友即将被捕的消息，宋江先是大为震惊，随后马上做出决定：给晁盖通风报信。这个情节的安排，非常值得思考，宋江的这一举动典型地体现了其思想深处忠与义的矛盾。我们看，宋江一出场，其所作所为就违反了职业道德，作为官府的一个成员，他不应该通风报信，否则就触犯了国家的法律，违背了职业道德；但是作为晁盖的朋友，他又应该通风报信，不能眼睁睁地看着知心好友被捕入狱，辱没了自己"及时雨"的名声。在这两难的选择中，宋江选择了通风报信，选择了朋友的义气，放弃了守法的职责。像这样的例子，在小说中甚多。第三十五回，宋江杀惜后流落到清风寨，他几次遭人暗害而险些丧命，忠与义的思想在他的头脑中再次发生了激烈的斗争。宋江先是向花荣和秦明等人提出去梁山入伙的主张，并亲自带着一支队伍取路去投梁山泊。但当宋江收到石勇送来的一封关于"父丧"的家书时，立即抛下大队人马，独自回家奔丧。还家后方知是父亲之计：

> 我又听得人说，白虎山地面多有强人，又怕你一时被人撺掇落草去了，做了不忠不孝之人。（《水浒传》第三十五回）

此后宋江头脑中"孝"的思想占据了主要地位，他打消了上梁山的念头，其实宋江不能"舍孝而从义"正是他后来不能"舍忠而从义"的重要原因。到江州后，宋江本想安定下来，以期刑满释放，回家做一个守法的良民。但平静的期盼终究无法掩盖其内心起伏而激越的情感冲突，长期的怀才不遇与"杀惜"后颠沛流离的生活，与他忠孝两全的人生理想大相径庭，为了发泄内心的积郁感，他浔阳楼题反诗。直到梁山英雄大闹江州，宋江才最终上了梁山。上了梁山后，宋江仍然表现出左右为难的处事方式，同时也将忠与义的矛盾思想带上了梁山。成为梁山领袖的宋江，一方面坚守梁山的"义"道，直接领导了三打祝家庄、打高唐州、闹华山、攻青州、踏平曾头市等一系列的军事壮举，要么为山寨报仇，要么为黎民除害，都是"仗义"之举；另一方面又谨记九天玄女的法旨："为主全忠仗义，为臣辅国安民，去邪规正，他日功成果满，作为上卿。"把梁山事业的宗旨定为"替天行道"，把"聚义厅"改成了"忠义堂"。换言之，宋江一方面指挥梁山英雄抗拒官军，打击朝廷；另一方面又积极准备招安，从没有想过要和大宋皇帝作对。在这段时间里，宋江一直以为自己的做法是既忠又义的，直到柴进簪花入禁院，在"睿思殿"的屏风上看到了御书的四大贼寇的姓名，并把"山东宋江"四个字刻下来带回梁山时，宋江才意识到自己思想里的忠和义是不能两全的，要忠于皇帝就必须受招安，因此，受招安就成了宋江的一种必然选择。

最后，与其他梁山英雄相比，宋江有着更为强烈的功名观念。传统的伦理道德虽然在宋江的头脑里根深蒂固，但支配他行动的主要心理动机却是强烈的功名观念。从整部小说的描写可以看出，宋江实际追求的人生目标是名垂青史：

> 如得朝廷招安，你便可撺掇鲁智深投降了。日后但得去边上，一刀一枪，博得个封妻荫子，久后青史上留得个好名，也不枉了为人一世。（《水浒传》第三十二回）

想要走正当的途径，去追求政治上的飞黄腾达，进而名垂青史，这正是宋江内心的想法。宋江胸怀大志，总想建立功业，但当时奸臣当道、政治黑暗的社会现实，他想要通过正常的途径博取功名，就像水中捞月一样，是虚无缥缈的，他又不想像晁盖那样反上梁山。在无奈的两难选择中，宋江选择了上梁山，但走上梁山的他始终没有放弃建立功业的社会理想，"上梁山"只不过是他实现人生理想、建立功业的一种曲折的方式，因此受招安就成了梁山事业的结局。

2. 外部原因

梁山受招安与《水浒传》的成书背景息息相关，这可以视为梁山受招安的外部原因。宋代以来，民族矛盾异常深重，中原政权始终处于弱势状态。皇帝在宗法时代恰恰是一个国家或政权的重要象征，"为国家出力，不反皇帝，恢复中原政权"成了当时广大民众的普遍心理，因此受招安便成为水浒故事民间流传过程中的基本情节走向，也成了小说中梁山英雄的必然选择。

3. "替天行道"思想的复杂内涵

梁山受招安也与梁山英雄打出的"替天行道"的口号有一定的关系。其实"替天行道"的内涵很复杂，"替天行道"可以是一个造反的口号，因为替天行道是皇帝的持权，现在居然有人擅自出来"替天"了，这便说明原来的皇帝已经不能代表天了，必须取而代之，所以如果不是揭竿而起的反叛者，是不会用"替天行道"这个口号的；同时，"替天行道"也可以是一个妥协的口号，把"天"理解成皇帝，把自己的反叛行为说成是代皇帝杀贪官污吏和奸佞小人。这样，替天行道的内涵又成了"反贪官而不反皇帝"。我们看，小说中梁山英雄的种种壮举更多指向贪官污吏和奸佞小人，而很少指向皇帝，因此"替天行道"这个口号对于梁山英雄来讲更多指向"反贪官而不反皇帝"，基于此，受招安便成了一种可能。

第四节　精妙绝伦的艺术构思

《水浒传》是民间创作和文人创作相结合的产物，它一方面经历了"民间说话"的深厚积淀，另一方面又经过文人的加工整理，因此取得了很高的艺术成就。

一　同中求异的写人艺术

就人物形象塑造而言，《水浒传》的成就高于《三国演义》。《三国演义》塑造的主要是类型化的人物，人物性格构成相对单一，性格内涵相对扁平，而且多为出场定型，缺少变化。《水浒传》中的人物形象则由类型化转变为个性化，由扁平变为立体，并写出了人物个性形成的基础。另外，《水浒传》中的人物性格是变化的而不是静止的，这种变化又往往符合人物的身份、地位和经历。正如金圣叹所说："《水浒》所叙，叙一百八人，人有其气质，人有其性情，人有其形状，人有其声口。"（《第五才子书施耐庵水浒传·序三》）

（一）于典型环境中塑造典型的人物形象

金圣叹认为，《水浒传》之所以吸引人，感动人，使人百读不厌，主要原因就在于它在典型环境中成功地塑造了一系列典型人物。"别一部书,看过一遍即休。独有《水浒传》,只是看不厌,无非为他把一百八人性格都写出来。"① 所谓典型环境就是能充分体现现实社会真实风貌的人物的生活环境,既包括人物所处的历史文化环境,也包括人物生活的具体环境。所谓典型性格,就是既要写出人物性格的典型性、概括性,又要突出人物的个性。在典型环境中塑造典型的人物形象,就是通过观照人物所处的社会环境和身份经历,挖掘其性格形成的社会原因,进而塑造具有代表性的人物形象。李逵出身物质生活极为匮乏的社会底层,所以其行为粗鲁、急躁,在与人发生冲突的时候往往无所顾忌,无法无天。宋江出身社会中层,生活殷实,有相应的社会地位,而且深受传统道德观念的濡染,因此其行为方式与李逵完全不同。鲁达、林冲和杨志都是被逼上梁山的军官,但由于他们的遭遇和经历不同,因此,性格也有明显的差异。《水浒传》的成功之处便在于,在特定的环境中塑造了具有代表性的人物形象,即于典型环境中塑造典型的人物形象。

(二)"同而不同"的写人艺术

在《水浒传》塑造的英雄群像中,性格相近的人物形象很多,但作者却巧妙运用了"同而不同"的艺术手法,使这些人物形象各尽其妙。所谓"同而不同",就是运用对比手法,于相同之处写出不同来。"《水浒传》只是写人粗卤处,便有许多写法。如鲁达粗卤是性急,史进粗卤是少年任气,李逵粗卤是蛮,武松粗卤是豪杰不受羁勒,阮小七粗卤是悲愤无说处,焦挺粗卤是气质不好。"② 以鲁达和武松为例,一个是花和尚,一个是武行者,同样做过中层军官,都有一身好武功,都或多或少与佛门有点关系,性格中都有爽直、粗鲁、勇猛的特质,但是小说写来却各具特色。在"鲁提辖拳打镇关西"这一回,鲁达在酒楼偶遇金氏父女,他们的不幸遭遇立即激起了鲁达的愤怒,其粗鲁、急躁的性格特质随之展现出来。第二天来到郑屠所在的肉铺,

---

① 金圣叹:《读第五才子书法》,转引自刘一舟校点《水浒传》,齐鲁书社 1991 年版,第 20 页。

② 同上书,第 21 页。

鲁达先是以刁钻的要求戏耍郑屠，而后三拳打死郑屠。当鲁达意识到自己的粗鲁所造成的严重后果时，又表现出粗中有细的一面，"你诈死，洒家和你慢慢理会！"可见，鲁达性格粗鲁急躁，但有时又不失理智。与鲁达相比，武松性格中也有粗鲁急躁的一面，但他考虑问题似乎更为周详，不像鲁达那样眼见不平即大打出手，武松更善于自我克制，保持沉着冷静的一面。比如在对待潘金莲的问题上，潘金莲多次勾引甚至调戏武松，但他始终克制隐忍；赴公干临走时，不管潘金莲如何撒泼，他始终置之不理，而是冷静地与哥哥道别。而哥哥遇害之后理性地分析与冷静地处理更表现了武松的理性自制：武松首先暗访邻居和知情者，弄清真相；然后摆下酒席，邀请众邻，当众审讯王婆和潘金莲，录下口供，签字画押；获得了确凿的证据后，这才杀西门庆和潘金莲。由此可见，理性克制这是武松处理一切事情的根本出发点。但武松一旦冲破理性的防线便凶狠无比，其杀人的手段往往令人心惊胆战，杀死潘金莲、西门庆，醉打蒋门神，血溅鸳鸯楼，都表现了武松冲破理性防线后的凶狠。此外，小说在塑造潘金莲与潘巧云这两位"淫妇"时同样运用了"同而不同"的艺术手法。潘金莲本来是一个安分守己、想过平安日子的女人，也是一个有追求的女人，从她和武大的和睦相处到最后的毒杀亲夫，潘金莲有一个逐步堕落的过程。她最初并不是恶人，虽出身赤贫之家，但却是一个有追求、有个性的女性。张大户垂涎于她，她本来可以凭借自己的姿色弄来一个小妾的名分，但她没有这样做，而是嫁给了"三寸丁""谷树皮"的武大郎。嫁给武大郎后，由于潘金莲心中不满意，又经由外人的挑唆，这才一步一步走向深渊。与潘金莲不同，潘巧云似乎天生就是一个荡妇，她一出场就表现出水性杨花的一面。由于丈夫杨雄经常不在家，寂寞难耐的她便主动勾引丈夫的结义兄弟石秀，遭拒后反而恶人先告状，诬陷石秀调戏自己。而后，为了满足自己的淫欲，她竟然与出家的和尚通奸。我们看，小说中的潘金莲和潘巧云虽同为荡妇，但潘金莲最终走向罪恶的深渊更多为环境所致，而潘巧云因为淫荡而被杨雄所杀的结局实为性格所致，这是典型的"同而不同"。

（三）人物性格随着环境变化而呈现流变性特征

《水浒传》中的人物不像《三国演义》中的人物大都"出场定

型"，《三国演义》中的人物多为"扁平化"人物，而《水浒传》中的人物则开始趋于"立体化"，人物性格往往随着环境变化而呈现流变性特征。如小说中的杨志，本为三代将门之后，五侯杨令公之孙，他是一个安分守己而又有着强烈功名观念的人。然而杨志的人生际遇实在太差了，他先是为皇帝押送"花石纲"，结果在黄河翻了船，将宝贝全部弄到水里去了，为此他亡命江湖。赦免后，杨志回到东京，本想指望凭一身本事，在边庭上一刀一枪博得个封妻荫子，不想遭到高俅的排斥。杨志一身晦气，被迫卖祖上留下的宝刀，卖刀时，杀死了泼皮牛二，发配大名府留守司充军。杨志在大名府得到梁中书的赏识，早晚殷勤听候使唤，此时杨志追求名利的欲望更加炽烈，在比武场上斗智逞能，护送生辰纲时兢兢业业。直到生辰纲被劫后，有落入牢狱的危险，他才在不得已的情况下上了梁山，他的反抗性格才真正地显现出来。杨志从开始的安分守己、追求功名到走上梁山，有一个逐渐流变的过程，而性格流变的根本原因则在于人物所处环境的变化。林冲的性格同样也表现出流变性的特征，作为八十万禁军教头的林冲，由于贪图安逸的生活环境，而更多表现出隐忍的一面，高俅父子多次欺压、凌辱他，他却敢怒不敢言；在发配沧州的途中，他还是一忍再忍，妄想重见天日；直到草料场被烧，陆谦的出现，林冲才怒火中烧，积愤爆发，手刃仇人，走上梁山，其性格中反抗性的一面才最终显露出来。人物性格的这种流变性特征，往往使作者笔下的人物更加鲜活灵动，也更富于真实性。

（四）运用细节描写展现人物丰富的内心世界和复杂的性格特质

《水浒传》特别注重以细节来写人。成功的细节描写不仅能让故事情节更加引人入胜，还有利于展现人物丰富的内心世界和复杂的性格特质。小说第七回，林冲闻听有人调戏自己的娘子急忙赶到现场，并挥拳直上，但当他发现调戏娘子之人是高衙内的时候，却又将拳头轻轻放下："（林冲）恰待挥拳打时，认得是本管高太尉螟蛉之子高衙内……先自手软了。"这是典型的细节描写，充分展现了林冲委曲求全、敢怒不敢言的复杂心理。小说第二十三回，作者将武松打虎的细节渲染得惟妙惟肖：

　　武松见那大虫复翻身回来，双手抡起哨棒，尽平生气力只一棒，从半空劈将下来。只听得一声响，簌簌地将那树连枝带叶，劈脸打下来。定睛看时，一棒劈不着大虫，原来打急了，正打在枯树上，把那条哨棒折做两截，只拿得一半在手里。

　　作者借哨棒打断的细节，充分表现了武松全神贯注的紧张神态，渲染了这场恶斗的气氛，也为武松后来赤手空拳打虎做了合理的安排，从而突出了他的神力和威武。

（五）传奇性与真实性的结合

　　《三国演义》塑造的大多是理想化的英雄人物，而《水浒传》基本上以草莽英雄为主。为了使平凡的草莽英雄更加吸引读者的眼球，《水浒传》的作者就增加了人物传奇性的色彩：鲁智深倒拔垂杨柳，武松徒手打虎，石秀跳楼救人，花容箭无虚发等情节均给人一种传奇的色彩。《水浒传》中的人物形象虽然富有传奇色彩，但又不失真实感，充满了个性特征，这是因为作者往往把这种传奇行为置于真实的底色之上。这种真实包括背景真实和心理真实两个方面。所谓背景真实，即这些豪杰的传奇行为不是发生在充满隐逸之气的深山，也不是在令人生畏的古战场，而是在市井街头、酒店村庄，围绕他们的都是一些市井细民，同时，作者在写豪杰行为时，多用近人之笔。如武松打虎的地点不是在远离人间的高蹈仙境，而是在离村庄不远的山林；武松打虎的过程也并非仙佛擒妖般地一蹴而就，而是经过反复较量最终将老虎打死。这种背景真实使小说的现实感大大增强。所谓心理真实，即人物的行为符合人之常情。以"鲁提辖拳打镇关西"为例，鲁达为什么要打死郑屠，除了为金氏父女鸣不平外，还有一个重要原因：

　　鲁达再入一步，踏住胸脯，提着那醋钵大小拳头，看着这郑屠道："洒家始投老种经略相公，做到关西五路廉访使，也不枉了叫做'镇关西'，你是个卖肉的操刀屠户，狗一般的人，也叫做'镇关西'！"（《水浒传》第三回）

这表明鲁提辖拳打镇关西的原因，除了对郑屠欺压弱者的愤怒外，也有对郑屠冲撞自己名号的不平。如果鲁达仅仅因为郑屠欺压金氏父女而将其打死，似乎不符合人之常情，故事的真实感必然大打折扣。

二　连环钩锁、层层推进的结构艺术

《水浒传》在结构安排上具有两大特色：其一为单线结构；其二为完整性与独立性相结合。

（一）单线纵向推进

《水浒传》的情节结构是以单向纵向推进的。整部作品由多个故事组成，每一个故事讲述一个主要人物的经历和遭遇，讲完后再讲下一个。综合来看，小说七十一回以前，以人物为单元，由一个人物引出另外一个人物，然后依次推进，诸多英雄先后造反，像众虎归山，百川聚海。七十一回之后，则以事件为单元，由一个事件引出另外一个事件，写义军两赢童贯、三败高俅、接受招安、北征辽、南打方腊，最后以悲剧告终。"全书的结构，上半部犹如长江的上游，百川汇聚，汩汩滔滔；下半部则如长江的主流，奔腾而下，直泻东海。"①

（二）完整性与独立性相结合

《水浒传》的结构彰显出"完整性与独立性相结合"的特征。就整体而言，小说情节的开端、发展、高潮、结局均具备，结构完整，体式完备；就局部而言，小说又是由诸多相对独立的片段构成的，如"林冲传""鲁达传""武松传""杨志传""宋江传""三阮传"等，这些相对独立的片段像多篇中篇小说一样串联在一起。这种相对独立的"珠串式"结构模式很可能是作者在改造原有民间故事时留下的痕迹。

三　纯熟自然的语言艺术

《水浒传》的语言特色非常鲜明，成就极高。《三国演义》所使用

---

① 郭英德：《中国四大名著讲演录》，广西师范大学出版社 2006 年版，第 151 页。

的语言是"半文半白"的浅近文言，而《水浒传》则融入了大量的民间口语，是一部典范的白话小说。《水浒传》之后的长篇白话小说，口语化成为其创作的重要倾向。《水浒传》所运用的白话语言具有丰富的表现力，洗练朴素，明快生动，色彩浓烈，极富生活气息。

（一）娴熟运用白话写景、叙事

《水浒传》的作者吸收了民间说唱文学的成就，所使用的白话带有浓重的民间文学色彩，写景、叙事生动形象，酣畅淋漓。如小说第十回"林教头风雪山神庙"中那一段对雪景的描写，"那雪下得正紧"，"看那雪，到晚越下得紧了"，鲁迅先生对这段文字推崇备至，因为这里的"紧"字不仅形象地展现了雪之大，更烘托出人物的心理感受。再如小说第三回"鲁提辖拳打镇关西"的那段叙事性文字：

　　扑的只一拳，正打在鼻子上，打得鲜血迸流，鼻子歪在半边，却便似开了个油酱铺，咸的、酸的、辣的一发都滚出来。郑屠挣不起来，那把尖刀也丢在一边，口里只叫："打得好！"鲁达骂道："直娘贼，还敢应口！"提起拳头来就眼眶际眉梢只一拳，打得眼棱缝裂，乌珠迸出，也似开了个彩帛铺，红的、黑的、紫的都绽将出来。……又只一拳，太阳上正着，却似做了一个全堂水陆的道场，磬儿、钹儿、铙儿一齐响。

这段文字可谓脍炙人口，味觉、视觉、听觉并用，生动形象地再现了郑屠被打的全过程，也让疾恶如仇的鲁达形象跃然纸上。《水浒传》这种娴熟运用白话写景叙事的语言特点，与其在成书前以说唱形式在民间长期流传的过程有着重要的关联。

（二）人物语言高度个性化

在人物语言个性化方面，《水浒传》一直被后人所称道，"一样人，便还他一样说话"[1]。《水浒传》的语言能传达人物的内心感受，

---

[1]　金圣叹：《读第五才子书法》，转引自刘一舟校点《水浒传》，齐鲁书社 1991 年版，第 20 页。

能体现人物的个性特征。小说第七十一回，宋江在菊花会上作词一首，表达期盼招安的愿望，却激起了梁山英雄的不同反应。

> 乐和唱这个词，正唱到"望天王降诏，早招安"，只见武松叫道"今日也招安，明日也招安，冷了弟兄们的心！"黑旋风便圆睁怪眼，大叫道"招安，招安，招甚鸟安！"只一脚，把桌子踢起，颠作粉碎……鲁智深便道"只今满朝文武，多是奸邪，蒙蔽圣聪，就比俺的直裰染做皂了，洗杀怎得干净？招安不济事，便拜辞了，明日一个个去寻趁罢。"

在这段文字中，武松、李逵、鲁智深三人不同的言辞恰恰表现了三个人物不同的个性特征：武松言语直白而冷静克制，李逵言辞激烈而粗鲁急躁，鲁智深言辞中肯而不失理性。《水浒传》正是运用这样一种在民间口语基础上提炼而成的典范的白话，塑造了一批性格各异的英雄人物。

第三章

《西游记》与神魔世界的建构

鲁迅先生在《中国小说史略》中将《西游记》视为明代神魔小说的典型代表，这种说法被后世的小说史研究者所普遍接受。但也有学者将《西游记》称为神话小说或神怪小说。名称虽然有所区别，但其艺术特质是相同的，即这类小说以神魔为主要人物，在题材上具有鲜明的超现实性，并表现出奇幻的艺术特征。罗贯中的《三遂平妖传》已经初步具备神魔小说的雏形，《西游记》则堪称神魔小说的杰出代表。

第一节　超越现实，走向神话

一　历史上的"玄奘取经"与取经故事的流变

《西游记》与《三国演义》《水浒传》一样，属于世代累积型的小说，其成书过程大约历时九百年。《西游记》的成书过程大致可分为三个阶段：取经本事阶段，由取经本事向俗讲、民间故事的演变阶段和《西游记》的成书阶段。

（一）取经本事：历史上的"玄奘取经"

高僧玄奘（602—664），俗姓陈，名祎，洛阳缑氏人，13岁出家。后决意到佛教发源地天竺去研究教义，取回真经。唐太宗贞观初年，玄奘在没有取得朝廷同意的情况下，只身离开长安，经河西走廊，出玉门关，过吐鲁番，历经艰辛，到达天竺，贞观十九年回到长安。此行历时 17 年，行程五万里，取回佛经 657 部。回到长安后，玄奘在长安的慈恩寺以 19 年时间译出佛经 75 部，创立了佛教的重要宗派法相宗。唐高宗麟德元年（664），玄奘圆寂。

玄奘西游取经这件事情当时在朝野上下引起了巨大轰动，而他沿途的所见所闻也引起了人们的极大兴趣。于是玄奘奉诏口述取经路上的所见所闻，由弟子辨机记录，并编辑成《大唐西域记》一书。书中介绍了途经西域各国的山川地貌、政治历史、宗教文化等状况。

其后，玄奘门徒惠立、彦琮又根据玄奘的经历撰写了《大唐大慈恩寺三藏法师传》一书，他们在记述玄奘取经经历的过程中，增加了一些宗教传闻和神秘事件，如狮子王劫女产子、西女国生男不举等，这为后世想象取经途中光怪陆离的神魔传说开了先河。

（二）取经本事向俗讲、民间故事的演变

中唐以后，唐代佛教寺院内俗讲成风。因为"玄奘西游取经"这件事情具有浓厚的传奇性和宗教性，因此受到佛教徒的注意，这个故事也就成了唐代俗讲的重要内容。现存最早的有关此事的俗讲材料是《大唐三藏取经诗话》，这部作品文字粗略，情节简单，文本中出现了"来助和尚取经"的猴行者（白衣秀士）形象，他自称是"花果山紫云洞八万四千铜头铁额猕猴王"，因偷了西王母池十颗蟠桃，"被王母捉下……配在花果山紫云洞"。他神通广大，能伏魔降妖。这一形象的出现标志着西游故事的主角已由唐僧向猴行者转变，也标志着由取经的真人真事向神魔故事的演变。书中还出现了一个脖挂骷髅项链的"深沙神"，但还没有出现猪八戒的形象。

《西游记》故事在金元及明初，被搬上戏曲舞台。金院本名目中有《唐三藏》一种，已失传；元代的"西游"杂剧有吴昌龄的《唐三藏西天取经》和杨景贤的《西游记》两种。吴剧已佚，杨作犹存。在杨剧中，猴行者已变为孙悟空，深沙神也改为沙和尚，并首次出现猪八戒形象。这样西天取经的全班人马基本定型，同时该剧中还出现了过火焰山、女儿国等情节。

大约与杨景贤的杂剧《西游记》同时，还出现了散文体的话本《西游记平话》，今已佚失，但部分文字保留下来。成书于明初的《永乐大典》中，保存了一段"梦斩泾河龙"的残文，约1200字，文字粗率，其标题为"西游记"。朝鲜古代的汉语教科书《朴通事谚解》里，选收了一段汉文"车迟国斗圣"，内容大抵相当于今本《西游记》第四十六回的一部分，而且还有8条注释，或介绍这段选文依据的是《西游记》，或直书"《西游记》云""详见《西游记》"。这些残文很有可能来自那本失传的《西游记平话》。从这些残文可以推测，《西游记平话》这部作品文字粗糙，在艺术上远不能与小说《西游记》相比，但是故事框架近于完整，人物形象基本定型，它在《西游记》成书的过程中具有阶段性意义。

（三）《西游记》的成书

到了明代中后期，在取经本事和民间故事的基础上，便产生了小说《西游记》。具体的创作过程，由于现存资料有限，暂无从可考。

二　关于《西游记》作者的论争

关于《西游记》的作者，现在一般认为是明代江苏淮安人吴承恩。其实这是一个学术界尚无定论的问题。关于《西游记》的作者，目前在学术界主要有三种观点。其一为"丘处机"说。现存明代的刊本均无署名，清初道士汪相旭的《西游证道书》首次提出《西游记》的作者为元人丘处机，以后流行的几个清代刻本都沿袭了这个说法，因此就出现了"丘处机"说。根据清人钱大昕的研究，丘处机所作的《西游记》是一部记述地理风俗的游记，与取经故事毫无关系，因此，"丘处机"说从此不攻自破。其二为"吴承恩"说。清代乾隆年间，江苏淮安人吴晋玉首先提出《西游记》的作者是吴承恩。他从明代天启年间编修的《淮安府志》中查阅到吴承恩名下有《西游记》的书名，又指出书中的很多方言出自江苏淮安，于是认定《西游记》的作者是吴承恩。直到20世纪20年代，经鲁迅、胡适等人的认定，《西游记》的作者是吴承恩的说法几乎成为定论。但近年来，质疑、否定吴承恩是《西游记》的作者的声音越来越多。其三为"无名氏"说。近年来，李安纲等学者认为"丘处机"说和"吴承恩"说均不可信，提出这两种说法的人均缺少确凿的证据，因此，就出现了"无名氏"

说。近年来还有多位学者在研究《西游记》作者时提出了多种看法，有"李春芳"说、"陈元之"说、樊山王府诸人说、全真道士说等，但每一种说法都没有拿出令人信服的证据来，基本属于推测，所以"吴承恩"说至今仍被大多数人所信服。

吴承恩（约1504—1582），字汝中，号射阳山人。先世居于涟水（在今江苏），后迁居山阳（今江苏淮安）。吴承恩的父亲为商人，却喜爱读书。吴承恩早慧，"自髫龄即以文鸣于两淮"，后科举不利，嘉靖二十三年（1544）才补岁贡，隆庆元年（1576）以贡生的身份出任浙江长兴县丞，分管粮马、巡捕之事。后补荆王府纪善，掌管礼法，是个清客之流的闲职。有《射阳先生存稿》等著作存世。

三 《西游记》的版本系统

《西游记》的版本有繁、简之分：一般认为简本是繁本的删节本，也有极少数学者认为繁本是简本的扩写本。繁本一般为一百回，明代的刊本均无作者署名，而且没有唐僧出身的情节。明代繁本中，现存最早的明代刊本是万历二十年（1592）刊刻的金陵世德堂本，这个本子全名《新刻出像官本大字西游记》，共二十卷一百回；另一明刊本为托名李卓吾的评本，卷首有袁于令的题词。清代繁本均署名丘处机，并补唐僧出身为第九回，如汪象旭的《西游证道书》、陈士斌的《西游真诠》、张书绅的《西游记》和刘一明的《西游原旨》。简本有两种，其一为朱鼎臣的《唐三藏西游释厄传》，万历年间刊刻，共十卷六十九则，篇幅相当于百回本的四分之一，有唐僧出身的故事；其二为杨志和的《西游记传》（被清人收入《四游记》中），共四卷四十一回，篇幅与朱本相近，无唐僧出身的故事。

第二节 两个故事构筑的多重主题

一 《西游记》的文本结构

《西游记》这部小说实际上是由"闹天宫"和"西天取经"这两

个故事组成的，这两个故事又构建了三大板块：第一板块是从第一回到第七回，主要讲述孙悟空出身和大闹天宫；第二板块是从第八回到第十二回，主要写西天取经的缘起，这个缘起包括唐僧的出身，也包括魏征梦斩泾河龙王、唐太宗游地狱等传说；第三板块是从第十三回到第一百回，是西天取经的完整故事，写孙悟空皈依佛门，同猪八戒、沙和尚一道保护唐僧西天取经。

二 《西游记》的多重主题

从取经本事到小说，《西游记》经过了长期的酝酿过程，在这一过程中加入了一些下层民众的思想，因此，其文本内容是非常复杂的。面对如此复杂的文本内容，读者可以从不同的角度加以解读，对《西游记》主旨的认识也必然是多元的。

（一）"幻中有理"

所谓"幻中有理"，即在《西游记》虚幻的神魔世界中蕴含着深刻的哲学内涵。有人认为《西游记》是对"修身养性"之大道的阐释，"小说野俚诸书，稗官所不载者，虽极幻妄无当，然亦有至理存焉。……《西游记》曼衍虚诞，而其纵横变化，以猿为心之神，以猪为意之驰，其始之放纵，上天下地，莫能禁制，而归于禁箍一咒，能使心猿驯伏，至死靡他，盖亦求放心之喻，非浪作也。"（谢肇淛《五杂俎》）"旧有叙，余读一过。……其叙以为孙，狲也，以为心之神；马，马也，以为意之驰；八戒，其所八戒也，以为肝气之木；沙，流沙，以为肾气之水；三藏，藏神藏声藏气之三藏，以为郛郭之主；魔，魔，以为口耳鼻舌身意恐怖颠倒幻想之障。故魔以心生，亦以心摄。是故摄心以摄魔，摄魔以还理。还理以归之太初，即心无可摄。"（陈元之《西游记序》）在文本中我们也确实能看到作者对心性问题的触及，如小说在回目和诗赞中经常提到"心猿"一词，"官封弼马心何足，名注齐天意未宁"（第四回），"八卦炉中逃大圣，五行山下定心猿"（第七回），"心猿归正，六贼无踪"（第十四回），"猿猴道体配人心，心即猿猴意思深。马猿合作心和意，紧缚牢拴莫外寻"（第七回）。"心猿"本是宗教用语，比喻躁动的心灵。小说用"心猿"作为孙悟空的别称，意在表明作者把孙悟空作为人心的幻象来刻画，进而认为孙悟空的人生经历与心性修炼的过程是相契合的：孙悟空大闹天宫——隐喻放心，被压于五行山下——隐喻定心，西天取经成正果——隐喻修心。同时，小说在人物对话中也经常触及心性问题：

> 行者道："你自小时候走到老，老了再小，老小千番也还难；只要你见性志诚，念念回首处，即是灵山。"（《西游记》第二十四回）

> 行者道："佛在灵山莫远求，灵山只在汝心头。人人有个灵山塔，好向灵山塔下修。"三藏道："徒弟，我岂不知？若依此四句，千经万典，也只是修心。"① （《西游记》第八十五回）

也有人认为《西游记》是以虚幻的神魔世界阐释儒、道、释"三教合一"之理。"余谓三教已括于一部，能读是书者于其变化横生之处引而伸之，何境不通？何道不洽？" （袁于令《西游记题词》）"《西游》一记，阐三教一家之理，传性命双修之道，俗语常言中，暗藏天机；戏谑笑谈处，显露心法。" "悟之者在儒可成圣，在释可成佛，在道可成仙。"（刘一明《西游原旨序》）性命双修，在儒指穷理尽性，在道指烧丹炼鼎，在释指渐修顿悟。天机和心法，指儒家的"存心养性"、道家的"修心炼性"和佛家的"明心见性"。这种观点结合《西游记》产生的时代背景来考察其主旨，把《西游记》放在当时的时代思潮中研究其思想意义，这种研究视角不无道理。

（二）"幻中有趣"

所谓"幻中有趣"，即《西游记》属于游戏之作，《西游记》本无主题或其主题在于"游戏谐谑"。最早提出这种说法的是胡适和鲁迅，"《西游记》至多不过是一部很有趣味的滑稽小说，神话小说，他并没有什么微妙的意思，他至多不过有一点爱骂人的玩世主义。这点

---

① 本章所引《西游记》原文均出自古众校点《西游记》，齐鲁书社 1991 年版。

玩世主义也是很明白的；他并不隐藏，我们也不用深求。"（胡适《西游记考证》）"作者虽儒生，此书则实出于游戏，亦非语道，故全书仅偶见五行生克之常谈，尤未学佛，故末回至有荒唐无稽之经目。"①章培恒、骆玉明也提出了类似的观点："《西游记》只是一部神话小说，而不是什么哲理、道德或政治的寓言。一般不怀偏见、不刻意穿凿的读者，也只是从其中得到一种娱乐性的、驰骋幻想与诙谐嘲戏的快感。"②

（三）"幻中有实"

所谓"幻中有实"，即将《西游记》所建构的象征体系坐实，从写实的角度阐释《西游记》的主旨。从新中国成立到改革开放初期，学术界侧重从社会学的角度阐释《西游记》的主旨，这与当时的政治语境是息息相关的。其中最具影响力的一种观点就是"农民起义"说，即认为孙悟空大闹天宫反映了历史上风起云涌的农民战争。但这种说法很难自圆其说，因为孙悟空的造反并不是由于受到剥削和压迫，其目的也不是要推翻玉帝的统治，他的造反只是为了满足自己的私欲，不代表任何阶层的人，连花果山的群猴都代表不了。特别是孙悟空皈依佛门之后一心保护唐僧西天取经，似乎站到了农民起义的反面。因此，随后就出现了对"农民起义"说的修正：《西游记》的主题有两重，第一重是反抗性主题，以前七回为主，表现孙悟空反抗天庭的主题；第二重主题是西天取经。至于西天取经的性质是正义的还是非正义的还有争论：其一为张天翼的"主题矛盾"说，即《西游记》的前七回表现的是"反抗性"主题，第七回后的"西天取经"表现的是"投降主题"，前后在主题建构上存在着矛盾；其二为何其芳的"主题转化"说，即《西游记》的前七回表现的是"反抗性"主题，第七回后的"西天取经"是一种正义事业，但是这种正义的行为和前面反抗的行为不完全一致，所以主题转化了。20世纪80年代，学术界对以上的观点做了重新思考，否认所谓的"主题矛盾"说、

---

① 鲁迅：《中国小说史略》，人民文学出版社1973年版，第140页。

② 章培恒、骆玉明主编：《中国文学史》（下），复旦大学出版社1997年版，第272页。

"主题转化"说，比较一致地认为整部小说的一百回应该有一个统一的主题，因此就出现了"忠奸斗争"说、"歌颂市民"说、"安天医国"说、"批判佛教"说、"时代思潮"说、"张扬人性"说、"哲理"说等多种说法。

其实，对《西游记》主题的阐释是比较困难的，因为小说是由"闹天宫"和"西天取经"两个相对独立的故事构成的。从"闹天宫"到"西天取经"，故事的矛盾冲突发生了转化，"闹天宫"展现的是孙悟空和以玉皇大帝为代表的整个神权系统的冲突，"西天取经"展现的是唐僧师徒五人所组成的取经队伍和阻挠取经的势力两者之间的冲突。两个相对独立的故事整合在一个作品中，增大了阐释小说主题的难度。同时，《西游记》是一部神魔小说，它构成的是一个非现实的艺术世界，要阐释《西游记》的主题，必须首先认定它反映的是非现实的艺术世界，具有幻想性和抽象性，《西游记》不是依据现实的逻辑演绎成的小说，而是以非现实的逻辑演绎成的。因此，不能把非现实的世界坐实了，因为非现实世界是抽象的，具有很强的象征性。

第三节 从世态批判到精神隐喻

一 对现实世态的讽刺与批判

《西游记》展现的虽然是由神将仙卿、妖魔鬼怪所构筑的非现实世界，但这部小说并非没有现实意义，它有很明显的现实指向。《西游记》描写了种种世态，批判了现实社会种种丑恶的现象。

（一）批判现实世界的丑恶

《西游记》以现实世界为参照构筑了完整的神的世界。小说写神的世界就意味着写现实的世界，上至玉皇大帝，下到天兵天将，和现实世界中的皇帝与各级官吏之间形成了一种对应的关系。玉皇大帝和神将仙卿是现实中的皇帝和官吏的象征，所以凡是对玉皇大帝、对神将仙卿的调侃、讽刺，实际上都是对现实社会中皇帝和官吏的调侃、讽刺。《西游记》中的玉皇大帝、神将仙卿，一个个昏庸无能，尸位素餐，作威作福，这实际上是明代那些荒淫腐朽的世俗帝王以及文武群臣的投影。

我们再看，小说中写师徒五人在西行取经路上经过了许多国家，这些国家有个共同的特点："文也不贤，武也不良，国君更是无道"，都是混乱无比的国家，国王不是怯懦昏庸，就是荒淫无道。比丘国的国王追求长生不老，有个妖怪变的南极仙献了个女子给国王做王后，"南极仙"就被封为"国丈"。而且这个"国丈"还给国王献了长生不老的仙方，要用1111个小儿的心肝做药引子，这个写法显然是夸张的，但夸张里有一种本质的东西，那就是荒淫无道、残忍暴虐，这是国王的一种本性。在乌鸡国，国王因为迷惑于妖道而被妖道谋害，还被夺了皇位和皇妃。在车迟国，三位妖道自称会"指水为油、点石成金"，他们不仅当了国师"上殿不参王，下殿不辞主"，而且还迫害僧俗民众。这种荒淫无道的国王本性无疑有一种鲜明的现实指向，作者是用夸张的手法讽刺明代皇帝。明代弘治、嘉靖两个皇帝都有个很突出的特点，就是迷信道教，追求长生不老，在皇宫里建道教的祭坛，把皇宫弄得乌烟瘴气；而且他们还特别迷信房中术，谁来献房中术的方子，谁就能做大官，谁献的方子管用，谁就升得快，升得高。《西游记》把这种社会现实抽象化、幻想化、夸张化，就成了小说中对迷恋道教的那些国王的夸张描写，因此就产生了影射现实的效果。

同时，这些国家的文臣武将都是无能之辈，甚至是酒囊饭袋。宝象国的百花羞公主被妖怪抢走了，这时候国王问满朝文武谁能救百花羞公主回来，连问数声，没人回答，也没有人敢去营救公主；在朱紫国，金圣娘娘被赛太岁捉走了，可满朝文武没有一个可以为国王解决难题，后来还是孙悟空挺身而出。为了报答孙悟空，国王居然要让出国王的位置。作者对这些文官武将进行了抽象意义上的批判，现实社会中也有这样的文官武将，李贽就曾批判过当朝的庸臣"终日匡坐，同于泥塑"。

（二）调侃、讽刺神佛世界，进行道德批判

西天取经路上的妖魔往往与神、佛有着千丝万缕的联系。黑松林的黄袍怪，就是天宫二十八星宿之一的奎木狼下凡；小雷音寺的黄眉老佛是弥勒佛的司磬童子；天竺国的假公主是广寒宫的玉兔；乌鸡国的全真道人是文殊菩萨的坐骑青毛狮子；金角大王、银角大王是太上老君的看炉童子；麒麟山的赛太岁是观音菩萨的坐骑金毛犼。这就告诉我们，妖魔在人间的恶行是由于神佛的放纵而造成的。

《西游记》中的妖魔不仅成了唐僧西天取经的巨大阻碍，同时也成了危害百姓、荼毒生灵的恶势力，但神佛却没有阻碍他们在人间的恶行，甚至成了他们的保护伞。这种情节模式的设置蕴含着作者对神佛世界的讽刺和调侃，也蕴含着作者对现有道德体系的深刻批判。在作者看来，一个人的行为在社会上是正义还是邪恶，不在于他身份的高贵与否，而在于他的实际行为和内在精神。他的行为和精神是恶的，他就是恶的。《西游记》中有很多出身高贵的神佛，但是他们的行为并不高贵，作者经常对其进行调侃和讽刺。小说第九十八回，唐僧师徒五人历经千难万险，终于来到佛祖所居的西天，可是如来跟前的两个侍者阿难、迦叶，居然公开索贿，孙悟空不肯向他们行贿，两人就将假经文传给唐僧。后来孙悟空因为此事来找如来辩理，如来却说了一番让人匪夷所思的话：

> 经不可轻传，亦不可以空取，向时众比丘圣僧下山，曾将此经在舍卫国赵长者家与他诵了一遍，保他家生者安全，亡者超脱，只讨得他三十三升米粒黄金白银，我还说他们忒卖贱了，教后代儿孙没钱使用。你如今空手来取，是以传了白本。

显然，这里作者已将批判的矛头指向神佛界的最高统帅——如来。在作者看来，不管怎样神圣的人，也许在他的背后都有不可见人的、丑恶的一面，所谓的神佛跟普通百姓一样，也有着凡俗心理，也有着追求功名利禄的心理，千万不要为他们的身份、地位所蒙蔽。小说中大量的讽刺性、调侃性描写，给人一种智慧和人生启迪。

二　隐喻人的自由本质与人生境界

（一）对自由与自由精神的隐喻和象征

对自由精神的阐释，是《西游记》的一大重要主题。作为中国古

典四大名著之一，人们更喜欢从《西游记》的故事本事出发挖掘作品
所蕴含的对自由精神的诠释，而对以文本层为出发点的综合解读却做
出了不同程度的回避。黄霖先生阐释了对《西游记》主要精神的看
法：吴承恩在客观上塑造了"有个性，有理想，有能力的人性美的象
征"，通过悟空一系列的表现，不自觉地表现了追求自由和个性的精
神。① 梁归智先生指出，《西游记》涉及一个人类社会的根本性困惑，
即自由的可能性与限度的问题，并从自由的欲望、自由的危险性、自
由的转型、自由的悖论、自由的人际限制、结构与自由的限度等几个
方面阐释了自由精神的发展过程。② 刘戈认为"《西游记》是一部悟
空的生命追求的历史"，《西游记》通过孙悟空这个个案展现了全人类
对长生、自由和归宿的追求。③ 崔小敬指出："《西游记》以文学方式
再现与探讨了人类深层意识中秩序与自由的悖论……孙悟空对自由的
追求体现为一个正反合的辩证发展过程，成佛意味着他重获自由和天
宫秩序归化异类的成功。"④ 以上诸种观点有一个共同的旨归，即论者
都是从故事本身出发挖掘作品对自由精神的隐喻，而忽视了《西游
记》特殊的文体风格和人物设置对自由精神的隐喻。以下我们就着重
从这两个角度谈一谈《西游记》对自由与自由精神的隐喻和象征。

　　1. 寓言文体风格与自由主题的指向

　　《西游记》的故事本事源于唐代玄奘取经的历史事实。在《西游
记》成书的漫长岁月中，本事的宗教意义逐渐丧失，叙述的重心由玄
奘法师转向了其他人物，最终凝聚在猴行者孙悟空的身上，并受到民
间读者的认可和共同塑造。这一过程不仅转化了故事的第一主角，而
且在形式上完成了由历史故事到寓言文体的变革。这种由历史故事到
寓言文体的叙事方式的转变，不仅改变了小说的主题指向，而且为
《西游记》自由主题的彰显提供了最为有利的空间。

---

① 黄霖：《关于〈西游记〉的作者和主要精神》，《复旦大学学报》1998 年第 2 期。

② 梁归智：《自由的隐喻：〈西游记〉的一种解读》，《运城高专学报》1998 年第
1 期。

③ 刘戈：《孙悟空生命历程的精神启示》，《运城高等专科学校学报》2000 年第 5 期。

④ 崔小敬：《〈西游记〉：秩序与自由的悖论》，《文学评论》2008 年第 1 期。

寓言文体与历史故事的首要差异在于时空背景的普适原则。在历史演义故事中，时间与空间作为叙述的要素直接参与着故事，若对其进行改易，则整个历史演义故事将面临重新建构。我们以历史演义小说的代表《三国演义》为例，在这部小说中无论是刘、关、张的"桃园三结义"，还是魏、蜀、吴三大集团之间复杂的政治、军事斗争，其意义的建构必须在汉末天下大乱、群雄争霸这一时空背景下展开，若脱离或改换时空背景，则小说的意义建构过程必然发生断裂，因而在历史演义故事中，时空要件不具有普适性。而寓言文体的时空要件所担负的叙述功能实际上被严重弱化，对作品意义建构的影响不大。在《西游记》这部小说中，虽然出现了唐太宗、魏征等真实历史人物，而且故事大体限定在唐朝的李世民时期，但小说并没有依托于此而敷衍为历史演义。即使历史人物，对他们的叙述加工也同样没有依托历史，而是备述"泾河斩龙"等不见于正史的传说，可见小说对历史采取了极度虚拟和写意的手法。小说以程式化的神话叙事时间模式开篇，把故事的发生与宏大的时间概念交融混合：

> 盖天地之数，有十二万九千六百岁为一元。将一元分为十二会，乃子、丑、寅、卯、辰、巳、午、未、申、酉、戌、亥之十二支也。每会该一万八千岁……（《西游记》第一回）

宏大的时间概念湮没了时间的坐标定位功能，使时间成为抽象的符号，小说可以用不同的具象对其充实和丰富，获得了普适性。正因为如此，小说的主角——孙悟空才可以由天地混沌初开时的"天生石猴"到在花果山享乐三五百载的"美猴王"，由大闹天宫的"齐天大圣"到被压五行山下五百年的"妖猴"，由取经路上的"行者"到极乐世界的"斗战胜佛"。宏大的时间跨度全面、灵便地展现了孙悟空的成长历程，同时也为《西游记》自由主题与自由精神的彰显提供了重要基础。笔者认为，生命个体追求自由与彰显自由精神的过程，其最大的束缚便来自生命的有限性，《西游记》宏大的时间背景让天地孕育的石猴从远古走来，这期间又经历了"地府勾销生死簿"的超越性的选择，这就使小说时间参与叙事的可能性被消解，孙悟空身上彰显的自由精神也就自然得以最大限度的膨胀。

　　与宏大的时间背景相照应，小说展开了空间的简史，在文本中赋予空间以形式结构功能。小说以东胜神洲花果山为起点，以天竺灵山佛国为终点。小说又以五行山为分割，造成两个相对独立又在内部深度统一的子系统情节"大闹天宫系列"和"西天取经系列"。在"大闹天宫系列"中，孙悟空曾"远渡西牛贺洲，拜师访道，习得七十二般变化和腾云驾雾的本领，实现了生命形式多样化的自由；深入东海龙宫，获得定海神铁，实现了支配工具的自由；去地府，勾销生死簿，摆脱生命的有限，实现了超越时间的自由；大闹天宫，要拆毁视野的界限，觊觎着绝对的自由"①。在"西天取经系列"中，小说又虚构了若干国度，拉开了与真实历史的距离。即使对虚拟国度的描述，重点也不在于呈现地理方位的坐标意识，而承载以意义，即将这些虚拟的国度作为取经队伍获得自由的障碍和取经人修炼心性的过程。可见，《西游记》作为寓言体风格小说，其宏大而简单的叙事空间，大大弱化了空间要件参与小说意义建构的功能，又为彰显小说主人公对自由精神的追求和凸显小说的自由主题提供了重要前提。在文本中，虽然唐朝是"西天取经"的舞台背景，但它只在大体上提示了叙述故事的矢量状态，而放弃了追求由精确化造成的逼真的审美效果。

　　寓言文体与历史故事的另一差别在于人物的符号化原则。历史演义故事的人物往往出于历史本身。即使在描摹中与正史略有出入，也基本上遵照"七实三虚"的标准；即使是虚构的人物，也追求具体历史背景下的合原则性，可以与历史真实人物相互混淆，形成对历史演义的写实的抒情。而寓言文本中的人物大多由历史还原与仿真中超拔出来，可以混放进不同的时代，体现表意符号的抽象性。《西游记》中的大部分人物都具有符号性特征，担负修辞表意功能。如如来、玉

---

　　① 李大博：《论〈西游记〉对自由精神体认的差异性》，《语文建设》2013 年第 2 期。

帝象征着权力与秩序，众神是对人间社会的映射，孙悟空隐喻着自由精神，等等，他们不承担历史，往往通过"长生不老"游离于正史线性结构以外，并与时空的修辞表意共同构成了《西游记》庞杂繁复的符号寓言世界。

2. 人物形象的设置与自由精神体认的差异性

（1）孙悟空：绝对自由的诉求与回归

孙悟空的人生因五行山而表现出迥然不同的两种状态。五行山之前是美猴王，是自诩的齐天大圣，代表着对自由的绝对向往。他吸收日月精华，天生地长，破石而出，刚刚出世就目射金光，因而惊动了天庭：

> 盖自开辟以来，每受天真地秀，日月精华……化作一石猴。五官具备，四肢皆全。便就学爬学走，拜了四方。目运两道金光，射冲斗府。惊动高天上圣大慈仁者玉皇大天尊玄穹高上帝，驾坐金阙云宫凌霄宝殿，聚集仙卿，见有金光焰焰。（《西游记》第一回）

这使孙悟空的降生宿命般地沾染了极端膨胀追求绝对自由的本性。紧接着，如前文所述，孙悟空经历了对四种绝对自由状态的追求：远渡西牛贺洲，拜师访道，习得七十二般变化和腾云驾雾的本领，实现了生命形式多样化的自由；深入东海龙宫，获得定海神铁，实现了支配工具的自由；勾销生死簿，摆脱生命的有限，实现了超越时间的自由；大闹天宫，要拆毁视野的界限，觊觎着实现突破空间的自由。四大自由蕴含着生命与自然的深刻沟通，交流互化。但这种"道"的伸张不允许忤逆"天"的约束。因而孙悟空与自然大化而一的绝对追求对秩序世界构成了强有力的冲击。为了息事宁人，恢复秩序，天宫不得不对孙悟空进行"齐天大圣"的命名，企图用命名笼络招安，把孙悟空纳入已有的秩序世界。任何一个强者都难以满足臣服于高层秩序而丧失部分自由，相反无不积极努力构筑起以自身强力为巅峰的新秩序，孙悟空也不例外。所以他不认同被命名的命运，奋起反抗。

> 大圣道："他虽年劫修长，也不应久住在此。常言道：'皇帝
> 轮流做，明天到我家。'只教他搬出去，将天宫让与我，便罢了；
> 若还不让，定要搅乱，未能清平！"（《西游记》第七回）

五行山之后的他则成为孙行者，未来的斗战胜佛。告别了激情澎
湃的青春冲动，步入了稳健的人生中年，表现为他出于种种原因而对
外在秩序世界表达某种认同，并且自觉不自觉地参与其中，在追求被
命名中实现有限的局部自由。他的中年心态没有在冲决五行山后就即
时显现，同样经历了由反抗到绝望的过程。紧箍咒在孙悟空的转变中
起了重要作用。与其说紧箍咒以其不可抗拒的法力折磨孙悟空的肉
身，毋宁认为通过给孙悟空的心灵造成戕害震慑了他的行为，待到皈
依正果时就自动解除了。在"三打白骨精"的故事中，紧箍咒第一次
大规模地发挥作用，足以使孙悟空彻底放弃杂念。他从花果山归来
后，气质变化非常明显，唐三藏仅说了几句安慰的话，孙悟空便虔诚
回归取经队伍。

> 三藏谢之不尽，道："贤徒，亏了你也，亏了你也……"行
> 者笑道："莫说！莫说！但不念那话，足感厚爱之情也。"（《西
> 游记》第三十一回）

孙悟空最终就是带着这股中年心态完成了西行礼佛之旅。他转喻
了关于自由人生的尴尬两难，自由没有因为在秩序面前的努力挣扎而
来临，反而使起码的人身自由也给秩序取消了。相反，向秩序低头，
对被命名认可，通过隐忍获得相对的自由，又与充满生命原始激情的
纯粹自由相去甚远。关于形成这一悖论的心理原因，"跳不出如来的
手掌心"予以了很好的暗示：并非能力有限使然，而是出于某种认识
的主观停顿导致了放弃实现超越的可能。

（2）猪八戒：凡人本位自由的执着与高扬

依据自我与命运的紧张程度，师徒们对自由的信仰恰以如下顺序
递减：孙悟空，猪八戒，沙僧，唐僧。如果说孙悟空的追求更具形而

上意味的自觉，那么猪八戒对自由的觉悟完全基于感性生活的自发，因而洋溢着鲜活的生活气息。他没有崇高的理想，只追求生存意志在日常生活范围内的一般性满足，即衣食无忧，娶妻生子。因此他成了取经集团中最不坚定的分子。

猪八戒一直怀揣回到高老庄的"梦想"，一路上也是得过且过，并不思考取经的终极价值，也不理解唐僧这个凡胎肉身的远大志向，更多的只是完成本不愿意接受的任务，但只要遇到机会就会立刻想到"分行李"各奔前程，好早日回到高老庄的小娘子那里，过一回常人的普通生活。同时凡人本位的价值观，让猪八戒不断想获得"色欲"的满足，品尝凡人基于"生命原欲"的情感体验。嫦娥的美貌唤起了猪八戒作为天蓬元帅本应该摒弃的"生命原欲"，无法泯灭的"凡人本位价值"冲破了天蓬元帅本应固守的"仙卿本位价值"，去找寻人间性与爱的美妙。可是，由于显在的人妖对立的意识形态分歧，猪八戒对凡人一般生活的向往与追求反而加深了他作为天蓬元帅转世的罪恶，必须西行礼佛才可赎罪解脱。踏上取经之路后，虽被迫胁着泯灭人欲，但他自始至终也不曾放弃。贪吃、贪睡毋庸赘言，对美色的追求更是从未放弃。第二十三回《三藏不忘本，四圣试禅心》，八戒欲求真真、爱爱、怜怜而不得，居然对那妇人说："娘啊，既是他们不肯招我呵，你招了我罢。"对美色的强烈追求已让八戒饥不择食；第五十四回《法性西来逢女国，心猿定计脱烟花》，女儿国太师为国王求亲，八戒主动招赘，"你甚不通便。常言道，粗柳簸箕细柳斗，世上谁见男儿丑？"第七十二回《盘丝洞七情迷本，濯垢泉八戒忘形》，听说七个女妖在塘中洗澡，八戒抖擞精神，欢天喜地，举着钉耙，直奔那里。对色欲的痴迷正隐喻着猪八戒对凡人本位自由的执着，蠢蠢欲动的求色之心正昭示着八戒对凡人生活价值的诉求。

可以说，在西天取经路上，猪八戒真实的情感一直驻守在令他憧憬的精神家园——高老庄。即使宗教情感中需要巨大的原罪意识担当抵达彼岸世界的内驱动力，从而在轮回中超拔，摆脱众生世界的盲目无序，修成所谓正果，但猪八戒仍无法或不愿清理并斩断他与高老庄、高小姐的情感瓜葛，与其为了空相渺渺西游，毋宁执着于色相碌碌渡世。反宗教的凡人本位，使自由精神在猪八戒的身上隐性存在，体现市民社会深层文化心理的价值取向。

（3）沙僧：不得苟安与忍辱负重的自由

沙僧在整部作品中着墨最少，更是体会不到他身上的任何个性，但这并不意味着这个没有太多个性的角色没有对自由的追求。与前两者不同，沙僧很少考虑反抗与追求，却与唐僧坚持内敛原则的人生相仿，所不同之处在于沙僧求苟安而不得，而唐僧则以苟安为神圣使命。沙僧本是玉皇大帝身边的卷帘大将，差事不累却是伴君左右，须得谨小慎微，不得出现半点差错。但沙僧还是未能幸免，因在蟠桃会上失手打破一个琉璃盏而被贬人间，落得流沙河以吃人为生，几百年的修行付诸东流。由此可见，沙僧在踏上取经之路以前的存在状态在于谨小慎微，但求苟安，但终究无法苟安于天宫。落入流沙河的沙僧又是时时秉持着巨大的原罪意识，与其说生存状态的改变强化了沙僧重获苟安生活的巨大内驱力，毋宁说沙僧在期待着从天而降的救命稻草，一跃而返回苟安的天宫。立身上界，苟安天宫，才是沙僧最大的"自由"。观音菩萨的出现，让他终于获得了"重返苟安"的救命稻草。

> 菩萨道："那流沙河的妖怪，乃是卷帘大将临凡，也是我劝化的善信，教他保护取经之辈。你若肯说出是东土取经人时，他绝不与你争持，断然归顺矣。"（《西游记》第二十二回）

于是，强烈的原罪意识与但求苟安的自由诉求便成了沙僧西天路上忍辱负重的强大内驱力。曹炳建先生认为，西天路上的沙僧"体现了中华民族普通民众善良老实、埋头苦干、任劳任怨的优秀品质"，而他的个性特点在于："自觉地赎罪意识""驯顺服从，明哲保身""任劳任怨，埋头苦干""秉性善良""世故但不圆滑"等。① 张锦池

---

① 曹炳建：《封建时代普通民众的人格写照——〈西游记〉沙僧形象新论》，《明清小说研究》2003年第1期。

先生认为，沙僧是个"唯法是求""唯师是尊""唯和是贵""唯正是尚"的"苦行僧"。[1] 笔者认为，沙僧个性特征的内核在于"忍辱负重"，这一强有力的精神内核让他执着于取经的终极价值，忍受种种诱惑，调和纷繁的矛盾，一副重担在肩让他执着于脚下的每一段行程。西去礼佛、重返苟安的强大动力，为其在西天路上"忍辱负重"提供了极为鲜明的目标指向，因此，忍辱负重便成了沙僧的必然选择。沙僧刚刚被收服不久，便执着异常，不被美色所诱惑，第二十三回《三藏不忘本，四圣试禅心》，面对四圣的"迷局"，沙僧毫不动心。"失手打碎琉璃盏"而引发的从人到妖的巨大裂变，让沙僧一路上始终不忘"原罪"，第四十回《婴儿戏化禅心乱，猿马刀归木母空》，唐僧被红孩儿俘获，八戒便要分行李散伙，沙僧极力劝阻：

> 师兄，你都说的是那里话。我等因为前生有罪，感蒙观世音菩萨劝化，与我们摩顶受戒，改换法名，皈依佛果，情愿保护唐僧上西方拜佛求经，将功折罪……说我们有始无终也。

沙僧还不断平衡取经集团内部的矛盾，包括孙悟空和唐僧、猪八戒之间的矛盾；同时，对于可能由自身而引发的矛盾，沙僧则更多地采取顺从他人的态度。纵观取经途中的沙僧，无论是面对诱惑的忍耐，面对磨难的原罪意识，还是平衡矛盾的强大动力，唯师是尊的"明哲保身"，其核心的指要便在于以忍辱负重的精神品格，完成西去礼佛的精神历程，进而重获"苟安天宫"的自由。

（4）唐僧：执着理想与超越现实的自由

唐僧是取经队伍中的精神领袖，没有唐僧取经就不会有三个徒弟的命运转变和常人无法想象的九九八十一难，更不会呈现西天取经这个光怪陆离的魔幻世界。但在作品的描写中，他并不是真正的主人公，而仅仅是个陪衬人物，不是受到歌颂的人物，却是一个被讽刺嘲笑的对象。他既没有孙悟空执着于绝对自由的强烈视觉冲击感，也没

---

[1] 张锦池：《论沙和尚形象的演化》，《文学遗产》1996 年第 3 期。

有猪八戒钟情于凡俗的滑稽可笑，更没有沙僧忍辱负重的踏实老诚，人们大多讨厌这个木讷、顽固，手无缚鸡之力又是非不分的老和尚，也没有太多人理解这个凡夫俗子不远万里拜佛求经的志向，只是感觉到他身上的优柔寡断和昏庸糊涂。因此，也很少有人能把唐僧和自由精神联系起来。其实，对于唐僧来说，自由的含义早已升华，他所理解的自由已经不在于身体上的束缚与否，只是无畏追求心中的理想。对取经事业无比虔诚的态度，就是执着追求自由的过程，也是最终获得自由的唯一途径。亲见佛祖，取得真经的那一刻，才能获得灵魂的顿悟、心灵的解放，才能获得真正的自由。

　　纵观文本，不难发现，西天取经的一路上，唐僧的行为表现和性格特征都是指向"求取真经"这一终极理想的，也可以说是指向最终的自由。他不顾艰难险阻，始终勇往直前，是取经事业中最坚定的人；他虽懦弱无能，胆小怕事，但有时也是为了避开矛盾、迅速达到灵山的无奈之举；他不分人妖，盲目慈悲，这是忠诚于"取经事业"终极价值的必然选择。由此可见，唐僧对自由的体认，不同于孙悟空的随心所欲，也不同于猪八戒的简单、任性，更不同于沙僧的忍辱负重，是超越于现实之上的，这种自由不在当下而在未来，不在脚下而在彼岸，不在形体而在心间，西天取经正是获得这种自由的唯一旨归。

　　在笔者看来，就自由而言，取经之路在于师徒四人分别被不同的意义诠释：在孙悟空，要阐发独异个体伟大的自由精神被腐蚀剥夺的全程；在猪八戒，则表现着凡人本位自由与宗教权威的巨大对抗；在沙僧，是回归苟安生活的救命稻草；在唐僧，才真正成为以"个性缺失"换取"终极理想"的持之以恒的事业。

（二）对人生境界的隐喻和象征

　　唐僧师徒的"西天取经"在某种意义上传达出了人生进取的顽强品格与人类文明的探索精神。小说围绕着取真经、成正果这个中心，设计情节，展开想象，构成了一个假定性的整体，一个开放式的象征体系。

　1. 整体象征

　　《西游记》记述了唐僧师徒五人西天取经的过程，"取经"在这里是具有象征寓意的，它象征着追求真理、锲而不舍的人生境界。在小说中，"真经"即为理想的象征，所谓真经就是佛教的大乘经典。观音菩萨曾对唐僧说："你只会谈小乘佛法，可会谈大乘吗？"小乘是佛教的早期教派，只追求个人的自我解脱；大乘则是后起而占统治地位的佛教派别，它宣扬"大慈大悲"，以"普度众生"为宗旨。所以，所谓取经就是取大乘经典，以"普度众生"为目的。因而取经也就成了追求真理、锲而不舍精神的象征，成了为人类冒险和牺牲的正义和壮丽的事业。师徒五人超越了对个人自由价值的执着，而把普度众生作为更高的人生追求。

2. 局部象征

取经路上的八十一难，象征着人生历程中可能遇到的种种艰难险阻。这些艰难险阻大致包括三个方面：

第一，来自自然方面，包括险恶的自然环境和自然灾害幻化的妖魔，前者如通天河、火焰山，后者如黄风怪和大蟒蛇；第二，来自社会方面，包括各种以妖魔面目出现的邪恶势力，如白骨精和牛魔王等；第三，来自取经者自身，主要指取经者如何战胜自己面对外界各种诱惑所可能产生的动摇，坚定取经的意志。比如"四圣试禅心"，猪八戒凡心大动，结果受了一夜的罪。这正说明一个问题，"心生种种魔生，心灭种种魔灭"，取经人不仅要战胜来自自然和社会的阻力，更要战胜自己内心的私欲，才能以清静、无欲之心去完成"普度众生"的使命。

第四节　神魔小说的艺术经典

一　奇幻的构思，真实的指向

《西游记》用超凡的想象和极度的夸张，创造了一个光怪陆离、神奇瑰丽的神话世界，使全书从环境到人物、到情节都充溢着浓烈的浪漫主义色彩。就环境而言，天上地下、龙宫冥府、仙地佛境、险山恶水等不一而足。就形象而言，身奇貌异，似人似怪，神通广大，变幻莫测。各种神魔的本领都充满了幻想色彩，他们使用的武器都具有超自然的惊人的力量。孙悟空的金箍棒净重一万三千五百斤，缩小了可以藏在耳朵里，芭蕉扇能扇灭火焰山的火，缩小了能含在嘴里。同时任何的武器都有厉害的对手，孙悟空的金箍棒在敌人面前所向无敌，但却被青牛精的金刚镯套去了；芭蕉扇能把人扇出八万四千里，孙悟空含了定风丹就能岿然不动。就情节而言，上天入地，翻江倒海，降妖除怪。

《西游记》看来"极幻"，却又令人感到"极真"。因为那些变幻莫测、惊心动魄的故事，或如现实影子，或含生活真理，奇幻得入情入理。正如袁于令所言："文不幻不文，幻不极不幻。是知天下极幻之事，乃极真之事；极幻之理，乃极真之理。故言真不如言幻，言佛不如言魔。"（《西游记题词》）

二　"三性"结合与多色调的写人艺术

（一）物性、神性与人性的统一

就人物形象塑造而言，《西游记》有自己独特的艺术规律和美学特征。基本方法之一就是将物性、神性和人性变化有致地巧妙结合起来。物性，即自然属性，是指某一动植物的精灵所保持的原有的形貌和习性，如蝎子精有毒刺，蜘蛛精能吐丝，老鼠精胆小。神性，即传奇色彩，是指神魔人物所具有的神奇的本领。人性，即社会属性，是指神魔人物所表现出的人的七情六欲。《西游记》中的神魔人物大都表现出物性、神性与人性相结合的特色。正如鲁迅先生所说："神魔皆有人情，精魅亦通世故。"[1]如孙悟空一副猴相，具有机敏、好动的习性，这是他的物性表现；他有七十二般变化，神通广大，有勇有谋，这是他神性的表现；他积极乐观，但又心高气傲，容易冲动，具有凡人的优缺点，这是他人性的表现。牛魔王一副牛相，力大无比，这是他的物性表现；他善于变化，法力无边，与孙悟空棋逢对手，是他神性的表现；他家有贤妻，却贪恋美色，与玉面狐狸混迹在一起，

---

[1]　鲁迅：《中国小说史略》，人民文学出版社 1973 年版，第 139 页。

不肯归家，这是他人性的表现。《西游记》将物性、神性与人性相结合的创作方法运用到了绝妙的程度，使人物既具有来自超现实世界的奇幻色彩，又具有立足现实世界的存在感。

（二）多角度多色调塑造人物形象

《西游记》已经开始打破人物性格的单一性，即好人一切都好、坏人一切都坏的倾向，注意多角度、多色调塑造人物。我们以猪八戒这一形象为例，猪八戒虽然也表现出"三性"结合的特征，但相对孙悟空而言，他更接近于普通人，具有更多的人性特征。同样作为神魔形象，如果说孙悟空更多地具有精神性的特点，那么猪八戒则更多地具有物欲性的特点，也更多地拥有一个凡夫俗子的天性。可以说，猪八戒是一个人性优缺点的最佳结合体。相对比较而言，猪八戒还是比较憨厚、比较淳朴的，他没有过高的人生追求，在高老庄他勤快肯干，虽然吃得多一点儿，但一个人干活儿能顶十个人。在西天取经路上他是孙悟空的得力助手，曾在"大战流沙河""大战红孩儿""智激美猴王"等重要事件中大显身手，在西天路上猪八戒既有功劳也有苦劳，立下了赫赫战功，最后理所当然地修成正果。

同时，在猪八戒的身上也有着明显的人性弱点。猪八戒是取经队伍中意志最不坚定的分子，他的真实情感一直驻守在令他憧憬的精神家园——高老庄，他最大心愿就是在高老庄当一个好女婿，守着自己的媳妇，过一辈子安逸的生活，西天的净土对于他来说远不如高老庄更有魅力，对世俗生活的向往冲淡了他作为天蓬元帅转世的巨大原罪意识，猪八戒一直无法或不愿清理并斩断他与高老庄、高小姐的情感瓜葛，与其为了空相渺渺西游，毋宁执着于色相碌碌渡世。但我们不能就此认定猪八戒心目中只有高老庄和高翠莲，具有纯洁的生活态度，向往纯洁的爱情与生活。高老庄和高翠莲，对于猪八戒来说的确代表了一种对美好生活的回忆，但这绝不能取代他对物欲的追求，作为一个凡夫俗子，他和孙悟空最大的不同，就是他有着根深蒂固的人的本能欲求，而且不加掩饰地加以表现，从来不加压抑，也压抑不住。

就食欲而言，一方面猪八戒从不挑食，不管什么有吃的就行，吃饱就行。另一方面，不管怎么吃，猪八戒似乎总是处于一种饥饿的状态。在猪八戒看来，吃本身就是人生的一种快乐、人生的一种追求，同时他对自己吃喝的态度很坦然，从不掩饰。比如，在黄风岭王老汉家中用饭，唐僧刚刚念了一段经文，八戒已经吃了一碗，唐僧继续念经，他已经吃了三碗，王老汉看他吃相凶猛，忙让人添饭，八戒头也不抬吃了十几碗，还说只吃了个半饱。就色欲而言，猪八戒的色欲之心一次次地发生，一次次地重复，但他从来不接受教训，一遇到美色老毛病就犯了。如前文所述，小说第二十三回、第五十四回、第七十二回都表现了猪八戒对美色难以克制的诉求。

就形象塑造而言，猪八戒典型地体现了多色调的结合。在这个形象的身上，虽然也不乏正面色彩的呈现，但理想性的光环已然淡去了，猪八戒的形象更多地让读者看到了人性的弱点以及那种无法压抑、源于人性深处的本能欲求。

三　寓庄于谐的讽刺艺术

《西游记》选择的本来是一个十分严肃的宗教题材，但作者却以世俗化的创作态度过滤掉宗教题材的冷峻，以滑稽幽默的笔墨和游戏般的文字追求诙谐的艺术风格，为读者奉献了一部可以消闲解闷、愉快阅读的作品。正因为如此，"寓庄于谐"成了《西游记》的一种艺术手法和美学风格。鲁迅在《中国小说史略》中说："作者禀性，'复善谐剧'，故虽述变幻恍惚之事，亦每杂解颐之言，使神魔皆有人情，精魅亦通世故，而玩世不恭之意寓焉。"胡适在《西游记考证》一文中也曾指出："《西游记》有一点特长处，就是他的滑稽意味。拉长了面孔，整天说正经话的，那是圣人菩萨的行为，不是人的行为。""寓庄于谐"的手法在《西游记》这部小说中得到了淋漓尽致的发挥，从玉帝、道君到如来、观音，从一路上的国王、皇帝到各地的妖魔，乃至取经本人的缺点过失，都是作者嘲讽打趣的对象。作者含沙射影，揶揄世态。如第十六回《观音院僧谋宝贝，黑风山怪窃袈裟》，佛门本应杜绝七情六欲，讲究慈悲不杀生，而观音院的老和尚为了一件袈裟竟然贪婪狠毒如此；救火本来应是义举，而黑熊怪却见财眼开，趁火打劫。在这里，作者的讽刺和嘲笑，兼顾佛门和世俗。在乌鸡国，国王为了感谢孙悟空的救命之恩，居然要将王位让给孙悟空，孙悟空却说：

> 不瞒列位说，老孙若肯要做皇帝，天下万国九州皇帝，都做遍了。只是我们做惯了和尚，是这般懒散。若做了皇帝，就要留长头发，黄昏不睡，五更不眠；听有边报，心神不安；见有灾荒，忧愁无奈。我们怎能弄得惯？（《西游记》第四十回）

这里作者以调侃谐谑的笔墨颠覆了皇权的尊严。第二十九回，当宝象国国王得知女儿百花羞被黄袍怪霸占的消息后，急忙向百官发问："哪个敢兴兵领将，与寡人捉获妖魔，救我百花公主？"连问数声，无人回答，百官如泥塑木雕一般。显然，作者在以诙谐的笔墨调侃百官的无能。在《西游记》作者的笔下，没有不可侵犯的神圣事物，没有不可调侃戏谑的偶像，在读者会心的笑声中，中国文化殿堂中的一切神圣事物都被颠覆与解构了。

四 巧妙曲折的结构艺术

《西游记》在结构上主要由三大部分组成：前七回为小说的序幕，主要写孙悟空大闹天宫的过程；第八回到第十二回为小说的过渡部分，由神话背景转向人间背景，主要写取经的缘起；第十三回到第一百回为小说的主体部分，主要写唐僧师徒五人西天取经的过程。小说的整体结构明晰，但各部分又有其相对的独立性，特别是主体部分的取经故事所包括的四十一个小故事，几乎都可独立成篇，但作者尽可能把他们串联起来。《西游记》的结构形式与《水浒传》有些相似，都采取单线发展的结构，每个故事有相对的独立性，然后又被一条主线串联在一起。但两者又有所不同：首先，主线不同，《水浒传》的主线是梁山英雄的绿林事业，而《西游记》则是以孙悟空这个人物形象为中心展开情节的；其次，总体结构不同，《水浒传》是由一个个英雄传记连缀而成，《西游记》则是由"闹天宫"和"西天取经"两大部分组成的。

五　轻松幽默的语言风格

《西游记》在语言运用上也很有特色。首先，作者大量使用诙谐幽默的语言戏谑人物、调侃世俗，让人读起来忍俊不禁，极大地增强了作品的喜剧效果。在五庄观，两位道童取来两枚人参果送给唐僧吃，唐僧见了人参果大惊失色，误将"人参果"当作"人生果"。

> 胡说！胡说！他那父母怀胎，不知受了多少苦楚，方生下未及三日，怎么就把他拿来当果子？（《西游记》第二十四回）

这段文字既表现了唐僧迂腐、固执的性格特点，也营造出了妙解人颐的幽默气氛。第三十九回孙悟空奉唐僧之命向太上老君讨要仙丹以救活乌鸡国国王的性命，孙悟空到了太上老君处故意打趣：

> 行者道："……万望道祖垂怜，把九转还魂丹借得一千丸儿，与我老孙，搭救他也。"
> 老君道："这猴子胡说！甚么一千丸、两千丸！当饭吃哩！是那里土块捻的，这等容易？咄！快去！没有！"

孙悟空故意打趣，太上老君顺势回绝，俏皮地表达了他对孙悟空狮子大开口的嘲讽意味，显得既戏谑又诙谐风趣。

其次，人物语言高度个性化。在中国古典小说中，人物语言是塑造人物性格的重要手段，《西游记》以高度个性化的人物语言让人物彰显出独特的精神风貌。小说的主人公孙悟空神通广大、变化多端、无所畏惧，表现出浓重的英雄情结，其语言也是充满豪情的英雄式的语言。

> 他虽年劫修长，也不应久占在此。常言道："皇帝轮流做，明年到我家。"只教他搬出去，将天宫让与我，便罢了。（《西游

记》第七回）

老孙五百年前大闹天宫，普天的神将看见我，一个个控背躬身，口口称呼大圣。这妖怪无礼，他敢背前面后骂我！我这去，把他拿住，碎尸万段，以报骂我之仇！（《西游记》第三十一回）

猪八戒是个凡夫俗子的典型，其语言也更多地表现出世俗化的特征。乌鸡国水晶宫中的井龙王让八戒将国王的尸体驮出去，他却讨价还价：

八戒道："既这等说，我与你驮出去，只说把多少烧埋钱与我？"龙王道："其实无钱。"八戒道："你好白使人？果然没钱，不驮。"（《西游记》第三十八回）

第二十九回，猪八戒和沙僧大战黄袍怪，八戒见气力不佳，难以匹敌，便临阵脱逃：

那呆子道："沙僧，你且上前来与他斗着，让老猪出恭来。"他就顾不得沙僧，一溜往那蒿草薜萝，荆棘葛藤里，不分好歹，一顿钻进，那管刮破头皮，搠伤嘴脸，一毂辘睡倒，再也不敢出来，但留半边耳朵，听着梆声。

再次，叙事以散文为主，韵散相间。如第一回描写花果山景致的一段文字：

势镇汪洋，威宁瑶海。势镇汪洋，潮涌银山鱼入穴；威宁瑶海，波翻雪浪蜃离渊。水火方隅高积土，东海之处耸崇巅。丹崖怪石，削壁奇峰。丹崖上，彩凤双鸣；削壁前，麒麟独卧。峰头时听锦鸡鸣，石窟每观龙出入。林中有寿鹿仙狐，树上有灵禽玄鹤。瑶草奇花不谢，青松翠柏长春。仙桃常结果，修竹每留云。一条涧壑藤萝密，四面原堤草色新。正是百川会处擎天柱，万劫无移大地根。

这段文字是典型的韵散相间，将花果山的景致作了诗意化的表现。

最后，大量运用俗语，既冲淡了佛理道旨的枯燥玄奥，又营造出一种浓郁的生活气息。试看以下两段文字：

> 行者笑道："师父说哪里话。自古道：'山高自有客行路，水深自有渡船人。'岂无通达之理？可放心前去。"（《西游记》第七十四回）
>
> 八戒近前道："师父，你是怎的起哩？专把别人棺材抬在自家家里哭！他伤的是他的子民，与你何干！"（《西游记》第七十八回）

第四章

《金瓶梅》与市井风情的展现

  《金瓶梅》是中国古典小说史上第一部文人独立创作的长篇白话小说，也是明代世情小说的典型代表。世情小说是指宋元以后内容世俗化、语言通俗化的一类小说。世情小说是相对神魔小说而言，以描写普通人的日常生活、恋爱婚姻、家庭关系为主要内容。鲁迅认为这类小说以"极摹人情世态之歧，备写悲欢离合之致"（《中国小说史略》）为主要特点，此后，学术界一般用世情小说专指描写世俗人情的长篇小说。在中国古典小说史上，《金瓶梅》被视为世情小说的开山之作。

第一节　《金瓶梅》的成书过程与作者之谜

一　《金瓶梅》的成书过程

  在"四大奇书"中，《金瓶梅》是唯一没有经历"世代累积"过程的一部小说，它是中国小说史上第一部文人独创的长篇小说。《金瓶梅》之前的《三国演义》《水浒传》《西游记》都属于世代累积型的小说，即人物形象往往经过几朝几代的积累而成，情节也有世代相传的因素，思想内涵和审美因素比较复杂。《金瓶梅》是文人独创型的小说，即由一个文人按照自己的生活体验、思想观念、审美理想及艺术构思而独立创作的小说。这在以前的长篇小说中是不存在的，可以说《金瓶梅》的出现，开创了中国古典小说的一种新类别。《金瓶梅》虽借用《水浒传》中"武松杀嫂"的片段，继续写由西门庆及其妻妾而衍生出来的故事，但其所写的世俗人情，却有着鲜明的晚明时代特征，所以，一般认为《金瓶梅》成书于明代万历年间。

二　《金瓶梅》的作者之谜

关于《金瓶梅》的作者，从它问世的那天开始就有多种说法，直到今天仍然没有定论。目前关于这个问题大概有二十多种说法，因为说法众多，因此有人将其列为"中国文化之谜"。具体来说有"陆炳仇家"说、"绍兴儒老"说、"金吾戚里"说、"嘉靖大名士"说、"王世贞"说、"兰陵笑笑生"说等多种说法。在众多说法中，影响最大是"兰陵笑笑生"说。"窃谓兰陵笑笑生作《金瓶梅》，寄意于时俗，盖有谓也。"（欣欣子《金瓶梅词话序》）这是现存最早提出《金瓶梅》作者的文献资料。但欣欣子是什么人，我们无法得知，我们更无法得知欣欣子是根据什么提出《金瓶梅》的作者是兰陵笑笑生的。在《金瓶梅词话》以前的各种版本中，均未提出《金瓶梅》的作者是谁，而此处却突然提出是兰陵笑笑生，因此，这种说法很可能是刊刻者的伪托。另外，从词意上看，"欣欣子"就是"笑笑生"的意思，从中也可看出伪托的痕迹。即便这种说法是可信的，其中也存在着一些矛盾之处。首先，在中国古代以"兰陵"为名之地有两处：一为山东峄县，一为江苏武进。究竟哪一处是笑笑生所在的兰陵，很难确定。其次，"笑笑生"究竟是谁？也难有定论。"笑笑生"这个名字很显然是假托的名字，因为按照中国文化的习惯，不可能叫"笑笑生"这个名字。因此关于"笑笑生"是谁，就出现了多种说法，如王世贞、李开先、贾三近、屠隆、汤显祖、王稚登、李渔等种种推测。总之，关于《金瓶梅》的作者，就目前我们所占有的材料来看，还不能得出一个比较一致和确定的结论。

三　《金瓶梅》的版本系统

《金瓶梅》是万历年间以手抄本的形式开始流传的，几年之后才开始有了刻本。最初的刻本已经失传，现存最早的刻本是明代万历年间的《金瓶梅词话》。《金瓶梅词话》的全称为《新刻金瓶梅词话》，又称"词话本"或"万历本"，是今见最早的刊刻本。该版本回目不对仗，方言土语较多。之后又出现了关于《金瓶梅》的改编本和评点本。改编本中比较有代表性的是明代崇祯年间的《新刻绣像批评金瓶梅》，这个版本又称"崇祯本"，共一百回。"崇祯本"对"词话本"的回目和内容做了大量的删节、增饰和修改，比如把"词话本"首回的"景阳冈武松打虎"改为"西门庆热结十兄弟"，回目改为对仗的形式，而且删去了"词话本"中大量的方言土语。评点本中比较有代表性的是清朝康熙年间出现的《皋鹤堂批评第一奇书金瓶梅》，评点者为张竹坡，因此又称"张评本"。这个本子对"崇祯本"略有改动，而且存有大量评语，是清代至今最为流行的一个版本。民国以来又出现了一些比较有代表性的版本，如民国十五年（1926）由存宝斋刊刻的《真本金瓶梅》，这个本子又称《古本金瓶梅》，该版本将"张评本"的秽笔删除，使《金瓶梅》首次以"洁本"的面貌出版。新中国成立后，人民文学出版社于1985年排印了删节本，这是目前比较通行的一个版本。

第二节 直面市井风情，暴露人性之恶

一 《金瓶梅》的书名及故事梗概

（一）《金瓶梅》书名的由来

从字面来看，《金瓶梅》的书名由小说中的三位女性形象潘金莲、李瓶儿、庞春梅的名字组合而成，意为这三个人为《金瓶梅》女性形象中的三大主角。同时，"金瓶梅"这个名字又构成了一个复杂的意象——"金瓶插梅"，"金瓶插梅"究竟象征着什么，说法众多：或言对性爱的隐喻，或言为金钱、权力和美色的象征，或言对女性命运的隐喻。

（二）《金瓶梅》的故事梗概

小说开头借《水浒传》中"武松杀嫂"一节演化而来，写潘氏和

西门庆皆未被武松杀死。而后小说以西门庆一家为主要描写对象，着力展现了西门庆与妻妾们琐屑的日常生活及最终悲惨的结局。小说记事从北宋徽宗政和二年（1112）到南宋建炎元年（1127），共16年，但实际上展现的是明代中叶以后的社会现实。

纵向看，小说由四个部分组成。从第一回到第二十八回为第一部分，写西门庆发家的历史。略述清河县破落户财主西门有一妻三妾，从开生药铺，包揽词讼，放高利贷，与地痞流氓结为兄弟，后又纳潘金莲为妾，谋害花子虚后又娶李瓶儿，霸占宋惠莲，并将春梅收入房中，成为一个十足的暴发户。从第二十九回到第五十四回为第二部分，写西门庆由经济上的发达到政治上的得势。李瓶儿生子，西门庆贿赂蔡京出任清河县提刑副千户，又认蔡京为父，并纵欲无度。从第五十五回到第七十九回为第三部分，写西门庆乐极生悲、不得善终的下场。西门庆贿赂到天子处，升为提刑正千户。与此同时，西门庆家庭内部的矛盾爆发出来，潘金莲嫉恨李瓶儿而害死其子。李瓶儿死后，西门庆专宠潘金莲，却因饮药过度而亡。从第八十回到第一百回为第四部分，写西门庆死后其妻妾的结局。潘金莲与陈经济事发后被吴月娘逐回王婆家，后被武松所杀。春梅嫁与周守备，与陈经济及周守备前妻所生之子有奸情，后因奸情而被杀。吴月娘在金兵入侵时携西门庆遗腹子孝哥奔济南途中遇普净和尚而在永福寺出家。

横向看，小说由五大模块组成。第一模块是西门庆的家庭生活，主要写西门庆与其妻妾之间的关系，这是小说最主要的一个模块；第二模块是西门庆的经商活动；第三模块是西门庆与狐朋狗友之间的关系；第四模块是西门庆的官场活动；第五模块是西门庆在妓院里的活动。这五大模块相互交错，共同推动故事情节的发展。

二　由一家写及天下国家

《金瓶梅》着眼于现实，由一家写及天下国家，充分暴露了明代中叶以后的官商关系和金钱对封建政治的侵蚀，不遗余力地揭露了晚明时期的政治腐败和社会黑暗。小说以西门庆这样一个富商、恶霸、官僚、淫棍等几种身份兼于一身的人物为中心，通过对他巧取豪夺、横行乡里的种种丑行和荒淫无耻的生活的描绘，为读者展示了一幅上自朝廷权贵、下至市井无赖的广阔的社会生活图景。作者以犀利的笔锋，触及了明代中后期社会生活的各个方面，从政治到经济，从道德风尚到伦理关系，对明代中后期社会的黑暗、统治阶级的丑恶做了较为全面的暴露，形象地勾勒出当时社会的众生相。尤其值得注意的是，小说着力描写了当时社会中金钱对政治的侵蚀，甚至是决定的作用，以及书中主要人物物欲横流、纵欲无度的生活态度，这两点正是明代后期"好货"与"好色"两种社会思潮的畸形反映。

在作品中西门庆已经不再是经营土地、收入地租的传统老式中国地主，而是晚明时期以经商作为谋生和致富手段的典型的商人形象，其对财富的占有远远超过了靠经营土地为生的传统地主。小说第三回王婆曾向潘金莲大肆夸耀西门庆的富有：

> 西门大官人家有万贯家财，在县门前开生药铺。家中钱过北斗，米兰陈仓，黄的是金，白的是银，圆的是珠，光的是宝，也有犀牛头上角，大象口中牙，又放官吏债结识人……①

西门庆后来又开了绒线铺、绸缎铺、解当铺等六处铺子。不仅如此，小说还描写了西门庆强烈的商人意识，他以商人意识来审视官场，他已经明确意识到，商业收入带来的好处，实际优于只靠俸禄收入的官员，他对自己是一个商人很自负，但又意识到为了获得更大的商业利益必须依靠官吏，甚至要取得官职。于是他开始行贿钻营，结交官吏，从县官、府官一直打点到京内官员，包括皇帝的亲信、后妃，最后甚至做了蔡太师的干儿子。在西门庆的意识中，金钱可以解决一切问题，他利用金钱勾结官府，鱼肉百姓，他行事贪婪残毒，暴戾恣睢。

（一）以财赂法

在西门庆的意识中，金钱可以冲破一切法律的约束，钱与法可以

---

① 本章所引《金瓶梅》原文除个别段落外均出自陶慕宁校注《金瓶梅词话》，人民文学出版社 2000 年版。

进行低层次的交换。小说第六回，西门庆谋害了武大郎，迎娶潘金莲。事发后，西门庆买通了团头何九叔，要他"殓武大尸首，凡百事周旋，一床锦被掩盖则个"。后来武松到县衙告状，为哥哥申冤，县官在大庭广众之下居然不准武松的状纸，就是因为西门庆叫来保和、来旺两个下人提前买通了县官。小说第二十六回，西门庆诱奸了仆人来旺的妻子宋惠莲，来旺知道后借酒劲儿发了一顿牢骚。西门庆采取了诬陷的方法，将来旺告到官府，并差代安送了一百石白米给夏提行、贺千户。后来受贿的官员居然将来旺责打四十大板，发往原籍徐州为民。宋惠莲又羞又恨，上吊自尽。宋父状告西门庆强奸自己的女儿，造成女儿含冤自杀，结果西门庆又将宋父抓进大牢，迫害致死。

（二）以财易命

有着浓厚商人意识的西门庆将金钱变成了剥夺他人生存权利的有力工具，在金钱的作用下，人可以"起死回生"。小说第十七回，西门庆的靠山与同党杨戬被下狱治罪，为了逃避罪责，西门庆连忙派家人进京打点。结果，"五百石白米"就在礼部尚书蔡攸那里换来了一张人情条子，接着又拿五百两黄金和这张人情条子去贿赂右相李邦彦：

> 李邦彦见五百两金银只买一个名字，如何不做分上，即令左右抬书案过来，取笔将文卷上西门庆名字改作贾庆；一面收上礼物去。

五百石白米和五百两黄金就让别人当了自己的替死鬼，可见金钱的力量可以左右一切。后来西门庆做了提刑官，便更加胆大妄为、肆无忌惮。

（三）以财易官

西门庆作为一个商人出身的暴发户，没有任何在科举制度下做官的条件、背景和经历，但他又清楚地看到要想获得更大的商业利益，就必须在官场中占有一席之地，因此他充分利用官场卖官鬻爵的腐败作风，以财易官，以金钱为筹码钻进了封建官场的上层。在"杨戬被弹劾"的事件中，西门庆结交了蔡京的大管家翟谦。小说第三十回，在蔡京寿诞之时，西门庆的一份厚礼让蔡京大为惊喜，于是蔡京立刻签发了一张空白的委任状，一个罪行累累的市井无赖，摇身一变成了官居五品的提刑副千户。此后的西门庆又以行贿的方式结交巡按、御史乃至钦差太尉，权倾一省，地方官员反而要走他的门路。获得官职的西门庆更加肆意妄为，他认为手中的权力是榨取金钱的最好砝码，于是以权取财又成了西门庆的生财之道。第四十七回，有一个叫苗青的人谋害了自己的主人苗员外，本是死罪。结果，苗青打点了一千两银子，装在四个酒坛子里，又宰了一口猪，约莫在掌灯之后，把这些东西送到西门庆的门首。西门庆受贿后，与夏提刑平分了银子，贪赃枉法，不仅判苗青无罪，还让他夺了主人家室。一手权，一手钱，多么默契的权钱交易！

（四）以财易色

市井出身的西门庆是个典型的淫棍，对金钱贪得无厌的他，对女色更是欲壑难填。一妻五妾仍不能满足西门庆对女色超强的占有欲和变态的性欲望，他奸淫丫鬟仆妇，包养歌妓娼妇，勾搭有夫之妇，只要有合适的机会，西门庆便极力占有女性以发泄自己的兽欲。西门庆对女色的超强占有及糜烂的性生活，一方面是由西门庆空虚的灵魂和变态的心理所致，另一方面则在于西门庆手中的金钱让很多女性对他投怀送抱。因此，以财易色便成了西门庆占有女性的重要途径，他可以凭借金钱穿梭于娼门妓院，进行金钱与肉体的肮脏交换。

作者通过西门庆的生活经历，为我们描绘了一幅明代中叶以后商品经济迅速发展、社会生活急剧变化的生动图景。金钱这一过去被人们羞于启齿的东西，现在成了可以横行天下、左右一切的灵丹妙药。正是由于金钱力量的迅速膨胀，使以封建门第和礼教为代表的传统道德体系在金钱的冲击下土崩瓦解。同时，作者虽然把自己的描写视点放在西门庆的家庭，但却不是孤立地写这个家庭，而是将西门庆一家置于广阔的社会关系中，通过对西门庆上下、左右、前后的种种社会关系的描绘，暴露了明代社会的千疮百孔和不可救药。所谓左右联系是指在当时的社会中，跟西门庆家类似的家庭还有很多，"因西门庆一份人家，写好几份人家，如武大一家、乔大户一家、陈洪一家、吴大舅一家、张大户一家……凡这几家，大约清河县官员大户屈指已遍，而因一人写及全县。"（《金瓶梅读法》）所谓上下联系是指西门庆与以蔡京为代表的官吏相互勾结与利用，蔡京为"上"，西门庆为"下"，故为上下联系。所谓前后联系是指西门庆所代表的邪恶势力居然后继有人，小说中写到西门庆死后张二官补了千户之职，张二官俨然成了第二个西门庆，又可以敷演出一部《金瓶梅》。可见，整部作品是由一家写及天下，正如鲁迅先生所说："著此一家，即骂尽诸色。"① 西门庆这一家庭在当时的社会条件下具有典型意义。

三　颠覆传统中的畸形人生

西门庆出身商人家庭，带有强烈的市民气息和商人心理。小说的第二十五回和第五十一回提到，西门庆的父亲西门达生前在外地经商，由此可知，他出生在一个市民阶层的商人之家。他已经亡故的妻子陈氏生下一女，是与他血缘最亲的家人。接着他先娶了吴月娘为正妻，后又陆续纳了李娇儿、孟玉楼等五人为妾，组成一夫多妻的家庭。这个家庭具有很多不同于传统家庭的特点：首先，西门庆无父无兄，没有孝悌礼义的问题，同时他也没有受过正统的儒家教育，几乎谈不上什么文化素养，并且他从小和那些浮浪子弟混迹在一起，带有更多的市民气息，传统道德观念淡漠；其次，没有名分意识，吴月娘虽然是正妻，但是似乎既无权利又无地位；最后，佣人与西门庆之间无宗族关系，完全是建立在金钱买卖和雇佣关系的基础上的。这样的家庭环境促使西门庆表现出对传统伦理观和价值观的背叛。

（一）对传统贞洁观的颠覆

宗法本位、伦理本位的文化体系使中国古人形成了强烈的贞洁观，但小说中的西门庆贞洁观念淡薄，他以商人的视角将"财""色"作为选择女性的标准，忽视女性的贞洁、出身与名分。西门庆很不看重女性的贞洁，在他的妻妾中，李娇儿是妓女，潘金莲和李瓶

---

① 鲁迅：《中国小说史略》，人民文学出版社1973年版，第152页。

儿曾是有夫之妇。在他奸占的女性中，大多数也是有夫之妇、妓女或寡妇，王六儿、林太太、李桂姐等均为不洁的女性。西门庆这种极为弱化的贞洁观似乎与财富之间有着某种联系，在西门庆看来，只要这些女性能够给他带来财富，能够满足他的色欲即可，至于贞洁与否他满不在乎。

孟玉楼本是南门外杨宗锡的遗孀，姿色平平的孟玉楼守寡多年，无儿无女，她的突出特点就是手中有钱，并且会弹一手好月琴。试看小说第七回薛嫂对孟玉楼的介绍：

> 这位娘子，说起来你老人家也知道，是咱这南门外贩布杨家的正头娘子。手里有一份好钱，南京的拔步床也有两张，四季衣服、妆花袍儿，插不下手去，也有四五只箱子。珠子箍儿、胡珠环子、金宝石头面、金镯银镯不消说，手里现银她也有上千两。

卖翠花的薛嫂给西门庆一说，他满心欢喜，急于娶孟玉楼为妾。他先用重金收买了起决定作用的杨宗锡的姑妈，然后又同薛嫂去看孟玉楼，送上厚重的彩礼，并谎称："小人妻亡已久，欲娶娘子入门为正，管理家事。"孟玉楼信以为真，后西门庆娶了孟玉楼，排为三房。西门庆娶孟玉楼就是看中了她手中的钱财，而毫不在乎孟玉楼寡妇的身份。

李瓶儿本是西门庆好友花子虚的妻子。西门庆应邀到隔壁花子虚家喝酒，进门时和李瓶儿撞了个满怀，西门庆对她留心已久，又见她白净美丽，不觉魂飞天外。李瓶儿原是蔡太师女婿梁中书的妾，政和二年上元之夜，李逵杀进梁府，李瓶儿带上珠宝逃往东京，后嫁给花太监的侄子花子虚为正妻。花太监很喜欢李瓶儿，经常暗中给她贵重的礼物，太监死后，财物多落入李瓶儿手中。花子虚是个寻花问柳的花花公子，经常在妓院里三五天不回家，年仅24岁的李瓶儿过不上正常的性生活。这次相见之后，她被西门庆所吸引，几天后便将花子虚赶到妓院过夜，密约西门庆翻墙赴会，随后便钟情于西门庆。后来花子虚吃了官司被捕入狱，便让李瓶儿托西门庆说情，她便借机将花家的财产转移到西门庆家。花子虚出狱后李瓶儿又串通西门庆报假账，致使花子虚哑巴吃黄连，有苦难言，被活活气死。花子虚死后，李瓶儿急不可耐地要嫁给西门庆，但潘金莲暗中设计，吴月娘百般阻挠，加上西门庆又逢杨戬事件拖延了时间。这时李瓶儿经不住蒋竹山的诱惑，就招赘了蒋竹山。后来西门庆唆使张胜等人诬陷蒋竹山，李瓶儿趁机赶走蒋竹山，终于如愿嫁给西门庆，成为第六房小妾。西门庆之所以纳李瓶儿为妾，一方面是被李瓶儿的姿色所吸引，更重要的是李瓶儿给西门庆带来了巨额财产。

以上两例说明传统的贞洁观在西门庆的意识中已大打折扣，商人对财富的巨大占有欲彻底颠覆了传统道德视域下形成的强烈的贞洁观念。

（二）由商而官的价值转型

西门庆由一个市井流氓进入商场，后来又进入官场，先做了提刑官，后来又升为正千户提刑官。这个过程一方面暴露了当时官场的腐败与社会的黑暗，另一方面透过这个现象还有值得思考的内容。像《金瓶梅》中西门庆这样的小地痞，没有超人的文才，也没有出众的武艺，市井出身的他更没有祖宗的荫庇。他之所以能在官场中平步青云，主要靠的是贿赂，即金钱的力量，换言之，西门庆是以商人的视角和手段进入官场的。在短短的几年内，他由一个破落户成为地方首富，他对金钱的力量有着深刻的体会，手握权柄的官员都拜倒在他的金钱之下。"西门庆的这一发迹过程，表现了两个值得注意的观念：一是商人可以做官；二是做官不用走'耕读传家'的老路，靠从事商业赚取金钱也可以达到做官的目的。"[①] 商人也可以做官，这个观念在中国封建社会是前所未有的，它既体现着由商而官的价值转型，也彰显着在高度繁荣的商品经济影响下所产生的个体价值实现方式的转变，即商品经济基础上的"由商而官"价值实现方式颠覆了小农经济基础上的"耕读传家"的价值实现方式。

传统社会结构对商人阶层的排挤、压制与传统文化体系中"学而

---

① 吴红、胡邦炜：《〈金瓶梅〉的思想和艺术》，巴蜀书社1987年版，第169页。

优则仕"的观念使得商人被排斥在官场之外。即便有在政治腐败、贿赂成风的背景下通过捐纳而进入官场的商人，也会自惭形秽，为人所鄙夷。小说中的西门庆通过贿赂跻身官场，但他却没有丝毫的自惭形秽，而是志得意满，踌躇满志。做了提刑官后的西门庆更是忘乎所以，肆无忌惮。试看小说第三十一回中的一段描写：

> （西门庆）每日派定棋童和琴童两个背书袋，夹拜帖匣，跟马。上任日期，在衙门中摆大酒席桌面，出票拘集三院乐工牌色长承应，吹打弹唱，后堂饮酒，日暮时分散归。每日骑着大白马，头戴乌纱……前呼后拥，何止十数人跟随，在街上摇摆。上任回来，先拜本府县，帅府都监，并清河左右卫同僚官，然后亲朋邻舍，何等荣耀！

西门庆的表现虽然有点儿沐猴而冠的味道，但却昭示着在商品经济背景下所形成的新的价值观念——由商而官。

（三）对宗教观念的怀疑与否定

《金瓶梅》描写了不少宗教迷信活动，弥漫着浓重的佛道气息，人物都被置于因果报应的框架中，以达到劝善惩恶的目的。而西门庆则以实用主义的心理对待宗教，对神佛抱有强烈的怀疑和否定态度。生子加官前，西门庆参加的宗教活动是非常少的，并且对神佛抱有一种怀疑态度。小说第二十九回，西门庆家请来了能掐会算的吴神仙，见到吴神仙西门庆急切地追问："我后来运限如何？有灾没有？"吴神仙说西门庆将要有"平地登云之喜，添官进禄之荣"，尽管吴神仙的回答让他满心欢喜，但他还是报之一笑表示怀疑"我哪得官来？"并说："自古算得着命，算不着好。相逐心生，相随心灭，周大夫送来，咱不好器了他的头，叫他相相除疑罢了。"在西门庆看来，宗教的作用在于除疑，即除去心病，而不会带来实际的利益。

同时，小说中写到一些僧人、尼姑经常出入西门庆家。西门庆曾经斥骂吴月娘请来宣讲佛经的薛尼姑，因为薛姑子曾因为引诱别人偷情闹出过人命。吴月娘则认为薛姑子很有道行，并说西门庆是在诽谤神佛，西门庆讽刺道："你问他有道行一夜接几个汉子！"他不相信和别人通奸做牵头的尼姑会有道行。尽管他后来支持吴月娘请尼姑在家宣讲佛经的活动，尽管他也出资修庙、印佛经，但宗教的地位在他心目中已经大打折扣了，他是以商人的实用性心理来对待宗教的，他不是盲目地崇信和敬畏神灵，而是按照自身的需要去寻找心灵的交换。

四　病态社会挤压出的人性之恶

《金瓶梅》不仅可以让我们形象地认识晚明社会，而且也对复杂的人性问题进行了深刻的审视与剖析。这里我们通过对潘金莲这个形象的解析看一看《金瓶梅》所展现的扭曲人性和病态人生。潘金莲是我国古典小说中出现最早、塑造最成功的人性扭曲的悲剧女性形象的代表。对于这个人物形象，历来就有不同的认识，有人认为她是咎由自取，罪有应得；也有人同情她，认为她陷入罪恶的深渊而不能自拔纯属社会逼迫所致。事实上，潘金莲的悲剧是不可避免的，她扭曲的人性是由生存环境的挤压所致，她病态的人生正是畸形社会的折射。

《金瓶梅》的作者让潘金莲在最大限度上展现了人性丑陋的一面，她先是勾叔乱伦，杀夫改嫁，嫁给西门庆后，为了与众妻妾争宠，她纵欲无度，利用最无耻、最变态的手段最大限度地满足西门庆的淫欲，在西门庆病入膏肓的时候，她仍然勾引西门庆纵欲，以致西门庆因服用过量的春药而亡。同时，为了排除异己、占尽风头，潘金莲又以最毒辣的手段对付众妻妾。她假意奉承吴月娘；又拉拢李娇儿、孟玉楼对付丫鬟出身的孙雪娥，她派春梅到厨房去向孙雪娥挑衅，激怒孙雪娥，接着又挑拨西门庆怒打孙雪娥；最令人发指的是潘金莲害死了李瓶儿母子。李瓶儿嫁给西门庆后，因为生子而备受西门庆的宠爱，这让潘金莲在嫉妒之余产生了刻骨的仇恨。她先是养了一只雪狮子猫，看准李瓶儿之子官哥穿的红绸衣，也知道官哥特别胆小，一惊吓就抽风，于是常用红绸子包肉块来喂猫，久而久之，猫只要见到红绸子便抓咬。一次猫跑到李瓶儿的房中，见到穿着红绸衣的官哥，扑上去就抓，结果官哥因为惊吓过度而亡。李瓶儿也因为儿子的死伤心过度而亡。潘金莲对此毫无一丝悔过，明明知道西门庆因李瓶儿的死伤心不已，仍多次冷嘲热讽。西门庆死后，潘金莲并没有收敛自己的恶行，而是变本加厉，更加放纵，她先是与西门庆的女婿陈经济私通，后来被吴月娘送到王婆家，又与王婆的儿子私通，最后被武松所杀。可以说《金瓶梅》的作者让我们看到了一个人性极度扭曲的潘金莲，这也不由得让我们思考造成其人性扭曲的深层原因。

（一）长期的心理恐慌与焦虑

就家庭环境而言，潘金莲出生在一个极为贫困的底层家庭，她的父亲是个裁缝，死得很早。当然家庭出身与丧父是不可选择的，贫苦与单亲也不是造成恶人的必要条件。但是在裁缝家出生，长相姣好的潘金莲，由于母亲迫于生活的压力将她卖给了王招宣，从此一切的不幸便接踵而至了。从王招宣家的歌女到张大户家的侍妾，到被迫嫁给丑陋无比的武大郎。潘金莲由于从小就受到了命运的捉弄，因此对生存有着一种强烈的焦虑感，自己无法把持自己的命运，内心的需求得不到满足，她始终是别人的玩物，长期被忽视，得不到尊重。小说中有一个情节值得我们深思，潘金莲来到武大郎家后每日打扮得花枝招展，站在门口"眉目传情，双睛传意"，惹得浮浪子弟流连忘返。潘金莲的这种表现除了她性格中轻薄的一面在作祟外，其实也显示了被忽视、没有自信的她，希望得到认可，找回自我的内心需求。潘金莲直到与西门庆通奸，杀死武大，嫁给西门庆之前，她人生轨迹的每一次改变都是被迫的，都是由别人决定的，因此心底积累了无比的恐惧与焦虑。当她首次自己选择想与武松相好时，却遭到了严词拒绝。为此她受到了极大的打击，从来没有过选择余地的她，第一次的选择却被击得粉碎，追求和梦想再一次被压抑到心底，于是痛与恨的情绪就更加刻骨与强烈，这种情绪表现在行为上就形成了一种恶毒，而潘金莲杀夫正是这种恶毒的对象化表现。嫁给西门庆后，潘金莲无休止地纵欲以及与其他妻妾明争暗斗，其实也是心理恐慌和焦虑所致。在西门庆的一妻五妾中，吴月娘有正室主母的地位，李娇儿管着财物，孙雪娥是下厨总管，孟玉楼拥有一笔厚重的钱财，李瓶儿容貌、气质和人缘都能压倒潘金莲，并且还给西门庆带来了一份丰厚的财产，这一切使潘金莲内心产生了极大的不安全感。因此，她只能通过无休止的纵欲来强化自己在西门庆心中的地位，进而消解对生存的恐慌与焦虑。

（二）理想性爱的缺失

潘金莲最初偷情乃至后来的淫乱，与理想性爱的缺失是分不开的。她本来长得漂亮，不用说西门庆见了她失魂落魄，就是女人见了她也赞叹不已。小说第九回写吴月娘见到她时心里暗道："果然生得标致，怪不得俺那强人爱她。"但美丽的潘金莲却遇到了老弱无能的张大户和矮小、猥琐的武大郎，因此理想性爱的失落，使得潘金莲渴望寻到能够给她提供性满足的另外一半。当她见到武松，被武松威猛的形象所吸引，因而大献殷勤，自觉地邀请武松搬回家里，又百般挑逗，但却遭到了这位意中人的拒绝和一顿无情的抢白。潘金莲这样做，不排除她性格中有不安分和淫荡的成分，但憧憬与渴望理想的性爱是无可指责的，生命的原欲是不应该被压抑的。后来与西门庆的纵欲，与男仆偷情，与陈经济、王婆的儿子勾搭成奸，无不与她理想性爱的缺失有着一定的关联。

第三节　性爱世界中的人性暴露

《金瓶梅》中的性描写是我们阅读和研究这部作品时无法回避的一个重要问题。粗略地统计，全书中的性描写达 105 处之多，精细地统计，全书中的性描写有 150 处左右。[1] 这样暴露的性描写不仅在中国文学史上，在世界文学史上也是罕见的。

如何看待《金瓶梅》中的性描写，历来争论不休。有人认为这种性描写完全是猥词，是《金瓶梅》诲淫的直接表现，影响了《金瓶梅》的艺术表现；也有人对此持欣赏的态度，认为性描写是文学创作中不可回避的问题；还有人认为这种性描写虽然不值得肯定，但它不影响《金瓶梅》的艺术表现，"然《金瓶梅》作者能文，故虽间杂猥词，然其他佳处自在；至于末流，则著意所写，专在性交，又越常

---

① 霍现俊：《〈金瓶梅〉性描写的超越与失误》，《古典文学知识》2003 年第 5 期。

情，如有诨疾"①。笔者认为，我们应以冷静、客观的态度对待《金瓶梅》中的性描写。

一 "性描写"进入文学作品的必然性

我们知道，性是人的一种自然本能，它维系着人类和人类文化的生存与发展。随着人类社会群体的形成，性也从原始的纯个体的自然行为，演变成社会的自律行为，在这一过程中，性因受到了社会道德、人类文化、民族心理等多种因素的制约而具有深厚的文化内涵，即人类的"性"从纯粹的生理行为演变成一种文化行为。人类的性活动不仅源于"力比多"的作用，而且是生理、历史、文化、社会等复杂因素运动的合力。明确了这一点，我们就会形成这样的认识：性是不可取消的，性是人性的重要组成部分。解剖人性是文学的重要使命，这就决定了性必然要渗透到文学中来。当一位作家依据他的哲学观点和价值尺度，观照人类的性活动，做出审美判断，并以感性的形象呈现到作品中的时候，性也就具有了多种层次的理性内涵。

二 晚明社会风气的直接产物

晚明以来，整个社会"好货"与"好色"之风盛行。一方面，工商业的发展，城市经济的繁荣，使市民阶层对爱情、婚姻、性活动的诉求逐渐加深；另一方面，在金钱的侵蚀下，社会上层日渐腐朽，享乐、荒淫之风日盛。"成化时，方士李孜僧继晓已以献房中术骤贵，至嘉靖间而陶仲文以进红铅得幸于世宗，官至特进光禄大夫柱国少师少傅少保礼部尚书恭诚伯。于是颓风渐及士流，都御史盛端明布政史参议顾可学皆以进士起家，而俱借'秋石方'致大位。瞬息显荣，世俗所企羡，侥幸者多竭智力以求奇方，世间乃渐不以纵谈闺帏方药之事为耻。风气既变，并及文林，故自方士进用以来，方药盛，妖心兴，而小说亦多神魔之谈，且每叙床第之事也。"②《金瓶梅》以大量

---

① 鲁迅：《中国小说史略》，人民文学出版社 1973 年版，第 155 页。

② 同上。

的"性描写"赤裸裸地再现了晚明时期从社会上层到市井民间的荒淫与糜烂之风。

三 揭示人物性格的重要手段

由于人类的性意识和性活动不仅仅是一种纯粹的生理行为，更是一种文化行为，它为复杂的社会因素所渗透，所以《金瓶梅》中的性描写，往往还具有复杂的社会内涵。《金瓶梅》在一定程度上把"性描写"作为揭示人物性格、昭示人物命运的重要手段。以"性描写"来揭示人物性格，这是中国小说美学中的一次重大进步。我们试以西门庆和潘金莲为例看一看"性描写"对人物性格的昭示。

（一）西门庆：性爱世界中的疯狂占有

据日本汉学家盐谷温氏统计，两年内被西门庆淫辱过的女人有 22人，还有男宠 2 人。① 西门庆大量淫辱女人，一方面是由于受到了明朝中叶以来淫靡的社会思潮的影响，另一方面也暴露了他作为商人的极度贪婪的本质。西门庆作为清河县的一个"破落户"，通过不光彩的手段在极短的时间内聚敛了大量钱财，这使得他作为商人的"占有欲"被极大地激发出来。大发横财的西门庆一方面以金钱贿赂官场，另一方面又以金钱为砝码大肆淫辱女人，西门庆对女人的占有几乎到了疯狂的程度。西门庆大肆占有女人的背后所隐藏的是他作为商人那种极强的"占有欲"，通过小说中大量的细节描写我们可以看到，西门庆所喜欢的女人并非"才色兼有"的绝色美女，他喜欢的往往是那些能够在最大限度上给他提供性满足的、性技巧高超的极为淫荡的女人，西门庆可以在性活动中尽情地蹂躏和损害她们，进而在最大限度上满足自己的"占有欲"。

试看小说针对西门庆和李瓶儿的一段性描写：

"淫妇，你过来，我问你。我比蒋太医那厮谁强？"妇人道："他拿什么来比你！你是个天，他是个砖；你在三十三天之上，

---

① 吴红、胡邦炜：《〈金瓶梅〉的思想和艺术》，巴蜀书社 1987 年版，第 213 页。

他在九十九地之下。休说你仗义疏财，敲金击玉，伶牙俐齿，穿罗着锦，行三坐五，这等为人上之人。自你每日吃用稀奇之物，他在世几百年还没曾见过哩！他拿什么来比你？你就是医奴的药一般，一经你手，教奴没日没夜只是想你。"（《金瓶梅词话》第十九回）

李瓶儿在嫁给西门庆前曾招赘了蒋竹山，这让西门庆大为恼火，所以在性活动中西门庆极力将自己与蒋竹山进行比较，以凸显自己占有女人的强大性能力和性欲望。而李瓶儿的回答恰恰满足了西门庆那种强大的占有欲，所以听了李瓶儿话，西门庆喜上眉梢，怒气顿消。

再看小说对西门庆和章四的一段性描写：

"章四，淫妇，你是谁的老婆？"妇人道："我是爹的老婆。"西门庆教与他："你说是熊旺的老婆，今日属了我的亲达达了！"（《金瓶梅词话》第七十八回）

与上例相同，西门庆在听了章四的回答后，快感大增，欣喜若狂。西门庆为什么感到兴奋和快慰？显然是李瓶儿和章四的表现极大地满足了他对女人的占有欲，说到底是满足了他作为商人那种极强的"占有欲"。其实西门庆疯狂的性行为也在一定层面上暴露了一种古老的文化心理：在原始社会，女性战俘作为和牲畜一样的战利品，往往被部落首领占有，或被分赏给有功的英雄，换言之，占有女性的多少是个体价值的重要表征；到了宗法社会，以血缘关系为基础建立的宗法家族是构成社会的重要细胞，宗法家族要占有更多的女性作为其广延后嗣的工具，因此占有女性的多少就成了一个男子的荣誉及其在家族和社会中地位的反映。从这个意义上来讲，女性是具有实用价值的勋章，于是占有她们便成了男人们的一种价值判断，久而久之，以占有女性的多少作为价值表征的方式便演变成了一种集体无意识，渗透在民族文化心理中，并最终成为一种古老的文化心理。西门庆的性放纵在一定程度上便彰显了这种古老的文化心理。

（二）潘金莲：性活动中的焦虑消解与压抑释放

在西门庆的妻妾中，小说对潘金莲的性行为着墨最多，作者试图通过潘金莲的性活动表现其对自身生存状态的焦虑和对外在世界的仇恨。潘金莲出身赤贫之家，迫于生存压力，她先是被卖到王招宣家做歌女，后又被卖到张大户家做侍妾，继而又被迫嫁给"三寸丁""谷树皮"的武大郎。可以说，潘金莲从来没有真正主宰过自己的命运，她的每一次人生变故都由他人主宰，这使她对自身的生存状态始终存有强烈的焦虑感。嫁给西门庆后，这种焦虑感有增无减，因为在西门庆的妻妾中她似乎一直处于"弱势"状态。吴月娘出身官宦家庭，有正室主母的身份；李娇儿虽是从良妓女，但长相姣好，手里还有一份好钱财；孟玉楼是个商人遗孀，相貌端丽，颇有积蓄；孙雪娥是房里出身，体态轻盈，做得一手好菜；李瓶儿不仅温良贤淑，颇有积蓄，还给西门庆生了儿子。相比之下，潘金莲既无背景，也无钱财；既无身份，也无品性，这让潘金莲长久以来的"生存焦虑"再度强化。为了在众妻妾中获得有利地位，为了使积郁于心中的焦虑感得以释放，潘金莲将全部的精力都投放在性活动中，她力图通过性活动使自己在生存斗争中获得有利保证。

1. 通过性放纵弥补内心的缺失感，进而强化自己在西门庆心中的地位

在潘金莲看来，最大限度地满足西门庆的淫欲，进而强化自己在西门庆心中的地位是消解其生存焦虑感的最有力手段，因此潘金莲使出了几乎所有的风月手段，使用了难以数计的性技巧和性工具，不惜以肉体之痛来满足西门庆的淫欲。对西门庆，她摸透了他的习性和心思，采取软硬兼施的办法，一方面卖弄风情，尽力满足他的淫欲，她百般献媚，曲意逢迎，甚至连醉闹葡萄架、承溺吞精一类极其污秽卑贱的行径都能心甘情愿地干出来，她屈身忍辱，无所不用其极；另一方面，她又很有分寸地对西门庆进行挟制和管束，甚至夹枪带棒、尖酸刻薄地对西门庆进行冷嘲热讽。值得注意的是，潘金莲为了博得西门庆的欢心，居然多次采用"虐恋"的方式。虐恋是一种将快感与痛感联系在一起的性活动，或者说是一种通过痛感获得快感的性活动。

虐恋有受虐与施虐之分，在潘金莲和西门庆的性活动中，潘金莲常常扮演受虐的角色，"潘金莲醉闹葡萄架"便是一场惊心动魄的"虐恋"。西门庆使出一切卑劣的手段让潘金莲痛苦异常，可潘金莲为什么甘心受虐呢？其根本原因就在于潘金莲在受虐中获得了极大的快感，虐恋的本质就是通过痛感获得快感，一个人受虐的过程也是其被极度关注的过程。受虐虽然让潘金莲承受着皮肉之痛，但让她最大限度地感受到被关注的快感！这种被关注的快感驱散了潘金莲内心深处的生存焦虑，同时以受虐的方式让西门庆获得快感，也极大地强化了潘金莲在西门庆心中的地位，进而让潘金莲在生存斗争中获得有力保障。

2. 通过纵欲挑拨西门庆与其他妻妾的关系，进而消解对外在世界的仇恨

潘金莲相对弱势的生存状态，使其对西门庆的其他妻妾及家庭内部的相关成员充满了仇恨，这就决定了她必然要通过压缩别人生存空间的方式来张扬自我。为了消解对外在世界的仇恨，潘金莲选择以纵欲为媒介，在给予西门庆极大性满足的同时，诅咒并挑拨西门庆与其他妻妾的关系，其实这一现象的背后隐藏的仍然是潘金莲那种强烈的"生存焦虑"。第一个进入潘金莲视野的是蠢笨而自以为是的孙雪娥，孙雪娥因造饼之事赌气讥刺，潘金莲就因势利导、趁机挑拨：

> （潘金莲）到夜里枕席鱼水欢娱，屈身忍辱，无所不至。说道："我的哥哥，这一家都谁是疼你的？都是露水夫妻，再醮货儿。惟有奴知道你的心，你知道奴的意。旁人见你这般疼奴，在奴身边去的多，都气不愤，背地里架舌头，在你跟前唆调。我的傻冤家，你想起甚么来，中了人的拖刀之计？把你心爱的人儿这等下无情折剉……"（《金瓶梅词话》第十二回）

潘金莲的这番进言无非是要借西门庆之手惩治孙雪娥。同样的一幕也发生在潘金莲与宋惠莲、李瓶儿、如意儿的斗争中。值得注意的

是，潘金莲为什么喜欢在性活动中挑拨西门庆与其他妻妾的关系，进而排遣自己在家庭斗争中的怨怒之气？其原因就在于潘金莲把其他妻妾对自己的侵犯统统视为对自己性爱的侵犯，因此潘金莲要通过性放纵达到"以牙还牙"的目的。另外，性活动中的人往往处于一种非理性的状态，当性爱达到高潮的时候，也就是性爱中的人理性崩溃的时候，潘金莲选择这样的一个时机，无疑是让非理性状态中的西门庆接受她的挑唆，并达到惩罚其他妻妾的目的。

以"性描写"来揭示人物性格，这种艺术手段在中国古典小说史上无疑具有开创意义。当然，《金瓶梅》中也确实存在大量的性描写，如鲁迅指出的那样，属于无意义的"猥词"。即无论任何场合，都对性方法和性过程不加掩饰地加以描写，有时甚至达到了污秽满纸的程度。这些笔墨在一定程度上影响了小说的艺术价值。

第四节　世情小说的典范之作

《金瓶梅》作为世情小说的典范之作，在中国小说美学发展史上占据着极为重要的地位，它实现了创作技巧的多重转变，取得了较高的艺术成就。

一　叙事视角的转变：从关注情节到关注人物，由神到人

由于中国古典小说受民间说唱艺术的影响很大，因此古典小说的叙事中心往往不在人物而在情节。"古典小说往往总要设计出道德上正反相对的人物，由于性格和生活目的的不同构成冲突，而冲突的发生发展过程，不断地产生出悬念，吸引读者的阅读兴趣，而人物本身是情节的附属物，只是为了情节的需要，召之即来，挥之即去。"①《三国演义》关注的是历史时空中的宏大叙事，对人物采取远距离的观照，人物往往是道德符号的化身，因此人物明显是为情节服务的；《水浒传》虽然缩短了观照人物的距离，但叙事的重点仍然

---

① 贾三强：《明清小说研究》，西北大学出版社 2008 年版，第 90 页。

不在人物，而在情节。比如林冲上梁山的过程，无论是误入白虎堂、大闹野猪林，还是风雪山神庙，虽然每个故事的着眼点在人物，但最终的落脚点却在情节，即林冲是如何一步一步被逼上梁山的，人物的表现明显是为情节发展服务的。到了《金瓶梅》，这种情况发生了根本改变，《金瓶梅》虽然不是无情节，但情节冲突的力度已大大弱化。小说所展现的并不是忠与奸、正义与邪恶的斗争，而是以西门庆家庭为主的种种人物之间的琐碎的矛盾纠葛。由于小说情节发展中的故事性和戏剧性被严重弱化，这必然促进了小说叙事视角的转化，即从关注情节到关注人物。

在《金瓶梅》产生之前的相当长的一段时间内，中国古典小说特别是长篇小说，在空间向度上是仰视天空的，在时间向度上是回首过去的，很少把目光投向人间和现实生活，塑造的大多是"神人"或赋予传奇色彩的"超人"。《金瓶梅》的出现在小说美学演变史上实现了由神到人的巨大转变，也实现了文学本位的人性回归。《金瓶梅》不同于《三国演义》描写古代将相和兴废战争，也有别于《水浒传》刻画超人的英雄豪杰与刀光剑影，更不同于《西游记》虚设奇幻的牛鬼蛇神、上天入地。它用细致的笔触，描绘了生活中任何人可以遇到的平平常常的人、普普通通的境和琐琐碎碎的事，使全书渗透着"俗"的色彩。"窃谓兰陵笑笑生作《金瓶梅传》，寄意于时俗，盖有谓也。"（欣欣子《金瓶梅词话序》）《金瓶梅》这种从神到人、寄意于时俗的叙事视角的转换，标志着中国古典小说艺术进入了一个更加贴近现实、面向人生的新阶段。

二 审美取向的转变：从审美到审丑

《金瓶梅》之前，小说的帝王、英雄和神魔的题材，决定了它们的审美取向是正面和理想的事物。在《三国演义》中，我们看到的是超凡的智慧、卓越的才能和"士为知己者死"的人生信条；在《水浒传》中，我们感受到的是扶危济困的仁人之心与"该出手时就出手"的率性与自由；在《西游记》中，我们领略到的是上天入地、变幻莫测的超人力量和坚忍不拔、锲而不舍的人生追求。可以说，表现美、赞美崇高和理想，是《金瓶梅》以前的长篇小说的主导性的审美取向。到了《金瓶梅》，美的身影消失了，崇高与正义被完全消解，这是一个没有任何光明的世界：道德沦丧，人欲横流；官场被金钱控制，神佛被金钱颠覆；人欲被极度放大，人性的丑恶被暴露无遗。在这个世界中几乎见不到一点正面光亮，张竹坡在点评《金瓶梅》时曾这样评价小说中的人物："西门庆是混账恶人，吴月娘是奸险好人，玉楼是乖人，金莲不是人，瓶儿是痴人，春梅是狂人，敬济是浮浪小人，娇儿是死人，雪娥是蠢人，宋惠莲是不识高低的人，如意是个顶缺之人。若王六儿与林太太等，直与李贵姐辈一流，总是不得叫做人。而伯爵、希大辈，皆是没良心之人，兼之蔡太师、蔡状元、宋御使，皆是枉为人也。"可以说，《金瓶梅》是以生活中的"丑"作为小说的题材，从官场到市井，从家庭到社会，从妻妾到娼妓，各色人等可谓丑相毕现。《金瓶梅》为什么从审美走向审丑，这不是因为作者无力发现美，也不是因为作者缺乏传播美的胆识，而是因为这个世界没有美。作者对丑恶现实怀着憎恶之情，因此，他把对生活中的丑恶进行挖掘提炼并加以概括上升为艺术美作为自己的艺术目标。《金瓶梅》把一个丑恶的社会展现在读者的面前，由审美到审丑，这是中国小说美学的一大变迁。

三 写人艺术的转变：从类型化人物到性格化人物

中国古代文化是一种道德本位、伦理本位的文化，这种文化观念造就了中国古人是非分明、惩恶扬善的接受心理，也造就了中国古代小说将道德教化放在首位的创作传统。从民间的说话艺人到听众，从作者到读者，无论是创作还是阅读，人们总希望小说能承担明确的宣传教化的功能。这种将道德教化放在首位的创作观念，使小说中的人物经常呈现类型化的特征，即以道德属性为分水岭使人物或好或恶，进而引发读者相应的情感体验和审美判断。《三国演义》《水浒传》和《西游记》中的人物大都属于类型化人物。随着小说题材由宏观向微观的转化，随着小说叙事视角从神到人的转变和审美视角从审美到审丑的转变,《金瓶梅》中的人物也由类型化转向了性格化,即读者很难以道德属性的二元对立来评判作品中的人物,人物开始出现多元化、立体化的特质,除了具有主导的性格基调外,还表现出复杂的特征。如何塑造出这种性格化的人物,得力于《金瓶梅》的作者在手法上的创新。

(一)强化细节描写和心理描写

《金瓶梅》以前的小说往往把故事放首位,《金瓶梅》则开始把描写中心向人物转移,并精心刻画人物的心理和细节。比如小说第九回和第十回写道,西门庆与潘金莲合谋毒死了武大郎,并偷娶了潘金莲。武松回到清河县,寻西门庆不着,因误打李外传被发配孟州牢城。接着作者便以大量笔墨描写了西门庆合家在花园宴饮赏景的情节,这是典型的细节描写,作者以此来衬托西门庆此时得意的心境。再如西门庆娶了李瓶儿后,不仅生了儿子,而且加官晋爵,小说仍然采用了细节描写的方法写西门庆大修园林并邀请蔡状元游园赏花,以此来表现西门庆的踌躇满志和自以为人间胜景、乐事皆属于我的心境。这种细节描写不仅拓宽了人物的心理空间,而且有利于展现人物多元化的性格侧面。

除细节描写外,《金瓶梅》还成功地运用了心理描写凸显人物的性格特质。有研究者认为,中国古典小说缺乏西方小说那种相对成熟的心理描写,这其实是一种误解。相对比较而言,中国古典小说中较少出现西方小说中那种静态的心理描写,而更多通过人物的言行、神态的变化和细节描写,从细微处体察人物微妙的心理变化,《金瓶梅》便成功地做到了这一点。比如小说第五十七回西门庆吹嘘自己的富贵:

> 咱闻那佛祖西天,也只不过要黄金铺地;阴司十殿,也要些楮锭营求。咱只消尽这家私广为善事,就使强奸了嫦娥,和奸了织女,拐了许飞琼,盗了西王母的女儿,也不减我泼天的富贵。

此处作者通过西门庆夸张的语言便活画出西门庆追逐金钱和女色

的贪婪、无耻的心理。再如小说第二回写西门庆初见潘金莲时的神态变化：

> 那一双积年招风惹草、惯觑风情的贼眼，不离这妇人身上。临去也回头了七八回，方一直摇摇摆摆，遮着扇儿去了。

作者三言两语便将西门庆那种好色无耻、如蝇逐膻的占有心理暴露无遗。小说还通过细节描写表现人物微妙的心理变化。小说第八回写道，武大死后，西门庆忙于迎娶孟玉楼，多日不与潘金莲见面，潘金莲心中焦急而烦躁：

> （潘金莲）身上只着薄犷短衫，坐在小杌上，盼不见西门庆来到，嘴谷都的骂了几句负心贼。无情无绪，闷闷不语，用纤手向脚上脱下两只红绣鞋儿来，试打一个相思卦，看西门庆来不来。

用红绣鞋来打相思卦，以预测西门庆是否上门，这是典型的细节描写，将潘金莲急切盼望西门庆的心理状态恰如其分地表现出来。此外，小说有时还通过梦境间接表现人物的心理感受，如小说第六十二回写到李瓶儿在临死前经常梦到花子虚，梦醒便对西门庆描述梦中的情形：

> 我要对你说，也没与你说：我不知怎的，但没人在房里，心中只害怕，恰似影影绰绰有人在我跟前一般。夜里要便梦见他（指花子虚），恰似好时的拿刀弄杖，和我厮嚷。孩子也在他怀里，我去夺，反被他推我一交，说他那里又买了房子，来缠了我好几回，只叫我去。只不好对你说。

梦中总是出现儿子，意在说明李瓶儿的失子之痛；官哥的生父并非花子虚，却被抱在花子虚的怀里，说明李瓶儿对当初害死亲夫有某种程度的负罪感。这一梦境很好地再现了李瓶儿内心世界的复杂与真实。

（二）注意多色调、立体化写人

《金瓶梅》塑造人物十分注意表现人物性格的多层次性，作者力图从人物性格的发展变化中，不断揭示人物性格的复杂性。比如西门庆凶狠毒辣，胆大包天，但有时也担惊受怕；爱财如命，贪婪成性，有时又慷慨助人；玩弄妇女，心狠手辣，但对李瓶儿却又表现出某种程度的真情实感。再如小说中的潘金莲，读者习惯以"淫人""荡妇"一类的词语来定位潘金莲的形象特点，其实小说通过潘金莲的人生历程再现了其"淫荡"背后所隐藏的复杂成因。潘金莲出身赤贫之家，先被卖到王招宣家做歌女，后又被卖到张大户家做侍妾，继而又被迫嫁给"三寸丁""谷树皮"的武大郎。西门庆利用她对婚姻的不满对其进行诱骗和勾引，这让潘金莲走上了与人通奸、毒害亲夫之路，所以，此时潘金莲"淫荡"的背后隐藏的是其对不幸命运与婚姻的反抗。嫁给西门庆后，在西门庆家一妻多妾的环境中，潘金莲似乎表现得更加"淫荡"，但此时的"淫荡"似乎与嫉妒结合了起来，与众妻妾争宠成了潘金莲"淫荡"背后的深层动因。随着西门庆不断征逐女色而成为色情狂，潘金莲的淫荡行为愈演愈烈，凡是能搞上手的男性都成了潘金莲满足淫欲的工具，这一现象的背后所隐藏的却是潘金莲极强的报复心理。所以，在潘金莲淫荡的背后隐藏极其复杂的原因，小说的成功之处就在于将这种复杂性展现出来。

四 结构艺术的转变：从线性结构到网状结构

《金瓶梅》以前的长篇小说，都是从民间"说话"演变而来的，其结构是一个个故事贯穿起来的线性结构。《金瓶梅》则实现了从线性结构到网状结构的转变：《金瓶梅》以西门庆及其家庭兴衰为主线，与市井、商场、官府等的联系构成了一条条的副线；以西门庆和金、瓶、梅等几个人物的命运为主线，而其他人物的命运构成了副线，最终形成一种纵横交叉的网状结构。《金瓶梅》的情节不在于离奇曲折，环环相扣，而在于严密细致，自然展开。《金瓶梅》的结构艺术为后世的小说创作提供了艺术借鉴，清代小说《红楼梦》的网状结构明显受到了《金瓶梅》的影响。

五　语言艺术的转变：从雅变俗

《金瓶梅》所展现的是一幅市井生活的画卷，它几乎不加修饰地展现原生态的市民生活，因此，《金瓶梅》所使用的语言并不是典雅、凝重的书面语，而是民间市井语和家常口头语，人物语言恣肆、粗鄙，一派市井谈吐，一副市井口吻。试看小说第五回郓哥与王婆互骂的一段文字：

> 且说郓哥提着篮儿便走入茶坊里来，向王婆骂道："老猪狗，你昨日为甚么便打我？"那婆子旧性不改，便跳起身来喝道："你这小猢狲，老娘与你无干，你如何又来骂我！"郓哥道："便骂你这马伯六，做牵头的老狗肉，值我鸡巴！"

再看第八十五回吴月娘训斥潘金莲的一段话：

> 六姐，今后再休这般没廉耻！你我如今是寡妇，比不得有汉子。香喷喷在家里，臭烘烘在外头，盆儿罐儿都有耳朵。你有要没紧和这小厮缠什么！教奴才们背地排说的碜死了！常言道："男儿没信，寸铁无钢；女人无性，烂如麻糖。其身正，不令而行；其身不正，虽令不行……"

我们看，这两段文字都是新鲜活泼、粗鄙不堪的市井语言。此外，《金瓶梅》还大量吸收方言、行话、谚语、歇后语、隐语，如小说第六十回潘金莲骂李瓶儿的一段话：

> 贼淫妇！我说你日头常晌午，却怎的今日也有错了的时节？你斑鸠跌了弹，也嘴答谷了！春凳折了靠背，没的倚了！王婆卖

了磨，推不的了！老鸨死了粉头，没指望了！却怎的也和我一般？

作者连用四个歇后语来表现两个人的积怨之深。总之，《金瓶梅》真正实现了小说语言由雅到俗的转变，熔铸为一篇"市井文字"。

第五章

"三言""二拍"与白话短篇
世界中的人生百态

  《三国演义》《水浒传》《西游记》《金瓶梅》这"四大奇书"以鸿篇巨制，或描摹历史画卷，或塑造英雄群像，或建构神魔世界，或表现市井风情。与此同时，明代小说家又在宋元话本的基础上进行了模拟创作，以鲜活的人物形象、巧妙的技法、简短的篇幅和通俗的语言勾勒出晚明时期的人生百态。

第一节　从说唱到案头——话本小说的"前世今生"

  "三言""二拍"是明代的白话短篇小说集，也是话本小说集。话本小说是指产生于宋元，流行于明清时期的中国古典白话小说，包括话本和拟话本。话本小说在中国白话小说史上占有极为重要的地位，鲁迅先生在《中国小说的历史变迁》中指出，宋元话本的出现是小说史上的一大变迁。

一　说话艺术的繁盛与话本小说的产生

  中国古代小说有长篇和短篇之分，还有文言与白话之分。唐传奇的出现将文言小说的创作推向了顶峰。到了宋元时期，由于民间说话艺术的兴盛，促进了白话小说的迅猛发展，白话小说很快超过了文言小说，成为中国古代小说的主流。

"说话"是唐宋时期民间流行非常广泛的一种说唱艺术。话，就是故事，所谓说话就是讲故事的意思。说话艺术起源很早，先秦时期在宫廷中就有专门讲故事的人。根据汉代刘向的《列女传》记载，夏代的宫廷中就有专门为国王提供娱乐服务的俳优（早期的说话艺人）。春秋时期，宫廷中俳优的数量大大增多，司马迁的《史记·滑稽列传》就记载了很多这个时期关于俳优的历史故事。说话艺术虽然起源很早，但作为一种专门的艺术形式是从唐代开始的，郭湜《高力士外传》："每日上皇与高公亲看扫除庭院，芟薙草木，或讲经、论议、说话，虽不近文律，终冀悦圣情。"可见唐代宫廷中已经出现说话艺术。元稹在《酬白学士代书一百韵》中说道："翰墨题名尽，光阴听话移。"并自注："乐天每与余游，从无不书名屋壁，又尝于新昌宅说《一枝花话》，自寅至巳，犹未毕词也。"这说明当时的说话艺术已经比较成熟，而且受到文人士大夫的青睐。到了宋代，随着国家的统一和城市经济的繁荣，市民阶层迅速壮大，成为一股新兴的社会力量，而说话艺术恰恰契合了市民阶层的娱乐需要和审美需要，因此说话艺术在宋代得到了长足的发展。首先，演出场所固定，主要集中在勾栏瓦子中。根据孟元老《东京梦华录》记载，北宋汴梁城的"东角楼街巷"有大小勾栏50余座，可容纳5000人。南宋的临安城内也有很多瓦子，周密《武林旧事》记载临安城内有瓦子23处，其中以北瓦子内的13勾栏最为著名。除瓦子勾栏外，酒楼、街道空地、寺庙、私宅，也经常作为说话的场所。其次，说话艺术开始职业化。随着说话艺术的渐趋成熟，宋代说话成为一种专门的职业。仅《东京梦华录》《武林旧事》《梦梁录》等书中记载的职业说话艺人就有120余人，这些人主要出身小商人、城市贫民或落魄文人。这些说话艺人为了便于切磋技艺，还专门组织了行业机构——雄辩社。为说话艺人编写话本的文人也组织了专门的团体——书会，这些文人叫书会才人。再次，说话艺术开始专门化。说话艺人各有专长，有的擅长讲史，有的擅长小说。根据南宋耐得翁《都城纪胜》记载，宋代的说话内容大致可以分为四类，即小说、讲史、说经和说铁骑儿。小说往往是单篇段子，一般一次讲完一个故事，演说内容包括灵怪、烟粉、传奇、公案、杆棒、神仙等；讲史往往取材于历史故事，分为几次讲完，内容涵盖前代书史文传、战争兴废之事；说经是演说宗教传说和佛教、道教的经典故事；铁骑儿，也称说合生，主要讲战争故事。在这四家中，小说和讲史最受欢迎。

随着说话艺术的繁盛，宋代也出现了大量的话本。所谓话本，就是说话艺人演出时所依据的底本，原是师徒相传的"说话内容"的书面"记录"，并不是供人阅读的。随着宋代说话艺术的繁盛，这些原本供说话艺人演出使用的"话本"逐渐受到了下层文人的关注，他们对这些话本进行收集、加工和整理，于是就出现了可供阅读的话本小说，也就是拟话本。

二　话本小说的发展历程

话本小说的发展大致经历了三个阶段，即说话艺术阶段、早期话本阶段和话本小说阶段。说话艺术是话本小说的源头，但由于说话艺术还停留在口头表演的阶段，现在我们无法了解它的原貌，所以，这里我们主要介绍宋元时期的早期话本和明清时期的话本小说。

（一）宋元早期话本

宋元时期，话本逐渐受到底层文人的关注，他们将口头的讲说整理成简单的文字记录并印刷出版，或用于说话的底本，或给不能进场听书的人阅读，这些话本既有说话的某些特征，又夹杂了书面文学的某些特征，这就形成了早期话本。宋元时期的话本主要有三类，即小说话本、讲史话本和说经话本。宋元时期的话本数量很多，罗烨的《醉翁谈录》曾列举 100 余种名目，但大部分佚失了。现存的宋元小说话本主要见于明人刊刻的《清平山堂话本》《熊龙峰小说四种》和冯梦龙编撰的《古今小说》中，其中包括大约 40 余篇宋代小说话本和不足 20 篇的元代小说话本。此外还存有《新编五代史平话》《大宋宣和遗事》《全相平话五种》等讲史话本和《大唐三藏取经诗话》《五戒禅师私红莲记》等说经类的话本。这三种话本中成就较为突出的是小说话本，现存的宋元小说话本虽经后人的加工、润饰，但基本保存了原貌。从题材上看大致可分为四类：其一为"烟粉"类，类似于后来的爱情小说,专讲男欢女爱、男女恋情;其二为"灵怪"类,类似于后来的神魔小说,专讲妖魔鬼怪和神仙异物;其三为"传奇"类,讲述富于传奇色彩的人间故事,以及种种悲欢离合的奇闻逸事;其四为"公案"类,讲述各种断案故事,反映当时复杂的社会矛盾。宋元小说话本在取材时,最大限度地反映了市民阶层的生活面貌,反映了市井细民的悲欢离合、喜怒哀乐。

(二)明清话本小说

宋元话本产生以后,以其生活化的内容和通俗易懂的白话语言被市民阶层广泛接受,后来随着话本艺术不断走向成熟,也引起了下层文人的广泛关注。但由于受到当时社会条件的限制,大量的话本在流传的过程中散佚,到明代中后期,人们所能见到的宋元话本越来越少。在这种情况下,一些底层文人和出版商开始对宋元话本进行收集、加工、整理和出版。与此同时,还有一些文人开始模拟宋元话本进行案头创作,鲁迅先生将其称为拟话本。① 拟话本的出现,标志着中国古典白话小说从民间艺人口头创作向文人学士案头创作的转变。这里我们把流传到明清时期的宋元话本和明清文人创作的拟话本统称为话本小说。明代中期以来,出现了大量的话本集,最早出现的是洪楩的《清平山堂话本》,该书分为《雨窗》《长灯》《随航》《欹枕》《解闲》《梦醒》六集,每集分上下两卷,每卷5篇,共60篇,现存29篇。万历年间出版了《熊龙峰小说四种》,其中两种为宋元旧篇,两种为明人拟作。明代天启年间,冯梦龙广泛搜集当时流传的话本小说和拟话本小说,编成《古今小说》,后改名《喻世明言》《警世通言》《醒世恒言》。"三言"每集40卷,共计120篇,这120篇中,大约三分之一是出自宋元明民间话本小说,其余的是明人创作的拟话本小说。学术界一般认为,"三言"中极少数的作品是冯梦龙所作,大部分作品是整理前代的话本或拟话本。继"三言"后,又出现了凌濛初的"二拍",即《初刻拍案惊奇》和《二刻拍案惊奇》,两书共

---

① "拟话本"这个名称系鲁迅在《中国小说史略》中首次提出,鲁迅将明清文人模拟宋元话本而创作的白话短篇小说称为"拟宋市人小说"。

收入话本小说78篇。清代成就较高的话本小说为李渔的《无声戏》《十二楼》和艾衲居士的《豆棚闲话》。代表明清话本小说最高成就的当属冯梦龙的"三言"和凌濛初的"二拍"。

三　话本小说的结构模式和美学特征

中国古代的话本小说有一个相当稳定的结构模式，这个结构模式由宋元时期的民间说话艺人草创，经过后世文人整理而定形，明清拟话本作家一直遵循并延续数百年。胡士莹先生将话本小说的结构归纳为六个部分，即题目、篇首、头回、入话、正话、篇尾。题目是故事的主要标记，一般是主人公的名字，或者是相关的地名、物名。早期话本题目只有3—4个字，宋代以后增加至8个字。篇首这部分可以是诗、词、曲，甚至可以是韵文，可以是一首，也可以是数首，其作用是点明主旨，概括全篇大意，或者是渲染气氛，烘托情绪，引人思考。头回是以散文形式紧接篇首展开议论，有的是通过解释篇首的含义转入议论，有的不解释篇首而直接发议论。入话是在正文之前安排的与正文相似或相反的小故事，讲得较为简略，但有独立性。入话的作用一方面是为了吸引听众的注意力，为进入正文做准备；另一方面是对正文的主题思想做或多或少的暗示。正话是话本小说的故事主体，它以比较复杂的情节来塑造人物，表达一定的主题思想。正话之中分叙述、描写、议论三种语态，文字则骈散相间，叙述多用散句，描写多用骈语。话本一般都有一个篇尾，它与故事的结局不同。故事的结局是故事情节发展的必然结果，是故事本身不可分割的组成部分。话本的篇尾却是附加的，往往缀以诗词或题目，具有相对独立性。它的位置在故事结局之后，以说话人的口气总结全篇，对听众加以劝诫。

到了明清时期，话本小说不仅形成了较为成熟的体制，同时也形成了自己独特的美学特征。首先，成功地塑造了一批性格鲜明的人物形象，如《闹樊楼多情周胜仙》中大胆执着的周胜仙，《错斩崔宁》中忠厚善良的崔宁，《快嘴李翠莲》中伶牙俐齿的李翠莲等。宋元之际，新兴市民阶层不断壮大，由于审美对象上的世俗化、平民化更容易打动听众,因此,话本小说在选择审美对象的时候更倾向于市井小民和凡夫俗子,进而满足市民阶层的审美趣味。其次,内容上"常中见奇"。由于话本小说属于典型的"市民文学",因此必须取材于市民的日常生活,反映市民阶层的情感,具有"常"的色彩。而市民阶层又有着强烈的猎奇心理,所以话本小说在取材于现实生活的同时,又不能平淡无奇,在美学追求上必须是"常中见奇"。"今之人但知耳目之外牛鬼蛇神之为奇,而不知耳目之内日用起居,其为谲诡幻怪非可以常理测者固多也。"① 可见,"常中见奇"是话本小说家普遍的美学追求。如何做到"常中见奇"?话本小说家经常采用"巧合法"。以《错斩崔宁》为例,这篇小说从题材上来看,是再普通不过的日常生活题材,但作者却能通过"巧合法"让其彰显出"常中见奇"的美学特征。刘贵因为家贫得到丈人给予的十五贯钱,刘贵回家后戏言以十五贯钱典卖妾陈二姐,明日送走。陈二姐信以为真,当晚借宿邻居家。可巧这天夜里,盗贼入室抢劫,不仅杀了刘贵,还掠走了十五贯钱,这就留下了悬念。次日清晨陈二姐在回娘家的途中巧遇青年崔宁,两人搭路同行,不久邻居追来将二人扭回。恰好在崔宁身上搜出他卖丝帐赚的十五贯钱,刘妻断定是崔宁诱妾谋财行凶,扭至官府。崔、陈二人被屈打成招,并被处以极刑。后来,刘妻巧遇静山大王后,才知他才是真正的凶手。这一连串的巧合纯属生活中的偶然事件,但却使小说的情节发展具有了某种必然性和可信性,也使作品在寻常的题材中表现出传奇色彩。再次,语言上追求通俗易懂。话本小说实现了小说语言的重大变革,以通俗易懂的白话作为表达工具,以生活化的语言代替书面语言,充分彰显市民文学的特点。如《快嘴李翠莲》中李翠莲在新婚之夜吆喝丈夫的一段话语:

> 堪笑乔才你好差,端的是个野庄家。你是男儿我是女,尔自尔来咱自咱。你道我是你媳妇,莫言就是你浑家。那个媒人那个主?行甚么财礼,下甚么茶?多少猪羊鸡鹅酒?甚么花红到我

---

① 凌濛初:《拍案惊奇·序》,人民文学出版社 1991 年版,第 1 页。

家？多少宝石金头面？几匹绫罗几匹纱？镯缠冠钗有几付？将甚插戴我奴家？黄昏半夜三更鼓，来我床前做甚么？及早出去连忙走，休要恼了我奴家！若是恼咱性儿起，揪住耳朵采头发，扯破了衣裳，抓碎了脸，漏风的巴掌顺脸括，扯碎了网巾你休要怪，擒了你四鬓怨不得咱。这里不是烟花巷，又不是小娘儿家，不管三七二十一，我一顿拳头打得你满地爬。

虽然是韵文，但也尽量做到通俗易懂。由于说话艺术是诉诸听觉的艺术，所以话本小说的语言必须通俗化、生活化，这样才能适应表演的需要。基于此，通俗易懂才成为话本小说的普适性美学追求。

第二节　冯梦龙与"三言"中的人生百态

一　冯梦龙的生平、创作与文学思想

冯梦龙（1574—1646），字犹龙，又字耳犹、子犹，别号龙子犹、墨憨斋主人、茂苑野史、顾曲散人、绿天馆主人、可一居士等，长洲（今江苏苏州市）人。他出身书香门第，哥哥冯梦桂是一位画家，弟弟冯梦熊是一位诗人，兄弟三人皆有名气，时人称为"吴下三冯"。冯梦龙从青年时期开始便研读经史，但一生科举仕途很不得意，57岁始得贡生，任过七品芝麻官寿宁知县，顺治三年暴死。

就创作而言，冯梦龙的主要贡献在于搜集、整理和改编前代作品，而真正属于他自己的创作并不多。小说方面，他曾经增补、改编过罗贯中的长篇通俗小说《三遂平妖传》《列国志》，编纂过《情史》《智囊》等文言小说；戏曲方面，他创作了传奇戏《双雄记》，还改定他人的传奇作品数十种，并集成《翰墨斋定本传奇》一书；同时，冯梦龙还编印了民歌集《桂枝儿》和《山歌》，当然，代表其最高成就的还是他编辑、整理的"三言"，即《喻世明言》《警世通言》《醒世恒言》。冯梦龙的"三言"，每种40卷40篇，共120卷120篇。

冯梦龙在思想上受晚明思想家李贽的影响很大，表现出某种进步性和前瞻性。其文学思想主要表现在以下三个方面。

其一，尚真主情。冯梦龙主张文学应以"真"为正，去伪存真。在《叙山歌》中，他明确提出他的选编目的是"借以存真"。值得注意的是，这里所强调的"真"，并非事事必有出处，也并非让作品中的故事完全出自对现实事件的复制，而是突出情理的真实，故事可以是虚构的，但情理必须是真实的，即"借男女之真情，发名教之伪药"（《山歌序》）。同时，冯梦龙又强调"情"在人们日常生活中的重要意义。"天地若无情，不生一切物，一切物无情，不能环相生。生生而不灭，由情不灭故。四大皆幻设，惟情不虚假。"（《情史》）冯梦龙将天地间万物生生不灭的原因归结到情上，认为情是天地万物不灭的根源。冯梦龙的这种主"情"思想表现在文学创作上，即突出文学作品的情感价值，在他看来，只有发乎真情的文学作品，才是最有价值的文学作品。

其二，应风适俗。所谓应风适俗就是指适应风土人情，符合大众心理，从而达到适应底层民众的审美要求。"大抵唐人选言，入于文心；宋人通俗，谐于里耳。天下之文心少而里耳多，则小说之资于选言者少，而资于通俗者多。试令说话人当场描写，可喜可愕，可悲可涕，可歌可舞；再欲捉刀胝，再欲下拜，再欲决脰，再欲捐金；怯者勇，淫者贞，薄者敦，顽钝者汗下。虽小诵《孝经》《论语》，其感人未必如是之捷且深也。噫，不通俗而能之乎？"① 在他看来，文学作品只有通俗，才能契合广大民众的欣赏心理，进而起到教化民众的作用；文学作品只有通俗，才能起到正史不能起到的作用。

其三，重视文学的教化功能。冯梦龙认为小说的作用主要取决于它的社会教化功能，"明者，取其可以导愚也。通者，取其可以适俗者；恒则习之而不厌，传之而可久。三刻殊名，其义一耳"②。冯梦龙认为"三言"可以辅佐正史，起到正人伦、厚风俗的作用。

---

① 冯梦龙：《喻世明言·序》，人民文学出版社 1958 年版，第 1 页。
② 冯梦龙：《醒世恒言·序》，人民文学出版社 1956 年版，第 863 页。

二　市民社会的人生百态

"三言"中极少数的作品是冯梦龙所作,大部分作品是整理前代的话本或拟话本。由于"三言"中的话本和拟话本并非一人独创,所以其思想内容相当庞杂。"三言"中大约有三分之一以上的作品直接宣扬封建旧道德,树立忠孝节义的榜样,或渲染科举之路或宿命观念,这部分作品道学气比较浓,说教的味道很重;另一部分作品主要表现市民阶层的生活情调和精神面貌,尤其关注商人形象和妇女形象,体现了晚明社会进步的历史意识。

（一）描写商人和商业活动,肯定物质追求的合理性

中国的儒家道统一向肯定"义",而否定"利"。《孟子·梁惠王上》云:"孟子见梁惠王。王曰:'叟!不远千里而来,亦将有以利是国乎?孟子对曰:'王!何必曰利,亦有仁义而已矣。'"在儒家看来,仁义是合于"天理"的。到了明代,商品经济的发展孕育了"好货"与"好利"的思想,"三言"中很多描写商人和商业活动的作品就反映了明代这种"好货"与"好利"的社会思潮。"三言"在描写商人和商业活动时出现了两种倾向。其一,商人的地位明显提升。"三言"对"重农抑商"的传统观念进行了大胆质疑,对自食其力的商人给予全面肯定。《杨八老越国奇遇》中的杨八老,与妻子李氏生下一子——杨世道,后杨八老无心于功名,而去漳州做生意。在漳州意外娶了檗氏,生了第二个儿子——檗世德。几年后,杨八老在返乡途中被倭寇俘获,后偶遇两子终享富贵。在这篇小说中经商已被视为正当职业,商人的地位有了明显提升。在作者看来,通过商业活动同样可以实现人生价值,同样可以荣贵而终。其二,更多展现了商人善良、正直、淳朴、讲义气的正面形象。《施润泽滩阙遇友》形象地描绘了一个小手工业者的发家史,小说的主人公施润泽在路上拾到六两二钱银子,为此结识了朋友朱恩,后遇到荒年得到朱恩的帮助。由于善于经营,施润泽几年后成为吴江的首富。成为富人的施润泽始终恪守仁义,最终荣贵而终。这篇作品颠覆了以往小说中的"奸商"形象,施润泽是一个"富而守仁"的商人,其正面的性格特点异常浓

重。此外，《吕大郎还金完骨肉》中的吕玉、《刘小官雌雄兄弟》中的刘德、《徐老仆义愤成家》中的阿寄等，作者均抱以肯定的态度，突出其善良淳朴的正面品格。

（二）歌颂婚恋自主，彰显男女平等的进步意识

与"好货""好利"的思想相联系的是明代中后期所形成的"好色"的社会思潮，其主要表现就是歌颂婚恋自主，彰显男女平等的进步意识。"三言"中的这类作品名篇很多，成就最高。这类作品的主人公往往是女性，尤其以妓女形象居多，作者往往能站在女性的立场上确定自己的创作倾向，表达自己的价值判断，表现妓女悲欢离合的人生经历和爱情生活。当然也有一部分作品是表现市民阶层中的普通女性，作品在表现市民阶层婚恋观的同时，也强调了某种程度的男女平等观念。

1. 歌颂男女自由爱情，打破门第观念，以情感作为根本出发点

"三言"中婚恋题材的作品表现出了强烈的自由平等的意识，男女双方的情感诉求动摇了传统的门第观念，一种全新的婚恋观悄然诞生。《卖油郎独占花魁》《玉堂春落难逢夫》《闲云庵阮三偿冤债》等都是这类作品的代表作。

《卖油郎独占花魁》讲述的是一个挑担卖油的小贩秦重和一个名满临安的妓女莘瑶琴相爱的故事。小说成功地塑造了莘瑶琴和秦重两个性格鲜明的人物形象。

莘瑶琴的命运经历了三部曲。第一步是她被骗卖娼家的不幸遭遇。她在宋金战争中跟着家人一起逃难，不幸与父母失散，被邻居卜乔骗卖娼家。后来又被王九妈和金二员外设计，以"看潮"为名，灌得烂醉如泥而后被"破了身子"。这两次被骗的经历并没有让莘瑶琴屈服，作为一个弱女子，她不只是放声大哭，而是竭力地反抗。无奈之下，王九妈请来了能言善辩的刘四妈，刘四妈抓住了"烟花女子急于从良"的普遍心理，百般哄骗，莘瑶琴为了"从良"才暂时妥协，坠入风尘。可以说，她此时顺从的目的只有一个，就是将来的"从良"。第二步是她纸醉金迷的名妓生涯。真正坠入风尘后，与她往来的均是王孙公子、绅商巨贾，她过着"口厌甘肥，身嫌锦绣"的生

活。此时她已经在某种程度上沉醉于这种生活，这是她思想中一个明显的变化。但莘瑶琴性格中的另一面并没有泯灭，她一直在寻求真正的爱情和美好的婚姻，"从良"的愿望始终潜藏在心中。沉醉于花天酒地的生活与"从良"的愿望，这两种力量在莘瑶琴的内心深处此消彼长，整部作品的情节，就是建立在这两种力量的冲突之上的，"从良"的愿望最终压倒了沉醉于花天酒地的堕落生活。我们来分析一下这一过程：自古以来，风尘女子的从良大致有三种方式，即好从良、真从良和假从良。好从良就是嫁个有钱有势、关爱自己的好男人，这样既可以享受丰盛的物质生活，又能有个称心如意的郎君，两者兼而有之；所谓假从良，就是贪图享乐，找个富裕的人家，不管人家是否真心相待，只要自己能将妓院里纸醉金迷的生活延续下去就行，这种从良，说到底与妓院里的生活并没有实质性的变化；所谓真从良，就是不管对方身份地位和贫富高低，只要求双方能倾心相爱、白头到老即可。① 小说中的莘瑶琴肯定不是假从良，否则她早就可以将自己嫁出去了。莘瑶琴始终在好从良和真从良之间徘徊、纠结。秦重的出现唤起了她"从良"的愿望，可是秦重出身市井家庭的现实又让身处富家子弟包围中的莘瑶琴犹豫不决、摇摆不定。第三步是莘瑶琴被吴八公子凌辱后毅然嫁给秦重的过程。她在同富贵子弟的长期交往中，逐渐发现好从良只是她的一厢情愿，特别是她遇到了让她倍感屈辱的一件事——被福州太守的儿子吴八公子赶下船，赤足而行，莘瑶琴深感"自古红颜薄命，亦未必如我之甚"，"看着村庄妇人，也胜我十二分"，而恰好在这个时候，秦重的行为重新感动了她，也正是在这时，她才意识到了真正爱情的可贵，并最终觉醒，对秦重发出了"我要嫁给你"的肺腑之言，甘愿与秦重一道，过那低人一等、布衣粗食，但却充满爱意的生活。莘瑶琴命运的三部曲"令人信服地证明了瑶琴对秦重的爱是发自内心深处的，是纯真的；也证明了她虽曾被迫沦落烟花罗网，但仍然有一颗美好的心灵，是值得秦重去追求、去爱的"②。

---

① 贾三强：《明清小说研究》，西北大学出版社2008年版，第98页。

② 同上。

　　小说中的秦重是一个清贫、忠厚而富有真情的市井男性。他与莘瑶琴，一个是卖油郎，一个是一代名妓，两个人的结合看起来是不可能的，但秦重最终以自己的真情赢得了莘瑶琴的芳心，让不可能变成了可能。小说主要通过秦重与莘瑶琴的三次接触来写这种从不可能到最终实现的过程，从而表达了对爱情婚姻的独特观念。

　　秦重本是一个老实、厚道的市井小民，他不谙风月之事。一个偶然的机会，他目睹了莘瑶琴娇艳的姿容，被她的美貌所倾倒，但秦重自知与莘瑶琴地位差距悬殊，因此只能常来妓院卖油，顺便一饱眼福。秦重此时的表现是基于男女两性之间那种自然的吸引，是一种下意识的萌动，而根本谈不上爱情，还没有表现出后来的执着与挚诚。此后，秦重用了一年多的时间攒够了十多两银子去会莘瑶琴，当时他只想通过这一夜的枕席之欢，以慰平生，这固然谈不上真正意义上的爱情，但也与一般意义上的浮浪、轻薄有着本质的不同。秦重等了许久，终于等来了大醉而归的莘瑶琴，莘瑶琴对秦重全然不理，倒头便睡。秦重面对熟睡的莘瑶琴没有丝毫的轻薄，而是当了一夜的护理员，端茶送水，在对方呕吐的时候，又用自己的新袍子接了呕吐物。在这里，我们看到了秦重的老实、厚道和对对方人格的尊重，而没有任何轻薄的成分。秦重的这种体贴与关爱以及对莘瑶琴人格的尊重深深打动了莘瑶琴，这次经历也是莘瑶琴后来选择嫁给秦重的重要原因。后来莘瑶琴遭到吴八公子的凌辱与迫害，处于困境之时，与秦重不期而遇。秦重"心中十分疼痛，亦为之流泪"，亲手与她拭泪，再三好言宽解，不仅为她裹脚，又雇了一顶暖轿，亲自护送她回妓院。在这里，我们更看到了秦重的善良和他对莘瑶琴的真情。"秦重的真情，终于赢得了花魁娘子的芳心。他的胜利，来自于他卑贱的小市民地位，因为他清楚地知道，凭借自己的社会地位，是无法赢得爱情的，而他所拥有的只有一片爱心，一片衷情。他的胜利，是市民阶层建立在人格尊严平等的基础上的理想爱情的胜利，也是那种传统的重门第、重贞洁的婚姻观念被抛弃的过程。"①

---

　　① 贾三强：《明清小说研究》，西北大学出版社 2008 年版，第 100 页。

《卖油郎独占花魁》这篇小说通过卖油郎与花魁女的爱情故事，表现了明代中后期市民阶层的生活状态和婚恋心理。秦重作为一个无钱无势、无才无貌、走街串巷的卖油郎，论身价、论财富，他都绝对不能与花魁娘子相比，可他又为什么独占了花魁呢？小说中主要强调了"情"的力量。秦重赢得花魁娘子的过程，正是强调相互尊重、平等相待的以"情"为核心的爱情理想战胜建立在等级、门第、金钱、贞洁等观念之上的传统婚姻观念的过程，彰显的是市民阶层新型的婚恋观。

2. 痛斥负心汉的负心、薄幸行为

"三言"中的很多作品，赞扬了女子坚贞执着的爱情，谴责了喜新厌旧、富贵易妻、始乱终弃的卑劣行为，揭露了门第观念、封建礼教的罪恶。代表作《金玉奴棒打薄情郎》《杜十娘怒沉百宝箱》等。《金玉奴棒打薄情郎》写南宋临安一个乞丐金老大，从祖上做了七八代的乞丐头，积累了许多钱财，有个女儿叫金玉奴，由邻居做媒，找穷秀才莫稽为女婿。金玉奴恨自家门风不好，劝丈夫刻苦读书，改变家风。在她的帮助下，莫稽才学日进，后来中举，获得无为军司户的职位。中举后，莫稽后悔做了乞丐头的女婿，在携金玉奴上任的途中，狠心地将她推入江中。金玉奴落水后未死，被淮西转运使许德厚所救，并收为义女。后来，许德厚为金招莫为女婿，莫不知许德厚的女儿就是金玉奴，于是两人拜堂成亲。新婚之夜，莫稽被老妪、丫鬟痛打了一顿，斥责他薄情。后经过许德厚劝解，两个人重归于好。小说通过金玉奴棒打薄情郎对"负心汉"进行了强烈的谴责，但小说又以双方破镜重圆为结局，实际上是人格平等、情感本位的婚姻观向伦理本位婚姻观的一次让步。

《杜十娘怒沉百宝箱》是"三言"中成就最高的一篇，堪称《卖油郎独占花魁》的姊妹篇。贵族公子李甲与京城名妓杜十娘偶然邂逅，而后真心相爱。一年后，李甲资财耗尽，老鸨想尽一切办法要将其驱逐，故声称只需三百两银子便可为杜十娘赎身。杜十娘和李甲的同乡好友柳监生每人送给李甲一百五十两银子，李甲得以为杜十娘赎身。李甲带杜十娘返乡途中，偶遇一富商孙富，孙富欲以千金买杜，遂与李甲私下成交。面对李甲的负心，杜十娘将价值万金的百宝箱投至江中，而后投江自尽。小说彰显的虽然是"痴情女子负心汉"的传统主题，但却广泛涉及了明代的社会现实，并表现出浓重的悲剧意义。杜十娘的悲剧在明代下层女性尤其是失节女性中具有典型意义：

其一为处境尴尬的悲剧。① 以杜十娘为代表的失节女性在当时的社会中处于极为尴尬的境地，在晚明"好货"与"好利"两种社会思潮的影响下，时人尤其是社会上层疯狂地追逐美色，将妓女当作不可或缺的玩物，使其成为必不可少的社会角色；同时，在传统宗法体制和道德观念的影响下，又将妓女视为贱民，认为妓女是最为污秽的一个群体，进而把她们推入沉沦的境地。然而以杜十娘为代表的下层妓女，其人性并未完全泯灭，对真、善、美的渴求促使她们希望过上与常人一样的幸福安宁的生活。当时社会给予妓女的社会角色与她们的愿望产生了巨大矛盾，这种矛盾使以杜十娘为代表的妓女始终处于尴尬的境地，即便有机会从良，大多也以悲剧收场。

其二为明珠投暗的悲剧。② 杜十娘不甘于青楼生活，她追求美好生活，追求人间最美好、最真挚的爱情，这彰显了杜十娘生命意识的觉醒。如果能遇到一个始终倾心于自己的男人，杜十娘可能会拥有幸福美满的人生，然而错位的命运让杜十娘遇到了一个官宦子弟——李甲，并最终酿成明珠投暗的悲剧。作为官宦子弟的李甲，其地位、出身、教养决定了他的前途，决定了他必然要追求功名富贵，必然要维护自己的社会地位和家庭的尊严。他虽然是一个风流公子，却又不同于习惯寻花问柳的浪荡子弟，他对杜十娘确实有一段真实的情感，但懦弱感伤的性格和出身官宦世家而形成的强烈的宗法观念，使他无法拯救杜十娘的命运，也不可能像杜十娘那样将爱情置于自己的生命之上。因此，在拯救杜十娘和维护宗法观念的抉择中，李甲选择了后者。杜十娘虽极力用温情感化李甲，但这些努力并没有改变她的命运，杜十娘只想像正常的女子一样生活，甚至可以说她为自己选择的

① 贾三强：《明清小说研究》，西北大学出版社 2008 年版，第 104 页。
② 同上书，第 105 页。

嫁人之路远不如一般女子，因为李甲已有妻室，即便她嫁给李甲，也只能做妾。可是，这可怜的愿望最终也没有实现，反而为此丢了性命。因此，杜十娘选择李甲作为从良的对象可谓明珠投暗。

小说通过杜十娘追求爱情并最终含冤负屈、投江自尽的悲剧经历，肯定了明代市井女性追求人格尊严的刚烈品格和渴望爱情幸福及美满婚姻的强烈愿望。美丽、善良、刚烈而有尊严的杜十娘被残酷的现实毁灭了，一切的美好伴随着滔滔江水而逝去。小说这一惨痛的结局也在引发我们思考造成杜十娘悲剧的原因。

首先，严酷的宗法观念是造成杜十娘悲剧的根本原因。李甲出身官宦世家，其父李布政是一位恪守宗法观念的严父，小说中多次提及李布政以书信的方式多次斥责李甲嫖妓。尽管李甲后来为杜十娘赎身，并带着她一路还乡，但这种心理阴影一直笼罩着李甲，并时时触动李甲头脑中浓重的宗法观念。以李甲的身份，娶一个妓女为妻，不管这个妓女多么有姿色和名望，也是奇耻大辱。这种事情既不容于家庭，也不容于社会，对于这一点，李甲是非常清楚的，他之所以惧怕父亲，说到底是因为他的所作所为背离了主流社会的宗法观念。就情感角度而言，他愿意与杜十娘长相厮守；就宗法观念的角度而言，他又为自己离经叛道的行为深感不安。李甲与杜十娘的情感纠葛，其基本动力就是这两种力量的此消彼长。最终，严酷的宗法观念压倒了李甲与杜十娘的真情，进而酿成了杜十娘的人生悲剧。

其次，浓重的金钱观念是造成杜十娘悲剧的直接原因。《杜十娘怒沉百宝箱》触及了晚明极为深刻的社会现实——金钱观念的膨胀。晚明时期，快速发展的商品经济催生了浓重的金钱观念，金钱不仅严重地冲击着传统的宗法观念和道德观念，更腐蚀着士人的心灵。杜十娘沦落风尘七年，王孙富豪们凭着什么占有和欺辱她？凭借的是金钱的力量。从良后的杜十娘又遭李甲负心，在李甲负心的背后隐藏的仍然是金钱的魔力，是新安商人孙富的一千两银子使李甲最终变了心。小说中写道，孙富在与李甲交谈的过程中得知，李甲最担心的不是杜十娘的真情，也不是杜十娘的"丽人独居，难保无钻穴之事"，而是"资金"问题。

尊大人所怒兄者，不过为迷花恋柳，挥金如土，异日必为弃家荡产之人，不堪继承家业耳。兄今日空手而归，正触其怒。①

孙富的这番言辞说到了李甲的痛处，也正是在这个基础上，孙富才提出了一个"两全其美"的办法，孙富以一千两银子换取杜十娘的姿容，而李甲以这一千两银子得以回乡见父母。由此可见，《杜十娘怒沉百宝箱》虽然表现的仍是"痴心女子负心汉"的传统主题，但这个故事已不再是一般文人士子的薄情，而是彰显着一个阶层的没落，以李甲为代表的封建贵族阶层所拥有的那种原本脆弱的文化优势和道德优势，已经被日益膨胀的金钱观念所吞噬，所以，李甲的负心从某种程度上来说是时代的必然。

最后，妓女本身的商品属性是造成杜十娘悲剧的重要原因。"杜十娘追求现代爱情的理想自我是建立在商品属性范畴之上的，但她自己并没有意识到自身本体构成中的商品属性。杜十娘从被卖到妓院那一天起，就失去了人的权利和价值，成为一种商品的符号，成为女奴制度和封建专制制度下的牺牲品。在金钱可以支配一切的商品环境下，肉体美色也就从自在的两性关系成为一种'物'的存在，'淫'、'情'也可交换，但在这一过程中，是以一种表面的平等、一种短时间的契约形式体现的，在契约所限定的范畴和特殊条件下，男女关系要比传统的、绝对的男尊女卑的依附关系多了一些自由和女性的风采。杜十娘以美色俘虏过多少富贵名流，获得了大量的财富珍宝，在这一过程中，男女是平等的、自由的。但同时，妓女是一种商品的存在物，是一种可以自由买卖的商品，尽管她们有美好的理想和果断的行动，但在世人眼里，她们终究脱离不了商品的属性特征。"② "妓女"是可以作为商品来买卖的，这种观念已经得到了当时社会的广泛认同，李甲既然花了三百两银子买了杜十娘，就可以在有利可图的时候将其卖给孙富，也正是妓女本身的商品属性才造成了杜十娘的

① 严敦易校注：《警世通言》，人民文学出版社 1956 年版。
② 温斌：《杜十娘悲剧形象的美学价值》，《阴山学刊》1998 年第 1 期。

悲剧。

3. 颠覆传统的贞洁观：把情与欲相联系，通过肯定欲进而肯定情

在"三言二拍"中作者曾直言不讳地阐发了对贞洁观的态度。

　　　　男大须婚，女大须嫁；不婚不嫁，弄出丑吒。多少有女儿的人家，只管要拣门择户，报高嫌低，耽误了婚姻日子。情窦开了，谁熬得住？男子便去偷情嫖院，女儿家拿不定定盘星，也走差了道儿，那时悔之何及！①（《闲云庵阮三偿冤债》）

　　　　天下事有好多不平的所在！假如男人死了，女人再嫁，便道是失了节，玷了名，污了身子，是个行不得的事，万口訾议；及至男人家丧了妻子，却又凭他续弦再娶，置妾买婢，做出若干的勾当，把死的丢在脑后，不提起了，并没有人道他薄幸负心，作一场说话。就是生前房室之中，女人少有外情，便是老大的丑事，人世羞言；及至男人家撇了妻子，贪淫好色，宿娼养妓，无所不为，总有议论不是的，不为十分大害。所以女子愈加可怜，男子愈加放肆。这些也是伏不得女娘们心里的所在。②（《满少卿饥附饱飏》）

　　在"三言"中，作者突破了不贞洁和爱情不可并存的陈腐观念，认为只要有了真情两者是可以统一的。代表作《蒋兴哥重会珍珠衫》《况太守断死孩儿》等。

　　《蒋兴哥重会珍珠衫》是写丈夫原谅妻子失节的故事。蒋兴哥与王三巧本是一对恩爱夫妻，只因婚后蒋兴哥长期经商在外，在家独守空房的妻子王三巧耐不住寂寞，又禁不住诱骗，便与外地商人陈大郎私通而失节，并把夫家祖传的珍珠衫给了奸夫陈大郎做临别纪念。后来奸夫陈大郎与原夫蒋兴哥在苏州萍水相逢，并凑在一起喝酒，虽素不相识，两人却谈得投机。酒酣耳热，陈大郎无意间露出了蒋家的珍

---

①　许政扬校注：《喻世明言》，人民文学出版社 1958 年版。

②　陈迩冬、郭隽杰校注：《二刻拍案惊奇》，人民文学出版社 1996 年版。

珠衫,这引起了兴哥的注意,陈大郎一高兴就顺嘴说出了他与一女子私通的风流韵事。蒋兴哥听后,"如针刺肚",又气又恼,连夜收拾行李,并于次日开始返乡。返乡后,蒋兴哥万分痛苦地把妻子休了。不过,因为过去夫妻感情甚好,事后蒋兴哥又有些自责,他责怪自己"贪着蝇头微利,撇她年少守寡,弄出这场丑来"。所以,后来妻子改嫁给吴知县做妾的时候,蒋兴哥还顾恋旧情,特别为王三巧陪嫁了十六箱金帛珠宝。后来陈大郎经商遭遇强盗,折了本钱而一病身亡,陈妻平氏又改嫁蒋兴哥,珍珠衫才物归原主。这时蒋兴哥还一直挂念着前妻王三巧,一次他把人命官司打到三巧后夫吴知县那里,与三巧相遇,两人抱头痛哭,吴知县问明原委,把三巧又还给了兴哥,兴哥顾恋旧情,也不嫌三巧二度失身。作品的结局是蒋兴哥获得了平氏、王三巧两位妻子,蒋兴哥、王三巧破镜重圆。在这篇小说中,作者并没有因为王三巧的偶然失节而彻底否认王三巧,而是对王三巧这种在极度寂寞中偶然失节的行为持有包容的态度。在旧礼教中,妇女贪于情欲而失节是极大的罪恶,绝对不可饶恕,而小说却让夫妻真情战胜了贞操观念,在双方的努力经营下,真情终于压倒了失节,进而鲜明地表现出传统的三从四德、贞操守节观念,在新的时代已失去了它的支配作用。这显然反映了一种新的道德观念,其前提是把情欲作为一种难以抗拒的正常要求。正因为如此,作者对失节的王三巧没有判刑,而只给了降级的处分(由妻变妾),这是一种婚恋观念的进步。

(三) 揭露官场的腐败与统治者的恶行

这类作品是明代中后期社会腐败与黑暗的典型体现。明代中期以后,政治黑暗,宦官专权,很多作家都写了这类作品。在"三言"中,或通过统治阶级内部的忠奸斗争,或通过恶霸横行最后遭到惩治的故事,歌颂了正义、善良,鞭挞了邪恶、强暴。代表作《沈小霞相会出师表》《灌园叟晚逢仙女》和《一文钱小隙造奇冤》等。《沈小霞相会出师表》写沈炼与严嵩父子的斗争,沈小霞最终为父报仇;《灌园叟晚逢仙女》写秋先老人爱花,在园中种植了无数奇花异草,官宦子弟张委见而欲占为己有,并要将秋先霸占为奴。为此张委想办法诬陷秋先,在秋先濒临绝境时,司花女和全体村民帮助了秋先,惩罚了张委，秋先得以报仇雪恨，并因花而成道升仙。小说以秋先爱花隐喻人们对美好生活的追求，通过张委的恶霸行径，揭露了恶霸诡诈、残忍的本质，并寄托了作者惩恶扬善的理想。

（四）歌颂信义，斥责背信弃义的行为

在"三言"中，人们之间的真心相助、和衷共济是作者极力肯定的，而见利忘义是作者所鄙夷的。关于这一点，"三言"与前代作品相比，其不同之处在于，"三言"不像前代作品那样一提到信义，指的就是王侯将相、文人士大夫之间的"士为知己者死"之类的君臣大义，而主要写小手工业者和小商业者之间在经营活动和发展事业中的相互支持、相互帮助，宣扬在家靠父母、在外靠朋友的民间相濡以沫的友情。代表作《施润泽滩阙遇友》《吕大郎还金完骨肉》和《刘小官雌雄兄弟》等。这种友情既不同于传统的"士为知己者死"的那种大义，也不同于造反农民之间的那种"兄弟结义"，是停留在民间的个人恩义、个体帮助的层面上，而不是《水浒传》中替天行道的大义。这类作品在"三言"中为数很多，代表着新的时代气息。

第三节　凌濛初与"二拍"的价值新变

一　凌濛初及其创作情况

凌濛初（1580—1644），字玄房，号初成，别号空观主人，浙江乌程（今吴兴）人。12 岁入学，科举不利，仕进无门，后从事印书业，是晚明著名的出版商，并进行诗歌、小说、戏曲的创作与研究。崇祯七年（1634），55 岁的凌濛初开始任上海县丞，崇祯十五年（1642）任徐州通判，崇祯十七年（1644）五月去世。代表作《初刻拍案惊奇》《二刻拍案惊奇》，简称"二拍"。

二　"二拍"的价值新变

"二拍"虽然历来与"三言"并称，其实二者仍有区别。凌濛初《拍案惊奇·序》中说："独龙子犹氏所辑《喻世》等诸言，颇存雅道，时著良规，一破今时陋习。而宋元旧种，亦被搜括殆尽。肆中人见其行世颇捷，意余当别有秘本，图出而衡之。不知一二遗者，皆其沟中之断，芜略不足陈已。因取古今来杂碎事可新听睹、佐谈谐者，演而畅之，得若干卷。"可见，在通俗化、市民化的性质上，"三言"与"二拍"是相同的，但"三言"多是整理前代作品，"二拍"基本上是作者独立创作的，其书面化特征更为突出。同时二者在思想意蕴与价值内涵上也存在一些区别。晚明商品经济的发展促进了市民阶层的壮大，也带来价值观的巨大变化。市民阶层的价值观与产生于自然经济下的儒家价值观是对立的，后者是建立于等级制度之上的以"礼治"为核心的价值观，其财富的分配原则亦以权势地位作为唯一依据；而前者的核心原则在于利益驱动，即追求财色欲望的巨大满足。因此，市民阶层的崛起，必然带来价值观念的变迁。这种价值观念的变迁，表现在"二拍"中就出现了对主流价值观更为激烈的挑战，对商业活动更为广泛的认同和对"人欲"更加突出的渴求。

（一）在官场题材的作品中更加凸显时代气息，对主流价值观的挑战更加激烈

《进香客莽看金刚经》写柳太守为了得到白居易手书的《金刚经》，居然将收藏此经的洞庭山寺内的和尚一起牵连进一桩强盗案中，目的就是逼其交出经卷；《王渔翁舍镜崇三宝》写提刑官浑耀为抢夺宝物，竟然将法轮和尚活活打死。从这些作品中我们依稀可见晚明官场的黑暗和腐朽，也更能凸显时代气息。《硬勘案大儒争闲气》中的主人公是理学家朱熹，朋友唐仲友看不起朱熹，朱熹便诬陷唐仲友嫖妓宿娼，并将妓女严蕊刻意拷问，逼迫严诬陷唐仲友，并最终将唐治罪。作品将宋代大儒朱熹塑造成一个迂腐而刻薄的形象，无疑是对当时主流意识形态——程朱理学的挑战，从一个侧面反映出晚明时期王学流行、思想活跃的时代特征，这在宋元和前明时期是不大可能出现的。

（二）在商人题材的作品中更加凸显冒险与机遇的重要性

"三言"中写商人发财致富靠的是道德与勤劳，"二拍"中的商人则主要依靠冒险和机遇获得商业利润。代表作《转运汉巧遇洞庭红》《叠居奇程客得助》。

《转运汉巧遇洞庭红》是"二拍"中表现"商人海外冒险"的最为典型的一篇小说。篇中主人公文若虚在国内经商屡屡失败，陷入破产境地，于是想到海外冒险。他偶然搭一"拼死"走海道的商船出海，临行时带了国内只值一钱银子的洞庭红（橘子），到海外却意外卖了八百多两银子，归途中又意外在荒岛上捡了个内有二十四颗夜明珠的大乌龟壳，于是摇身一变成了一个大富商，在闽中沿海"重立家园"。这个故事，反映了晚明海运开禁以后，市民百姓对于海外贸易的兴趣，表现了作者对商人们投机冒险、逐利生财的肯定。

《叠居奇程客得助》写徽州商人程宰经商失败流落关外，有幸得到海神仙女指点经商之道，靠囤积居奇而暴富。他先囤药材，再囤丝缎，又囤粗布，每次都赚了大钱，四五年间，由原来本银十两赚到五十万两。

以上两篇作品不是从道义角度，而是从获利角度描写经商，确实更贴近商业活动的本质，更准确地反映了晚明商人迅速崛起的时代特征。

（三）在爱情婚姻题材的作品中更加突出"欲"的成分

"二拍"写男女之情往往突出"欲"的成分，作者认为情欲是人的基本生理需求，应该得到满足而不是被压抑。这种对男女欲望的正面肯定，使"二拍"不像宋元话本那样对情欲抱有恐惧心理，所以在表现人物的心灵世界时显得更为细腻真实；同时由于"情"的成分淡化，使"二拍"不可能写出像《杜十娘怒沉百宝箱》《卖油郎独占花魁》那样富于诗意的作品，有的作品甚至流于色情。"二拍"在表现人欲的时候出现了三种倾向。

第一，以情为主，欲由情来。对于青年男女两心相许，一片痴情而产生的对性爱的渴望，"二拍"的作者是完全认同的，甚至充满赞美之情。《错调情贾母詈女》中的孙郎钟情于润娘，后被润娘之母贾氏发现，贾氏不分青红皂白对润娘进行唾骂，润娘不堪忍受羞辱而上吊自尽。情急中，贾氏找来孙郎，并将其锁在房中，然后去官府告发孙郎和润娘通奸，致其女儿自尽。在这一过程中，润娘在情欲的驱使下复活，并最终与孙郎结成夫妻。在这篇小说中，孙郎与润娘是"欲由情生"，作者肯定了这种以情感作为基础的"自然之欲"。在作者看来，孙郎与润娘这种以世俗的视角看来违背礼教的行为，于人性的角度而言，是无可厚非的。正因为如此，小说的结尾才让孙郎与润娘成为夫妻，这个结尾很显然是通过肯定"欲"来肯定"情"，进而展现情与欲的必然联系。

第二，欲情参半，由欲入情。《两错认莫大姐私奔》中的莫大姐和杨二郎先是在欲望的驱使下私通，而后产生了爱情。作者对这两个人物的态度相当微妙。他们双方这种私通行为，显然对莫大姐那位老实忠厚的丈夫来说造成了巨大的伤害，莫大姐身为有夫之妇，只因为丈夫长期不在家过夜就与人私通；而杨二郎仅仅因为要满足一己私欲就勾引人妻，这都是作者难以容忍的。所以作者安排了两人相遇，莫大姐本想和杨二郎私奔，却被人发现了，莫大姐被别人骗卖到他乡沦为妓女；而杨二郎则因为骗卖莫大姐的嫌疑被捕入狱。他们都吃尽了苦头，作者认为他们完全是咎由自取，罪有应得。但作者对他们之间的性爱关系没有完全否定，因为他们两个人在私通的过程中已经产生了爱情。从他们商量私奔的过程来看，他们不完全为了欲望，而在很大程度上取决于他们之间的"情"，对于这一点，作者是非常肯定的。

第三，欲望至上，满足感官。对于合情的性欲满足，作者尽管不赞同，但认为在一定情境下具有合理性；对于纵欲行为，即动物性的本能欲望，作者基本上是持否定态度的，甚至大加鞭挞。《任君用恣乐深闺》中的任君用是一个典型的纵欲者形象。杨太尉回乡祭祖，把几个姬妾留在家中，其中筑玉夫人饥渴难忍，便勾引任君用，两人每天在情欲的驱使下如胶似漆。后被杨太尉的其他姬妾发现，其他姬妾便分别跟任君用偷情。杨太尉归来，查明此事，将任君用阉割，成为太监。在这篇作品中，作者对任君用的纵欲行为是嗤之以鼻的，因此作者用"被阉割，成太监"的结局惩罚了任君用，这其中虽不免有道德说教的意味，但对纵欲行为的否定是非常明显的。

第四节　白话短篇世界中的艺术探寻

"三言""二拍"中的拟话本小说与宋元话本小说相比，有了很大区别，呈现出雅俗共赏的艺术追求。"三言""二拍"保留了宋元话本小说在正文前加上头回、入话的形式特点，故事有头有尾，脉络清晰的情节特点和通俗易懂的语言特点，同时又将宋元话本小说适当地雅化和文人化，进而表现出雅俗共赏的艺术风貌。

一 引人入胜的叙事技巧

"三言""二拍"中的作品，无论是整理前代的话本小说，还是出自作者的独创，都表现出精妙的构思。作者往往从日常生活中挖掘素材，并加以合理地安排和巧妙地构思，表现出动人心魄的艺术效果。与精妙的构思相契合，作者又使用了一系列独特的叙事技巧，使故事情节曲折有致，引人入胜。

（一）运用偶然与巧合

"三言""二拍"中大量使用偶然与巧合的叙事技巧，不仅避免了自然叙事的冗长与繁杂，更增强了作品情节冲突的力度。《十五贯戏言成巧祸》典型地运用了偶然与巧合的叙事技巧，刘贵偶然间的一句戏言，让陈二姐因害怕而离家出走；盗贼的偶然闯入，杀死了刘贵并拿走了十五贯钱；追赶陈二姐的邻居恰巧在与其结伴而行的崔宁手中发现了十五贯钱，正是这一系列的偶然与巧合才造成了一桩冤案。而后来刘贵的妻子王氏恰巧被当年的盗贼劫掠，这才了结了这桩冤案。这篇小说以"偶然"引发矛盾冲突，又以"巧合"推动故事情节的发展，极大地增强了矛盾冲突的紧张性。

（二）恰当使用"小道具"

为了增强叙事效果，"三言""二拍"中使用了各种具有细节特征的小道具，这些"小道具"往往贯穿全篇，具有结构全篇、增强戏剧性的作用。《蒋兴哥重会珍珠衫》中的"珍珠衫"就是典型的"小道具"。"珍珠衫"本是蒋兴哥的家传之宝，蒋兴哥将其作为信物送给王三巧；王三巧又转赠给情夫陈大郎；蒋兴哥巧遇陈大郎，看到自己的"珍珠衫"，忍痛休妻；后"珍珠衫"落入陈大郎之妻平氏手中，蒋兴哥因续娶了平氏而重新拿到"珍珠衫"；最终蒋兴哥与王三巧破镜重圆，又把此物重新送给王三巧，物归原主。在这篇小说中，正是

"珍珠衫"这一"小道具"推动了故事情节的发展。《沈小官一鸟害七命》用一只"画眉鸟"作为"小道具"推动故事情节的发展。沈小官酷爱画眉鸟,一日在柳林中遛鸟,箍桶匠张公因见鸟起财意杀死沈小官,把他的头颅扔在树洞里,接着把画眉鸟卖给客商李吉,伏下祸因。沈父见儿子被杀而告官,并且悬赏寻找头颅和凶手,贫民黄老狗便叫两个儿子大保和小保杀父割头以求悬赏。之后沈父在外经商无意间发现儿子的画眉鸟,查知是李吉所有,于是告官,李吉被杀。李吉的同伴为了申冤而寻到真正的凶手,也找到了沈小官的头颅,此时大保和小保也因杀父被处死,张公被问斩,张婆受惊而死。"画眉鸟"这一小道具的使用使情节与情节之间的转换十分自然,不着痕迹,也不生硬,更无牵强。虽然不可思议,却合情合理,发人深省。除此之外,《杜十娘怒沉百宝箱》中的"百宝箱",《俞伯牙摔琴谢知音》中的"琴",《苏知县罗衫再合》中的"罗衫",《滕大尹鬼断家私》中的"行乐图"和《陈御史巧勘金钗钿》中的"金钗钿"都是典型的"小道具"。

(三)单线结构、复线结构和板块结构并用

"三言""二拍"尝试运用多种情节结构模式,使小说叙事更加灵活。

单线结构,即只有单一线索的情节结构,一般以一个单一、连贯的故事为主,以一些次要事件为辅,情节紧凑,因果关系一目了然。"三言"中的《杜十娘怒沉百宝箱》就属于典型的单线结构。首先是杜十娘与李甲在妓院邂逅;紧接着叙写杜十娘为自己赎身,并决定与李甲共度终身;然后是李甲携杜十娘返乡,李甲薄幸,欲将她卖与孙富,结果杜十娘投江自尽。单线结构的作品,虽然情节简单,但脉络清晰,情节冲突明了。

复线结构,即有两条或两条以上线索的情节结构,作品中出现的几条线索可以交叉推进,也可以平行推进。复线结构又可分为交叉式和平行式两种。交叉式复线结构即主、副线索交叉共进,最终在结尾处整合。如《玉堂春落难逢夫》先写玉堂春与王景隆相识相爱,情节呈单线推进。而后一面写玉堂春在北京和鸨母抗争,被鸨母骗卖给沈洪；一面写王景隆回乡，父子相认，中兴授官。两处落笔，双线发展。最后，玉堂春和王景隆在北京相会，两条线索整合在一处。平行式复线结构，即主、副线索并不交叉，而是呈平行状态，并通过某些人物或事件造成线索之间的联系。如《进香客莽看金刚经》中，一条线索是卑鄙贪婪的柳太守滥用职权，诬陷洞庭山寺的和尚盗窃，以要挟他们交出白居易手书的《金刚经》；另一条线索则是一老丈无意中拾得被风吹至身边的《金刚经》的首页，将其供奉家中，每天朝夕相对，念佛不已。两条线索中的两个主要人物——老丈与柳太守，始终未有瓜葛，但却又通过白居易手书的《金刚经》相联系。

板块结构往往缺少一个贯穿始终的主线，全文是由众多相对完整、独立的情节单元连缀而成。常常是一个情节单元结束后，另一个情节单元才开始，相互间只有表层的联系，而没有交叉、并行情况，也没有内在的因果关系。如《金海陵纵欲亡身》就安排了十几个板块，每个板块都有一条相对独立的线索，叙述的都是一个相对完整的事件，都是叙写金海陵与一位女子的淫逸生活，它们通过金海陵组合在一起。这十几个板块将金海陵的"纵欲"渲染得淋漓尽致，其主题是统一的。

（四）悲剧性与喜剧性情节的交互穿插

悲剧性与喜剧性情节交互穿插，追求悲中有喜、喜中有悲的艺术效果，也是"三言""二拍"的一种叙事技巧。将悲剧情节与喜剧情节巧妙搭配，相互衬托，能极大地增强小说的新奇性和趣味性。

以"三言"中的《乔太守乱点鸳鸯谱》为例。宋朝景祐年间，杭州城里刘秉义和孙寡妇各有一双儿女。自小刘家的儿子刘璞就和孙家的女儿珠宜定了亲，刘秉义的女儿惠娘许给了裴九老的儿子裴政，孙寡妇的儿子孙玉郎另聘了徐雅的女儿文哥为妻。

转眼各家儿女都已长大成人，刘璞却得了重病，吃了多少药总不见好转，刘秉义夫妻无计可施，就想出了瞒着孙家娶珠宜过门冲喜的主意。孙寡妇得知真相时婚期已定，心中十分气恼，为了不让自己唯一的女儿遭受不幸，孙寡妇让自己的儿子玉郎男扮女装上了花轿。新婚之夜，新郎刘璞仍在病中，心虚的公公婆婆让自己的女儿惠娘陪"嫂嫂"

安寝，结果玉郎和惠娘一见钟情，过了一个实实在在的洞房花烛夜。说来也怪，冲喜之后，刘璞的病倒渐渐好了，孙寡妇觉得自己做得有点过分，就叫玉郎偷偷回家换珠宜回去。难舍难分的玉郎和惠娘抱头痛哭，终于被惠娘的母亲发现了真相，刘、孙两家闹得不可开交。消息传到惠娘的婆家裴家耳中，裴九老大怒，一张状子把刘秉义告到了官府，恰好刘秉义也来告孙寡妇，两人在衙门口相遇，一言不合动起手来，一直打到了乔太守跟前。乔太守听完两人陈述的案情，把刘、孙、裴、徐四家人都传唤到大堂上，调解一番之后，大笔一挥，巧点鸳鸯：刘璞仍娶珠宜为妻，孙玉郎娶惠娘为妻，裴九老的儿子裴政娶徐雅的女儿文哥为妻。在这篇小说中，临近婚期儿子大病，急切娶来儿媳冲喜，而后姑嫂拜堂，又闹出了男女私情，这一切本来是包办婚姻带来的苦果，其悲剧色彩极为鲜明。可小说恰恰又将计就计，将错就错，以"乔太守乱点鸳鸯谱"的方式获得喜剧性的大团圆。

二 复杂多元的写人艺术

较之于宋元话本，"三言""二拍"中的拟话本的篇幅加长了，主题集中了，情节结构也更为复杂、曲折，尤其是在人物形象的塑造上，较宋元话本更加丰满。

（一）注意人物性格的丰富性与复杂性

"三言""二拍"在人物形象塑造上，注重通过多个侧面展现人物性格，使人物性格在立体化的展现中凸显丰富性和复杂性。如《蒋兴哥重会珍珠衫》中的王三巧，从跟丈夫十分恩爱到跟陈商情深义重，企图私奔；从被蒋兴哥休弃后的愧悔欲死到再嫁吴杰；从再嫁到重新表现出对蒋兴哥的无限深情，作者所展现的人物性格是极为复杂和丰满的，这在很大程度上增强了人物形象的真实性。《满少卿饥附饱飏》写满少卿负心弃妻之事，基本上属于男子负心的传统题材，但作者却写得入情入理，关键之处在于作者把握住了人物性格变化的复杂性。淮南人满少卿迫于生计到长安寻找父亲生前的一个好友，没想到寻友不遇，陷入困顿。满少卿在困顿中巧遇焦大郎，并入住焦家。后满少卿与焦大郎的女儿焦文姬私通，并结为夫妻。满少卿在焦家父女的帮助下求得功名。后来，满少卿到京城授官，得到临海县令一职，可巧家人赶来，令满回乡探亲。回乡后，满少卿在叔父的主张下与朱小姐成婚。十年后，满少卿在齐州巧遇焦文姬的鬼魂，并最终死于非命。在这篇作品中，满少卿绝不是一个简单的负心汉形象，他的性格表现出某种复杂性：他抛弃焦文姬的过程既有"富贵易妻"的卑劣性的一面，又有面对宗法势力而无可奈何的一面，还有文人性格中软弱性的一面在作祟。作者恰恰把人物性格的这种复杂性鲜明地展现出来。

（二）心理描写细致入微

用于说唱表演的宋元话本，往注重情节的自然流畅和故事的引人入胜，以人物语言和行动来表现人物性格，而不重视人物的心理刻画。当话本中的故事由用于说唱表演转向案头阅读时，心理描写的笔墨便大大增多了，并成为表现人物性格的一个重要手段。如《卖油郎独占花魁》中写秦重第一次见到莘瑶琴时，便有一大段的心理描写：

> "世间有这样美貌的女子，落于娼家，岂不可惜？"又自家暗自笑道："若不落于娼家，我卖油的怎么得见？"又想了一回，越发痴起来了，道："人生一世，草生一秋。若得这等美人搂抱了睡一夜，死也甘心。"又想一回，道："呸！我终日挑这油担子，不过日进分文，怎么想这等非分之事！正是癞蛤蟆在阴沟里想着天鹅肉吃，如何到口！"又想一回，道："他相交的，都是公子王孙。我卖油的，纵有了银子，料她也不肯接我。"又想一回，道："我闻得做老鸨的，专要钱钞。就是个乞儿，有了银子，她也就肯接了，何况我做生意的，青青白白之人。若有了银子，怕她不接！只是哪里来这几两银子？"……被他千思万想，想出一个计策来。他道："从明日为始，逐日将本钱扣出，余下的积趱上去。一日积得一分，一年也有三两六钱之数。只消三年，这事便成了。若一日积得二分，只消得年半。若再多得些，一年也差不多了。"①

---

① 顾学颉校注：《醒世恒言》，人民文学出版社 1956 年版。

这是中国古典小说中少有的极为成功的心理描写，在这里人物的内心从肯定到否定，再从否定到修正否定，反复思量，极为贴切地表现了人物的复杂感受。总的来看，欲望的产生使秦重感到畏惧。每产生一个想法，他就自我否定，但这种想法又挥之不去，这就使他想方设法要将不可能的事变为可能，并最终说服自己。在这一过程中秦重实现了否定之否定，即退一步进两步，进进退退中，总是在向前走。而每次在想象中实现了具体的阶段性目标后，再以此处作为继续前进的台阶，再筹划下一步的目标，终于在想象中完成了自己的理想。

（三）细节描写精准贴切

宋元话本重视情节因素，因此往往采用粗线条的白描，而忽视细节。"三言""二拍"中的拟话本属于书面文学，读者有足够的时间进行感悟体验与再造想象，因此细节描写的比重大大增加了。如《卖油郎独占花魁》中写秦重对酒醉后的莘瑶琴的精心照料，可谓极为成功的细节描写。

> 却说美娘睡到斗夜，醒将转来，自觉酒力不胜，胸中似有满溢之状。爬起来坐在被窝中，垂着头，只管打干哕。秦重慌忙也坐起来，知她要吐，放下茶壶，用手抚摩其背。良久，美娘喉间忍不住了，说时迟，那时快，美娘放开喉咙便吐。秦重怕污了被窝，把自己的道袍袖子张开，罩在她嘴上。美娘不知所以，尽情一呕。呕毕，还闭着眼，讨茶漱口。秦重下床，将道袍轻轻脱下，放在地平之上，摸茶壶还是暖的，斟上一瓯香喷喷的浓茶，递与美娘。

这个细节充分表现了秦重对莘瑶琴人格的尊重，他并没有将莘瑶琴当成玩物，也没有因为自己花了钱就肆意轻薄，而是体贴尽心，心甘情愿地当了一夜的护理员。可以说，秦重是唯一一个将莘瑶琴视为"人"的男人，他以自己的诚实忠厚打动了莘瑶琴，击败了地位远在自己之上的官宦子弟。这个细节既让我们看到了秦重赤诚而善良的本性，又提示读者莘瑶琴嫁给秦重的根本原因。

三　雅俗共赏的语言风格

"三言""二拍"的语言通俗晓畅，在白话中掺杂浅显的文言，使作品的语言典雅而不失通俗。在基本保持口语的基础上，又大量采用谚语、俗语和方言词，使小说富于浓厚的生活气息，使读者易观易入。同时，在句法上尽量使用短句，既增强了节奏感，又避免了过于冗长的句式而产生阅读上的障蔽。

第六章

《聊斋志异》与狐鬼花妖世界中的世态讽刺与人性诉求

第一节　文言小说概说

中国古代小说的分类可以从不同的角度进行。从语言媒介的角度，可以分为白话小说和文言小说；从篇幅长短的角度，可以分为长篇小说和短篇小说。文言小说，一般是指以文言记录的杂事、异闻和故事。中国古代的文言小说数量众多，内容庞杂，大致可以分为三类，即记录鬼神怪异之事的志怪小说，搜奇记逸的传奇小说和记录人物言行、轶事的杂录小说。

一　明清以前的文言小说

从先秦到汉代，小说与神话、寓言、杂记、史传等文体相杂糅，并不存在现代意义上的小说。到了魏晋南北朝时期，小说正式摆脱了残俗文学的简陋，与以前的学术文体脱节，成为一种单独的文学形式。魏晋小说的出现，标志着现代意义上的小说开始形成。从语体的角度来看，魏晋南北朝小说属于文言小说。这个时期的文言小说，虽然文体上独立了，但精神上并未独立，始终依傍史传，扮演史传的附庸。魏晋南北朝时期是经济、政治、精神、道德普遍瓦解的时期，经学衰微，玄学兴盛，人的个性意识被发现并得以自觉发展，追求超迈常人的异操独行，因此出现了以《世说新语》为代表的志人小说。志人小说讲究意蕴神韵，与诗接近。魏晋时期为中国历史上的乱世，人们面临生死荣辱变化的无常感，对社会灾祸的恐惧感，对旧思想、旧道德的厌恶感，为宗教的滋生提供了温床，道、佛的繁盛即在此期。因此，志怪小说随之盛行。代表作有干宝《搜神记》、刘义庆《幽明录》、曹丕《列异传》等。志怪小说以叙事为本，讲究故事奇特，与小说接近。到了唐代，唐传奇的出现开始"有意为小说"，标志着中国古代小说创作进入了自觉的时代，也使得中国文言小说的创作出现了第一个高峰期。代表作有李公佐《南柯太守传》、李朝威《柳毅传》、元稹《莺莺传》、白行简《李娃传》等。宋元时期，文言小说创作日渐式微，后继乏力，并一度滑向低谷。

二　明代文言小说

唐传奇的出现将中国文言小说创作推向了高峰，但随后跌入相对衰落的宋元明时期，直到清代《聊斋志异》的出现，文言小说的创作才再次登峰造极。宋、元、明三代在两个制高点之间，成为一个低谷，但这一时期唐人的艺术经验并没有失传，魏晋志人志怪的传统也没有中断。尤其是明代文言小说，虽不能以成就斐然誉之，但其活跃的创作氛围和丰富的创作题材却为清代文言小说的繁盛铺平了道路。为此，鲁迅《中国小说史略》云："盖传奇风韵，明末实能弥漫天下，至易代不改也。而专集最有名者为蒲松龄《聊斋志异》。"①

明代文言小说可分为传奇、志怪和轶事三类。传奇类的代表是"三灯丛话"，即瞿佑的《剪灯新话》、李昌祺的《剪灯余话》和邵景瞻的《觅灯因话》。《剪灯新话》作于洪武十一年（1378），共 4 卷 20 篇，为传奇小说集。这部作品多学唐人笔法，委婉华艳，对明清文言小说及《聊斋志异》有一定影响。《剪灯余话》成书于永乐十八年（1420），仿《剪灯新话》而作，共 4 卷 20 篇。与《剪灯新话》相比，《剪灯余话》的内容更加丰富，单篇篇幅加长，语言华美，但思想较为陈腐，总体成就不如《剪灯新话》。《觅灯因话》成书于万历二十年（1592），共 2 卷 8 篇，传统道德色彩更加浓厚，文思才情逊

---

① 鲁迅：《中国小说史略》，人民文学出版社 1973 年版，第 178 页。

色于《剪灯新话》《剪灯余话》。此外，还有宋懋澄的《九籥集》、陶辅的《花影集》和赵弼的《效颦集》等。志怪类的代表为祝允明《志怪录》、闵文振《涉异志》、陆粲《庚巳编》和洪应明《仙佛奇踪》等。明代志怪小说在写法上承袭魏晋小说，粗陈梗概，描写简略，情节荒诞，着眼现实，意在劝惩。轶事类的代表为陆奎章《香奁四友传》、陆容《菽园杂记》、梅鼎祚《青泥莲花记》和曹臣《舌华录》等，其中多有生动可读篇章，但整体成就不高。

三 清代文言小说

自从明初文言小说《剪灯新话》问世以后，仿效者纷起，到明末，这种小说"实弥漫天下"，但是"文题意境，并抚唐人，而文笔殊冗弱不相副"（鲁迅《中国小说史略》）。直到清初《聊斋志异》的出现，才把文言小说创作再次推向高峰。《聊斋志异》问世之后，文言短篇小说大量出现，如沈起凤的《谐铎》、和邦额的《夜谭随录》、浩歌子的《萤窗异草》、袁枚的《新齐谐》、纪昀的《阅微草堂笔记》、乐钧的《耳食录》、许元仲的《三异笔谈》等。其中《新齐谐》和《阅微草堂笔记》影响较大。

《新齐谐》共24卷，又续10卷，袁枚作，成书于乾隆末年，初名《子不语》。作者在自序中说："文史外无以自娱，乃广采游心骇耳之事，妄言妄听，记而存之，非有所感也。"可见，他的创作态度并不严肃，因此，这部作品的思想价值也不高。但全书文笔自然流畅，不尚雕饰，读来亦觉清新活泼。

《阅微草堂笔记》共24卷，纪昀作。《阅微草堂笔记》是纪昀晚年在公务之暇写的一部笔记小说，原分5集，包括《滦消夏录》《如是我闻》《槐西杂志》《姑妄听之》《滦阳续录》。后来盛时彦将5集合刊，改为今名。《阅微草堂笔记》无论在思想内涵上，还是在艺术风格上，都同《聊斋志异》的趣旨迥异。书中虽然也以记述狐鬼神怪为主，"然大旨期不乖风教"（《姑妄听之·自序》），其写作目的是宣扬封建伦理道德，匡扶颓风，劝善惩恶，以巩固封建秩序，另外还有许多宣扬封建迷信和因果报应的内容。在艺术上，纪昀反对《聊斋志异》的写法，他说"小说既述见闻，即属叙事，不比戏场关目，随意装点……今燕昵之词，媟狎之态，细微曲折，摹绘如生，使出自言，似无此理，使出作者代言，则何从闻见之？又所未解"（《姑妄听之·跋》）。作为一个学者，纪昀未能理解文学的夸张虚构。所以《阅微草堂笔记》在写法上模仿魏晋南北朝笔记小说，文字古拙简练，不事夸张修饰，但也有些篇章叙述雍容淡雅，情趣盎然。"隽思妙语，时足解颐；间杂考辨，亦有灼见"[①]，这正是这部小说的生命力之所在。

第二节　蒲松龄的创作心态和《聊斋志异》的成书

一　蒲松龄的生平及创作情况

（一）生平

蒲松龄（1640—1715），字留仙，又字剑臣，别号柳泉居士。明崇祯十三年（1640）出生于山东省淄川县（今淄博市淄川区）蒲家庄。蒲松龄的家族，在当地也是书香门第，明代万历年间，淄川全县八个廪膳生，蒲家即占六个，成为一时佳话。父亲蒲槃，自幼曾攻举子业，乡里颇称博学洽闻，然科场失意，加上家境困难，遂无意仕进，转而经商。积二十余年，家资颇饶。时值明清易代之际，战乱频仍，家道随即衰落。

1. 仕途坎坷

蒲松龄兄弟四人，他排行第三，自幼聪敏勤奋，父亲寄予厚望。11 岁随父读书，19 岁第一次应童子试，便以县、府、道三试第一进学，并得到著名诗人山东学政施闰章的赏识，蒲松龄也因此雄心欲搏科第。然而，在以后的科举考试中，蒲松龄屡试不第，44 岁时，才补一个廪膳生。等到他援例而成岁贡生，已经是年逾 70 岁的老人了。5年后，蒲松龄在一生的坎坷中与世长辞，终年 76 岁。

2. 生活艰辛

蒲松龄 18 岁时，与刘氏结婚。七八年后，与兄弟分家，只得薄

---

① 鲁迅：《中国小说史略》，人民文学出版社 1973 年版，第 184 页。

地 20 亩和宅外场屋（供收种贮存农具粮草的简易房屋）3 间。蒲松龄虽然锐意功名，然而生齿日繁，再加上连年灾荒，生计颇难维持，于是蒲松龄有时给缙绅之家当家庭教师，有时给官员做幕僚帮办以贴补家用。

蒲松龄 31 岁时，曾应同乡江苏宝应县令孙蕙之邀，南游做了一年幕僚。这是他一生唯一的外出远游，对他的一生产生了重要影响。次年秋天，孙蕙调任高邮知县，蒲松龄终究难以忍耐这种为人幕僚、"代人歌哭"的无聊生活，再加上离家过远，遂一年而返。蒲松龄的《感愤》一诗，颇能反映他当时的心态："漫向风尘试壮游，天涯浪迹一孤舟。新闻总入狐鬼史，斗酒难销磊块愁。尚有孙阳怜瘦骨，欲从玄石葬荒丘。北邙芳草年年绿，碧血青磷恨不休。"蒲松龄这一年的幕僚经历，使他体验了官场生活，也见识了孙蕙身边的一些美丽聪慧的歌姬舞女，这都为《聊斋志异》的创作积累了素材。

此后，蒲松龄辗转坐馆，基本过着边教书、边应试、边创作的清苦生活，正如其子蒲箬在《祭父文》中所说："五十年以舌耕度日。"蒲松龄所坐馆的东家，有两家对其一生有重要影响。

一是在 34 岁时（康熙十二年），蒲松龄去淄川城北二十余里的王樛家。王樛官至通政使司右通政，王樛嗣子王敷政袭父职授通议大夫，升至内阁侍读学士。蒲松龄执教王家，与王家子弟结下友谊，其中，蒲松龄与王敷政的弟弟王观正最为要好。

二是在 40 岁时（康熙十八年），到淄川县城西六十里处的毕际有家。毕家是淄川的名门望族。蒲松龄在毕家坐馆两代，长达 30 年。毕际有十分赏识蒲松龄的文采，将自己的文稿交由蒲松龄批点品鉴，所有贺吊函札，均出自蒲松龄之手，蒲松龄几乎成了毕家的家庭成员。毕际有死后，蒲松龄遂为毕际有之子毕盛钜的馆东。这时，蒲松龄执教的是毕盛钜的八个儿子。毕家家资颇丰，每逢岁考、科考及秋闱，毕家都对蒲松龄给予资助；同时，毕家为书香门第，藏书甚多，这成了蒲松龄读书、创作的有利资源，《聊斋志异》的相当一部分是在毕家最终修订完成的。蒲松龄在毕家坐馆三十年，年逾古稀，才撤帐还家，几年后死去。所幸贫穷与"孤愤"成就了他的文学事业，一部《聊斋志异》使蒲松龄流芳百世，文名不朽。

（二）创作情况

蒲松龄一生创作颇丰，除《聊斋志异》外，他还著有诗、词、文、戏曲以及杂著。今人路大荒辑为《蒲松龄集》，收诗 929 首，词曲 102 首，文 458 篇。此外还有《墙头记》《姑妇曲》《俊夜叉》等俚曲 14 种，《钟妹庆寿》《闹馆》《考词九转货郎儿》戏曲 3 出，以及《日用俗字》《农桑经》《怀刑录》《药祟》《婚嫁全书》等实用性杂著 8 种。胡适先生认为《醒世姻缘传》亦为蒲松龄的作品，但未得到学术界的普遍认同。

二　蒲松龄的创作心态

康熙十八年（1679），《聊斋志异》已经初步完成，蒲松龄自作序文，详尽描述了他创作《聊斋志异》的过程，也流露出其特殊的创作心态。

> 披萝带荔，三闾氏感而为骚；牛鬼蛇神，长爪郎吟而成癖。……才非干宝，雅爱搜神，情类黄州，喜人谈鬼。……独是子夜萤萤，灯昏欲蕊；萧斋瑟瑟，案冷凝冰。集腋为裘，妄续幽冥之录；浮白载笔，仅成孤愤之书。寄托如此，亦足悲矣。（《聊斋志异·自序》）

这段文字的核心语汇在于"孤愤"二字，理解"孤愤"的深层内涵是我们解读《聊斋志异》一把绝好的钥匙。

蒲松龄所说的"孤愤"，并不仅是指由于他个人生活遭遇的不幸而产生的怨愤，而是包含了更为广泛丰富的社会内容。这里的"孤"字不宜理解为"个人"的意思，而应该理解为"孤寂"的意思，即寄托在鬼狐故事中的悲愤之情，其深沉和强烈，是不为人所理解的。首先，蒲松龄的"孤愤"来自世风的浇薄，道德的沦丧。蒲松龄所处的时代，世风日下，传统道德体系几近崩溃，即使在以守道为己任的不少读书人身上，也已被恶俗的风气所污染。《聊斋志异》很多作品所反映的兄弟反目、父子同奸、夫妇失和、朋友寡信、主仆互仇等社会现实，正是蒲松龄产生孤愤心态的原因之一。其次，蒲松龄的"孤愤"来自官吏的贪腐和下层人民的苦难。官官相护、蝇营狗苟、渎职越权、草菅人命之事比比皆是，这在《聊斋志异》中有充分的反映。这种颓靡的社会现实，自然使有良知、有责任感的作者愤恨不已。再次，蒲松龄的"孤愤"来自痛苦的人生体验和生命价值无法实现的现实处境。老屋三间，家徒四壁，抱苦业，对寒灯，物质生活的极度匮乏让蒲松龄承受着痛苦的生命体验；怀才不遇，科场失利，做人幕宾，代人歌哭，辗转坐馆，使蒲松龄深感生命价值的黯淡无光。所以，在《聊斋志异》中，蒲松龄时时借他人相同的命运遭际来表达自己对这一段人生经历的自嘲、自叹和自恨。

蒲松龄这种"孤愤"的心态对《聊斋志异》的创作产生了重要影响。"诗穷而后工""不平则鸣"是文学创作中的一条基本规律，蒲松龄作为一个沉沦下僚的知识分子，一生科场失意，生活蹭蹬，这就决定了他要通过小说来平息、疏导、发泄自己的苦闷，寄托自己的社会、人生理想，展示自己的才华，即想通过小说进行自我拯救并以此救世。蒲松龄借小说明志、抒怀，倾泻内心的"孤愤"之情，也使《聊斋志异》具有了强烈的主观色彩和奇幻色彩。离奇的故事、怪异的人物、诡秘的事理，在《聊斋志异》中只是作者思想、情感的载体。蒲松龄之所以选择志异这种写作方式，是因为在奇幻的世界中其痛苦的心灵可以得到某种程度的慰藉，奇幻世界的非凡性正与痛苦的强度和深度相契合，也使痛苦之心找到了比较合适的寄托物。另外，奇异的题材使蒲松龄在小说创作中获得更大的自由，使其将这些素材改造成承载痛苦的最佳容器。

三 《聊斋志异》的成书及版本

蒲松龄从青年时期便热衷于记述奇闻逸事，写作狐鬼故事，他在康熙十八年（1679）春，将已写成的篇章结集成册，定名为《聊斋志异》。蒲松龄生前无钱刻印《聊斋志异》，但已有人传抄《聊斋志异》，在很长的一段时间内，《聊斋志异》是以抄本的方式在民间流传的。到了乾隆三十一年（1766），出现了第一本刊刻本《聊斋志异》，所以今天我们看到的《聊斋志异》主要有手抄本和刊刻本两类。

（一）手抄本

1. 手稿本

蒲松龄去世后，各种遗稿都藏在山东淄川城内蒲家祠。同治七年（1868），蒲松龄的七世孙蒲价人因与族人闹纠纷，举家迁往辽宁沈阳，随身将《聊斋志异》的相关书稿带去。他去世后，书稿落入其子蒲英灏手中。中日甲午战争之后，蒲英灏供职于奉天将军依克唐阿的幕府。依克唐阿先向蒲英灏借阅书稿的前半部分，阅后还回，又续借了后半部。随后依克唐阿有事进京，就死在北京，所以，《聊斋志异》手稿的后半部分不知所终。1901 年蒲英灏去世后，手稿由他的儿子蒲文珊收藏。到了 1948 年辽宁解放，蒲文珊将手稿捐献给政府，现藏于沈阳市的辽宁省图书馆。这部《聊斋志异》手稿包括作品 233 篇，序文 3 篇，其中 190 篇是蒲松龄的手迹，另外 43 篇是他人代抄。

2. 铸雪斋抄本

产生于于乾隆十六年（1752），这个本子的前身是"殿春亭主人本"。蒲松龄晚年的忘年交朱崇勋的书斋名叫"殿春亭"，朱家人于雍正元年（1723）从蒲松龄儿子手中借来《聊斋志异》，抄录成"殿春亭主人本"，后佚失。铸雪斋抄本是乾隆年间山东历城的张希杰根据殿春亭主人本抄成的，因为铸雪斋是张希杰的书斋名，故名铸雪斋本。此本与手稿本很相近，有 488 个篇目，但有 14 篇有目无文，实际有小说 474 篇。

（二）刊刻本

1. 青柯亭刻本

产生于乾隆三十一年（1766），是由赵起杲、鲍廷博据抄本编成的 16 卷刊刻本。青柯亭刻本是清代之后最为人熟知的一种版本，此后问世的各种版本和 20 世纪以前传入国外的《聊斋志异》都是根据这个本子刊印的。

2. "三会本"

今人张友鹤汇集了前代的手稿本、刊刻本以及各种注本，辑为

"《聊斋志异》汇校会注会评本"（简称"三会本"）。这个本子于1963 年由上海古籍出版社出版，共 12 卷，491 篇。虽然个别篇目存有争议，但"三会本"确为目前最为完备的一个版本。

第三节 从官场风云到科场百态

《聊斋志异》在题材上的最大特点在于一个"异"字。书中绝大部分篇章写的是神仙狐鬼、花妖精魅的故事，有的是常人进入幻境（如天界、冥间、仙境、梦境、奇邦异国等）；有的是异类化入人间（如狐、鬼、花妖、精怪等）；也有人、物互变的内容，具有超现实的虚幻性、奇异性。值得注意的是，《聊斋志异》的"异"和六朝小说的"怪"有所不同，六朝志怪的"怪"就是作品的思想内容，往往别无寄托，我们不必另外再从字里行间去寻什么"微言大义"；而《聊斋志异》的"异"则是思想内容的载体，它带有表现方法和形式的性质。它要求读者透过虚幻的狐鬼世界，去审视现实的社会人生。本节我们首先从官场和科场说起，看一看蒲松龄笔下的官场风云和科场百态。

一 官场风云：揭露吏治腐败与社会黑暗

蒲松龄生活的明末清初，正是社会大动荡时期，满、汉的民族矛盾，官、民的阶级矛盾，错综复杂，异常尖锐，这一切在《聊斋志异》里均有所反映。"此书多叙山左右（山东山西）及淄川县事，纪见闻也；时亦及于他省。时代则详近世，略及明代。先生意在作文，镜花水月，虽不必泥于实事，然时代人物，不尽凿空。"（冯镇峦《读聊斋杂说》）尤其对官场的揭露，可谓入木三分。蒲松龄对官场的揭露与讽刺，不是局部的，而是整体的，从下层官吏到高官显宦，从人间帝王到冥府阎君都是作者打趣与讽刺的对象。

《梦狼》实为下层官吏的写生图，作者用夸张的笔法将官场描绘成群狼共舞的恐怖世界。白翁梦中与一位丁姓的朋友去县衙看儿子，刚一进门，但见"一巨狼当道……又入一门，见堂上、堂下、坐者、卧者，皆狼也。又视墀中，白骨如山"。儿子白甲见父来，甚喜，命侍者治酒席，"忽一巨狼，衔死人入。翁战惕而起，曰：'此何为者？'甲曰：'聊充庖厨。'"这时只见两个金甲猛士怒目而入，白甲顿时扑地，化作一只大老虎，于是，金甲猛士用大锤把这只虎的牙齿锤落了一地。白翁梦醒，第二天让次子去看白甲，白甲果然在父亲做梦的时候从马上摔落下来，门牙尽脱。这篇小说的讽喻意味十分明显，作者虽然写的是梦境，但梦境的景象又何尝不是现实官场的真实写照：官吏即虎狼，百姓即鱼肉！巧妙的是，作者用李甲"齿落"的情节将梦境与现实相联系，并以此告诉读者，人间的官场即为群狼共舞的恐怖世界。

《续黄粱》写福建的曾孝廉在梦中做了宰相，并过起了穷奢极欲的生活，贡献群来，贿赂成山，不仅富可敌国，权倾朝野，还强抢民女，无恶不作。后来包龙图上疏弹劾曾，历数其十恶不赦的罪状，"世上宁由此宰相乎！内外骇讹，人情汹汹。若不急加斧锧之诛，势必酿成操、莽之货。"后曾被发配云南充军，途中被强盗所杀。曾的鬼魂在冥府受到了鬼王的严厉惩处，先将其扔到油锅里，让他忍受煎炸之苦；次将其赶上刀山，让他忍受刺膛之痛；而后将其生前所贪之金银化成金汁银液，灌进他的腹内；最后又让其托生为乞丐的女儿，并嫁给穷秀才为妾。在这篇小说中，作者声色俱厉，义正词严，把批判的矛头指向了统治阶级的上层，是一篇讨伐封建吏治的檄文。同时，在作者看来，世人所追求的功名富贵不过是黄粱一梦，其背景是阴沉的，享受功名富贵的人会因此而付出沉重的代价。

在《促织》中，作者更是把批判的矛头指向了最高统治者——皇帝。小说的主人公成名，本是一个穷苦的读书人，受尽了刁诈官吏的欺压，因为交不上一只促织而被打得遍体鳞伤，鲜血淋漓。在夫妻俩愁得要死的时候，幸得一个女巫的指点，捕捉到一只非常俊健的促织，放在家中盆里精心喂养。正当夫妇俩高兴之际，却不想他们9岁的儿子因为好奇，趁父母不在，偷偷揭盆观看，突然促织三蹦两跳，跑掉了。孩子三扑两捉，逮是逮着了，但到手以后，这促织已经大腿儿掉了，肚子破了。儿子害怕父亲惩罚，情急之下就投井自杀了。成名夫妇俩呼天抢地，痛不欲生。后来成名儿子的灵魂化作了一个促织，虽然个头不大，貌不惊人，但却轻捷善斗，战无不胜，甚至连公鸡都甘拜下风。成名将儿子魂化的促织上交，皇帝见后龙颜大喜，从抚军到县令，从县令到里胥，层层赏赐，层层嘉奖。成名多年读书不成，穷困潦倒，转眼就一家富贵荣华，自己也被破格提拔为秀才。这篇小说以明代宣德皇帝喜爱斗蟋蟀为背景，深刻地反映统治者的享乐是建立在底层民众痛苦乃至生命之上的惨痛现实。因为一只蟋蟀，逼得一个家庭如此狼狈和凄惨，这里所揭示的无疑是统治者荒淫娱乐、不恤民命的罪恶本质。

《席方平》是以鬼蜮的腐败折射现实社会中官场的腐败以及金钱对现实社会的腐蚀。席方平的父亲席廉与羊某有仇，羊某死后贿赂阴司，阴司派鬼使将席廉打死。席廉到阴间，羊某又买通阴间狱吏，变本加厉地折磨席廉。于是席方平便到阴间代父申冤。席方平层层上诉，可是由于阴间的官员都受了羊某的贿赂，城隍和郡司根本不接受席方平的诉讼，冥王更是不分青红皂白，先用笞刑，后用火刑，最后将席方平锯成两截。但席方平始终不屈，冥王便把席送回阳间，让席投生富贵人家，但席不受利诱，绝食自杀，又归阴间。席最后找二郎神告状，冤案才得以昭雪。这篇小说的价值首先在于对被金钱腐蚀并控制的官场的揭露，正如小说中所写："金光盖地，因使阎摩殿上，尽是阴霾；铜臭熏天，遂教枉死城中，全无日月。"作者是以阴阳互映的幻想形式，把吏治腐败、官场黑暗的丑恶现实，借阴间淋漓尽致地演绎出来。其次在于表现席方平不屈不挠的斗争精神，火刑锯刑，都不能让其屈服，直至把冥王、郡司和城隍都送到二郎神的审判台上才肯止步，这种斗争精神是作者所极力赞扬的。

二 科场百态：讽刺科举之弊，抒发切肤之痛

科举制度发展到明代，流弊越来越明显。明末清初，批判科举制度的弊病，成为一股进步的社会思潮。黄宗羲、顾炎武、蒲松龄、吴敬梓、曹雪芹等思想家及作家，都对科举制度的弊端进行了深刻的揭露和批判。蒲松龄的一生饱受科举的折磨，虽然 19 岁时以县、府、

道试三个第一补博士弟子生员，但此后的科场却屡屡失意，直至 60 岁时仍困顿不振，这才接受了老妻的建议，放弃了努力。因此，在《聊斋志异》中蒲松龄描写了形形色色的读书士子，穷形尽相地揭露了考官的昏庸和科场的腐败，深刻地反思和批判了科举制度的弊端。

（一）考官嘴脸：唯利是图，荒唐昏聩

蒲松龄作为一个"试辄不售"的科举受害者，耳闻目睹考场的黑暗与考官的昏聩，并对此有着切肤之痛。《考弊司》以阴间科举考试为背景，揭示了考场的贿赂公行和考官的昏庸贪婪。考弊司司主虚肚鬼王颁下定例，但凡第一次参加考试的考生都要割腿肉进贡考官，但贿赂丰厚者可以免割。考官公然索贿，简直到了肆无忌惮的地步。显然作者是借此影射人间考官的昏庸贪婪。在《司文郎》中蒲松龄则对科考的美丑不分、考官的贤愚不辨进行了无情的嘲弄。故事写王平子与余杭生共赴北闱乡试，二人偶遇一位以鼻代目、能从焚稿气味中嗅出文章优劣的盲僧。盲僧先嗅王平子的文章，称赞其师法大家，定能高榜得中；而嗅余杭生文章，则连声咳嗽，大呼作恶。可考试的结果则是余杭生以"让人作呕"的文章高榜得中。事后，余杭生不服，前来质问盲僧。盲僧便与他打赌，要他把主考官的文章全部搜集来，自己能从中辨认出哪一位是录取他的主考官。

> 生焚之，每一首，都言非是；至第六篇，忽向壁大呕，下气如雷。众皆粲然。僧拭目向生曰："此真汝师也！初不知而骤嗅之，刺于鼻，刺于腹，膀胱所不能容，直自下部出矣！"①

这位考官的文章连盲僧的膀胱都无法接受，而是"直自下部出矣"，与"屁"同列。《司文郎》在同类作品中文字最为辛辣，蒲松龄在戏谑性的描写中唾骂试官的不明和考场的黑暗。

（二）考生心态：醉心迷窍，神魂颠倒

科举考试的弊端不仅表现在制度层面，更表现在对读书人心灵的

---

① 本章所引《聊斋志异》原文除特别说明外均出自马瑞芳注译《聊斋志异》，金盾出版社 2010 年版。

摧残与人格的扭曲。蒲松龄以犀利的笔触全面展现了久沉于科场之考生的变态心理。《王子安》中的主人公王子安，沉迷于科场，却屡试不第，每至放榜，即精神紧张，乃至以酒麻醉。小说写道，王子安在一次放榜时喝得酩酊大醉，梦见自己中举人，中进士，入翰林，得意之余，大喊给报信者赏钱，又想要荣归故里，但长班却迟迟不到，于是大骂长班。王子安在虚无缥缈中享受了一把成功的喜悦，而酒醉醒来却发现是南柯一梦。王子安梦中的丑态正是千百万备受科举摧残的考生心态的真实写照，浸润着蒲松龄的切肤之痛。在小说的篇末，作者又以一段绝妙文字揭示出科举制度对考生人格的侮辱和考生在科举之路上惨痛的心理历程：

> 初入时，白足提篮，似丐；唱名时，官呵吏骂，似囚；其归号舍也，孔孔伸头，房房露脚，死秋末之冷蜂；其出场也，神情倘恍，天地异色，似出笼之病鸟；迨望报也……行坐难安，似被絷之猱；忽然而飞骑传人，报条无我，此时神情猝变，嗒然若死，似饵毒之蝇，弄之亦不觉也。……无何，日渐远，气渐平……遂似破卵之鸠，只得衔木营巢，从新另抱矣。

这篇小说虽然很短，但却极具批判力量，富于反思意义，对科举制度的弊端及其腐蚀下的士人心态做了惊人的讽刺。

（三）考试本质：择愚弃贤，黜佳进庸

屡试不第、久困场屋的人生经历让蒲松龄深刻地体认着科举考试的本质。贤才被遗漏，庸才被网罗；贤才被黜落，庸才被提携，这就是科举考试的本质。《叶生》中的主人公，文章辞赋，冠绝当时，得到县令丁乘鹤的赏识，但久困名场，贫困交加而亡。其魂魄化形至县令家，以平生文才为丁公之子授业，使之"中亚魁""捷南宫"，叶生借丁公子的福泽而平步青云。叶生随公子赴任时，顺道还家，却看到了极其惨烈的一幕：

> 归见门户萧条，意甚悲恻。逡巡至庭中，妻携簸具以出，见

生，掷具骇走。生凄然曰："我今贵矣。三四年不觌，何遂顿不
相识？"妻遥谓曰："君死已久，何复言贵？所以淹君枢者，以家
贫子幼耳。今阿大亦已成立，行将卜窀穸。勿作怪异吓生人。"
生闻之，怃然惆怅。逡巡入室，见灵枢俨然，扑地而灭。妻惊视
之，衣冠履舄如脱委焉。大恸，抱衣悲哭。

叶生生前无论怎样才高，终无缘仕进，只有死后化为鬼魂，方能
初登青云。叶生的形象显然融入了蒲松龄痛苦的人生经历，叶生的遭
际也昭示着科举考试"黜佳进庸"本质。《贾奉雉》中的主人公"才
名冠一时，而试辄不售"，一位得道成仙的郎秀才告诉他，考不中是
由于文章做得太好，考官根本辨不出，劝贾生效法众人鄙弃的拙劣文
章应试，贾不肯，于是考试又落榜了。这时他想起了仙人的话，搜集
一些最糟糕、最恶劣的文章拿给仙人看，仙人看后说如能模仿这样的
文章肯定能考中。后贾生高榜得中，羞愧难当，自言自语说："此文
一出，何以见天下士矣？"仙人郎秀才见贾生闷闷不乐，就问道："求
中即中矣，何其闷也？"贾生曰："仆适自念，以金盆玉碗贮狗矢，真
无颜出见同人。行将遁迹山丘，与世长绝矣。"后贾生不告妻子，飘
然而去。在这篇小说中，作者怒斥科举考试是以"金盆玉碗贮狗矢"，
香臭不分，取垃圾文章而让美文落选。才学之士即便高榜得中，最终
也只能愧隐山林。

此外，《聊斋志异》还深刻地揭示了科举制度败坏世风、离间
亲情的腐蚀作用。在《镜听》中，二郑兄弟都是读书士子，大郑
成名较早，因此大郑媳妇备受公婆关爱，而二郑媳妇却备受冷落。
二郑媳妇因此逼迫丈夫发愤读书，二郑虽小有名气，但仍不及大
郑。后大郑、二郑兄弟大考归来，作者写下了令人忍俊不禁的一
段文字：

时暑气犹盛，两妇在厨下炊饭饷耕，其热正苦。忽有报骑登
门，报大郑捷，母入厨唤大妇曰："大男中式矣！汝可凉凉去。"
次妇怨恻，泣且炊。俄又有报二郑捷者，次妇力掷饼杖而起，

曰："侬也凉凉去！"①

这段文字将婆婆、大妇、二妇的心理活动刻画得惟妙惟肖，当次妇说出"侬也凉凉去"这句话时，其扬眉吐气之态溢于言表，这种特殊心态的背后隐藏的却是科举制度对亲情的离间与腐蚀。

第四节 狐鬼花妖情世界

《聊斋异志》中关于爱情婚姻题材的作品数量最多，约有一百多篇，这类作品往往情节曲折，因此篇幅较长。一般的文学史认为，《聊斋志异》中表现爱情婚姻题材的作品大都是通过"人鬼"相恋的情节模式，反映了作者反理学的倾向和对纯真、自由爱情的向往。其实不然，《聊斋异志》中爱情婚姻题材的作品，有一些是反映现实生活的，而且作者不是站在反理学的立场上，恰恰是站在理学立场上。所以《聊斋异志》中的婚恋题材作品大致有两类：第一类是现实题材。这类作品是写实性的，以有现实社会身份和现实社会关系的女子为主人公。《杜小雷》写一个妇女不孝顺婆婆，后来变成了猪，县令把她捆起来示众。这可以说是作者对现实女性的要求，反映了作者的理学立场。《犬奸》写一个女子在丈夫出外经商不在家时与所养的狗通奸，回家后的丈夫被犬所杀。小说的结局是这个妇人和狗都受了剐刑，这个结局显然表现了作者的理学立场。第二类是超现实题材，即表现狐鬼花妖变成的女性与男子自由结合的故事。本节我们主要介绍《聊斋志异》中这类超现实题材的爱情小说。

一 表现对爱情的执着追求，崇尚"至真至情"

在爱情题材的作品中，蒲松龄塑造了一批执着于爱情的男性形象，他们敢于冲破个体条件的局限、礼教的束缚甚至生死的界限，大胆追求自己所钟情的女子，达到了"至真至情"的境界。

---

① 本段引文出自张友鹤辑校《聊斋志异》，上海古籍出版社 1978 年版。

《阿宝》突出表现的是孙子楚的痴情。孙子楚家庭贫困，生有六指，为人又特别老实愚讷，不善言辞。但他却看上了出身富商大贾之家的美貌绝伦的阿宝，又不自量力地托媒人去求婚。阿宝不过是开玩笑地说了一句："渠去其枝指，余当归之。"于是孙子楚就信以为真，不顾剧痛，用斧子砍去了枝指。指头痊愈后，媒人告阿宝，阿宝又开玩笑："请再去其痴。"一次清明节出游，阿宝在树下休息，很多少年在阿宝面前品头论足，而孙子楚却默然无语。直到众人散去，孙子楚仍痴立于此，而后"魂随阿宝"而去，与阿宝同居三天之后，才被女巫招回。后来孙子楚又魂化鹦鹉，飞抵女室，和阿宝相伴，使阿宝深为感动，直至与嫌贫爱富的父母据理力争，与阿宝结为伉俪。这篇小说主要围绕孙子楚的"痴情"做文章，孙子楚的"痴情"使之"无痛楚之畏，无形神之分，无人禽之别，无阴阳之隔"①。它俨然告诉人们，精诚所至，金石为开，在男女之间，只要有"至真至情"，就可以冲破一切阻力，终成眷属。

《连城》写的是痴情男子乔大年。乔大年为人有气魄，重义气。史孝廉有个女儿连城，色相绝佳，连城痴情于乔大年，但因乔家贫寒，史孝廉将女儿许给盐商之子王生。连城病重，需男子膺肉（胸肌肉）一钱做药引。王生不肯割肉给连城，为此，史孝廉许下"割肉者妻之"之诺，乔大年割肉为药，连城康复。孝廉将践诺，而王家欲讼官，史家无奈以千金做背约之酬，乔大年说出肺腑之言："仆所以不爱膺肉者，聊以报知己耳，岂货肉哉！"又说："士为知己者死，不以色也。诚恐连城未必真知我，但得真知我，不谐何害！"后数经入阴曹、返阳间的艰苦斗争，终于结为夫妇。在这篇小说中，蒲松龄把"士为知己者死"的观念移植到了爱情上。乔大年在连城生命垂危之时割下"心头肉"，连城也是有情之人，慧眼识人，非乔不嫁。乔大年与连城可以为爱而生，为爱而死，显然是汤显祖《牡丹亭》"至情主义"思想的延续。

---

① 石麟：《从"三国"到"红楼"》，河南人民出版社 2008 年版，第 197 页。

二 感情至上而容貌次之，宣扬"知己之爱"

"男才女貌"是中国传统的爱情理念，"女为悦己者容"是中国传统的女性观，在中国传统社会中，女性往往以绝佳的容貌取悦于男性。很多小说家对此津津乐道，为此在中国古代众多的才子佳人小说中往往以"沉鱼落雁""闭月羞花"一类的陈腐旧套来形容女性。《聊斋志异》中的爱情小说打破了"才子佳人"式的陈腐旧套，塑造了一些"丑女"形象，他们虽然貌丑，却以真性情获得了"知己之爱"。小说《瑞云》写杭州名妓瑞云，色艺无双。余杭贺生，仅中产家庭，倾尽所有钱财，只求一睹瑞云芳姿，不想瑞云与贺生一见钟情。后来，有一秀才到妓院见到瑞云，用手指点了一下瑞云的额头，额上便留下了一点墨黑的指印，瑞云想把它洗掉，可是墨痕越洗越大，一年以后，从额头到鼻子到脸颊全黑了，奇丑无比。鸨母不想再让她见人，撵她到厨房干粗活。贺生得知后，变卖田产，把瑞云赎出，带回家乡成婚。瑞云感激之余，只愿做妾，请贺生另娶妻室，贺生却誓不再娶。周围人都嗤笑贺生痴呆，而贺生与瑞云的感情愈加欢洽。一年后，贺生与那位将瑞云额头点黑的秀才相遇，才知道这位秀才当初是怜惜瑞云的美貌，以为她虽具绝代之姿却沦落不偶，因而才施用法术。秀才之所以让她变黑，是为了使她求得一个真心爱她而不是只重色貌的男子。这时，秀才又用法术将瑞云面部的墨痕洗去，果然"艳丽一如当年"。色艺俱佳的瑞云，不以金钱地位取人，让贺生获得了难能可贵的"知己之爱"；瑞云变丑后，贺生仍心存这份"知己之爱"，不以貌取人。这种爱情观超越了传统爱情观的藩篱而彰显出以"情"为核心的人性化色彩。

如果说瑞云由美变丑，再由丑变美的过程还彰显出某种喜剧色彩的话，那么《乔女》中的女主人公则是永久性的丑女。"平原乔生，有女黑丑：壑一鼻，跛一足。"然而如此貌丑的女子却拥有美丽的内心。孟生慧眼识得乔女之内在美，乔女识得孟生乃尘寰中的知音。心灵深处的吸引让两人成为真正的知己和情人，虽无夫妻间的鱼水之欢，但两人的精神世界早已暗合，这是一种超越皮肉之淫、寻求心灵契合的"知己之爱"。也正是拥有了这份"知己之爱",我们才能理解乔女何以不嫁孟生于生前而在孟生死后为其抚养遗孤。从《瑞云》到《乔女》,蒲松龄让我们看到"无貌之女"同样可以获得完美的爱情,这既是对传统的"男才女貌"的爱情理念的颠覆,又是对那些只求表面而不及内里的世人的警醒。

三 构建纯洁的男女友情,颠覆"性爱指向"的两性关系

现实生活中,我们常常讨论"男女之间有无真正友情"的话题,讨论的焦点往往无法绕开男女两性的性爱需求。蒲松龄在《聊斋志异》中以形象、生动的故事为我们构建了一种超越"性爱指向"的男女友情,即"不成夫妻可为腻友",表现出更加追求纯洁的男女之情的美好向往。《娇娜》中的孔生与娇娜便是这种典型的"腻友"。小说先写狐女娇娜为孔生治病割胸间肿块,孔生倾慕娇娜美色,"恐速竣厥事,俛僾不久"。后又写狐女一家遭雷霆之劫,孔生仗剑守护,救了娇娜,自己却遭雷击身亡。娇娜为之大哭,并不顾少女的娇羞和"男女授受不亲"的伦理教条,"以舌度红丸入,又接吻而呵之",并最终救活了孔生。孔生与娇娜的情感,逾越了礼教的禁锢,更颠覆了男女之情的"性爱指向",在心灵契合的基础上构建出纯洁的男女友情。由于年龄差距过大,孔生不得已娶了娇娜的表姐松娘,但姐夫与姨妹之间的伦理界限并没有疏离两人之间的关系,他们始终保持着纯洁、友好、亲密的往来。生死关头的肌肤之亲,并非那种没有禁忌的滥淫,而达到了超越"性爱指向"的形而上的境界。此外,在《香玉》和《封三娘》这两篇小说中,作者也隐约勾勒了理想境界中的男女友情。《香玉》中的牡丹花和冬青树化为香玉、绛雪两少女,一为"娇妻",一为"良友",陪伴黄生一起读书。《封三娘》中的封三娘帮助范十一娘起死回生,使之与意中人孟秀才成为佳偶,最终又不愿效英、皇之事,飘然而去。两篇作品所构筑的纯美境界俨然超越了世俗的禁忌,让世人看到在男女爱情之外所生发出的弥足珍贵的友情。

四 批判封建礼教与婚姻制度,彰显"人性诉求"

《聊斋志异》中的爱情小说不仅为我们构筑了美好的爱情世界,

更彰显出深层的文化内涵和社会意义。《婴宁》是一个喜剧故事，作者让一个由狐母所生、鬼母所养、天真无邪、爱花爱笑的少女婴宁，与情痴情种王子服在元宵灯会上由相识到相爱，曲折地表现了对封建礼教、世俗婚姻的批判。作品中的婴宁"与其说是为爱情而生的，不如说是为自由而生的，封建礼教和传统性别文化的禁锢在她的身上完全失去了作用，她用那天真烂漫不顾一切的'笑'粉碎了一切的教条，一切的虚伪……在这样的'笑'面前，一切压抑人性的旧文化规范，顿时都失去了力量"①。值得我们深思的是，嫁给人类之后的婴宁"不复笑"，作者通过这一细节让我们感受到传统礼教与文化对人性的压抑。《晚霞》是一个爱情悲剧。小说写善于游水的阿端，一次堕水进入龙宫，与舞女晚霞由相慕到相爱，可是吴江王却从中阻挠，硬是把晚霞留在宫中给他教舞。两个年轻恋人不能相见，都想殉情自杀。晚霞投江，又被人救起；阿端投江，江水像墙壁一样，怎么也投不进去。于是两人双双回到人间，生活非常美满。但好景不长，人间王又要"强夺晚霞"，强迫她教舞，晚霞气愤之余，自毁其容。显然，这个爱情悲剧不仅歌颂了坚贞的爱情，而且还抨击了破坏爱情的礼教与制度，无论是龙宫中的"吴江王"，还是"人间王"，都隐喻着阻挠自由爱情的伦理权威与礼教力量。

以上我们从四个角度全面梳理了《聊斋志异》中的爱情小说，反复咀嚼，我们会发现，《聊斋志异》中的爱情小说具有两大特质。

第一，以"人与狐鬼花妖相恋"为基本情节模式。《聊斋志异》中的爱情小说绝大多数以这种情节模式展开叙事，蒲松龄为什么如此钟情这种情节模式？因为在这种情节模式中，由狐鬼花妖幻化成的女子是超脱于传统社会结构和既有伦理道德之外的，其言语模式和行为模式不会与作者耳濡目染的宗法制度、封建礼教产生冲突，有学者将其称为"伦理疏离"效应②，即作者可以通过这种情节模式让笔下的人物远离传统社会结构和道德框架的禁锢，进而宣泄自己潜意识中的

---

① 谭邦和：《明清小说史》，湖北人民出版社 2002 年版，第 199 页。

② 章培恒、骆玉明：《中国文学史》（下册），复旦大学出版社 1996 年版，第 447 页。

对性爱与情爱的诉求。

　　第二，爱情故事中的男主人公多半是穷书生，女主人公是神通广大的精怪，并且女主人公在爱恋过程中往往占据主导地位。这一特点的形成与蒲松龄的人生处境关系甚大。蒲松龄一生屡试不第，长期远离妻室而坐馆他方，现实世界所给予他的巨大失落与伤痛，让他将自己对功名、富贵与美色的渴求压抑在潜意识中，因此，每当青灯燃尽，寂寞袭来之时，蒲松龄便在小说的世界中幻化出一个个神通广大的狐鬼花妖，这不仅极大地满足了蒲松龄的物质与精神需求，而且也使其备受压抑的潜意识欲望得到最大限度的释放。极度的压抑往往会产生极度的诉求，在《聊斋志异》爱情故事中神通广大、富于真情的女性精怪的背后，隐藏着蒲松龄极度压抑的人生大欲。

　　除了官场题材、科场题材和爱情婚姻题材这三类作品之外，《聊斋志异》中还有一些"幻中有理"的寓言故事，《画皮》便是这类作品中的典范之作。《画皮》写的是一个姓王的读书人，路上碰见一个美女，挑逗一番后又带到书斋同居。王生妻子怕美女来历不明惹祸，劝他把美女打发走，他不听。一天，王生碰见一位道士说他遇见的美女是妖怪，王生不信。可他想回到书斋，却发现大门紧闭，从墙头爬上去，发现美女果然是一个恶鬼，但见：

　　　　（恶鬼）面翠色，齿巉巉如锯。铺人皮于榻上，执彩笔而绘之。已而掷笔，举皮，如振衣状，披于身，遂化为女子。

　　王生为此找到道士，乞求救命。道士本来不想伤害这个恶鬼，于是给了王生一把赶苍蝇的拂子，让他晚上挂在门前，吓走恶鬼。王生这样做了，可恶鬼却把拂子折断，并把王生的心掏出来吃了。王生妻子痛苦万状，找到道士，道士把恶鬼捉住杀掉，又叫王生妻子去哀求集市上一个有法术而装疯的乞丐，终于把王生救活。这个故事俨然是在告诉我们任何有着美丽外表的事物背后，都可能隐藏着肮脏的内里，我们要透过现象看本质，不要被表象所迷惑。故事中的王生正是因为被恶鬼美丽的外表所迷惑，所以才付出了被恶鬼剖心挖肺的惨重代价。王生虽经道士仙人指点而得以活命，但他的妻子陈氏却因此忍受了被乞丐杖打并吞其痰唾的非人折磨。这一系列的因果关系是非常值得我们深思的。

第五节　文言小说的集大成者

《聊斋志异》是清代文言小说的集大成者，代表着中国文言小说的最高成就。它兼采"志怪"与"传奇"二体之长，以曲折而完整的故事塑造了一系列典型的艺术形象，从而形成了独特的艺术特色。

一　一书而兼二体

"《聊斋志异》虽如当时同类之书，不外记神仙狐鬼精魅故事，然描写委曲，叙次井然，用传奇法，而以志怪，变幻之状，如在目前。"① 这是鲁迅先生对《聊斋志异》艺术手法的概括。所谓"用传奇法，而以志怪"，即《聊斋志异》兼有"志怪""传奇"二体的特点。"志怪"与"传奇"是中国古典小说的两种体制。"志怪"体形成于六朝时期，六朝志怪小说在内容上主要表现以神仙鬼魅为主体的超现实世界，形式上形同短制，情节简单，叙述平板，缺少细腻感人的艺术魅力。"传奇"体形成于唐代，唐传奇在表现内容上由超现实世界转向了现实世界；在结构上从六朝小说的"粗陈梗概"发展到有头有尾、情节丰富曲折的完整故事；文字上从简率古朴发展到文辞华丽、形象生动；叙述和描写波澜起伏、跌宕有致。此外，唐传奇的作者主要通过"尽设幻语"的虚构手法，完成委婉曲折、优美动人的故事，这就是所谓的"传奇手法"。《聊斋志异》以表现"狐鬼花妖"为主的题材取向明显受到了"志怪"体的影响，而其故事有头有尾，叙事曲折生动，文辞华丽等艺术追求又沾染了"传奇体"的特点。但问题并非如此简单，蒲松龄对"志怪"体和"传奇"体，既有继承又有发展。

---

① 鲁迅：《中国小说史略》，人民文学出版社 1973 年版，第 179 页。

六朝志怪小说的写作目的是"发明神道之不诬",即证明鬼神之事是真实存在的,其叙事的指向不在于现实世界,而在于超现实的世界。为此,志怪小说的内容多荒诞无稽,用虚幻代替现实,作者在沉醉于神仙鬼魅的"神性"与"怪异"的同时,也在向读者证明这种超现实力量的存在。《聊斋志异》虽然也写狐鬼花妖的怪异题材,但其叙事视角是指向现实世界的,即作者通过对超现实世界的形象描摹曲折反映现实,抒发自己内心的"孤愤",宣泄潜意识中被压抑的欲望。小说《席方平》写的是席方平到阴间为父申冤的故事,在作者的笔下,从城隍到郡司,再到冥王,阴间的大小官吏均是贪官污吏,作者借席方平之口慨叹道:"阴曹之暗昧,尤甚于阳间。"这种写法具有鲜明的现实指向,对阴间官吏的抨击即是对阳间官吏的抨击。《梦狼》与《续黄粱》对梦境的描写,何尝不是对现实世界中贪官污吏的辛辣讽刺!《考弊司》写阴间科考的贿赂公行,又何尝不是对现实社会中科考腐败的揭露与讽刺!这种借幻境而讽喻现实的叙事视角使《聊斋志异》超越六朝的志怪小说而具有鲜明的现实指向。

从"志怪"到"传奇",中国古典小说在创作理念上实现了从"不自觉"向"自觉"的转变,唐传奇较之志怪小说最大的变化在于,唐传奇的作者在主观上自觉使用虚构的方式编撰曲折动人、文辞优美的故事。蒲松龄在《聊斋志异》中所创作的一个个曲折优美的故事,无疑源于唐传奇所运用的这种"传奇手法"的启迪。但与唐传奇相比,《聊斋志异》在手法上的超越又是相当明显的,具体表现如下。

第一,从"故事"本位到"人物"本位。唐传奇多为故事体小说,即作者从头到尾给我们讲述一个完整的故事。这种"故事"本位的创作方法保证了故事的完整性,但有时为了强调叙事时间和故事顺序而忽视了对人物形象的塑造与打磨。《聊斋志异》在人物描写方面取得了极高成就,实现了从"故事"本位到"人物"本位的转变,有相当一部分作品并不重视情节,而是将重点放在了人物性格的刻画上。小说《婴宁》故事情节极为简单,作者主要展现的是婴宁无拘无束、无忧无虑、天真烂漫的性格特质。《王子安》更是淡化了故事情节,主要展现王生回家醉卧后种种虚幻的感受。

第二，强化环境描写。唐传奇中偶尔也会出现环境描写，但往往笔墨不多，文辞简单。《聊斋志异》强化并发展了环境描写，使其成为文言小说中的重要元素。如小说《婴宁》中作者对婴宁所居院落的描写：

> 从媪入，见门内白石砌路，夹道红花，片片堕阶上，曲折而西，又启一关，豆棚花架满庭中。肃客入舍，粉壁光如明镜；窗外海棠枝朵，探入室中；裀藉几榻，罔不洁泽。甫坐，即有人自窗外隐约相窥。

如此优美、静谧的环境让人如痴如醉，群芳绽放的美景正衬托出婴宁的天真、美丽和无邪。再如小说《王桂庵》中的一段写景的文字：

> 一夜，梦至江村，过数门，见一家柴扉南向，门内疏竹为篱，意是亭园，径入之。有夜合一株，红丝满树。隐念："门前一树马缨花"，此其是矣。过数武，苇笆光洁。又入之，见北舍三楹，双扉合焉。南有小舍，红蕉蔽窗。

这段文字堪称如诗如画的"仙笔"。

第三，善用心理刻画。唐传奇中的心理描写十分罕见，而《聊斋志异》则自觉融入了大量心理描写的笔墨。《促织》中对捕捉蟋蟀时紧张心理的描写，《王子安》中对王生梦中幻境的描写，《小谢》中对秋容与小谢因争风吃醋而大吵大闹时的心理状态的描写，《辛十四娘》中对辛十四娘初见冯生时娇羞心理的描写，等等，都是极为成功的心理描写。

二 狐鬼花妖百态多

唐传奇之"奇"主要表现为注重情节之奇，相对比较而言，《聊斋志异》已经不再把故事情节的曲折离奇作为创作的重要着眼点，而是有意识地在虚幻离奇的情节中刻画人物形象，有意识地把人物形象塑造放在小说的核心位置，并倾注了作者的现实感受、生活理想和精神向往。《聊斋志异》中千姿百态的狐鬼花妖形象使中国文学画廊大为增色。

（一）亦真亦幻：人性与物性复合统一

狐鬼花妖、神仙精怪是《聊斋志异》的主要描写对象；碧落黄泉、梦乡幻境是聊斋人物主要的活动场景。《聊斋志异》写的是幻人、幻景，但又并非是一味的"幻"，而是幻中有真，亦真亦幻。这种"亦真亦幻"的审美趣味表现在人物形象塑造上便体现为人性与物性的复合统一。蒲松龄"既把鬼狐当作'人'来写，又把它们当作鬼狐来写：在把它们当作'人'来描写时，赋予它们以现实的个性特征、思想感情，但又不忘其是鬼是狐，使其作为'人'所表现出来的社会性中或明或暗地蕴含着鬼狐自身的特点；在把它们当作鬼狐来描写时，又不忘它们是'人'，支配它们一切行为的，是它们作为'人'的个性特征、思想感情"①。

首先，物性中有人性，即在狐鬼花妖的身上放逸出人的味道。小说《青凤》中的女主人公本是一个狐女，却表现出大家闺秀的风范。当这位狐女青凤与耿生偷情而被叔父撞见的时候，她居然"羞惧无以自容，俯首倚床，拈带不语"，俨然是一位恪守"闺范"的大家千金。狐女婴宁动辄大笑，对王子服说"我不惯与生人睡"，又对其聋聩的老母说"大哥欲我共寝"，俨然一个天真无邪的少女。正如鲁迅先生在《中国小说史略》中所言："使花妖狐魅，多具人情，和易可亲，忘为异类。"②

其次，人性中有物性，即在彰显狐鬼花妖人性色彩的同时，又渗透其"物"的属性。《白秋练》中女主人公为白鱼精所幻化，离开家乡洞庭湖的水就要生病，因此每次离家，她都要携带湖水，"将归，女求载湖水；既归，每食必加少许……"《阿纤》中的女主角是老鼠

---

① 张稔穰：《〈聊斋志异〉艺术研究》，山东教育出版社1995年版，第44页。
② 鲁迅：《中国小说史略》，人民文学出版社1973年版，第179页。

精，善于积粟，而且常在夜间活动。此外，虎精苗生的粗犷（《苗生》）、牡丹精葛巾的芳香（《葛巾》）、蠹鱼精素秋的善读书（《素秋》）、蜂精绿衣少女的细腰（《绿衣女》），这些"物性"的渗透，不仅使人物形象色彩鲜活，而且让读者感到意趣盎然。

《聊斋志异》中的狐鬼花妖形象是以人的面目出现的，作者对他们的描写没有截然分为写人、写物两个阶段，而是人与物有机化合，浑然一体，以写人为根本，托之以物，取得了更多的艺术自由。

（二）传神写心：关注人物的个性风神

《聊斋志异》写人注重传神写心，即不在"形貌"上做功夫，而在"个性风神"上做功夫，通过必要的艺术手段把人物的神态、情性活灵活现地描绘出来，全面展现人物的个性风神。以《聊斋志异》塑造的女性形象为例，蒲松龄往往用一两句经典之语便点染出她们的个性风神。写白秋练是"病态含娇，秋波自流，略致讯问，嫣然微笑"；写葛巾是"宫妆艳绝万""纤腰盈掬，吹气如兰"；写胡四姐是"年方及笄，荷粉露垂，杏花烟润，嫣然含笑，媚丽欲绝"；写婴宁是"拈梅花一枝，容华绝代，笑容可掬"；写阿纤是"窈窕秀弱，风致嫣然"。蒲松龄对女性形象的刻画颠覆了以往小说家描写女性形象时只着眼于形貌，而形容以"沉鱼落雁""闭月羞花"的陈腐旧套，而力图唤醒人物的内在神韵，"在寥寥几笔之中，既写出了她们的美丽，又点染了她们的神态、丰采，把形象美的描写与神态美的刻画交融在一起，形神兼备而尤重在刻画其神态"①。

（三）双峰并峙：在映衬中相得益彰

《聊斋志异》刻画人物的另一绝佳之处在于，作者经常采用"双峰并峙"的方式，即在描写一个人物形象的同时，往往又写一个与之相对或相映的人物。特别是描写女主人公时，作者总爱同时塑造两位女性，把她们一同投入作品特定的艺术情节，甚至让她们同爱一个男人，在彼此的对照、衬托和辉映之中，清晰地显示其自身的特征，完

---

① 曾保泉：《〈聊斋志异〉刻画人物的突出特点》，《西南师范学院学报》1982年第4期。

成人物形象的刻画。这种双峰并峙、双水分流、相互映衬、各尽其妙的写人艺术，使蒲松龄笔下的人物更加灵动、鲜活。《莲香》中的狐女莲香与女鬼李氏交互出现，她们先是相互猜疑，相互嫉妒；可当桑生病危的时候，莲香与李氏又相互体谅，相互帮助，为了共同的心上人而团结一致。最终，李氏为桑生而求生，莲香为桑生而求死。在这篇小说中，莲香的老辣、风趣和李氏的含蓄、温柔在两相对照中被鲜明地表现出来。小说《香玉》中的香玉和绛雪，都是温柔多情、美丽迷人的花精树妖，她们多年相处，情同骨肉，她们一起闯入黄生的生活，对黄生都一往情深。然而一个热情风流，一个性冷持重，一个与黄生成为眷属，一个却始终是黄生无邪的良友，彼此辉映，都给人留下格外深刻的印象。此外，《阿秀》中的真阿秀与假阿秀，《鸦头》中的鸦头与妮子，《翩翩》中的翩翩与花城，《宦娘》中的宦娘与良玉，等等，都是属于同一类型而相互映照的女性形象。

（四）人境相谐：神情风貌自境生

前面我们提到，《聊斋志异》的环境描写已经相当成熟。这种成功的环境描写不仅表现在单纯的环境渲染上，还表现在作者善于以优美的自然环境来衬托人物的神情风貌，人境相谐，使人物的内在精神与其所处的环境融合无间。《婴宁》是《聊斋志异》中"人境相谐"的典范之作，婴宁这位狐母所生鬼母所养的女性形象其实是"笑"与"花"的化身，因此，在本篇中作者以大量的笔墨来写"笑"与"花"："执杏花一朵，俯首自簪""户外隐有笑声""户外嗤嗤笑不已""次日，至舍后，果有园半亩，细草铺毡，杨花糁径，有草舍三楹，花木四合其所。穿花小步，闻树头苏苏有声，仰视，则婴宁在上"。正是这种笑声妙语、丛花乱树之境才衬托出一个无视礼教、朴野娇憨的自然精灵。此外，《翩翩》《黄英》《葛巾》也都是以环境写人的佳作。

三　曲中有奇扣心弦

就情节的曲折性而言，《聊斋志异》在中国文言短篇小说中达到了登峰造极的境界。《聊斋志异》的绝大部分篇目力图摒弃平铺直叙，做到高潮迭起，冷暖交错，扣人心弦；故事情节力避平淡无奇，做到奇中有曲，曲中有奇。曲是情节的复杂性，奇是情节的虚幻性，曲而不失自然，奇而不离真实，这正是《聊斋志异》情节设置的独到之处。以《促织》为例，全篇以促织为线索，矛盾的产生、情节的发展、人物感情的变化，都由促织的得与失来决定。故事一开头，成名被里胥报充里正差役。他一上任，"令征促织"，立即被卷入到生活矛盾之中。由于官府"严限追比"，使他身心交病，唯思自尽，陷入绝境，故事至此为一曲折。接着笔锋一转，让成妻问卜，终于按图得虫，于是举家庆贺，情节由悲转喜。谁料他的幼子竟将捉到的虫弄死，更不想其子由于受到恫吓，竟投井自杀，成名一家又陷入绝境，情节又生曲折。正当成名夫妇"相对默然"，痛不欲生之时，想不到儿子复苏，又听到"门外虫鸣"，终于捉到了一只促织，故事又发生转机。以后"将献公堂"，又"惴惴恐不当意"，试斗时，又"蠢若木鸡"，令人惊恐。整篇作品情节曲折多变，波澜迭起，缓急交替，层出不穷。再看《胭脂》的情节设置，胭脂与闺友王妇偶遇秀才鄂生，胭脂意似有动，王妇笑谓愿作媒人。王夫外出，昔日情人宿介来会，王妇因述胭脂暗恋鄂生事做笑谈。宿介遂仿冒鄂生，私会胭脂。胭脂以未有明媒为拒，宿介强索绣履为信，再返王所，不慎绣履失落。同里无赖毛大尝挑王妇遭拒，今侦宿至，拟捉奸以胁迫。巧拾绣履，复窃听得宿介述得履、失履、寻履始末。隔日，毛大执履求会胭脂，误入胭脂父亲房间，争斗时杀死胭脂父亲，遗下绣履。邑宰定鄂生为凶手，太守定宿介为凶手，学使方得真凶毛大。这篇小说与一般的公案故事相比，其独特之处便在于故事情节的复杂性，事件发展的虚幻性，案件中套着案件，一层冤屈纠缠着另一层冤屈，让人感到真假难辨。作者力求做到：叙述时，步步设幻；解套时，丝丝入扣。此外，《王桂庵》《西湖主》《葛巾》《红玉》《娇娜》《晚霞》等篇章都写得变幻无穷，波澜迭起。设疑时，层层障目；解疑时，抽丝剥茧，极尽腾挪跌宕之能事。

四 简练雅洁言辞美

《聊斋志异》是用文言写成的。文言是中国传统的书面语，其优势在于精练，文言往往能够运用极少的文字传递较为丰富的信息；其短处是拘谨，不利于对人物进行较为细致的描摹。所以，在文言小说创作中，叙事语言一般比较容易处理，而人物语言处理起来难度较大，不容易写得活泼生动。蒲松龄在创作中对文言的驾驭达到了娴熟的程度，《聊斋志异》的语言既有文言的含蓄厚重，又融入了民间口语的活泼清新。"在《聊斋志异》写作的过程中，聊斋先生洗去了先秦诸子百家、《左传》《国语》《战国策》《史记》《汉书》以及唐宋古文各家之长，同时，又大量吸纳了生动活泼的民间口语、谚语、俗语、俚语，充分发挥了文言文精练、含蓄的长处，而避免了文言文生硬、板滞的缺点，融会众长，提炼创新，形成了一种古雅简练、清新活泼的风格。"① 试看小说《晚霞》中的一段叙事语言：

　　首按"夜叉部"，鬼面鱼服，鸣大钲，围四尺许，鼓可四人合抱之，声如巨霆，叫噪不复可闻。舞起，则巨涛汹涌，横流空际，时堕一点大如盆，及着地消灭，龙窝君急止之。命进"乳莺部"，皆二八姝丽，笙乐细作，一时清风习习，波声俱静，水渐凝如水晶世界，上下通明。

作者充分发挥了文言精练、庄重、含蓄的文体优势，将晚霞优美动人的舞姿展现在读者面前。小说中的对话描写，作者则有意识地运用浅显的语言，甚至白话的成分，这在很大程度上弥补了文言的短处。试看小说《翩翩》中的一段人物对话：

　　一日，有少妇笑入曰："翩翩小鬼头快活死！薛姑子好梦，几时做得？"女迎笑曰："花城娘子，贵趾久弗涉，今日西南风紧，吹送来也！小哥子抱得未？"曰："又一小婢子。"女笑曰："花娘子瓦窑哉！那弗将来？"曰："方鸣之，睡却矣。"

---

① 石麟：《从"三国"到"红楼"》，河南人民出版社 2008 年版，第 220 页。

　　这段文字如市井女子唠家常，读之亲切自然，韵味无穷。此外，《阎王》中的叔嫂对话，《镜听》中郑家二妇爽快淋漓的语言，《婴宁》中婴宁朴野憨痴的语言，都是作者在文言中有意融入民间口语的结果。

第七章

《儒林外史》与封建末世的文人群像

产生于清代的《儒林外史》，是中国讽刺小说的杰出代表。它通过对封建末世文人群像的透视对病态的科举制度与封建文化进行了犀利的讽刺和深刻的反思，其冷静、精准的洞察力在中国古典小说史上独树一帜。

第一节　吴敬梓的生平与《儒林外史》的诞生

一　从科举世家的才人公子到落魄市井的败家子弟

吴敬梓（1701—1754），字敏轩，号粒民、秦淮寓客、文木老人，安徽全椒人。吴敬梓出身科举世家，他的祖辈有不少人通过科举取得显赫功名。其曾祖吴国对在顺治年间中过探花，与清代诗人王士禛同榜；叔祖吴晟是康熙年间的进士。吴国对有吴旦、吴勖、吴昇三子，吴旦以监生考授州同知；吴勖贡生出身，官州同知；吴昇举人出身。吴旦的独子吴霖起，拔贡出身，任江苏赣榆县教谕。吴勖有吴霄瑞、吴霜高、吴雯延三子，其中吴雯延生有三子二女，吴敬梓为其最小的儿子。因为大房的吴霖起乏嗣，所以吴敬梓自幼过继给吴霖起。吴敬梓13岁丧母，14岁随嗣父吴霖起至江苏赣榆。吴敬梓也曾热衷科举，在18岁时考中了秀才，也正是这一年，他的生父吴雯延去世。

吴敬梓的人生以23岁时嗣父吴霖起去世为界，分为前后两期。23岁以前吴敬梓身为书香门第的公子，希望走上读书做官的仕宦之

路，与这个时代大多数世家子弟所走的道路相同。康熙六十一年
（1722），吴霖起被迫辞官归里，吴敬梓随父归家。次年春天，吴霖起
病逝，吴敬梓随即被卷入家族财产的纷争中。因为吴敬梓所在的大房
两代单传，故财产多于他房，吴敬梓以嗣子的身份继承这份财产，于
是成为族人觊觎和谋夺的对象，宗族兄弟纷纷来抢夺吴敬梓的财产。
这使他认清了世人的真面目，这种人与人之间露骨的金钱关系让他产
生了对现实社会的厌恶之感，加之他从小作为贵族公子所形成的豪爽
气质，最终形成了通过"挥霍"来报复现实的行为。不到十年，他的
财产竟全部耗尽。同族视他为"败类"，世人对他白眼，人情冷暖，
世态炎凉，使他加深了对社会的认识。33 岁时，吴敬梓写下鸿篇巨制
《移家赋》，以巨大的悲愤与家族决裂，并举家迁往南京。移居南京
后，吴敬梓开始了卖文生涯，生活变得异常艰辛，正如他自己在《移
家赋》中所说："拨寒炉之夜灰，向屠门而嚼肉。"雍正十三年
（1735），雍正皇帝下令要求内外大臣寻访博学之士以应"博学鸿词
科"考试。江宁训导唐时琳将吴敬梓推荐给上江督学郑江，郑江又将
吴敬梓推荐给安徽巡抚赵国麟。次年春天，吴敬梓参加了在安庆举行
的"博学鸿词科"的预试。录取后，赵国麟推荐他进京参加乾隆元年
九月举行的"博学鸿词科"复试，可吴敬梓却托病未去，并从此过起
了清贫但却自由的生活。乾隆十九年（1754），吴敬梓病死在扬州，
终年 54 岁。死后除典当衣服的几个余钱，其余一无所有。几个朋友
为其买棺收殓，归葬于南京。毁家移居与辞避征辟是吴敬梓一生的两
大壮举，也成就了他鄙弃功名富贵的叛逆人生。随着他对社会、人
生、人性体认的加深，他也逐渐成长为一个富于批判精神的思想家，
而这正是他创作《儒林外史》最重要的思想基础。

二 《儒林外史》的诞生

吴敬梓移居南京后便开始着手创作《儒林外史》，大约在乾隆十
三年（1748）到乾隆十五年（1750）之间基本完成。吴敬梓的原著
究竟有多少回，这个问题有不同的说法。清人程晋芳在《文木先生
传》中说："又仿唐人小说为《儒林外史》五十卷。"清人金和在

《儒林外史跋》中说："先生著书，皆奇数。是书原本仅五十五卷。"
到了光绪年间又出现了一种加入沈琼枝故事的六十回本。但现存最早
的《儒林外史》刻本即嘉庆八年（1803）的卧闲草堂本是十六卷五
十六回。所以，综合来看，《儒林外史》的回数，有五十回、五十五
回、六十回和五十六回四种说法，因为现存最早的《儒林外史》刻本
为五十六回，因此，一般认为小说原著应为五十六回。

《儒林外史》的版本相对简单，现在所能见到的最早版本是嘉庆
八年（1803）的卧闲草堂本，此后的各种版本都是由这个本子衍生出
来的。如同治八年（1869）苏州书局的群玉斋活字本，同治十三年
（1874）上海申报馆排印的活字本，同治十三年（1874）齐省堂增订
的活字本。

吴敬梓一生著述颇丰，但多已失传，除《儒林外史》，还有《文
木山房集》传世。

第二节　儒林群像与封建末世的文化反思

闲斋老人在为《儒林外史》作序的时候，曾写下这样一段名言：
"其书以功名富贵为一篇之骨。有心艳功名富贵而媚人下人者，有倚
仗功名富贵而骄人傲人者，有假托无意功名富贵自以为高，被人看破
耻笑者，终乃以辞却功名富贵，品地最上一层，为中流砥柱。"有人
认为这位闲斋老人就是吴敬梓，有人认为不是，不管是与不是，这段
话却道出了作者对作品主题和人物群像的深刻体认。吴敬梓也正是围
绕"富贵"对封建末世的儒林群像进行了深刻的透析，进而让读者看
到当时的社会病态与文化病态。

一　八面来风刺科举

小说第一回作者叙写了元末明初的著名文人王冕，他出身贫寒，
靠自学成才，平生不与权贵交往，过着逍遥自在的生活，同时作者还
特地写到了他至孝的品性。在这个人物形象的身上明显带有儒家的道
德理想，他是典型的儒林楷模。以这样一个人物作为小说的"开篇第

一人"，寄托了作者拯救儒林的愿望。封建末世的儒林究竟存在着哪些危机，造成危机的根源在哪里？首先在于迷人心智的科举制度。第一回的文末作者通过王冕之口表达了对科举制度的全盘否定："这个法却定的不好，将来读书人既有此一条荣身之路，把那文行出处都看轻了。""文"指的是文章学识，"行"指的是品行道德，"出"指的是在朝为官，"处"指的是退隐归家。"文行出处"是传统文人的安身立命之本，也是传统儒家的道德伦理标准。科举制度正是因为偏离了应有的道德旨归，才成了造成文人堕落和文化病态的罪魁祸首。

（一）科举迷途上的卑微灵魂

吴敬梓对社会生活的体察异常敏锐、深刻，对科举制度的批判也是全方位，作者尤其展现了科举制度对读书人的精神虐杀与心灵毒害。就在讲完王冕的故事之后，两个被科举制度压垮的卑微形象粉墨登场。周进与范进执着于科举迷途数十年，沿着"童生——秀才——举人——进士"的阶梯艰难攀登。周进到了 60 多岁还是个童生，只得到薛家集去坐馆教书。没想到一到任就受到新科秀才梅玖的嘲讽与奚落。

　　　周进就问："此位相公是谁？"众人道："这是我们集上在庠的梅相公。"周进听了，谦让不肯僭梅玖作揖。梅玖道："今日之事不同。"周进再三不肯。众人道："论年纪也是周先生长，先生请老实些罢"。梅玖回过头来向众人道："你众位是不知道我们学校规矩，老友是从来不同小友序齿的；只是今日不同，还是周长兄请上。"原来明朝士大夫，称儒学生员叫做"朋友"，称童生是"小友"；比如童生进了学，那怕十几岁，也称为"老友"，若是不进学，就到八十岁，也称为"小友"。① （《儒林外史》第二回）

一位新进学的秀才堂而皇之地给周进让上座，却又摆出"不与小

---

① 本章所有《儒林外史》原文均引自王申、刘中平、段扬华校点《儒林外史》，齐鲁书社 1994 年版。

友序齿"的大道理,分明是在奚落周进:你根本不配坐在我的上边,但今天我不与你计较。但事情还没完,当周进说自己长年吃斋而不吃荤腥的时候,梅玖又用一首打油诗把周进羞得脸上一红一白。前来学堂避雨的王举人对周进更是傲慢无比,他从船上拿下食盒,并不谦让周进,只顾自己去吃,只留下"一地的鸡骨头、鸭翅膀、鱼刺、瓜子壳",害得周进"昏头昏脑扫了一早晨"。面对如此的欺凌、侮辱,他只能忍气吞声,绝不敢亵渎在神圣的科举制度中等级比自己高的人物,而愚蠢地将那些受尊崇的位置当作自己的人生归宿。后来丢掉教书饭碗的周进,只好去替他的商人姐丈记账。到省城后,他参观贡院,竟然伤心地一头撞在号板上,放声大哭,居然哭到嘴里吐出鲜血来。周进的这一"哭",将其一生的苦闷与屈辱释放出来,也让我们看到了一位穷困潦倒的老童生那深受科举毒害的卑微灵魂,若舍弃科举这条独木舟,他再无生存的能力和希望。

与周进同病相怜的是范进。从 20 岁考到 54 岁,才侥幸中了秀才,而这个秀才还是宗师周进出于怜悯赏给他的。他把一生的荣辱系于科举,根本不具备基本的求生本领,中了秀才后的范进面黄肌瘦,如乞丐一般,家人挨饿受冻,老母亲居然饿得睁不开双眼,但他却以万劫不复的奴性心里默默承受。一个偶然的机会他中了举人,居然痰迷心窍,癫狂不止:

　　范进不看便罢,看了一遍,又念一遍,自己把两手拍了一下,笑了一声道:"噫!好了!我中了!"说着,往后一跤跌倒,牙关咬紧,不省人事。老太太慌了,忙将几口开水灌了过来。他爬将起来,又拍着手大笑道:"噫!好了!我中了!"笑着,不由分说,就往门外飞跑,把报录人和邻居都吓了一跳。走出大门不多路,一脚踹在塘里,挣起来,头发都跌散了,两手黄泥,淋淋漓漓一身的水,众人拉他不住。拍着笑着,一直走到集上去了。(《儒林外史》第三回)

范进备受压抑的心灵已无法让他接受这天大的喜讯,其灵魂深处那卑微的惯性已无法让他正视自我的人格意识。所以当自我人格意识出现回归和期盼已久的所谓的"人生价值"得以实现的时候，他的心理防线彻底崩溃，表现在行为层面才出现了癫狂之举。范进的这种癫狂让读者发笑，更会引起读者的沉思：是什么样的力量让读书人这样如痴如狂，是什么样的力量让读书人产生这种变态心理？正是异化人性的科举制度。周进与范进一"哭"一"笑"的反常举动，点染出两个卑微的灵魂，描摹出科举迷途上的两颗畸变的心灵，也更让读者洞察到科举制度的罪恶，它无疑是那个时代制约读书人的精神枷锁。

除"二进"外，迂腐的马二先生、做了30年秀才的王玉辉等，都是丧失精神个性的迷狂者，他们的灵魂卑微，性情愚拙，感觉麻木，知识贫乏，谋生无术。在对科举功名的狂热追求中，他们几乎全部丧失了作为"个体"的精神特征。尤其是周进与范进，已经很难感受到他们的个性，但却能在强烈对比中感受到从潦倒到发迹这一过程中他们精神面貌的改变。

(二) 科举迷途上的庸贪百态

科举制度对读书人心灵的毒害让人目不忍睹，而通过科举制度走上官场的庸才和贪官更是令人切齿痛恨，他们愚昧无知，贪婪暴虐，德才俱无。周进中举后，升了御史，并钦点广东学道。有个考生说自己善作诗赋，他当场痛斥，还说了一通"只需作好八股文就行"的大道理。这场考试中他居然将范进点了第一名，试看他批阅范进试卷的过程：

> 周学道将范进卷子用心用意看了一遍。心里不喜道："这样的文字，都说的是些甚么话，怪不得不进学！"……从头至尾，又看了一遍，觉得有些意思……又取过范进卷子来看，看罢，不觉叹息道："这样文字，连我看一两遍也不能解，直到三遍之后，才晓得是天地间之至文，真乃一字一珠！可见世上糊涂试官，不知屈煞了多少英才！"忙取笔细细圈点，卷面上加了三圈，即填了第一名。(《儒林外史》第三回)

　　如此昏庸的考官选拔上来的必然是愚昧无知的庸才。果然，范进中举后，也做了考官，可他连苏轼这样的大文豪都不知何许人也。作者的视角是敏锐而犀利的，科举制度是造就庸才的机器，而昏庸的考官选拔上来的所谓"人才"是比自己昏庸十倍的"高级"庸才。这些庸才一旦进入官场或成为官场的后备队伍，便迅速演变成贪官酷吏。进士王惠后来做了南昌知府，到任后第一件事便是打听"地方人情，可还有甚么出产？词讼里也略有什么通融？"，念叨的是"三年清知府，十万雪花银"，贪赃枉法、徇私舞弊更是家常便饭。而在宁王叛反时，他又屈膝投降，当了高官，后来被朝廷通缉，只好削发为僧。高要县的汤知县，搜刮百姓到了"敲骨吸髓"的地步，但他仍不满足，为了指日高升，竟滥用酷刑，草菅人命。

　　科举制度不仅造就了一大批贪官酷吏，更培植了一批乡绅恶霸。许多没有升官的秀才、举人、监生、贡生，勾结官府，欺压细民，无恶不作。在这些乡绅恶霸中，作者着墨最多的是严贡生。他利用自己的小小特权和与官场的特殊关系，横行乡里，无恶不作。小说第五回写道，严贡生家一口刚出生的小猪，跑到了邻居王大家，人家把猪送回来，他硬是以八钱银子逼人买下。待到王家把猪养到100多斤，一次错走进严家来，他又把猪关起来并让王家按时价来赎，王大找他吵了几句，他居然让几个儿子将王大的腿打断。为了一头猪，无端抵赖，还将对方打伤，其刻毒的本性可见一斑。

　　小说第六回写道，严贡生娶儿媳雇了两只船，约定到达后付船钱。为了赖掉船资，他设下圈套：将钥匙开了箱子，取出一方云片糕来"治病"；接着将吃剩的云片糕有意放在掌舵驾长身旁的船板上，诱使舵工吃掉；待到船拢码头，搬了行李，舵工都来讨喜钱，他突然"眼张失落"地寻找云片糕，却说："我的药往哪里去了？"并声称那云片糕是他花了几百两银子买来的名贵药物。显示"药"的贵重，无非是为自己赖掉船资找到合理的借口。从严贡生赖掉船资的丑恶伎俩可见，他与惯于讹人的市井无赖相比，有过之而无不及。

　　横行乡里、巧取豪夺的严贡生对至亲骨肉也毫不手软。小说第五回写道，严贡生的弟弟严监生的妻子临死时，将生了儿子的赵氏扶了正。不久严监生病死，赵氏之子也不幸夭折。赵氏本想过继严贡生的第五子，但严贡生却将新婚的二儿子过继，并让赵氏恢复姨娘的身份，以腾出正房来，让二儿子夫妇居住。而后又查点财产，细看账目，训斥奴仆，一时间，连人带物，统统占为己有。赵氏不依，他就大骂"泼妇"，威胁说"要揪着头发臭打一顿，登时叫媒人来领出去发嫁"。如此劣迹斑斑的一个人，简直让人切齿痛恨。严贡生何以嚣张至此，他所倚仗的无非是"功名"二字，正是靠着贡生的地位，严贡生才得以施展无赖的手段，加之与官场的特殊关系，他才毫无顾忌地为所欲为。小说中像严贡生这样的恶霸乡绅比比皆是，五河县的方乡绅、彭乡绅、唐二棒椎、唐三痰，做过知县的张敬斋，严贡生的弟弟严监生以及严监生的内兄王德、王仁等，与严贡生同属一丘之貉。

（三）科举迷途上的伤风败俗

在吴敬梓的笔下，科举之流毒可谓无孔不入，不仅对读书人产生了难以逆转的负面影响，而且伤风败俗，严重腐蚀着社会风气。范进的岳父胡屠户，其趋炎附势、前倨后恭的表现让读者刻骨铭心。范进中了秀才，他拿着一副大肠和一瓶酒来贺喜，见到范进兜脸便骂：

> 我自倒运，把个女儿嫁与你这现世宝穷鬼，历年以来，不知累了我多少。如今不知因我积了什么德，带挈你中了个相公……
> （《儒林外史》第三回）

胡屠户是来为女婿贺喜的，却全然没有一句赞许夸耀之词，而是奚落训斥，满腹牢骚。而后又以高高在上的姿态倾吐了一番压制范进的话：

> 你如今既中了相公，凡事要立起个体统来。比如我这行事里，都是些正经有脸面的人，又是你的长亲，你怎敢在我们面前装大？若是家门口这些种田的、扒粪的，不过是平头百姓，你若同他拱手作揖，平起平坐，这就是坏了学校规矩，连我脸上都无光了。你是个烂忠厚没用的人，所以这些话我不得不教导你，免得

惹人笑话。（《儒林外史》第三回）

这两番言辞一下子就把胡屠户粗俗势利、妄自尊大而又蛮横倨傲的性格特点淋漓尽致地表现出来，活画出一个自私自利、愚昧势利的小市民形象。

考中秀才的范进并不满足，同年六月产生了到省城参加乡试的想法，当他向岳父胡屠户谋求资助的时候，却被胡屠户一口啐在脸上，骂了个狗血喷头，说他癞蛤蟆想吃天鹅肉。这番粗鄙刻薄、不堪入耳的言辞，无疑表现了他对范进的轻蔑。后范进高榜得中，前来贺喜的胡屠户得知范进喜极而疯，顺口说了一句："难道这等没福？"一个简单的"福"字道出了科举时代"高榜得中"那不同寻常的价值表征：中举意味着荣耀乡里，意味着高官厚禄，意味着封妻荫子，意味着读书人自我价值的实现！如此丰富的价值表征怎能不让人将"中举"与"福"相等同。"此时此境胡屠户马上想到的是福而不是范进的生命安危，实在是能使人洞见市侩的心肝，科举毒害之深显而易见，中举比性命还重要。"① 在众人的劝说下，胡屠户壮着胆子打了范进一巴掌，范进苏醒后，他立刻变了嘴脸：

贤婿老爷，方才不是我敢大胆，是你老太太的主意，央我来劝你的。

我的这个贤婿，才学又高，品貌又好，就是城里头那张府周府这些老爷，也没有我女婿这样一个体面的相貌！（《儒林外史》第三回）

范进的高中，让胡屠户口中的"现世宝穷鬼""烂忠厚没用的人"一跃而成为品貌才学俱佳的贤婿；范进的高中更让胡屠户从高高在上、不可一世的"主子"变成了趋炎附势、嘴脸丑陋的"奴才"，可见科举制度对底层民众的毒害之深。"通过范进中举，吴敬梓借胡屠

① 杨萍：《〈儒林外史〉中的小人物胡屠户》，《长春师范学院学报》2008年第9期。

户之口揭示了封建科举制度不但以一种巨大的力量引诱摧残了读书人的心灵，同样也以其巨大的力量腐蚀着下层人民的灵魂。"①

小说中的鲁编修是天下第一等的"八股迷"，认为"八股文若作的好，随你做什么东西，要诗就诗，要赋就赋，都是一鞭一条痕，一掴一掌血"。鲁编修对女儿的影响是具体而深刻的，鲁小姐从小就练就了一身"八股"功夫，可惜身为女性，无法跻身仕宦之途，只有把满心的希望寄托于未来的夫婿身上。嫁给蘧公子后，起初琴瑟相和，但当她发现蘧公子是一个厌恶八股、不通制艺的夫婿后，便终日"愁眉泪眼，长吁短叹"，连称丈夫误了她终身。一个"误"字，写尽了鲁小姐内心深处对科举仕途最热切的渴望。无奈之下，她只有把希望寄托在四岁的儿子身上。

> 在家里，每晚同鲁小姐课子到三四更鼓，或一天遇着那小儿子书背得不熟，小姐就要督责他念到天亮，倒先打发公孙到书房里去睡。（《儒林外史》第十三回）

因为无法得到科举功名而造成的心理缺失成了她以刻薄的面孔剥夺孩子快乐童年，使其过早醉心科举的不竭动力。可见，科举之毒已无孔不入地钻到最为隐秘的至爱和亲情中。

科举制度还造就了一批伪装清高、附庸风雅的假名士。以匡超人为例，他本是一个勤劳、厚道的农家子弟，他对父母的至孝让人钦佩。一个偶然的机会他遇到了八股选文家马二先生，这位迂腐忠厚而又笃信八股的老先生为其指出了一条八股考试、立身扬名的道路，并送给他几部八股选本。随后，这个至纯至孝的年轻人居然迷上了科举。为了参加考试，他居然丢下家中病重的父亲。考中秀才后，他更是得陇望蜀，跑到杭州靠选文章混饭吃，在这个腐儒遍地的城市中，他迅速堕落了。而后又跑到京城，攀上高官之女，停妻再娶，成为一个衣冠禽兽。"蜕变后的匡超人，不仅像蛆虫一般在科举途中爬进爬

---

① 杨萍：《〈儒林外史〉中的小人物胡屠户》，《长春师范学院学报》2008 年第 9 期。

出，还学会文化流氓的全套本领：吹牛撒谎、坑蒙拐骗、巴上踩下、附庸风雅、恩将仇报、厚颜无耻……"① 科举制度造就了一批唯名是趋的"假名士"，他们虽是科举制度的副产品，却伤风败俗，严重腐蚀着社会风气。

二　嬉笑怒骂讽礼教

《儒林外史》不仅全方位暴露了科举制度的罪恶，还将批判的矛头指向了理学的反动和礼教的虚伪，表现出深广的社会内容和深重的忧患意识。作者将对礼教的调侃融入极为平常的叙事中，通过嬉笑怒骂的方式表现礼教的虚伪。

杜慎卿，一个容貌清俊、举止潇洒，貌似风流独赏、顾影自怜的"谦谦君子"，自诩对女色有着天然的反感："妇人那有一个好的，小弟性情，是和妇人隔着三间屋就能闻见他的臭气。"（《儒林外史》第三十回）如此高雅的男儿可谓恪守礼教的楷模。然而，其清高的面皮之下隐藏的却是空虚的心灵和俗不可耐的言行：一边急不可耐地娶妾纳宠，一边又难以按捺喜好"男风"的嗜好，居然把城内六七十个唱旦的戏子集合起来一一品评色艺。如此巧妙的对比，让我们窥视到的是"假名士"那丑恶的灵魂和所谓圣贤礼教的虚伪。

严监生的原配在临死前想要将生子的赵氏扶正，严监生只好请来妻舅王德、王仁商量此事。开始王氏兄弟绷着脸，不吱一声，表示反对。等到吃了饭，被请到密室，各人得了一百两银子以后，他们的态度立即转变，又极力赞成这件事。

> 王德道："你不知道，你这一位如夫人，关系你家三代。舍妹殁了，你若另娶一人，磨害死了我的外甥，老伯、老伯母在天不安，就是先父母也不安了。"
> 王仁拍着桌子道："我们念书的人，全在纲常上做了工夫，就是做文章，代孔子说话，也不过是这个理。你若不依，我们就

---

① 石麟：《从"三国"到"红楼"》，河南人民出版社 2008 年版，第 248 页。

不上门了。"（《儒林外史》第五回）

王德、王仁这种"变色龙"似的表现，无疑暴露了他们假道学的伪善面目，同时也让读者清醒地认识到，所谓纲常、礼教只是台面上的文章，在金钱的诱惑下，人们所笃信的纲常、礼教立刻会露出虚伪的本性。

王玉辉，一个做了三十年秀才的科举制度的超级笃信者，对"圣贤礼教"更是推崇备至。他的第三个女儿结婚一年多，就死了丈夫，哭得天愁地惨，决定要殉夫。作为父亲的王玉辉，不仅不加以阻劝，反而执意要女儿殉夫。他鼓励女儿说："这是青史上留名的事，我难道反拦阻你？你竟是这样做吧！"女儿绝食死后，他仰天大笑："死的好！死的好！"当老妻听到女儿的死讯哭得死去活来时，王玉辉却说："他这死得好，只怕我将来不能像她这一个好题目死哩！""'好题目'三个字，触目惊心而生动形象地刻画了一个被封建礼教毒害、扭曲的老秀才形象，而王三姑娘正是用自己年轻的生命践行了父亲灌输的'礼教'，换取了'烈妇'的虚名，得到入祠建坊的表彰。"① 巧妙的是，作者并未对王玉辉的表现做"绝对化"的处理，当王玉辉出外散心，看到一个穿白戴孝的年轻女子时，不由得想起了女儿，"那热泪直滚了出来"。王玉辉的"落泪"无疑揭示了人性和礼教的冲突。在作者看来，礼教对社会的毒害是深重的，它是以人的血泪和生命为代价的。

三 辞却功名塑新人

在吴敬梓的笔下也有一些不为科举制度所束缚的正直高洁的正面形象和闪耀着理想光彩的人物。作者通过这些正面形象力图探寻新的人生之路，寄托一种改造社会的理想。作者力图在传统思想的宝库中寻求挽救社会衰颓的良方，但又自觉不自觉地向传统挑战，在这两难

① 魏娟莉：《试谈〈儒林外史〉中"科举功名"边缘的女性形象》，《中州学刊》2008年第6期。

的选择中体现出作者的某种无奈和迷茫。

　　讲究"文行出处",注重"礼乐农兵",这是作者从传统儒家思想中寻找到的两件改造社会的武器。在作者的笔下,无论是腐儒之辈,还是庸贪之流,都是不讲"文行出处",只求功名富贵的,既无才学,又无品行的"酒囊饭袋"。而与之形成鲜明对比的则是讲究"文行出处",厌弃功名富贵的正面形象,这些正面形象的共性在于厌恶科举、无心仕宦。这里似乎存在着一个悖论,既然这些正面人物是讲究"文行出处"的,但为何又无心出仕济民,而只求独善其身呢?"在腐恶的社会环境里,志士人才既不能施展抱负,'处'就成了他们洁身自好、安贫乐道的唯一对策。换言之,'处'实际上就是《儒林外史》正面形象的基本品质。"① 正因为如此,《儒林外史》中的正面形象才既表现出讲究"文行出处"的传统文人的特征,又因其厌恶科举、无心仕宦的特殊诉求而表现出挑战传统的新特质。无论是开篇出场的儒林楷模王冕,还是后来出现的庄绍光、迟衡山、虞育德、杜少卿,都是这种讲究"文行出处",而又无心科举仕宦的正面形象。

　　(一) 杜少卿

　　杜少卿是吴敬梓以自己为原型而塑造的一个正面形象,金和在其为《儒林外史》写的跋中明确指出:"书中杜少卿乃先生(吴敬梓)自况。"鲁迅先生在《中国小说史略》中也提出:"《儒林外史》所传人物,大都实有其人","杜少卿为作者自况"。长期以来,众多研究者倾向于将这一形象定位成"富于叛逆色彩的新派人物",其实,客观公论,杜少卿是一位既有儒家传统文化色彩,又富于叛逆色彩的复合形象。他既是一位讲究"文行出处"的"真儒",又是一位挑战传统的"新人"。

　　1. "文行出处"—真儒

　　"文行出处"是传统文人的安身立命之本,也是传统儒家的道德伦理标准。吴敬梓以此作为衡量笔下人物的重要标准。

　　从"文"的角度来看,杜少卿是一个满腹才学之人,"品行、文

---

① 谭邦和:《明清小说史》,湖北人民出版社 2002 年版,第 267 页。

章是当今第一人"（娄焕文语），"是个极有才情的人"（虞育德语），他的才学让儒林士子望尘莫及。与那些只知八股时艺、科场应考，甚至不知苏轼、刘基为何人的腐儒不同，杜少卿在文章学识上有着真知灼见，他敢于离经叛道，他只承认朱熹解经为一说，大胆指出朱熹的错误，并批评后人丢了诸儒，只依朱注是"固陋"。《诗经》的《邶风·凯风》，本是一首以儿子的视角写成的诗，儿子自责不能减轻母亲的劳苦，让母亲得到安慰。汉儒却说诗中的母亲是因为"卫之淫风流行"而想再嫁；宋儒朱熹加以发挥："母以淫风流行，不能自守，而诸子自责，但以不能事母，使母劳苦为辞，婉辞几谏，不显其亲之恶，可谓孝矣！"杜少卿认为汉儒与朱熹的解释不合人之常情：

> 说七子之母想再嫁，我心里不安。古人二十而嫁，养到第七个儿子，又长大了，那母亲也该有五十多岁，哪有想嫁之理！所谓"不安其室"者，不过因衣服饮食不称心，在家吵闹，七子所以自认不是。（《儒林外史》第三十四回）

杜少卿把"衣服饮食"的生活需求看成人的基本欲求，七子之母"不安其室"的原因在于，基本的人生欲求难以满足，汉儒和朱熹在"节操"和"孝道"上做文章不合人情。

《诗经》的《郑风·溱洧》，本是一幅古代的风俗图画：春光明媚的时节，青年男女相约来到溱、洧两河之岸，采水边花草以除不祥，互赠芍药以传情达意。汉儒解释说："刺乱也。兵革不息，男女相弃，淫风大行，莫之能救焉。"宋儒朱熹说："此诗淫奔者自叙之词。"杜少卿认为汉宋诸儒刻意从意识形态的高度解读这首诗的做法无疑是一种无知的误读："《溱洧》之诗，也只是夫妇同游，并非淫乱。"杜少卿是从自己的生活出发来加以解释，认为夫妇同游，是人之常情，也是正常的生活乐趣。杜少卿连连以《诗经》中的名篇为例，说出了与汉宋诸儒截然不同的观点，这在那些只知科举时艺的腐儒看来是有违圣贤言论的"离经叛道"，但在作者看来，这种颠覆圣贤言论的做法恰恰是其文才卓异的突出表现。

　　从"行"的角度看，杜少卿是一位恪守孝悌、扶弱济贫的贤者。杜少卿有个毛病，但凡说是见过他家太老爷的，就是一条狗也是敬重的；只要"先老太爷抬举过的"，他即以"故人"相待。以当下的视角看，杜少卿的做法未免迂腐，但其恪守孝悌的德行实在让人钦敬。小说第三十一回，吴敬梓以"赐书楼大醉高朋"为主干，穿插写了四件事，其中三件都与表现杜少卿的孝道有关。第一件写杜少卿敬重韦四太爷。这位韦四太爷因为与杜少卿的父亲拜盟过，因此被杜少卿待如上宾。试看韦四太爷到来时，杜少卿的虔敬之举：

　　　　杜少卿慌忙迎出来，请到厅上拜见，说道："老伯，相别半载，不曾到得镇上来请老伯和老伯母的安。老伯一向好？"韦四大爷道："托庇粗安。新秋在家无事，想着尊府的花园，桂花一定盛开了，所以特来看看世兄，要杯酒吃。"杜少卿道："奉过茶，请老伯到书房里去坐。"小厮捧过茶来，杜少卿吩咐："把韦四太爷行李请进来，送到书房里去。轿钱付与他，轿子打发回去罢。"

　　接着，韦四太爷以主人的姿态讨酒喝，杜少卿找出了九年半的陈酒，煨上七斤重的老鸭，配上一席新鲜菜，请韦四太爷等四人从早上喝到夜里三更，使韦四太爷快活到极点。

　　第二件事写杜少卿厚待娄焕文。娄焕文本是杜府的总管家，当年操持管理家事兢兢业业，且清廉至极，除每年修金四十两，其余不沾一文。娄焕文为杜氏父子管账三十年，自己家里却一贫如洗。杜少卿深知娄焕文的德行忠厚，所以杜少卿十分敬重娄焕文，娄卧病在床，他早晚问安，亲自熬药煎汤，甚至将其家人接入杜府居住，并为娄准备了死后的全部衣衾棺椁。后来，杜少卿又一再送银、送归、送葬，吊丧时，放声大哭，悲痛欲绝。在别人眼中几两银子便可了之事，杜少卿却以致孝报答始终。

　　第三件事写杨裁缝葬母讨银钱。杨裁缝母亲突然病故，没有钱处理后事，便来向杜少卿求助，杜少卿在自己没有钱的时候，居然以一箱衣服当了二十多两银子让杨裁缝葬母。

> 你虽是小本生意，这父母身上大事，你也不可草草，将来就
> 是终身之恨。几两银子如何使得！至少也要买口十六两银子的棺
> 材，衣服、杂货共须二十金。我这几日一个钱也没有。也罢，我
> 这一箱衣服也可当得二十多两银子。

杜少卿不仅自己恪守孝道，还极力帮助他人行孝。在自己的经济
状况极为窘困的时候，仍不改助孝的本色，这种德行让那些在科场上
"春风得意"的庸贪之辈和附庸风雅的"假名士"们俯首默然，赧颜
大羞。

从"出"和"处"的角度看，杜少卿似乎有诸多"不当之处"。
他无心功名，漠视富贵，与儒林中那些醉心于功名的"腐儒"和"假
托无意功名富贵自以为高"的"假名士"迥然大异。杜少卿为何如此
排斥功名富贵，正如前文所言，在腐恶的社会环境里，志士人才既然
不能施展抱负，"处"就成了他们洁身自好、安贫乐道的唯一对策。
因此，以"处"拒"出"正是杜少卿的一种生存哲学。当地的王知
县仰慕杜少卿，汪盐商为巴结王知县下帖子请杜少卿作陪来宴请王知
县，杜少卿却说：

> "这人也可笑得紧，你要做这热闹事，不会请县里暴发的举
> 人、进士陪？我那得功夫替人家陪官！""况且倒运做秀才见了本
> 处知县就要称他老师，王家这一宗灰堆里的进士，他拜我做老
> 师，我还不要，我会他怎的？"（《儒林外史》第三十一回）

杜少卿移居南京后，陷入窘困的他，仍坚决不接受朝廷的征辟。
为了辞征辟，杜少卿先是礼让于安徽巡抚李大人，后又托病固辞于天
长知县邓大人。辞却征辟后，他心中欢喜道：

> 好了！我做秀才，有了这一场结局，将来乡试也不应，科、

岁也不考，逍遥自在，做些自己的事罢！（《儒林外史》第三十四回）

杜少卿这种洁身自好、安贫乐道的"处"，其实是为了捍卫古道可风的"出"，与其汲汲于功名富贵又无助于经世济民地"出"，莫不如洁身自好、安贫乐道地"处"。杜少卿这种看似不合流俗的"处"，其实是为了成就古之真儒的"出"；而那些科举迷途上的沽名钓誉之辈，恰恰是有违古道圣德的假"出"。"出"与"处"，"真"与"假"的两相对照，使杜少卿成为怒斥八股、"辞却功名富贵品地最上一层"的真儒。小说中还特地写道，杜少卿是积极支持修建泰伯祠的人，他不但出资修建祠堂，还积极参与制定祭祀仪式。这个细节正彰显了他深谙儒家思想的影响，只不过他是一个以"处"拒"出"的"真儒"。

2. "离经叛道"一新人

讲求"文行出处"的杜少卿，其言行与那些古貌古心的儒者有着极其不同的文化背景。如果说其对功名富贵、科举仕途的厌弃是为了捍卫古道可风的"出"，进而表现自己的"真儒"本性，那么杜少卿不合流俗、离经叛道的言行则是出于对传统价值观的颠覆，进而使他成为那个时代的"新潮人物"。

首先，杜少卿反对礼教束缚，追求个性解放。如前文所述，杜少卿颠覆汉儒与宋儒的道德化、理学化的视角，独辟蹊径，另解《诗经》的做法已经表现出其不羁的个性。移居南京，杜少卿"携妻游山"的一幕更是其追求个性解放的有力表征。

这日杜少卿大醉了，竟携着娘子的手，出了园门，一手拿着金杯，大笑着，在清凉山冈上走了一里多路。背后三四个妇女嘻嘻笑笑跟着，两边看的人目眩神摇，不敢仰视。（《儒林外史》第三十三回）

在礼教森严的宗法时代，杜少卿居然旁若无人地携妻游山，这种看似离经叛道的举动，将其真性情袒露于天地自然之间。

其次，杜少卿对传统的价值观进行了质疑和否定。在"男尊女卑"的宗法时代，女性在杜少卿的眼中得到了应有的尊重。对封建宗法时代普遍存在的纳妾之事，杜少卿进行了严厉的抨击：

> 娶妾的事，小弟觉得最伤天理。天下不过是这些人，一个人占了几个妇人，天下必有几个无妻之客。小弟为朝廷立法：人生须四十无子，方许娶一妾。此妾如不生子，便遣别嫁。是这等样，天下无妻子的人，或许也少几个。也是培补元气之一端。（《儒林外史》第三十四回）

当他看到读书人家出身的沈琼枝不甘为盐商做妾，逃到南京自食其力，极为欣赏地说：

> 盐商富贵奢华，多少士大夫见了就销魂夺魄，你一个弱女子，视如土芥，这就可敬的极了。（《儒林外史》第四十一回）

至于封建宗法时代存在的一些陋习，杜少卿更是深恶痛绝。如对当时普遍存在的"迁坟以求荣贵、发达"的陋习，杜少卿大声痛斥：

> 那要迁坟的，就依祖孙谋杀祖父的律，立刻凌迟处死。（《儒林外史》第四十四回）

在吴敬梓的笔下，杜少卿既是一位讲究"文行出处"的"真儒"，又是一位挑战传统的"新人"。杜少卿这种复杂性格的构成，在一定程度上反映了作者寻觅改造社会"良药"时的矛盾心态：他企图利用儒家仁政思想寻觅一条托古改制的老路，但又深感这种仁政理想在腐恶社会环境下的无力与衰颓，于是在朦胧中又将寻觅的目光投向了"颠覆传统"的未来。

（二）沈琼枝

除杜少卿外，吴敬梓还塑造了一批富于叛逆倾向和理想色彩的下层人物，如沈琼枝、凤四老爹等。尤其是大胆叛逆、敢于斗争的沈琼枝，这一形象可谓下层女性中的"新潮人物"，也可谓吴敬梓为杜少卿创设的"异性陪衬"。

出身读书人家的沈琼枝果敢而有主见。当她得知宋为富以做"正室"为名骗娶自己为姜时，她厉声痛斥：

> 请你家老爷出来！我常州姓沈的，不是甚么低三下四的人家！他既要娶我，怎的不张灯结彩，择吉过门？（《儒林外史》第四十回）

面对盐商的富贵奢华，她视如草芥。当她察觉到自己做人的尊严没有得到应有的尊重时，富贵奢华的生活也无法让她屈服，她毅然连夜逃往南京。其不同寻常的勇敢与见识可见一斑。

沈琼枝有着独立的人格精神和超乎寻常的胆识。到了南京后，沈琼枝靠卖文和刺绣为生，希望用自己的才智和双手独立谋生。她这种"不守闺范"的反常之举招来了一些无稽之徒与豪门恶少的骚扰，沈琼枝镇定自若，泰然处之。

当宋为富买通官府捉拿沈琼枝时，她胆气十足，毫不畏惧。

> 沈琼枝道："你们是都堂衙门的？是巡按衙门的？我又不犯法，又不打钦案的官司，那里有个拦门不许进去的理！你们这般大惊小怪，只好吓那乡里人！"说着，下了轿，慢慢的走了进去。两个差人倒有些让他。（《儒林外史》第四十一回）

面对县令的质问，她更是不卑不亢，从容不迫。

> 沈琼枝道："宋为富强占良人为姜，我父亲和他涉了讼，他买嘱知县，将我父亲断输了，这是我不共戴天之仇。况且我虽然不才，也颇知文墨；怎么肯把一个张耳之妻去事外黄佣奴？故此逃了出来。这是真的。"（《儒林外史》第四十一回）

沈琼枝敢于控诉盐商的卑劣行径，敢于把扯她的差人打了一个四仰八叉，敢于对抗县令的不公，更敢于主宰自己的命运。她几乎摆脱了封建宗法时代制约女性的一切束缚，而彰显出反传统的新女性的姿态。吴敬梓对人物的刻画，一向以冷静客观为人赞叹，但对沈琼枝的赞赏之情却难以掩饰。在这个女性形象的身上，作者寄托了一份激情，更寄托了一份理想。

第三节 嬉笑怒骂皆成文章

与其他古典小说名著相比，《儒林外史》同样塑造了一系列栩栩如生、形态各异的人物形象，它那极富表现力的语言更为后人称道。但作为一部"思想家小说"，《儒林外史》与其他古典小说最大的不同在于它摆脱了"以传奇化的情节来写人"的传统套路，而着重表现人物的心态，尤其善于运用讽刺艺术来表现儒林百态，这在中国古典小说史上是登峰造极的。

中国古代的讽刺文学，滥觞于《诗经》而绵延至清末的谴责小说。然而，如此久远的源流并未孕育出成熟而发达的讽刺艺术，儒家所推崇的"温柔敦厚"的文学思想以及"怨而不怒""文质彬彬""乐而不淫，哀而不伤"的美学追求，使讽刺艺术并未成为文学创作的主流。但作为一种重要的艺术手段，其发展的历史是源远流长的。《儒林外史》的出现，将中国文学传统中的讽刺艺术推向了顶峰，正如鲁迅先生所说："在中国历来作讽刺小说者，再没有比他更好的了。"（《中国小说的历史的变迁》）《儒林外史》的讽刺艺术，一方面造就了自身的创作成就，另一方面为后世的讽刺文学提供了丰富的艺术借鉴。

一 《儒林外史》的讽刺特点

"作为一种重要的文学观念和具体的艺术方法的结晶体，讽刺追求道德上的完善和智力上的优越。"[①]《儒林外史》之所以成为中国古

---

① 叶岗：《〈儒林外史〉讽刺艺术综论》，《绍兴文理学院学报》1997 年第 1 期。

典小说讽刺艺术的高峰，与作者吴敬梓对社会生活深刻而精准的体察
和在手法运用上的推陈出新、灵活多变密不可分。深刻性、真实性、
形象性和准确性构成了《儒林外史》讽刺艺术的基本特点。

（一）深刻性

吴敬梓是一位深刻的思想家，他的讽刺不是简单地堆砌笑料，而
是站在时代的最高点来剖析社会与人性，作者笔下人物的可笑言行，
反映了他对社会现实的清醒认识。他的讽刺不是止于引发读者的会心
一笑，而是在于促使读者去思考笑料背后那深刻的社会内容，进而起
到"醒世"的巨大作用。在具体形式上，往往采用悲喜剧相结合的形
式，喜剧的表层显现，悲剧的深层内涵，让读者"含泪而笑"。"《儒
林外史》是儒林'丑史'，更是儒林痛史，它要控诉的既是儒林的厄
运，也是要惊醒被厄运危害的儒林。阅读《儒林外史》有一个审美进
程，首先进入讽刺戏剧也即丑史的表层，然后进入社会悲剧也即儒林
痛史的深层。"① 在表层的喜剧气氛中渗透着深层的悲剧情思，进而明
确讽刺的指向，这正是吴敬梓的深刻之处。周进入贡院撞号板，哭到
口吐鲜血；范进中举后，丑态百出，癫狂至极，当我们为两位"腐
儒"异乎寻常的举动而发笑的时候，也在思考着究竟是什么力量让他
们有这样的举动！显然在他们狂言丑态的背后隐藏的是社会病态与文
化病态，作者将读者的思绪直接引向了让人切齿痛恨的科举流毒。匡
超人一个淳朴善良的农家子弟，一旦中了秀才，就只想着举人进士，
后来避祸杭州，跟"假名士"们混到了一起，包揽词讼，伪造文书，
代做枪手，停妻再娶，干的都是无法无天的肮脏勾当。匡超人"变色
龙"般的表演让我们可发一笑，也让我们去思考究竟是什么原因造成
了一个淳朴农家子弟的蜕变？病态的社会与病态的文化造就了病态的
人，这就是这一形象背后的深刻内涵。

（二）真实性

真实是讽刺的生命。所谓真实就是作家要对所讽刺的人和事保持
客观、冷静的态度，如果讽刺成为作家过分注入主观情感的"泄愤"

----

① 谭邦和：《明清小说史》，湖北人民出版社 2002 年版，第 271 页。

的手段，就会引起读者的反感，甚至认为作者是在浮夸或吹嘘。从某种程度上看，《儒林外史》继承了《史记》的实录精神。《史记》作为一部史学著作，其实录精神尤为后人称道，其讽刺倾向也是建立在实录基础上的。"《史记》的创作倾向影响了吴敬梓。他注重真实地描写生活，不但平凡，而且有些地方简直近于琐屑。于这平凡琐屑中把握了社会的本质，寄寓了深刻的讽嘲。"①

《儒林外史》这种富于真实性的讽刺，首先表现在小说是以相对真实的人或事来反映社会生活的。如小说中的一些主要人物都有生活原型，关于这一点，何泽翰在《〈儒林外史〉人物本事考略》一书中做了详细分析，他认为杜少卿的原型为吴敬梓，马纯上的原型为冯粹中，杜慎卿的原型为吴檠，沈琼枝的原型为张宛玉等。这种以真人为模特的人物构型方式在一定程度上保证了人物言行的真实性。就所叙事件而言，小说也触及了封建社会末期的种种真实的社会问题。第三十五回和第三十六回作者所描写的农民生计问题，集中反映了封建社会由来已久的官民对立的社会矛盾。同时作者还以大量笔墨描写了吏治腐败问题，汤知县因为听了张静斋的话，居然把一个送牛肉的回民枷死；南昌知府王惠，一上任就打听"地方人情，可还有甚么出产？词讼里也略有什么通融？"，衙门里一片"戥子声，算盘声，板子声"，使治下的百姓"睡梦里也是怕的"。诸如以上的事件未必可以坐实，但作者却如实地触及了封建社会由来已久的弊政。其次，作者往往以冷静、客观的态度去处理笔下的人和事，不以主观偏见去阉割对象的丰富性，尽量让笔下的人物"独立行走"，"自我表演"。为此，在手法上，作者尽量采用白描之笔，对所写之人和事做真实、客观和具体的描写。如小说第二回作者对周进所处的社会环境与人际环境的描写均属白描之笔，很少出现带有作者主观色彩的文字。周进受到梅玖的讽刺与奚落后，又遇到了傲慢无比的王惠，试看作者的描写：

　　彼此说着闲话，掌上灯烛，管家捧上酒饭，鸡、鱼、鸭、肉，

① 叶岗：《〈儒林外史〉讽刺艺术综论》，《绍兴文理学院学报》1997年第1期。

堆满春台。王举人也不让周进，自己坐着吃了，收下碗去。落后，和尚送出周进的饭来：一碟老菜叶，一壶热水。周进也吃了。(《儒林外史》第二回)

此处作者几乎是以"零度情感"进行纯客观的描摹，如此摒弃情感介入甚至略显琐屑的笔墨，让我们体察到科举制度毒害下"骄人傲人"者的骄横之态和"媚人下人"者那卑微的灵魂。再如小说第十四回"马二先生游西湖"一节的描写，也属于白描之笔。3000多字的篇幅，作者没有一句主观评论，吃饭、喝茶、睡觉的琐屑描写占据全篇，而一个愚拙酸腐的形象却跃然纸上。这样的白描语言，圆满地体现了作者的讽刺意向。

(三) 形象性

吴敬梓对社会的讽刺与批判是辛辣而犀利的，作者的高明之处在于，他往往将讽刺的笔触蕴含在一系列生动的情节和典型的形象中，而不是以第三者的身份站出来说长道短。"它的突出特色，就是塑造血肉充实具体感人的典型形象，寓倾向性于形象中。遍翻全书，作者很少有直接的评论，而对那种种丑恶现象的讽刺，却是淋漓尽致。"①正如鲁迅先生在《中国小说史略》中所说："无一贬辞，而情伪毕露，诚微辞之妙，亦狙击之辣手矣。"②试看小说第二十回匡超人招摇撞骗的一番言辞：

匡超人道："不瞒二位先生说，此五省读书的人，家家隆重的是小弟，都在书案上，香火蜡烛，供着'先儒匡子之神位'。"牛布衣笑道："先生，你此言误矣！所谓'先儒'者，乃已经去世之儒者，今先生尚在，何得如此称呼？"匡超人红着脸道："不然！所谓'先儒'者，乃先生之谓也！"牛布衣见他如此说，也不和他辩。

① 苗壮：《试论〈儒林外史〉的讽刺艺术》，《辽宁师范学院学报》1980年第6期。
② 鲁迅：《中国小说史略》，人民文学出版社1973年版，第193页。

我们看，在这段文字中作者未置一字的褒贬，而通过一个巧妙的情节讽刺了匡超人的"假名士"做派。试想一个连"先儒"乃"已经去世之儒"都搞不清的人，居然大言不惭地妄谈学问，一个无知、做作的小人形象跃然纸上。

再看小说第四回对范进的一段描写：

> 知县安了席坐下，用的都是银镶杯箸。范进退前缩后的不举杯箸。知县不解其故，静斋笑说："世先生因遵制，想是不用这个杯箸。"知县忙叫换去，换了一个磁杯，一双象箸来，范进又不肯举动。静斋道："这个箸也不用。"随即换了一双白颜色的竹子的来，方才罢了。知县疑惑他居丧如此尽礼，倘或不用荤酒，却是不曾备办。后来看见他在燕窝碗里拣了一个大虾丸子送在嘴里，方才放心。

范进在居丧期间拒绝使用银镶杯箸和象牙筷子，而随后却"在燕窝碗里拣了一个大虾丸子送在嘴里"。作者通过这个形象的动作将范进假守礼教的矫情和言行不一的虚伪淋漓尽致地表现出来。将讽刺的笔触隐藏在形象之中而不露声色，这正是吴敬梓所追求的妙境。

（四）准确性

讽刺是小说创作中一种极为重要的艺术手段，但不能滥用，要掌握一个"度"，适度即可。所谓"度"，就是讽刺要以尊重小说的形象性和审美特征为前提。《儒林外史》中的"讽刺"并非毫无节制的全面进攻，而是寓"讽刺"于形象中，寓"讽刺"于审美中。同时还兼顾负面人物与正面人物，不止将"讽刺"指向负面人物。《儒林外史》虽然以描写被否定的负面人物为主，但作者并不是在负面人物一出场就无节制地加以讽刺，讽刺对象的性格中往往包含有某些正面的因素，且他们大都有一个逐渐堕落的过程。愚拙酸腐的马二先生有着慷慨仗义、急人之难的品性，虚伪、做作的"假名士"匡超人本是一个淳朴善良的农家子弟，对此作者并未不加区分地加以否定。对于正面人物杜少卿，作者对他的迂腐也行了讽刺，只不过是在肯定基础上的讽刺。此外,《儒林外史》的讽刺还表现出连续性或阶段性的特征。比如作者对严贡生这个人物的讽刺是连续的,从开始出场一直到最后,对他的讽刺并未间断;而对范进的讽刺则表现出阶段性特征:中举之前,作者对范进有同情也有讽刺,中举后则完全是揭露和讽刺。

二 《儒林外史》的讽刺技巧

吴敬梓运用别出心裁、变化无穷的技法将《儒林外史》的讽刺艺术推向了高峰,娴熟技巧的背后隐藏的是作者对社会生活与人物性格的深刻体察与精准把握。

(一) 前后对比

"有讽刺性矛盾存在就势必有对比方法的存在。作者用多变化的对比方法,以喜剧形式把各种矛盾揭露出来。"[①]《儒林外史》所运用的对比既有言行对比,也有言言对比,目的都是产生讽刺的效果。先看言行对比。小说第四回写道,严贡生先是在汤知县的面前夸耀自己的品性:

> 实不相瞒,小弟只是一个为人率真,在乡里之间,从不晓得占人寸丝半粟的便宜,所以历来的父母官,都蒙相爱。

就在严贡生用虚伪的言辞美化自己的时候,家中的小厮来报,邻居前来讨要严贡生早上关的那口猪,而此时他又拿出了唯利是图的嘴脸:"他要猪,拿钱来!"我们看,严贡生偷关邻家猪的行为与他前面的夸耀之词相对比,顿时产生了讽刺效果。再如小说三十回写道,杜慎卿自诩平生最讨厌女人,隔着三间屋就能闻见女人的臭气,可到了南京后他又急不可耐地寻找美貌女子纳妾,并将纳妾归因于"为嗣续大计"。前后的言行对比使杜慎卿的丑恶嘴脸跃然纸上。其次是言言对比,即将同一人物前后不同的言辞进行对比,进而产生讽刺效果。

---

① 叶岗:《〈儒林外史〉讽刺艺术综论》,《绍兴文理学院学报》1997 年第 1 期。

如小说第三回作者对胡屠户在范进中举前后不同言辞的描绘：范进中举前，胡屠户开口便是"现世宝穷鬼""烂忠厚没用的人"，当范进因为参加省城乡试，而向胡屠户寻求帮助的时候，却被胡屠户一口啐在脸上，骂了个狗血喷头，说他"癞蛤蟆想吃天鹅肉"。范进中举后，胡屠户立即换了一番言辞：

> 有我这贤婿，还怕后半世靠不着也怎的？我每常说，我的这个贤婿，才学又高，品貌又好，就是城里头那张府周府这些老爷，也没有我女婿这样一个体面的相貌！

两番截然不同的言辞，让读者看到的是胡屠户那被科举流毒腐蚀的肮脏灵魂。小说中第二回写道，当周进还是童生时，梅玖扬言"老友是从来不同小友序齿的"，还当面作打油诗讽刺嘲弄他。而当周进做了国子监司业时，梅玖却恬不知耻地冒充是周进的学生，吹嘘"先生最喜欢我的"。

（二）适度夸张

《儒林外史》经常运用夸张的手法对人或事物进行适度、合理的渲染，既保证了小说的艺术真实，又产生了喜剧性的讽刺效果。如周进入贡院撞号板大哭和范进中举后的喜极癫狂，显然是一种夸张，但这种夸张又有真实、合理的一面，是一种符合生活逻辑的夸张。再如小说第六回写道，严监生因为油灯里点了两根灯芯而不肯断气，直到夫人赵氏挑掉了一根灯芯才撒手人寰。这是一种符合人物性格基调的合理夸张，一生谨小慎微，一生刻薄吝啬，决定了严监生临死前那让人哭笑不得的表演。

（三）突出细节

《儒林外史》的讽刺技巧还表现在对细节的关注，在具体生动的细节描写中，达到讽喻的目的。如前文涉及的，范进在居丧期间拒绝使用银镶杯箸和象牙筷子，随后却"在燕窝碗里拣了一个大虾丸子送在嘴里"。这是一个典型的细节描写，讽刺了范进的矫情和虚伪。小说第十二回张铁臂先是自诩武艺高强：

晚生的武艺尽多，马上十八，马下十八，鞭、锏、钺、锤，
刀、枪、剑、戟，都还略有讲究。

可随后作者又写道，张铁臂来去之时，屋瓦总是"一片声的响"。
这个细节就暗示了张铁臂的本领并不高强，既达到了讽刺的效果，又
为其后来用猪头诈财做了铺垫。小说第四十五回，写余敷、余殷两兄
弟去相看坟地，作者对他们的丑态进行了细致描摹：

余敷正要打开拿出土来看，余殷夺过来道："等我看。"劈手
就夺过来，拿出一块土来放在面前，把头歪在右边看了一会，把
头歪在左边又看了一会，拿手指头掐下一块土来，送在嘴里，歪
着嘴乱嚼。嚼了半天，把一大块土就递与余敷，说道："四哥，
你看这土好不好？"余敷把土接在手里，拿着在灯底下，翻过来
把正面看了一会，翻过来又把反面看了一会，也掐了一块土送在
嘴里，闭着嘴，闭着眼，慢慢地嚼。嚼了半日，睁开眼，又把那
土拿在鼻子跟前尽着闻。又闻了半天，说道："这土果然不好。"

这段细腻的笔墨将兄弟俩装腔作势、故弄玄虚、骗人钱财的丑态
完全暴露出来。

（四）旁敲侧击

吴敬梓有时还采用烘云托月、旁敲侧击的方式对人物虚伪的言行
进行讽刺。范进中举后，胡屠户厚颜无耻地说自己当初把女儿嫁给范
进是看好范进的才学：

你们不知道，得罪你们说，我小老这一双眼睛，却是认得人
的！想着先年我小女在家里，长到三十多岁，多少有钱的富户要
和我结亲，我自己觉得女儿像有些福气的，毕竟要嫁与个老爷。
今日果然不错！（《儒林外史》第三回）

可邻居口中的范进娘子却是另一副模样：

范家老奶奶，我们自小看见她的，是个和气不过的老人家；只有她媳妇儿，是庄南头胡屠户的女儿，一双红镶边的眼睛，一窝子黄头发，那时在这里住，鞋也没有一双，夏天靸着个蒲窝子，歪腿烂脚的。（《儒林外史》第四回）

显然，作者是通过邻居之口旁敲侧击地讽刺胡屠户的一派胡言。热衷科举的鲁小姐嫁给了无心仕宦的蘧公子。对于两人婚后不和谐的生活，作者早已通过婚礼上一件尴尬的事情烘托出来：

忽然乒乓一声响，屋梁上掉下一件东西来，不左不右，不上不下，端端正正掉在燕窝碗里，将碗打翻。那热汤溅了副末一脸，碗里的菜泼了一桌子。定睛看时，原来是一个老鼠从梁上走滑了脚，掉将下来。那老鼠掉在滚热的汤里，吓了一惊，把碗跳翻，爬起就从新郎官身上跳了下去，把簇新的大红缎补服都弄油了。（《儒林外史》第十回）

这种旁敲侧击的方式，避免了直接讽刺的突兀，增强了小说的形象性和真实感。

吴敬梓以灵活多变的艺术技巧，超越了时代和文化的局限，将《儒林外史》的讽刺艺术推向了高峰，对世界讽刺文学做出了突出贡献。

第八章

《红楼梦》与女儿世界的诗意建构

　　"开谈不说红楼梦，读尽诗书也枉然"，这是清代嘉庆、道光年间在民间广泛流传的一种说法。由此可见，《红楼梦》这部小说在当时就已经拥有了广泛的受众。两百多年以后的今天，《红楼梦》以其精深的思想内涵和独特的艺术魅力在世界范围内拥有了最为广泛的读者群，成为中国古典小说史上的巅峰之作，并因此在中国的学术史上诞生了一门新的学问——红学。《红楼梦》具有经久不衰的艺术魅力，有一个极为重要的原因：它是一部未完的小说，这就给后世的读者留下了永久的、可供驰骋想象的艺术空间。

第一节　曹雪芹的身世之谜与《红楼梦》的成书之谜

一　曹雪芹的身世之谜

　　一部伟大的《红楼梦》让曹雪芹的名字永远镌刻在中国文学史上，令人高山仰止。可时至今日，关于曹雪芹的家世与身世仍存在着很多未解的谜团。

　　（一）从"辽东汉将"到"满洲包衣"的特殊家世

　　曹雪芹（1715？—1763？），名霑，字芹圃，号雪芹、芹溪，又号梦阮。关于曹雪芹的祖籍，学术界争论颇多，主要有三种说法：其一为辽阳，其二为河北丰润，其三为铁岭，目前尚无定论。曹雪芹的先祖为汉人，明末加入满洲正白旗，成为满洲包衣（奴隶）。

　　曹雪芹的五世祖名叫曹世选（"世选"后来又作"锡远"，又单名一个"宝"字。本名是曹宝，"世选"是改名或表字），原来可能居住在东北铁岭卫（今辽宁铁岭县）到辽阳一代。曹世选可能是辽东明军中的一位低级将领，后因为战争而被满洲军队俘掠，成为包衣。从此，曹家世世代代做满洲包衣，隶属正白旗，曹家的命运也因此发生了巨变。曹家以汉人的身份加入"满洲旗"，这种情况在清代十分罕见。一般来说，非满洲血统而隶属于"满洲旗"同时又是"正旗"（正白旗为"上三旗"之一）的，都是资格很老的"旧人"，可见，曹家与满洲贵族的关系十分密切。而满洲正白旗的旗主又是满洲贵族中举足轻重的人物——多尔衮，以曹世选为首的曹氏家族跟着这样一位主子进了关，曹家也因此由"包衣下贱"一跃而成为"从龙勋旧"。入关后的曹家成为内务府包衣，负责管理皇家私事，这种特殊的身份也使曹家与大清皇族结成了"命运共同体"。曹雪芹的高祖是曹振彦，曹振彦因为受到清室的恩宠，在顺治年间历任山西府吉州知周、山西大同府知府、两浙都转运使盐法道。自此，曹家成为显赫的世家。曹振彦生曹尔正和曹尔玉二子，后改名为曹鼎、曹玺。曹玺（曹雪芹的曾祖）最初为多尔衮侍卫，后任顺治皇帝的内廷侍卫；曹玺的夫人孙氏（曹雪芹的曾祖母）是康熙皇帝的乳母，正是因为曹家与满洲皇族的这种特殊关系，曹玺于康熙二年（1663）被任命为江宁织造。康熙十三年（1674），时年十七岁的曹玺之子曹寅赴京任侍卫。康熙十九年（1680），曹寅续娶内务府正白旗包衣李煦（李煦的母亲文氏，也是康熙皇帝的乳母）之妹，次年任本旗旗鼓佐领。康熙二十三年（1684）曹玺卒于江宁织造署，康熙二十九年（1690）曹寅出任苏州织造，其弟曹宣则在京城任侍卫。两年后曹寅复任江宁织造，其内兄李煦出任苏州织造。在曹寅任江宁织造期间，曹氏家族进入了鼎盛状态，过着"鲜花着锦，烈火烹油"般的生活。曹家的兴盛几乎与康熙朝伴随始终，由于曹寅深得康熙皇帝的信任，所以康熙一生六次下江南，有四次就住在曹家。在《红楼梦》中，曹雪芹曾借用"赵嬷嬷"的话来暗示曹家"接驾四次"这段充满无限荣耀和辛酸的历史。康熙三十八年（1699），康熙皇帝南巡时以江宁织造署为行宫，其乳母孙氏夫人已 68 岁，康熙因见庭中萱花已开，于是亲笔手书"萱瑞堂"三个大字赐给孙氏，后被悬挂于曹府正厅。此外，曹家的兴盛还表现在多次与皇族联姻：曹玺的女儿嫁给了镶黄旗副都统傅鼐（字阁峰，姓富查氏，先世居满洲，祖额色泰，从清太宗皇太极用兵，有军功）；曹寅的一个女儿嫁给了平郡王纳尔苏（礼亲王代善的五世孙），另一个儿女嫁给了一个出身皇族的侍卫。可以说，在整个康熙朝，曹氏家族和满洲皇族之间结成了"一荣俱荣，一损俱损"的复杂关系。家族的兴盛让曹氏一门无比欣慰，但也给曹家的败亡埋下了祸根，曹氏家族登峰造极之日，也是这个家族行将就木之时。据说，曹寅生前常将"树倒猢狲散"这句话作为日常的口头禅，显然，这是对家族命运的悲剧性预感。曹寅于康熙五十一年（1712）病逝，次年其子曹颙承袭江宁织造。两年后，曹颙卒，康熙帝命曹寅的侄子曹頫入继曹寅之妻为嗣，并于康熙五十四年（1715）正月令曹頫补江宁织造。曹家因为曾"接驾四次"，欠了巨额亏空，因此，曹頫任江宁织造时的曹家已风雨飘摇，家族的末日已然到来。雍正继位后，一方面惩治皇室敌对势力，另一方面严肃吏治，整顿财政。曹家因为所欠下的巨额亏空，必然要受到严厉的惩处。雍正五年（1727），曹頫因骚扰驿站罪被革职。同年 12 月 24 日，雍正帝下令查封曹頫家产，并将所有田产房屋人口赏赐给继任者隋赫德，随后曹頫举家迁往北京。雍正七年（1729），隋赫德从受赏的曹家北京产业中拨出崇文门外蒜市口地方房 17 间半、家仆 3 对给曹寅的寡妻度命。一个百年旺族的"繁华旧梦"到此基本终结。

（二）从"温柔之乡"到"痛苦之渊"的辛酸身世

曹雪芹究竟是谁的儿子，目前尚无定论。一种观点认为曹雪芹是曹寅之子曹颙的遗腹子，另一种观点认为曹雪芹是曹寅的侄子曹頫（后过继给曹寅的寡妻为嗣）的儿子。众多研究者虽倾向于后者，但仍无法确定。关于曹雪芹的生卒年，也是一个谜团。由于我们目前发现的资料中并无关于曹雪芹出生年月的确切记载，所以我们只能根据曹雪芹的卒年大致推测其生年，而关于曹雪芹的卒年又有不同的说法，这就使原本模糊的问题更加扑朔迷离。关于曹雪芹的卒年目前主要有三种说法：其一为壬午说（乾隆二十七年除夕，公历为 1763 年 2 月 12 日）；其二为癸未说（乾隆二十八年除夕，公历为 1764 年 2 月 1 日）；其三为甲申说（乾隆二十九年春分，公历为 1764 年 3 月 20 日）。关于曹雪芹的享年也有三种说法。张宜泉《春柳堂诗稿·伤雪芹居士》："年未五旬而卒。"由此推测曹雪芹享年近五十岁；敦诚《四松堂集·挽曹雪芹》："四十年华付杳冥。"由此推测曹雪芹享年四十岁左右；另外，脂砚斋留下的三条批语直言曹雪芹活到四十五六岁。如此，根据曹雪芹的卒年和享年来推测，其生年也有三种说法：如果曹雪芹享年近五十岁，则其大约生于康熙五十四年（1715）；如果曹雪芹享年四十岁左右，则其大约生于雍正二年（1724）；如果曹雪芹享年四十五六岁，则其大约生于康熙五十六年。这三种说法究竟哪种说法是精准的，则有待于研究的深入与新材料的发现。

曹雪芹是怎样一个人？裕瑞《枣窗闲笔》记载："其人（曹雪芹）身胖，头广而色黑，善谈吐，风雅游戏，触境生春。闻其奇谈，娓娓然令人终日不倦，是以其书绝妙尽致。"张宜泉《春柳堂诗稿》载："其人（曹雪芹）秉性放达。"由此可见，曹雪芹性格傲岸，愤世嫉俗，豪放不羁，嗜酒成性，才气纵横，善于谈吐。曹雪芹是一位诗人，受其祖父曹寅的影响甚大。曹寅是康熙时期的文学大家，在诗、词、曲等方面有很高的造诣，有《楝亭诗文集》。曹寅的诗文成就深为清初诗人所折服，朱彝尊为他的诗集作序时说："楝亭先生吟稿，无一字无熔铸，无一语不矜奇，盖欲抉破藩篱，直窥古人奥奥。当其称意，不顾时人之大怪也。"这样一位祖父必然会对曹雪芹的人生道路和文学素养产生极大的影响。当然，由于成长环境和性格才情的不同，曹雪芹的诗也会形成自己独特的风格特点。试看雪芹之友对其诗才的评价，"知君诗胆昔如铁，堪与刀颖交寒光。"（敦诚《佩刀质酒歌》）"爱君诗笔有奇气，直追昌谷破藩篱。"（敦诚《寄怀曹雪芹》）"门外山川供绘画，堂前花鸟入吟讴。"（张宜泉《题芹溪居士》）资深红学家周汝昌先生这样概括曹雪芹诗歌的艺术风格：其一，绝不轻作；其二，格意新奇，特有奇气；其三，诗胆如铁。[①] 曹雪芹又是一位画家，善画突兀奇峭的石头，"傲骨如君世已奇，嶙峋更见此支离。醉余奋扫如椽笔，写出胸中块垒时。"（敦敏《题芹圃画石》）

　　曹家于雍正五年（1727）被抄，而曹雪芹在雍正五年以前已然出生。由此可见，曹雪芹的一生大致可以分为两个阶段。曹家被抄之前，曹雪芹生于温柔之乡，长于富贵场中，过着锦衣玉食的贵族公子生活，而曹家被抄后的曹雪芹，则坠入痛苦的深渊。这里有一个问题值得注意，被抄后的曹家并没有完全败落，乾隆朝初期，曹家曾一度出现"中兴之态"。乾隆继位之后，调整了雍正朝相对刻薄的统治策略，雍正十三年九月初三，曹雪芹的高祖曹振彦被诰封为资政大夫（二品的虚衔等级），原配欧阳氏、继配袁氏得封为夫人；曹雪芹的叔祖曹宜也得到了晋升。这一系列的变化说明曹家在乾隆朝初期已经被解除了政治犯的罪名，可见，曹家的败落并不是从雍正五年就直线发展下来的，曹家在乾隆继位之初曾逐渐走向"中兴"，至少恢复了小康的局面。然而好景不长，曹家很快又经历了另一场变故。当年，雍正皇帝在"九子夺嫡"的激烈斗争中取得了帝位，继位后的雍正又对其诸兄弟进行了百般惩处。雍正二年（1724），康熙朝的废太子胤礽被雍正折磨致死，其子弘晰未被牵连，而后又被封为亲王。乾隆即位后，弘晰因为涉嫌谋反而被革职。"弘晰"案牵涉极广，亲戚、奴仆、党羽都在处置之列，而曹家也直接或间接地被卷入了这一政治旋涡中。所以，曹家从雍正末年，经过乾隆改元一段时间，大约维持了五年左右的小康局面，到此宣告彻底败落。曹家二次被抄后，曹雪芹究竟移居到北京城的哪里，目前尚无定论。但有一点可以肯定，此时的曹雪芹过着极为落魄的生活，"满径蓬蒿老不华，举家食粥酒常赊。"（敦诚《赠曹芹圃》）"寻诗人去留僧舍，卖画钱来付酒家。"（敦敏《赠芹圃》）这是此时曹雪芹窘困生活的真实写照。曹雪芹从小康之家而坠入困顿，让他的人生出现了巨大了裂变，也正是这种裂变使曹

---

① 周汝昌：《曹雪芹小传》，百花文艺出版社1980年版，第130—132页。

雪芹对历史、社会、人生乃至人性有了一种更为深刻的体认，而这种深刻的体认恰恰是其创作《红楼梦》的最大动力。

二 《红楼梦》的成书之谜

（一）扑朔迷离的成书过程

曹雪芹是何时开始创作《红楼梦》的？这是一个悬而未解的问题，目前我们只能根据一些零星的资料做推测。甲戌本《红楼梦》第一回有这样一段文字：

> 曹雪芹于悼红轩中披阅十载，增删五次，纂成目录，分出章回，则题曰"金陵十二钗"，并题一绝云："满纸荒唐言，一把心酸泪。都云作者痴，谁解其中味。"

由此可见，《红楼梦》的成书过程相对漫长，并不是一蹴而就的。到甲戌年，《红楼梦》已创作十年之久，那么，由甲戌年上推十年，大约应是乾隆九年甲子（1744）。以乾隆九年而计，那时曹雪芹最大不过三十岁的年龄，这样年轻的作家，如何创作出《红楼梦》这样深刻巨丽的作品？我们也应该想到，开始创稿时的《红楼梦》不会是十分完整和成熟的，实际上，直到曹雪芹去世为止，这部小说始终是在经历着一个惨淡经营的过程。"披阅十载，增删五次，纂成目录，分出章回"，就说明整整十年都是曹雪芹在不断创作、丰富和提高的岁月。现在我们所能见到的许多乾隆年间的旧抄本，并不存在两个本子完全相同的情况，这也说明了《红楼梦》随时都在修订、润色，并不是一下子就成为一个完整、定型的作品。另外，《红楼梦》的成书过程极为复杂，由于现存的资料扑朔迷离，颇费解读，所以，有学者推测，曹雪芹可能不是一开始就写《红楼梦》的，而是先写了若干部别的小说，后来改编合为一部小说。也正因为如此，这部小说才有了《石头记》《红楼梦》《金陵十二钗》《情僧录》《风月宝鉴》等如此众多的书名。

（二）狗尾续貂的拙劣补续

今天我们看到的流传于世的《红楼梦》是曹雪芹与高鹗共同完成

的，前八十回由曹雪芹创作完成，后四十回为高鹗补续的。曹雪芹为
什么只创作了小说的前八十回？这个问题也颇费解读。一种观点认为
曹雪芹没有创作完《红楼梦》便撒手人寰，所以曹雪芹的《红楼梦》
仅存八十回；另一种观点认为曹雪芹完成了整部《红楼梦》的创作，
但在小说流传的过程中，八十回之后的部分佚失了，因此我们今天看
到的曹雪芹的《红楼梦》仅存八十回。笔者基本认同后者。因为小说
八十回以后的部分不见于世，所以在清代的乾隆、嘉庆年间便出现了
一股"续红楼"的热潮，作为续者之一的高鹗脱颖而出。

　　高鹗（1738—1815），字兰墅，汉军镶黄旗人，世居辽宁铁岭，
乾隆五十三年（1788）顺天乡试举人，乾隆六十年（1795）进士，
任内阁侍读，嘉庆六年（1801）任顺天乡试考官，此后还担任过江南
道御史、刑科给事中等职，著有《兰墅文存》《兰墅诗丛》《砚香词》
等。高鹗补续红楼的主要依据是清代诗人张问陶的《赠高兰墅同年》
一诗的题下自注："传奇红楼梦八十回以后，俱兰墅所补。"据考，高
鹗补续《红楼梦》的时间大约在乾隆五十三年（1788）到乾隆五十
六年（1791）之间。许多读者误认为，高鹗是根据曹雪芹的原意对
《红楼梦》进行了补续，其实不然，《红楼梦》的前八十回与后四十
回在许多方面存在着差异，"掉包计""黛死钗嫁"乃至最后的"贾
府大团圆"等情节的设置显然与曹雪芹的原意相去甚远。不仅如此，
高鹗在续书的过程中还对曹雪芹所创作的前八十回进行了大段的改
写，据考证，高鹗的改写达10000处之多。也正因为如此，一些谙熟
《红楼梦》的读者和红学专家将高鹗的续作视为"狗尾续貂"的拙劣
之作。依笔者之见，我们与其痛斥高鹗续书的拙劣，莫不如严格区分
两种《红楼梦》，曹雪芹的《红楼梦》与高鹗的《红楼梦》是两种不
同的作品，代表了两种不同的价值观与美学观。

第二节　《红楼梦》的创作性质与版本系统

一　《红楼梦》的创作性质

　　《红楼梦》究竟是一部什么样的小说？这个问题看似简单，解决

起来却颇为困难。长期以来，红学界对《红楼梦》创作性质的阐释仍众说纷纭，尚无定论。直到现在，还有不少著作和文章在研究这个问题。笔者对这个问题的关注由来已久，但尚不能做出较为客观、合理的解释，而只能将具有代表性的观点综述如下，以求教于方家。

（一）"政治小说"论

20 世纪初，红学研究中出现了一个重要派别——索隐派。索隐派的基本观点是：《红楼梦》是一部政治小说，其主旨在于反清复明，反满兴汉。虽然这一流派在 20 世纪 20 年代以后逐渐淡出读者的视野，其研究方法也不为红学界所重视，但其影响仍然存在。当下的所谓"新索隐派"也基本承袭了这个观点，虽然不一定联系到反清复明，反满兴汉，但也把这个作为小说的创作背景，将《红楼梦》的故事归结为政治斗争，比如雍正和他兄弟们的斗争，或者满族和汉族的斗争等。认定《红楼梦》是一部政治小说，这是新旧索隐派研究《红楼梦》的共性旨归。索隐派的研究方法有两种。

其一为"猜字谜"法。比如小说中贾宝玉有一句名言："女儿是水做的骨肉，男子是泥做的骨肉，我见了女子便觉清爽，见了男子便觉浊臭逼人。"在索隐派看来，这句话寄托了"反满兴汉"的思想，为什么呢？因为汉族的"汉"左边是水字旁，而中国古代并无"满族"的说法，中原地区的汉人往往将北方的少数民族称为"鞑子"，"鞑"的繁体字是"韃"，其右上角是一个"土"字，"泥"又是由土构成的，所以宝玉喜欢"水"、讨厌"泥"寄托了反满兴汉的思想。再如，小说中多次提及宝玉有"爱红"的嗜好，蔡元培先生在《〈石头记〉索引》中做出了这样的解释："书中'红'字多影'朱'字，朱者，明也，汉也。宝玉有爱红之癖，言以满人而爱汉族文化也；好吃人口上胭脂，言拾汉人唾余也。""宝玉在大观园中所居曰怡红院，即爱红之义；所谓曹雪芹于悼红轩中增删本书，则吊明之义也。"[①]

其二为"影射"法（这里所说的"影射"法并非探佚学中所说的"影射"法），即先举一人，列其事迹，然后引《红楼梦》的情节

---

① 转引自梁归智《独上红楼》，山西古籍出版社 2005 年版，第 7 页。

来配合。如蔡元培先生推测：宝玉影射胤礽（康熙废太子）；金陵十二钗则影射江南名士，林黛玉影射朱彝尊，薛宝钗影射高江村。还有索隐派学者指出，雍正帝好道，野史传闻其因中丹毒而亡，而《红楼梦》中的道士贾敬恰中丹毒而亡，因此小说是以贾敬影射雍正帝，以贾敬之死影射雍正帝的暴亡。邓狂言的《〈红楼梦〉释真》则认为：曹雪芹"增删五次"，即影射明崇祯帝和清顺治、康熙、雍正、乾隆五朝的历史；元春影射崇祯，元春早死，比喻崇祯死而明朝亡，其后乃有南明三王，即迎春影射福王、探春影射唐王、惜春影射桂王；又说迎春影射吴三桂，探春影射耿精忠，惜春影射尚可喜，等。

以当下的研究视角看来，索隐派对《红楼梦》的政治解读大都属于无稽之谈，通过猜字谜或者附会某些历史事件来解读《红楼梦》的研究方法无疑是片面的，索隐派那种认为"《红楼梦》是政治小说的观点"也必然难以成立。

（二）"爱情小说"论

"《红楼梦》是爱情小说，是以贾宝玉和林黛玉的爱情悲剧为主线的"，这种观点被近百年来的大多数读者和研究者所接受，即便在当下的研究语境中，这种观点仍占有一席之地。但仔细分析，这种观点疑点甚多。表现"宝黛爱情"，虽然是《红楼梦》的一个重要叙事视点，但因此便得出"《红楼梦》是爱情小说"的结论未免有以偏概全之嫌。

"两性爱情"虽为中国古典小说的一大母题，但中国古代并无"爱情小说"的提法，中国古代的爱情小说均冠以"才子佳人小说"之称。就创作意图来看，曹雪芹反对把《红楼梦》创作成"千部共出一套"的才子佳人小说，这在小说第一回中就有所表现：

> 历代野史，或讪谤君相，或贬人妻女，奸淫凶恶，不可胜数。更有一种风月笔墨，其淫秽污臭，涂毒笔墨，坏人子弟，又不可胜数。至若佳人才子等书，则又千部共出一套，且其中终不能不涉于淫滥……①

---

① 本章所引《红楼梦》原文均出自黄霖校点《红楼梦》，齐鲁书社 1994 年版。

这里作者明确提出了不同于才子佳人小说的创作倾向。小说第五十四回，曹雪芹又借"贾母批评才子佳人小说《凤求鸾》"的情节再次强调了自己的创作原则：

> 这些书都是一个套子，左不过是些佳人才子，最没趣儿。把人家女儿说得那样坏，还说是佳人，编的连影儿也没有了。开口都是书香门第，父亲不是尚书就是宰相，生一个小姐必是爱如珍宝。这小姐必是通文识礼，无所不晓，竟是个绝代佳人。只一见了个清俊的男人，不管是亲是友，便想起终身大事来，父母也忘了，书礼也忘了……编这样书的，有一等妒人家富贵，或有求不遂心，所以编出来污秽人家。再一等，他自己看了这些淫书，他也想一个佳人，所以编了出来取乐。

脂砚斋点评道："首回楔子内云古今小说千部共出一套云云，犹未泄真，今借老太君一写，是劝后来胸中无机轴之君子不可动笔作书。"可见，贾母的这番话无疑是在代曹雪芹立言，曹雪芹也是通过贾母之言再次强调自己的创作原则——反对将《红楼梦》创作成"千部共出一套"的才子佳人小说。《红楼梦》与传统的才子佳人小说是完全不一样的，曹雪芹在有意地打破"才子佳人"小说的创作模式。可见，"《红楼梦》是爱情小说"的提法未免过于片面。

另外，就文本构成而言，《红楼梦》中的确有一些笔墨是描写宝黛爱情的，但比例非常有限。就前八十回来看，直接或间接描写宝黛爱情的情节，加起来，不足整部小说三分之一的篇幅。宝黛爱情虽为小说的一条线索，但绝非主线，《红楼梦》的主线是表现贾府的兴亡。所以，从创作意图和文本构成两个角度来看，《红楼梦》并不是以表现"宝黛爱情"为核心指要的，我们不能将《红楼梦》的创作性质定位成爱情小说。

（三）"世情小说"论

鲁迅先生在《中国小说史略》中认为《红楼梦》是人情小说，《红楼梦》的主要内容是表现人情世故。现在，有学者认为《红楼梦》是世情小说，也有人认为《红楼梦》是家庭小说。笔者认为这些提法均无法精准概括《红楼梦》的创作性质，都需要进一步商榷。鲁迅所言"人情小说"与后世所言"世情小说"具有异曲同工之妙。世情小说是指宋元以后内容世俗化、语言通俗化的一类小说。世情小说是相对神魔小说而言，以描写普通人的日常生活、恋爱婚姻、家庭关系为主要内容。以世情小说的概念来衡量《红楼梦》，我们会发现《红楼梦》确实具有世情小说的特点，人情世态的确是其重要的观照对象，但《红楼梦》与世情小说的最大不同是其引入了爱情主线，一般的世情小说并无爱情主线，就这一点来看，《红楼梦》不是世情小说。从整体上来看，《红楼梦》的确描写了一个封建大家庭——贾府，但确切地说，它又不是写一个家庭而是一个家族，并且是把贾府放在广泛的社会关系中加以描写，在曹雪芹的笔下，贾、史、王、薛四大家族形成了"一荣俱荣，一损俱损"的复杂社会关系，而贾府与皇族之间（如北静王）也形成了极为微妙的关系。基于此，笔者认为《红楼梦》并非一般的家庭小说。"《红楼梦》描写家庭、描写人情，但最后的思考点又不在家庭，不在人情，而在家庭、人情背后更深刻的一些东西，比如历史发展、变迁问题，人存在的价值等问题。"①

（四）"自叙传小说"论

"《红楼梦》是自叙传小说"最早是由胡适先生提出的。1921 年胡适发表《〈红楼梦〉考证》一文，其核心观点是：历史上的曹家由富变穷，《红楼梦》里的贾府由盛变衰，贾府就是曹家，《红楼梦》这部书是曹雪芹的自传，贾宝玉就是曹雪芹。胡适批评了以蔡元培为代表的索隐派的"猜笨谜"式的牵强附会的解读方法，将红学研究转向了对文本的观照。《红楼梦》这部小说确实带有曹雪芹的家族自传色彩，对于这一点作者也曾在小说的第一回特别指出：

今风尘碌碌，一事无成，忽念及当日所有之女子，一一细推了去，觉其行止见识，皆出于我之上。何堂堂之须眉，诚不若彼

---

① 郭英德：《中国四大名著讲演录》，广西师范大学出版社 2006 年版，第 260 页。

一干裙钗？实愧则有余、悔则无益之大无可奈何之日也。当此时则自欲将已往所赖，上赖天恩，下承祖德，锦衣纨绔之时、饫甘餍美之日，背父母教育之恩，负师兄规训之德，已至今日一事无成、半生潦倒之罪，编述一记，以告普天下人。

这段文字虽出现在第一回的脂批中，其实是脂砚斋代曹雪芹"说话"，明确指出《红楼梦》具有曹雪芹自叙传的色彩，即曹雪芹将自己的生命体验、处世态度、生活感受融入《红楼梦》的创作中，正如他自己所说"上赖天恩，下承祖德，锦衣纨绔之时、饫甘餍美之日，背父母教育之恩，负师兄规训之德"。从这个角度来说，"《红楼梦》是自叙传小说"的提法有其合理性的一面。但客观分析，这种提法还是有些许不妥之处。首先，《红楼梦》到底是不是曹雪芹的自传，这一点很难坐实，因为我们缺少必要的证据来支撑这种观点，胡适先生的提法更多是出于对文本的猜测。其次，小说第一回作者明确指出将采用"将真事隐去，用假语村言"的方式敷衍《红楼梦》的故事，这是《红楼梦》的一种创作技法，即在创作中融入自己的生平经历，但要对其进行所谓"假语村言"式的重新建构。这种重新建构并非创作自叙传式地如实落笔，而是用艺术虚构的方式加以展开。所以，"《红楼梦》是自叙传小说"的提法并不能完全涵盖《红楼梦》的创作性质。

到此为止，我们可以得出结论：《红楼梦》不是政治小说，不是爱情小说，不是世情小说，也不是自叙传小说。那《红楼梦》究竟是一部什么样的小说呢？其创作性质究竟是什么？这是一个极难回答的问题。因为《红楼梦》的内容太丰富，思想太精深，体验太深刻，它几乎涵盖了人生的全部内容，又怎能如一般的古典小说一样简单地加以定性呢！

二 《红楼梦》的版本系统

《红楼梦》的创作与《三国演义》《水浒传》《西游记》那种在长时间民间流传基础上整理成书的古典小说有着极大的不同：它是作家

的个人创作，作家在创作之前就有完整而精美的构思；同时它又是一部未完成的小说，从《红楼梦》的流传痕迹看，作者生前只有前八十回是基本写定的，如今流传的一百二十回本的后四十回基本可认定为非曹雪芹所作（增补者可能搜求到部分原作者的残稿）。因此，研究《红楼梦》首先涉及的是版本问题。①

《红楼梦》的版本主要分为两个系统：一个是脂批本系统，另一个是程高本系统。

（一）脂批本系统

脂批本系统的本子是传抄本，一般题作《脂砚斋重评石头记》，也有题作《石头记》或《红楼梦》的。其祖本是曹雪芹生前传抄出来的，并且附有脂砚斋、畸笏叟等人（一般认为是曹雪芹的亲戚或朋友）的批语，曹雪芹也曾根据他们的意见修改过《石头记》，因此脂批本最接近曹雪芹原著的本来面目，但脂批本均为残本，最多只保留八十回。目前发现的脂批本共有 12 种，已全部影印出版。分别是：甲戌本、己卯本、庚辰本、北师大抄本、戚序本、蒙古王府本、列藏本、舒序本、卞藏本、甲辰本、杨继振题《兰墅太史手定红楼梦稿》本、郑振铎原藏本。以下我们选择具有代表性的脂批本加以介绍。

1. 甲戌本

又称脂残本，或称脂铨本。清代同治年间大兴刘铨福所藏十六回《脂砚斋重评石头记》。该版本存十六回，最初经胡适介绍到学术界，后长期藏于美国康奈尔大学图书馆，2005 年上海博物馆从美国购回作为馆藏，中华书局曾影印出版。这个版本的底本是脂砚斋在乾隆十九年甲戌（1754）抄写而成的，而并非甲戌年的抄本。在目前已经发现的抄本中，就底本而论，甲戌本是最早的一本。所以，该版本虽仅仅保存了十六回，但却极具研究价值。

2. 庚辰本

又称脂京本，是乾隆二十五年庚辰（1760）抄本，题名《脂砚斋

---

① 这里对《红楼梦》版本的相关认识主要依据梁归智的《〈红楼梦〉探佚》，北京师范大学出版社 2010 年版。

重评石头记》，现藏北京大学图书馆。存七十八回，缺六十四回和六十七回。庚辰本问世的时候曹雪芹尚未去世，所以庚辰本具有比较完整的面貌和比较可信的文字，研究价值很高。但此本的缺点是十一回之前基本上是白文本，没有批语。另外，此本由四个人抄写而成，马虎潦草，有许多讹文脱字。

3. 戚序本

又称脂戚本、戚本或有正本。这是由乾隆三十四年进士戚蓼生收藏的抄本，因为戚蓼生为其写了序言，故称戚序本。后来由上海有正书局影印出版，因此也称为"有正本"。戚序本是一种经过整理的脂批本，前八十回都有，汇集的批语也比较多，在正文、回目上很有特色，具有极高的研究价值。鲁迅在《中国小说史略》有关章节中所引相关前八十回的文字，全用此本，不用程高本。但此本经过整理后，文字上也有很多失真之处，一些批语也动了位置，丧失了本来面目，这些都是应该注意的问题。

4. 列藏本

又称脂亚本、俄本、圣彼得堡本。此为《石头记》抄本，前八十回缺第五回和第六回，实存七十八回。中华书局曾影印出版。该版本为俄国人库尔梁德采夫于1830年至1832年随俄罗斯宗教使团来华时所得，现藏俄罗斯圣彼得堡（苏联时期称列宁格勒）东方古文献研究所。列藏本保留的批语很少，但在正文的具体字句上有自己的特点，似乎更接近曹雪芹的原著。

5. 杨藏本

又称梦稿本、脂稿本。此本现藏中国社会科学院图书馆，最早的收藏者为杨继振。前八十回中，有十五回多是根据程甲本和程乙本先后抄配的。非抄配的六十余回，未涂改之前的文字是根据早期脂批本过录的，大体上属于己卯本、庚辰本系统。七十八回回末有朱笔写的"兰墅阅过"四个字，兰墅即为高鹗，所以有人认为此本是高鹗补续《红楼梦》时所用的稿本，也有人认为是收藏者根据程高本来涂改原抄的脂批本而成。

（二）程高本系统

程高本是经过程伟元、高鹗改写过的本子，并有后四十回的伪续。程伟元，号小泉，苏州人，曾在盛京将军幕府当过案牍。程伟元曾出版过高鹗补续的一百二十回的《红楼梦》，即为程高本。程高本将脂批本的前八十回作了诸多改动，又加了后四十回的伪续，完全改变了曹雪芹原著的本来面貌，这也是程高本遭到后人非议的重要原因。程高本系统的本子也有很多，如程甲本、程乙本、程丙本、王评本、张评本、姚评本等。这里我们主要介绍程甲本和程乙本。

1. 程甲本

该本为程伟元、高鹗两人合作整理修补完成，前八十回文字与脂批本相比有多处异文，并有后四十回的伪续，乾隆五十六年辛亥（1791）采用木活字排印，由萃文书屋印行，题作《新镌全部绣像红楼梦》，此书是《红楼梦》出版史上第一部刊印本，现存十部以上。据程甲本为主要底本翻刻的排印本1949年以前已有两百余种。

2. 程乙本

程乙本为程甲本刊印70多天后，乾隆五十七年壬子（1792）"花朝后一日"，萃文书屋又刊印了另一部《新镌全部绣像红楼梦》。此书比程甲本在文字上有两万多字的差异，并多出一篇由程伟元、高鹗联合署名的"引言"。此书现存数量略多于程甲本，国家图书馆等机构有收藏。

第三节　政情两线与两大主角

一　政情两线的交错推进

"线索"是小说创作中的重要构成要素，成功的作品必须要具备明晰的主线。《红楼梦》的主线究竟是什么？有几条主线？这是一个颇具争议的问题。归纳起来，大致有以下几种说法："宝黛爱情主线说""家族兴亡主线说""政治斗争主线说""双重主线说"（即《红楼梦》有两条情节主线：一条是宝、黛、钗的爱情婚姻悲剧；另一条是四大家族，主要是贾府由盛到衰的发展过程）"贾宝玉叛逆性格成长历史情节主线说""金陵十二钗悲剧命运情节主线说"等。这些说法似乎都有一定的合理性，但又难以让所有的读者信服。所谓"主线"就是一部小说贯穿故事情节始终的主要线索。那么什么是线索？《现代汉语词典》中的解释是："比喻事物发展的脉络或探求问题的途径。"就小说而言，线索就是小说中贯穿情节发展的脉络，它把小说中的各个事件连成一体，表现形式可以是人物的活动、事件的发展或某一贯穿始终的事物。小说的主要线索（即主线）就是自始至终推动小说情节发展的最主要的事件或人物活动。在《红楼梦》这部小说中，贯穿始终的一个重要事件便是家族兴亡，即以贾府为代表的四大家族由兴盛到衰败的过程。小说的前两回虽然没有直接提到贾府，但无论是"女娲补天""眼泪还债"，还是"甄士隐与贾雨村的故事"，其着眼点都在于引出贾家的故事：作者通过"女娲补天"引出了"顽石"这个第三者的视角，并以此来观照贾府的兴亡；通过"眼泪还债"引出了贾府中的两个重要角色——贾宝玉（神瑛侍者）和林黛玉（绛珠仙草）；又通过"甄士隐与贾雨村的故事"引出"林黛玉进贾府"和"贾家的故事"。由此可见，家族兴亡是《红楼梦》的一条非常重要的线索，贾宝玉叛逆性格的形成、宝黛钗的爱情悲剧和以金陵十二钗为代表的众女儿的离散，这一切都是在家族兴亡这一大背景下产生的。另外，《红楼梦》这部小说具有作者非常浓厚的家族自传色彩，曹雪芹把家族败亡的惨烈教训融入小说创作中，基于此，我们可以认定，"家族兴亡"是《红楼梦》的一条主线，而且是唯一的主线，小说中其他大大小小的事件和所有人物的命运走向都是在"家族兴亡"这一主线的影响下产生的。虽然"宝黛爱情悲剧"也是作者着力表现的内容，但却不是贯穿作品的主线。"宝黛爱情悲剧"是在极其复杂的家族斗争中酿成的，换言之，"宝黛爱情悲剧"是在家族败亡的背景下产生的，它可以是小说的一条重要线索，也可以说是小说的一条副线，但却不是小说的主线。基于此，笔者认为《红楼梦》具有一主一副、一政一情两大线索：主线索（政的线索）主要表现家族兴亡，即贾府由兴盛到衰败的过程；副线索（情的线索）主要表现宝黛爱情悲剧。在家族兴亡的主线上作者主要着眼荣国府内部的两大矛盾：大房与二房的矛盾，二房内部嫡子派和庶子派的矛盾。在爱情悲剧的副线上作者主要着眼宝玉、黛玉和宝钗之间的"三角关系"以及宝玉与黛玉、湘云的恋情和宝玉与宝钗的婚姻。这两条线索一主一副，交错推进，共同推动故事情节的发展。

二　两大主角的双峰并峙

"主角"原指戏剧表演中的主要角色或主要演员，这里所说的主角是指小说中的主要人物。《红楼梦》人物众多，其主角究竟是谁？好多读者和部分研究者以贾宝玉和林黛玉为《红楼梦》的两大主角，这种观点看似合理，其实是对小说的误读。前文提到，《红楼梦》有一主一副、一政一情两大线索，在这两大线索上分别有两位"代言人"，家族兴亡的代言人是王熙凤，因为她是荣国府的实际管理者；爱情悲剧的代言人是贾宝玉，因为他是爱情世界中的核心人物。这政、情两线上的代言人就成了《红楼梦》的两大主角。因此，《红楼梦》的两大主角并非贾宝玉和林黛玉，而是贾宝玉和王熙凤。细读文本我们会发现，从小说的第三回开始，这两个人物几乎在每一回都会出现。第三回作者在叙述"林黛玉进贾府"的时候，其叙述视点不在于林黛玉和贾府诸人，而在于贾宝玉和王熙凤，其原因便在于这两个人物是小说中双峰并峙的两大主角。

（一）贾宝玉："以情入世"的富贵闲人

贾宝玉是《红楼梦》的中心人物，是作品中的头号角色。自《红楼梦》诞生之日开始，宝玉形象就成了众多评论者关注的焦点，人们对这一人物形象的观照之多、争论之激烈在中国文学史上实属罕见。试看最早的《红楼梦》评论者脂砚斋对宝玉形象的认识：

> 按此书中写一宝玉，其宝玉之为人，是我辈于书中见而知有此人，实目未曾亲睹者。又写宝玉之言，每每令人不解；宝玉之生性，件件令人可笑；不独于世上亲见这样的人不曾，即阅今古所有之小说传奇中，亦未见这样的文字。于颦儿处为更甚。其囫囵不解之中实可解，可解之中又说不出理路。合目思

之，却如真见一宝玉，真闻此言者，移之第二人万万不可，亦不成文字矣。余阅《石头记》至奇至妙之文，全在宝玉、颦儿至痴至呆囫囵不解之语中，其诗词、雅谜、酒令及奇衣奇玩奇食等类固他书中未能，然在此书中评，犹为二着。（庚辰本第十九回）

这皆是宝玉意中心中确实之念，非勉强之词，所以谓今古未有之一人耳。听其囫囵不解之言，察其幽微感触之心，审其痴妄委婉之意，皆今古未见之人，亦是未见之文字。说不得贤，说不得愚，说不得不肖，说不得善，说不得恶，说不得正大光明，说不得混账恶赖，说不得聪明才俊，说不得庸俗，又说不得好色好淫，说不得情痴情种，恰恰只有一颦儿可对。令他人徒加评论，总未摸着他二人是何等脱胎，何等心臆，何等骨肉。余阅此书，亦爱其文字耳，实亦不能评出此二人终是何等人物。（庚辰本第十九回）

在笔者看来，这两段脂批概括出宝玉形象的四大特点：其一，宝玉是小说中的人物，而不是现实中的人物；其二，宝玉是《红楼梦》中的个性化人物，不同于其他古典小说中的类型化人物；其三，宝玉具有反常的言行，很难用传统的价值观进行衡量；其四，宝玉形象摆脱了作者赋予的道德属性，是一个不关善恶的人物。脂砚斋对宝玉形象的认识精准而贴切，概而言之，宝玉是一个高度个性化的人物形象。近代以来，红学界对宝玉形象的认识更加多元化，有人认为他是封建礼教的叛逆者，也有人认为他是封建末世的贵族公子，有人说他是具有民主进步思想的典型代表，也有人说他是地主阶级中的进步分子，还有人说他是中国古典小说中的"多余人"形象。尤海燕《20世纪贾宝玉研究综述》（《河南教育学院学报》2003年第3期）一文对20世纪红学界对宝玉形象的研究进行了全面梳理。笔者这里借用该文中的相关资料对宝玉形象特质的认识过程进行简单勾勒，进而阐发宝玉形象所彰显出价值内涵。20世纪40年代以来，学者们往往以"叛逆性"来定位贾宝玉的基本特征，使原本复杂多元的宝玉形象变得单薄、扁平。金果提出："贾宝玉是他的时代的叛逆。"[①] 刘冰弦认为，贾宝玉"是个消极的革命青年，有识见、有气节，不与社会妥协的血性分子"。[②] 王昆仑认为："贾宝玉是贾府从富贵煊赫的高峰顶上下降到没落的产儿。他既不克勤克俭，遵循那平庸可怜的仕宦传统；也不酒色昏迷，混入那荒淫得可耻的纨绔之群；他表现成一种逸出常轨超脱现实的畸形姿态。"[③] 1949 年以后，在相当长的一段时间内，阶级分析的立场占据了中国思想文化界的主导地位，用阶级分析法来解读文学作品、关注人物的阶级属性成了当时中国文学理论界处于核心地位的研究方法，因此，此时对宝玉叛逆言行的认识又提升到了意识形态的高度。"贾宝玉、林黛玉这一对青年的思想特色，就在于勇敢地背叛了他们阶级的立场和家族的利益，对于那些封建思想文化的主要内容，作了大胆的反抗和破坏，他们用自己宝贵的生命和苦痛的逃亡，来争取在封建时代不能实现的幸福与理想；对于富贵荣华的物质生活和封建伦理的腐朽思想作了基本的否定。"[④]"（贾宝玉）最突出的特征就是作为封建贵族地主阶级的叛逆性格。在这个性格里，固然承继着中国历史上有反抗性的民主传统，但这是在新的基础上合理的继承，因而在贾宝玉的性格中更鲜明的是新的初步民主主义的精神。"[⑤]"贾宝玉是崩溃前夕的封建社会的产物。反封建主义和封建主义的矛盾在他身上交错。他一生的意义就是对封建社会上层建筑的批判和否定，对本阶级的贰心和背叛，然而他自己身上又发散着封建主义的臭味。他是'众人皆醉，惟我独醒'的高人一等的公子哥儿，他离开惟一能够摧毁封建社会的革命力量千百万人民群众的距离，比他

---

① 金果：《红楼梦杂谈》，转引自尤海燕《20 世纪贾宝玉研究综述》，《河南教育学院学报》2003 年第 3 期。

② 刘冰弦：《贾宝玉的烦恼》，转引自尤海燕《20 世纪贾宝玉研究综述》，《河南教育学院学报》2003 年第 3 期。

③ 王昆仑：《红楼梦人物论》，北京出版社 2004 年版，第 271 页。

④ 刘大杰：《贾宝玉和林黛玉的艺术形象》，转引自尤海燕《20 世纪贾宝玉研究综述》，《河南教育学院学报》2003 年第 3 期。

⑤ 李希凡、蓝翎：《如何理解贾宝玉的典型意义》，转引自尤海燕《20 世纪贾宝玉研究综述》，《河南教育学院学报》2003 年第 3 期。

离开他所厌恶的国贼禄蠹的距离要遥远得多。"① 到了 20 世纪 80 年代，随着中国思想文化界的解冻，红学界对宝玉形象的认识才有了一点儿不同的声音。"历史上的叛逆，总得有点进步的政治理想，有点愤世嫉俗的行动，对于和他的自由倾向相抵触的事物敢于抗争的。宝玉却没有，最多只有一点内心不满和行动上的逃避而已。"② "事实上贾宝玉同样是封建礼教的受害者，而不是封建礼教的叛逆者。"③ "把宝玉说成封建社会的叛逆，评价太高了。他的一些行为如逃学、厌恶读经、不思功名进取，一是弄性常情，二是贾府的潮流。"④ 其实这些争论的差别不大，宝玉的那些与当时社会主流意识形态相悖谬的言行和叛逆的行为，在作品中是客观存在的，是毋庸置疑的，只不过如何定位宝玉的这种叛逆，这种叛逆是来源于对意识形态的仇视还是源于人性的自然叛逆，这一点是有差别的。

在笔者看来，《红楼梦》中的贾宝玉是一个半现实半意象化的人物，作者将其对社会、人生的思考都融入贾宝玉这个形象上，贾宝玉形象最突出的特征在于对中国传统社会中个体价值实现方式的颠覆。

传统儒家文化始终追求个体价值与社会价值的和谐一致，认为个体价值要通过社会价值得以彰显，并因此为作为社会个体的人设计了"定型化"的人生进取模式，即"物格而后知至，知至而后意诚，意诚而后心正，心正而后身修，身修而后家齐，家齐而后国治，国治而后天下平"（《大学》）。概而言之，儒家文化是一种"入世文化"，入世的武器是"理"，即"以理入世"。《红楼梦》通过对宝玉形象的塑造，标举了一种不同于传统儒家的个体价值实现方式——"以情入

① 徐朔方：《小说考信编》，转引自尤海燕《20 世纪贾宝玉研究综述》，《河南教育学院学报》2003 年第 3 期。

② 起庸：《贾宝玉是叛逆吗》，转引自尤海燕《20 世纪贾宝玉研究综述》，《河南教育学院学报》2003 年第 3 期。

③ 胡文炜：《如何看待贾宝玉的叛逆精神》，转引自尤海燕《20 世纪贾宝玉研究综述》，《河南教育学院学报》2003 年第 3 期。

④ 王蒙：《贾宝玉论》，转引自尤海燕《20 世纪贾宝玉研究综述》，《河南教育学院学报》2003 年第 3 期。

世"，即关注个体价值实现中自我意识的彰显与心灵层面的回归，并以"情"为终极性的价值判断标准。

在《红楼梦》中，宝玉有一句名言："女儿是水做的骨肉，男人是泥做的骨肉，我见了女儿，我便清爽；见了男子，便觉浊臭逼人。"宝玉是肯定女儿，推崇女儿的，在宝玉看来，女儿是纯洁理想的象征，也是一种价值观的诗意表征。所以"女儿"在《红楼梦》中是一个核心语汇，也是一个重要的话语系统。那么究竟什么是"女儿"？这里我们要对"女儿"的概念加以诠释。首先，"女儿"不等于妇女。在宝玉的意识中女儿和妇女是严格区分的，宝玉眼中的女儿是特指年轻的少女，是没有出嫁、没有被男人和社会"污染"的纯洁的少女，"女孩儿未出嫁，是颗无价之宝珠；出了嫁，不知怎么就变出许多的不好的毛病来，虽是颗珠子，却没有光彩宝色，是颗死珠了；再老了，更变的不是珠子，竟是鱼眼睛了。"（《红楼梦》第五十九回）那些出了嫁、被社会污染的女性，如王夫人、邢夫人、李嬷嬷、春燕的母亲等，均不在女儿之列。其次，"女儿"不等于女性。在宝玉看来，"女儿"是一种独特的生命格调与价值观的象征，而并非一种简单的性别界限，具有"女儿"气质的男性也在女儿之列，宝玉的同性恋情就恰恰证明了这一点。宝玉不喜欢男人，这是一个不争的事实，但他却又对秦钟、北静王、柳湘莲、蒋玉菡等少数男性情有独钟，并在某种程度上与他们保持着同性恋情。宝玉为什么与秦钟等人交好？关键在于这些男性都具有"女儿"的气质。从形貌上看，他们都具女儿之态，秦钟"眉清目秀，粉面朱唇，身材俊俏，举止风流，似在宝玉之上，只是怯怯羞羞，有女儿之态"（第七回）；北静王"面如美玉，目似明星，真好秀丽人物"（第十五回）；蒋玉菡"风流妩媚"（第二十八回）。就先天禀赋而言，他们聪明灵秀，为天生之"情种"；就个性气质而言，他们都属于"正邪二气所赋"之人，都具有"诗人"气质。由此可见，所谓"女儿"并非一种性别特征的区分，而在于气质、个性和价值观的凸显，具有"女儿"特质的男性也属于"女儿"的世界，也是"水做的骨肉"，北静王的名字"水溶"便很好地说明了他们都属于"水做的骨肉"。

"异性恋情"让我看到了宝玉对"女儿"的推崇,而"同性爱恋"则让我们对"女儿"的内涵有了全新的体认,"女儿"是一种价值观的象征和寄托,这种价值观的内核在于"以情入世"。小说第二回贾雨村引述了甄宝玉的一段名言:"这女儿两个字,极尊贵、极清静的,比阿弥陀佛、元始天尊的那两个宝号还要珍贵无对呢!"显然,曹雪芹在这里将"女儿"提升到了价值观的层面。中国文化的内核在于儒、道、释三家融合,"阿弥陀佛""元始天尊"是释、道两家的代表,现实的世界又是"尊儒"的,而曹公却将"女儿"提升到"儒、道、释"的正统意识形态之上,这在当时的文化语境下是非常超前的。在曹雪芹看来,出世的"道"和"释",终究是一种虚幻的存在,而入世的"儒"却又让现实的世界纷乱无端,中国文化的出路在哪里?曹公给出的答案就是"以情入世",而这种新型的价值观又是通过"女儿"这个话语系统展现在读者面前的,宝玉推崇"女儿",体贴"女儿",用情于"女儿",正是其建构这种新型价值观的过程。在笔者看来,"女儿"这一文化代码所表征的价值观应涵盖以下三个层面:首先是一种情痴、情种的个性,即以情阅事,以情用世,以情为终极性的价值判断标准;其次是一种博爱、宽广的胸怀和细致入微的体贴;最后是一种特殊的入世方式——"以情入世"。换言之,这种价值观并非一种超现实的存在,而是要肯定现实、关注现实的,只不过入世的武器不再是"理"而是"情"。宝玉对"女儿"的推崇标举着一种全新的个体价值实现方式,它不再以"修—齐—治—平"的定型化进取方式得以实现,而是在"情"的世界中得以彰显和实现。以下我们从三个角度来观照一下宝玉对"以情入世"这种新型价值观的践行。

宝玉所推崇的"以情入世"的新型价值观,首先表现在其反常规的言行上。如前文所述,以往的研究者习惯以"叛逆"一词来定位宝玉的形象特点,还将这种"叛逆"人为提升到意识形态的高度以切合当时的政治语境和文化语境的要求。仔细分析,这种做法有失客观和公允。我们习惯上所言的"叛逆",无非是指宝玉的诸多反常规的言行,这种言行其实与所谓的意识形态并无关系,而是表现出宝玉对

"以情入世"的价值观的践行。比如宝玉不愿意读书，他只是不喜欢"四书五经"之类的刻板的儒家典籍，而对于"邪书僻传""浓词艳赋""古本小说""传奇脚本"之类的通俗外传却爱不释手，甚至与林黛玉在大观园内共读《会真记》。宝玉对儒家经典的排斥并不能证明宝玉是反对科举制度的，只能说明他并不认同传统儒家所奉行的"以理入世"的价值观，而在传奇外传的世界中找寻到了以"情"为核心的价值建构。宝玉对科举、仕途更是极为反感，试看小说第三十二回的一段描写：

> 湘云笑道："还是这个性情不改。如今大了，你就不愿读书去考举人进士的，也该常常的会会这些为官做宰的人们，谈谈讲讲些仕途经济的学问，也好将来应酬世务，日后也有个朋友。没见你成年家只在我们队里搅些什么！"宝玉听了道："姑娘请别的姊妹屋里坐坐，我这里仔细污了你知经济学问的。"袭人道："云姑娘快别说这话。上回也是宝姑娘也说过一回，他也不管人脸上过的去过不去，他就咳了一声，拿起脚来走了。这里宝姑娘的话也没说完，见他走了，登时羞的脸通红，说又不是，不说又不是……"

以往的论者往往以此作为"宝玉反对封建科举制度"的最经典的"案例"。其实，宝玉不愿意走科举、仕途之路，并不等于宝玉反对科举制度，只是他不认同传统儒家那种"修身齐家治国平天下"的"以理入世"的价值观罢了。另外，小说中时常提及的宝玉大骂"文死谏，武死战""禄蠹"的反常行为也更多基于对传统价值观的拒斥。

> 人谁不死，只要死的好。那些个须眉浊物，只知道文死谏，武死战，这二死是大丈夫死名死节。竟何如不死的好！必定有昏君他方谏，他只顾邀名，猛拚一死，将来弃君于何地！必定有刀兵他方战，猛拚一死，他只顾图汗马之名，将来弃国于何地！所

以这皆非正死。(《红楼梦》第三十六回)

"文死谏""武死战"是宗法社会全体社会成员的根本道德根基，宝玉却对此提出质疑，可见宝玉秉持的是与当时社会主流价值观相对立的以"情"为核心的价值观。在宝玉看来，如果每个人都以"情"来立身、处世，那么世人所看重的"仁""义""名""节"都是无用的。宝玉挑战"文死谏""武死战"的道德根基并不在于反抗封建制度，因为他不会有如此之高的"政治觉悟"，而在于对"以情入世"的新型价值观的认同。至于宝玉在大观园中"捣胭脂""调口红"等的行为，也不应冠以"下流""恶习"之类的论调，而应从"情"的高度，从价值观的层面加以阐释。

宝玉所推崇的"以情入世"的新型价值观，还表现在其博爱、劳心的情感表现方式上。曹雪芹笔下的贾宝玉整天与大观园中的众女儿混迹在一起，而且对众女儿表现出特殊的关爱与不带有"皮肤滥淫"的博爱和劳心。这种特殊的"博爱"与"劳心"也就是警幻仙姑所说的"意淫"。笔者曾在《执著于理想和现实之间的情与爱——从宝玉的"意淫"看曹雪芹的情爱观》一文①中提出了"意淫"的基本内涵："意淫"不是一个完全排斥"肌肤之亲"或"性"而孤立强调精神恋爱的命题，它是以感官的愉悦为出发点的"情痴情种"的个性，不过它的侧重点应该是人的精神层面。"意淫"虽然不排除由情而发的肌肤之亲或"淫"的因素，但它的性质显然与世俗的"皮肤滥淫"迥然大异。"意淫"本质上是情感的付出与心灵的契合，而并非单纯肉体上的占有，"意淫"的最高境界是"让人间充满爱"！"意淫"是宝玉的一面精神旗帜，也是曹雪芹所建构的一个价值话语。就价值观层面而言，"意淫"是"以情入世"的价值观的诗意表征，对众女儿的"意淫"无疑彰显出宝玉对"以情入世"的价值认同。

曹雪芹在文中经常将宝玉的"意淫"和贾琏诸人的"皮肤滥淫"

① 李大博：《执著于理想和现实之间的情与爱——从宝玉的"意淫"看曹雪芹的情爱观》，《西藏民族学院学报》2004年第6期。

进行对照描写，他们的差别不在于有无肌肤之亲，而在于与女性相处的心态。宝玉"意淫"的特色就在于天生的"痴情"，能够体贴异性，博爱而劳心，使他深入大观园众女儿异样多彩的心灵。第三十五回"白玉钏亲尝莲叶羹"是宝玉干的一件痴事，玉钏送汤给他喝，宝玉只顾和婆子说话，伸手要汤，却把碗撞翻了，泼在自己手上。他自己却不觉得，只管问玉钏"有没有烫着？烫了哪里了？疼不疼？"虽然他对玉钏的态度，多少包含了因金钏之死而引起的愧疚感，却也正是他对女孩子的一贯作风。第四十四回"平儿理妆"，平儿挨了打，宝玉亲自为她梳洗、化妆，对这个"极聪明，极清俊"的上等"女儿"用情，而后躺在床上怡然自得，忽又想起"贾琏之俗，凤姐之威"，只知淫乐悦己而不知作养脂粉，不觉潸然泪下。凡此种种，例子甚多，第三十回"龄官划蔷痴及局外"，第十九回宝玉去探望那"画中美人"，第三十九回"情哥哥偏寻根究底"等都写出了宝玉的这种"痴情"和对女儿们的关爱，他既希望寻求精神层面的性灵满足，又不排斥由情而发的肌肤之亲。宝玉之所以在大观园的众女儿间博爱而劳心，其根本的价值指向便在于"以情入世"。

此外，"以情入世"的价值观还表现在宝玉的"悲剧性人生感受"上。《红楼梦》中的贾宝玉经常有对痛苦的超前感受。如宝玉经常提到死的问题：

> 比如我此时若果有造化，该死于此时的，趁你们在，我就死了，再能够你们哭我的眼泪流成大河，把我的尸首漂起来，送到那鸦雀不到的幽僻之处，随风化了，自此再不要托生为人，就是我死的得时了。（《红楼梦》第三十六回）

宝玉也经常说自己将来会"化灰""化烟"或者"做和尚"：

> 我只愿这会子立刻我死了，把心蹦出来，你们瞧见了，然后连皮带骨，一概都化成一股灰，灰还有形迹，不如再化成一股烟……（《红楼梦》第五十七回）

宝玉听了笑道："你往那去呢？"林黛玉道："我回家去。"宝玉笑道："我跟了你去。"林黛玉道："我死了。"宝玉道："你死了，我做和尚！"（《红楼梦》第三十回）

小说第五十八回，因为邢岫烟要出嫁，宝玉在大观园长吁短叹，他想到邢岫烟在美貌韶华的年龄出嫁，不久就会渐渐满头白发并最终死去。本来在常人看来，一个人出嫁，有了自己的家庭是很幸福的事情，但在宝玉看来，这是很可悲的，是青春逝去的悲剧。概括起来，宝玉这种对痛苦的超前感受在作品中主要表现在两个方面：一方面是对自己所爱的人红颜易逝、生命消亡的超前感受；另一方面是对贾府最终败落的超前感受。这种感受从本质上来讲是一种情感受到压抑和摧残的个人痛苦，也是一种生命的悲剧感受。宝玉产生这种悲剧性感受的根本原因在于他参透了人生虚无的本质和悲剧性的存在，所以宝玉才不喜欢读书，也不愿意承担任何社会责任，因为在宝玉看来，生命太短暂了，为什么要用短暂的生命去做自己不愿意做的事情呢？与其用有限的生命去成就所谓"立身扬名""建功立业"的价值建构，不如享受生活，在有限的生命中满足自己的天性和欲望，找寻一种可以超越生死的永恒的"情感"，用"情"的永恒去颠覆对生命虚无的执着，这才是对生命的真爱，也是"以情入世"的根本指向。

（二）王熙凤："善恶兼具"的脂粉英雄

王熙凤是《红楼梦》中与宝玉同等重要的另一位主角，也是贾府家族命运的代言人。民国初，索隐派曾以简单比附的方式探讨这一复杂形象。从20世纪40年代开始，红学界从作品本身出发来分析王熙凤这一人物形象。综合来看，"文化大革命"以前红学界对王熙凤形象的评论基本是否定的，一般认为，她是作者着力刻画的一个反面人物，其中王昆仑、王朝闻等一批学者的观点最具代表性。"像王熙凤这样一个反面人物中突出的典型，可以说整个的封建时代中国小说少见的，人们可以常看到具体而微的'小王熙凤'以及'得其一体'的'局部王熙凤'……王熙凤这种人物之产生与消灭都有其必然的社会原因，反动统治阶级不到没落阶段不会产生这种'乱世奸雄'。反动统治阶级不到崩溃的时候，王熙凤这种人物也不会消灭。"① 王朝闻认为，曹雪芹对凤姐的憎恶，常常是并不怒形于色，而是把他对于凤姐的痛斥，寓于态度冷静的叙述和描写中。笑与狠相辅相成的凤姐形象，乍一看未必就能明白作者的真意，再看，就越发感到作者对她的深恶痛绝。无数情节表明，曹雪芹对凤姐的批判虽不是剑拔弩张的，但他自己所能达到的思想高度，也表现在对凤姐那剥削阶级丑恶灵魂的打击。② 新时期以来，红学界对王熙凤形象的研究不仅突破了"阶级分析"视角的局限，而且还出现了肯定王熙凤的声音。比如凌解放针对"贾瑞之死"和"尤二姐之死"的解读，"至今读这段风流故事，赞凤姐者有之，同情这个色欲迷心的登徒子、卑鄙无耻的'瑞大爷'者却甚为寥寥，就是因为这件事的'真理'在凤姐一边。贾瑞自要死，有什么办法？""杀害尤二姐的真凶果然是凤姐么？我看不见得。同情尤二姐固无可非议；将憎恨的矛头指向凤姐，就未免是一种廉价的至少是肤浅的憎恨。"③ 李丹也对凤姐的行为予以辩解，她认为，中国封建社会的法律、道德、礼教都不能保护那些无辜的妇女，所以凤姐必须防御。曹雪芹对凤姐的态度，既有同情又有批判，但同情多于批判。④ 进入 20 世纪 90 年代，红学界对王熙凤形象的研究更加多元化，有的侧重研究王熙凤的现代女性意识⑤，有的从比较文学的角度对王熙凤进行研究⑥，还有人从文化学视角对王熙凤形象进行

---

① 王昆仑：《红楼梦人物论》，北京出版社 2004 年版，第 165 页。

② 王朝闻：《论凤姐》，转引自姚晓菲《20 世纪王熙凤研究综述》，《河南教育学院学报》2003 年第 2 期。

③ 凌解放：《凤凰巢和凤还巢》，转引自姚晓菲《20 世纪王熙凤研究综述》，《河南教育学院学报》2003 年第 2 期。

④ 李丹：《凤姐新论》，转引自姚晓菲《20 世纪王熙凤研究综述》，《河南教育学院学报》2003 年第 2 期。

⑤ 郭树文：《王熙凤形象评价和红学观念更新》，《黑龙江教育学院学报》1994 年第 2 期。

⑥ 李祝亚：《两朵"恶之花"：王熙凤和麦克白夫人的形象比较》，《贵州民族学院学报》1992 年第 4 期。

探讨。① 其实，综合来看，王熙凤的形象是立体化的。贾宝玉是一个无关善恶的形象，而王熙凤则是一个善恶兼具的形象；贾宝玉追求的是一种"虚幻"的东西，是人作为人的一种形而上的追求，王熙凤追求的则是现实性极强的个人欲望，是人作为人的一种形而下的追求。宝玉和凤姐的价值选择完全相反，但最终的结局却是相同的，都是悲剧性的结局。

王熙凤出身"东海缺少白玉床，龙王来请金陵王"的王家，其叔叔王子腾从京营节度使升任九省督检点，是当时声威赫赫的人物。出身豪门的王熙凤嫁入"百年望族"贾家，可谓如鱼得水，如虎添翼。"凤辣子""凤丫头""凤姐""琏二嫂子""琏二奶奶""巡海夜叉"，这是贾府各阶层的人对王熙凤的称呼。如此众多的称呼映衬出王熙凤的不同性格侧面，也表现出其性格的复杂性。笔者认为，王熙凤既是"脂粉队里的英雄"，又是刻毒无比的管家少奶奶，更是一位"反算了卿卿性命"的悲剧女性。

1. 脂粉队里的英雄

王熙凤是贾府高层权利系统的代言人，这个人的确有能力，堪称"脂粉队里的英雄"。首先，王熙凤的理家才能远在那些"须眉浊物"之上。正如小说第二回冷子兴在演说荣国府时所言：

> 这位琏爷身上现捐的是同知，也是不肯读书，于世路上好机变言谈去得，所以如今只在乃叔政老爷家住着，帮着料理些家务。谁知自娶了他令夫人之后，倒上下无一人不称颂他夫人的，琏爷倒退了一射之地。说模样又极标致，言谈又爽利，心机又极深细，竟是个男人万不及一的。

在处理贾府的日常事务方面，王熙凤更是得心应手，成竹在胸。这里我们仅举一例，在秦可卿仙逝、尤氏卧病的"特殊时期"，王熙凤居然能兼顾宁、荣两府，日理万机，将一切日常事务处理得井井有

---

① 余皓明：《王熙凤形象的独特文化内涵初探》，《红楼梦学刊》1959年第3期。

条。试看小说第十四回的一段描写：

> 凤姐见日期有限，也预先逐细分派料理，一面又派荣府中车轿人从跟王夫人送殡，又顾自己送殡去占下处。目今正值缮国公诰命亡故，王邢二夫人又去打祭送殡；西安郡王妃华诞，送寿礼；镇国公诰命生了长男，预备贺礼；又有胞兄王仁连家眷回南，一面写家信禀叩父母并带往之物；又有迎春染病，每日请医服药，看医生启帖，症源，药案等事，亦难尽述。又兼发引在迩，因此忙的凤姐茶饭也没工夫吃得，坐卧不能清净。刚到了宁府，荣府的人又跟到宁府；既回到荣府，宁府的人又找到荣府。凤姐见如此，心中倒十分欢喜，并不偷安推托，恐落人褒贬，因此日夜不暇，筹划得十分的整肃。于是合族上下无不称叹者。

如此面面俱到、细致得体地处理一个钟鸣鼎食之家的日常事务，就是贾母年轻的时候也未必能做得到，更不必言贾赦、贾珍、贾琏、贾蓉这些只知"淫乐以乐己"的"须眉浊物"了。

其次，王熙凤的语言能力在大观园中"压倒群芳"，她的能言善辩让人望尘莫及。作为孙媳妇的王熙凤要想在贾府站稳脚跟，必须赢得"太上权威"——贾母的支持，所以，她除了以自己高妙的理家才能赢得贾母的信任外，更以微妙而得体的语言艺术获得了贾母的欢心。试看小说第三回王熙凤首次出场时夸奖林黛玉的一番言辞：

> 天下真有这样标致的人物，我今儿才算见了！况且这通身的气派，竟不像老祖宗的外孙女儿，竟是个嫡亲的孙女，怨不得老祖宗天天口头心头一时不忘。只可怜我这妹妹这样命苦，怎么姑妈偏就去世了……我一见了妹妹，一心都在他身上了，又是喜欢，又是伤心，竟忘记了老祖宗。该打，该打！

我们看，这番话是完全围绕贾母展开的，表面看是句句夸奖林黛玉，实质上句句奉承贾母。因为贾母的三位孙女迎春、探春、惜春都在场，所以夸赞黛玉像贾母嫡亲的孙女，可谓面面俱到，滴水不漏。

小说第四十六回写道，昏暴、好色的贾赦看上了贾母房中的大丫头鸳鸯，并欲强娶鸳鸯为姨娘。鸳鸯在贾母面前"誓绝鸳鸯偶"，情急之中，贾母居然迁怒于身边的王夫人、宝玉和王熙凤，就在这尴尬难堪的关键时刻，王熙凤的一番话让贾母怒气顿消。

> 贾母又笑道："凤姐儿也不提我。"凤姐儿笑道："我倒不派老太太的不是，老太太倒寻上我了？"贾母听了，与众人都笑道："这可奇了！倒要听听这不是。"凤姐儿道："谁教老太太会调理人，调理的水葱儿似的，怎么怨得人要？我幸亏是孙子媳妇，若是孙子，我早要了，还等到这会子呢。"贾母笑道："这倒是我的不是了？"凤姐儿笑道："自然是老太太的不是了。"贾母笑道："这样，我也不要了，你带了去罢！"凤姐儿道："等着修了这辈子，来生托生男人，我再要罢。"贾母笑道："你带了去，给琏儿放在屋里，看你那没脸的公公还要不要！"凤姐儿道："琏儿不配，就只配我和平儿这一对烧糊了的卷子和他混罢。"说的众人都笑起来了。

一面是贾母，一面是贾赦，作为晚辈的王熙凤本不好说话，可她却正话反说，表面上看是派贾母的不是，实则是吹捧贾母。这样做既为贾赦开脱了罪名，又让贾母转怒为喜。果然，贾母怒气顿消，所幸也诙谐一把，说要把鸳鸯送给贾琏。其实这话王熙凤本不好答，但她舌尖一转，竟说琏二爷不配，只配"我和平儿这对烧糊了的卷子和他混罢！"这番话故意贬低贾琏，嘲弄自己，无形中又抬高了鸳鸯的地位，让在场之人捧腹而笑，气氛立即缓和，可见其八面玲珑，退寸进尺。

此外，王熙凤还善于处理各种人际关系。刘姥姥来贾府求助，她慷慨解囊，既让对方感恩，又暗示对方自己的不容易；宫中的夏太监派人来贾府索贿，她既摆出慷慨大方的姿态，又以"当项圈"的事实暗示对方贾府已到了山穷水尽的地步；李纨带领众儿女来讨要诗社的

"活动经费"，她先是以调侃的态度打趣李纨，而后又放下五十两银子让众女儿乘兴而归。

2. 刻毒无比的管家少妇

在王熙凤精明强干的表象背后，隐藏着刻毒无比的心理策略。极端的利己主义是其产生刻毒心理的根源所在，滥施淫威、居心阴狠、贪婪无度则是其刻毒心理的重要表现。

王熙凤对待贾府的上层曲意奉承，对待下层则滥施淫威。试看周瑞家的和兴儿这两个仆人对王熙凤的评价：

> 少说些有一万个心眼子。再要赌口齿，十个会说话的男人也说她不过。回来你见了，就信了。就只一件，待下人未免太严些个。（《红楼梦》第六回）

> 如今合家大小，除了老太太、太太两个人，没有不恨她的……嘴甜心苦，两面三刀；上头一脸笑，脚下使绊子；明是一盆火，暗是一把刀，都占全了。（《红楼梦》六十五回）

可见，王熙凤对待贾府的下人完全换了一副面孔。如果说对上层的曲意逢迎是为了让自己站稳脚跟，那么对下层的滥施淫威则是为了树立自己的绝对权威。秦可卿去世，她协理宁国府，一个下人因为睡过头而迟到，她便当场喝令打二十大板，割去一个月银米；贾琏勾引鲍二家的，她无名大火无处发泄，就拿丫头出气，从头上拔下簪子就朝丫头嘴上乱戳，几巴掌就把被迫给贾琏望风的小丫头打得顿时两腮红肿；贾琏偷娶尤二姐，王熙凤就把贾琏身边的两个小厮旺儿和兴儿叫来，大骂他们不早些通风报信，并残忍地叫他们自己打自己的嘴巴。凡此种种，不必赘述。也正因为她的"滥施淫威"才引来了贾府下层对她的切齿痛恨。

在对待牵扯自身利益的问题上，王熙凤居心阴狠，手段残忍。第十一回，同族中"没廉耻"的下流子弟贾瑞偶遇王熙凤，居然难压欲火，冒犯了她的尊严。她便毒设相思局，又令贾蓉、贾蔷乘机讹诈，将那个从小父母双亡、无耻而又可怜的贾瑞置之死地而后快。第十五回，她弄权铁槛寺，以贾琏名义，对长安节度使颐指气使，两天工夫便将事办妥，结果使张家女儿和守备之子双双殉情自尽，这里"凤姐却坐享了三千两银子"。第六十八回，贾琏瞒着她偷娶了尤二姐，她探听到消息后假装贤惠，以甜言蜜语将尤二姐骗进家门，背后却撺弄尤二姐的前夫张华前去告状；接着又借张华告状到宁国府大闹了一场，把尤氏、贾蓉骂了个狗血喷头；最后又唆使泼酸吃醋的秋桐作践尤二姐，终于逼得尤二姐吞金自杀。尤二姐死后，她还要追杀其前夫张华。以上三件琐事，让王熙凤的阴险狠毒暴露无遗，用"蛇蝎心肠"来形容她的表现绝不为过。

此外，贪婪无度也是王熙凤刻毒心理的重要表现，对权势和金钱的占有欲让她几近疯狂。贾珍请她协理宁国府，让她欣喜无比；接手宁府后，见自己威重令行，她心中更是十分得意。弄权铁槛寺时，她更是摆出一副高高在上的姿态，为了避免别人误认为自己没有手段，她居然遥控长安节度使，最后害得一对情人双双毙命。因为操劳过度，王熙凤曾小月流产，王夫人不得已让探春、李纨和宝钗暂时管家，可嗜权如命的王熙凤却不时插手贾府的日常事务，以免别人忽视自己的存在。可以说，王熙凤对权势的追求是永无止境的，正如她在馒头庵对净虚所言："你是素日知道我的，从来不信什么阴司地狱报应的，凭什么事，我说行就行。"拼命揽权的同时，王熙凤还不顾一切地占有金钱，只要可以占有金钱，她就可以冲破任何底线。作为贾府的管家人，她惯用的伎俩便是克扣下人的月钱去放高利贷，有人偶尔抱怨，她却中饱私囊，迟迟不肯放下月钱。为了对付"调戏"自己的贾瑞，她使出阴狠的手段折磨对方，同时又不忘让贾蓉、贾蔷两人对其进行敲诈。因为贪图钱财，她居然指使长安节度使草菅人命，而自己却渔翁得利。巧妙的是，曹雪芹在此事的结尾处写下一笔：

> 这里凤姐坐享了三千两，王夫人等连一点消息也不知道。自此凤姐胆识愈壮，以后有了这样的事，便恣意地作为起来，也不消多记。(《红楼梦》第十六回)

可见，类似事件对于王熙凤而言，是司空见惯的。贾琏偷娶尤二姐，她大闹宁国府，随口夸大"打点费用"，净赚了二百两银子；尤二姐死后，王熙凤还将其衣服、首饰和体己据为己有。为了占有银子，王熙凤可谓机关算尽，计狠心毒。

3. "反算了卿卿性命"的悲剧女性

"落了片白茫茫大地真干净"，这是曹雪芹对家族败亡后众女儿悲剧性结局的诗意表征，作为十二钗之一的王熙凤也难逃宿命。"在个人与社会之间关系的选择上，贾宝玉和王熙凤的态度是完全相反的，同样他们的人格也是完全相反的：贾宝玉毫无心机，王熙凤充满心机；贾宝玉认为所有人对他都好，所以他对所有人好，王熙凤知道所有人都在防着她，所以她要防范着、算计着所有的人。"① 但殊途同归，无论是鄙视名利的宝玉，还是追名逐利的王熙凤，其结局都是悲剧性的。试看小说第五回关于王熙凤命运的隐喻：

画谶：一片冰山，山上有一只雌凤。

判词：凡鸟偏从末世来，都知爱慕此生才。一从二令三人木，哭向金陵事更哀。

画谶上的"雌凤"显然是隐喻王熙凤。这里暗用了一个典故，《资治通鉴》记载，唐玄宗宠幸杨贵妃，杨国忠为右丞相，朝中官员多依附杨国忠。可陕西进士张象却说："君辈倚杨右相如泰山，吾以为冰山耳！若皎日既出，君辈得无失所恃乎？"这里的"冰山"暗指元春，小说中贾元春身为贵妃，正是贾府的管家人王熙凤所倚仗的"冰山"。"凡鸟偏从末世来"，"凡"与"鸟"二字合起来为"凤"，暗指王熙凤。这一句是说王熙凤虽生于末世，但却是"人中之凤"，让人欣赏她的美貌和才华。"都知爱慕此生才"，是说王熙凤虽是一个"末路英雄"，但她所表现出的才能还是让人刮目相看的。"一从二令三人木，哭向金陵事更哀"是说王熙凤悲惨的结局。前一句是拆字

① 郭英德：《中国四大名著讲演录》，广西师范大学出版社 2006 年版，第 318 页。

法。一般解释为："一从二令"是指王熙凤从刚嫁过来对贾琏服从到当家后发号施令；"人木"合起来为"休"，是说凤姐后来被公婆、丈夫休弃，哭回金陵老家，即暗示着王熙凤悲惨的结局。

再看与这首判词相对应的曲子《聪明累》：

> 机关算尽太聪明，反算了卿卿性命。生前心已碎，死后性空灵。家富人宁，终有个家亡人散各奔腾。枉费了，意悬悬半世心；好一似，荡悠悠三更梦。忽喇喇似大厦倾，昏惨惨似灯将尽。呀！一场欢喜忽悲辛。叹人世，终难定！

前六句是说王熙凤有很强的权利欲和占有欲，她机关算尽，既是为了家族，更是为了自己，也干了不少伤天害理的事情。后八句是说随着家族的败亡，王熙凤也逐渐走向毁灭。作者通过王熙凤这一人物体现的核心情节仍然是家族兴亡。王熙凤强烈的人生欲求，最终带来的却是生命的毁灭，这是曹雪芹对人生的悲剧性反思。

第四节　悲剧意蕴与超前之思

一　《红楼梦》的悲剧意蕴

《红楼梦》是一部内涵丰厚的作品，展现了一个多层次又互相融合的悲剧世界。"《红楼梦》一书，与一切喜剧相反，彻头彻尾之悲剧也。"[①]王国维认为《红楼梦》的可贵之处正在于它的悲剧主题和悲剧审美意义。《红楼梦》作为一个"大悲剧"，就悲剧主题层面而言，至少有几个方面是值得我们思考的：一是社会悲剧，二是爱情婚姻悲剧，三是人生悲剧。

（一）社会悲剧

就宏观层面而言，《红楼梦》展现了贾、史、王、薛四大家族由

---

① 王国维：《红楼梦评论》，转引自韩进廉《红学史稿》，河北教育出版社1989年版，第225页。

兴盛到衰败的过程，当然，在这四大家族中作者重点关注的是贾府，贾府正是当时中国社会的缩影，贾府的悲剧在当时的社会中是具有典型性的。因此，《红楼梦》的社会悲剧主要是通过贾府这个大家族走向不可救药的衰亡这样一种过程表现出来的。作品通过贾府从"鲜花着锦，烈火烹油"般的生活到最终被抄败的过程，深刻地揭示了封建社会、封建文化走向衰亡的必然命运。在作者看来，兴盛是外在的，衰败是内在的，兴盛是假，衰败是真，这是一种对整体社会文化的思考，也是作者对所立足之社会命运的深刻体认。

小说第二回，作者便借冷子兴之口对贾府的现状进行了形象勾勒：

> 冷子兴笑道："亏你是进士出身，原来不通！古人有云：'百足之虫，死而不僵。'如今虽说不及先年那样兴盛，较之平常仕宦之家，到底气象不同。如今生齿日繁，事务日盛，主仆上下，安富尊荣者尽多，运筹谋画者无一；其日用排场费用，又不能将就省俭。如今外面的架子虽未甚倒，内囊却也尽上来了。这还是小事。更有一件大事：谁知这样钟鸣鼎食之家，翰墨诗书之族，如今的儿孙，竟一代不如一代了！"

作者借冷子兴之口点出了贾府的两大问题：其一是经济日渐萧条；其二是接班人出了问题，无人能拯救家族的命运。随着情节的发展，我们发现贾府的衰败也主要围绕这两大问题展开。

首先，贾府经济状况不断恶化，经济收入日渐枯竭。作为一个百年望族，贾府过着挥金如土、穷奢极欲的生活。小说第五十三回乌进孝所献之物让人目不暇接、不可胜数，但却仍然无法满足贾府要求，其日常生活之奢可见一斑。遇到婚丧嫁娶的大事，更是把钱花得像流水一般。从第十三回到第十八回，贾府经历了"秦可卿之死"和"元春省亲"这一"悲"一"喜"两件大事，这让贾府元气大伤，让本已"捉襟见肘"的经济状况"雪上加霜"。此后，作者又通过种种细节暗示贾府不断恶化的经济状况。比如作者多次写道王熙凤克扣下人的月钱去放高利贷，凤姐之举虽然有个人的"贪欲"在作怪，但贾府财力的入不敷出却是一个重要原因。小说第五十三回又通过贾珍父子的对话暗示贾府经济上的窘困：

> 贾珍道："正是呢，我这边都可，已没有什么外项大事，不过是一年的费用费些。我受些委屈就省些。再者年例送人请人，我把脸皮厚些，可省些也就完了。比不得那府里，这几年添了许多花钱的事，一定不可免是要花的，却又不添些银子产业。这一二年倒赔了许多，不和你们要，找谁去！"……贾蓉又笑向贾珍道："果真那府里穷了。前儿我听见凤姑娘和鸳鸯悄悄商议，要偷出老太太的东西去当银子呢。"贾珍笑道："那又是你凤姑娘的鬼，那里就穷到如此。他必定是见去路太多了，实在赔的狠了，不知又要省那一项的钱，先设此法使人知道，说穷到如此了。我心里却有一个算盘，还不至如此田地。"

贾珍父子的这段对话虽有打趣的成分在其中，但对贾府经济问题的触及却是真实可信的。小说第七十二回果然写道贾琏央求鸳鸯偷贾母的东西，并请凤姐从中撮合。也正是因为贾府的经济状况已经到了岌岌可危的程度，所以小说才两次写到贾府的经济改革。第一次是在第十三回，秦可卿在临死前给王熙凤托了一梦，并提及"重修祖茔"和"改造家塾"两大改革措施，显然秦可卿将经济改革的希望寄托在王熙凤的身上。然而，王熙凤虽有"协理宁国府"的才干，但她的私欲在一天天地膨胀，她虽能制定出一整套切实可行的政策，但作为改革者的王熙凤却在一步步走向堕落。当改革者逐渐走向堕落的时候，也就意味着这种改革是不可能成功的。第二次是在第五十六回，暂时管家的贾探春提出了兴利除弊的两大改革措施：其一为开源节流，其二为承包责任制。探春的设想虽好，但由于这种改革触及了大观园中利益与人情的矛盾，因此最终破产。贾府经济状况的恶化与经济改革的失败，预示着贾府必然要走向"大厦将倾"的境地，家族的噩运与悲剧也就不可避免地到来了。

　　其次，贾府的衰败还表现在贾府子弟普遍堕落，用冷子兴的话来说，叫作"如今的儿孙，竟一代不如一代了"。这是一种深层的衰败。就人类社会的发展而言，大到一个国家，小到一个家庭，如果这个国家或家庭的年轻一代是堕落无望的，那么这个国家或家庭也必然是没有希望的。为贾府开创家族基业的是宁国公贾演和荣国公贾源，他们出生入死，是百年望族的开创者。第二代是贾代化和贾代善，二者未出场俱已仙逝，但通过代善之妻贾母的言行、处世之举亦可推测，贾府的第二代可谓守成的一代。到第三代情形大变。宁国府的贾敬，虽中过进士，却厌倦红尘，一心要做快活神仙，过早地让儿子贾珍承袭自己的官职，自己却跑到城外的玄真观跟道士们混迹在一起，最后中丹毒而亡。荣国府大房的贾赦承袭了荣国公之职，却是个无耻的酒色之徒：为了几把古扇，他居然弄得石呆子家破人亡；为了满足自己的色欲，他居然打上了母婢鸳鸯的主意，欲纳鸳鸯为妾，鸳鸯誓死不从，仍淫心不死，最后还是花了八百两银子，买了一个十七岁的女子嫣红，才勉强作罢。荣国府二房的贾政，看起来谦恭正直，但却是一个碌碌无为之辈，整天游手好闲，带着一群清客吟诗作赋，终不能挽救家族的败落。到了贾府的第四代，更是群魔乱舞，无法无天。贾珠早夭；贾珍、贾琏与贾赦一样，均为酒色之徒。贾珍终日与姬妾厮混，在父亲大丧的特殊时刻，他居然还与尤二姐、尤三姐调情；贾琏更是风月场上的高手，鲍二家的、多姑娘、尤二姐都曾是他手中的"玩偶"。贾府第四代中，宝玉是个例外，由于他参透了人生的悲剧性指归，因此他对家族与社会毫无责任感，这样的人也不可能担负起拯救家族命运的重任。第五代的贾蓉显然是无可救药的家族蛀虫，贾兰年龄尚小，并无拯救家族的条件。由此可见，支撑贾府的"基石"已经彻底溃烂了，后继无人的贾府必然无法逃脱败亡的噩运。

　　此外，贾府的衰败，还表现在内部人际关系上，家族内部钩心斗角，尔虞我诈。两府之间、各房之间、嫡庶之间、母子之间、夫妻之间、兄弟之间、妯娌之间等方方面面的矛盾层出不穷。在"二尤"问题上，宁荣两府大动干戈，王熙凤大闹宁国府，并最终害死尤二姐；荣国府的大房与二房之间，围绕"管家权"的问题一直存在着激烈的斗争，"抄检大观园"正是这种斗争白热化的表现；荣国府二房内部的嫡子派和庶子派之间，围绕"财产继承权"的问题一直进行着殊死搏斗，赵姨娘为了害死宝玉和凤姐，居然使用魇镇之术；贾母与贾赦，虽为母子，但隔阂之深、感情之淡，让人瞠目结舌；贾琏与王熙凤，虽为夫妻，却同床异梦；宝玉与贾环，虽为兄弟，却虎视眈眈；凤姐、李纨、尤氏等妯娌之间更是矛盾丛生……正如贾探春所说，贾府诸人"一个个像乌眼鸡似的，恨不得你吃我，我吃了你"。百态丛生的家族斗争必然消解了家族内部的凝聚力，这样的家族也必然没有任何前途可言，只不过因贾府是个百年望族，尚能维持"百足之虫，死而不僵"的状态罢了。

（二）爱情婚姻悲剧

"爱情婚姻悲剧"是《红楼梦》的一条重要线索。如前文所述，《红楼梦》的主线索是家族兴亡史，副线索是爱情婚姻悲剧。在爱情婚姻悲剧的副线索上，小说重点写了宝玉的两段恋情和一段婚姻，即贾宝玉与林黛玉、史湘云的前后两段恋情，以及与宝钗的一段婚姻。这里我们主要来谈贾宝玉和林黛玉的爱情悲剧。

宝、黛的爱情悲剧是如何酿成的？这个问题受后四十回续书的影响很大，所以我们先来窥探一下曹雪芹的原意。现在我们所见的脂批本《红楼梦》均为残本，八十回之后的部分我们只能参考程高本的补续。高鹗在后四十回中设置了一个"掉包计"的情节，即到了八十回之后，先是贾母厌黛喜钗，后王熙凤献上"掉包计"，致使宝钗嫁给宝玉为妻，黛玉泪尽夭亡。高鹗的这种补续是不是符合曹雪芹的原意呢？我们借用探佚学的相关研究成果①加以分析。其实，宝、黛爱情婚姻的成败在某种程度上取决于贾母、王熙凤、薛宝钗和王夫人的态度，以下我们逐一分析，以探究宝、黛爱情悲剧的真正原因。

首先看贾母的态度。一些研究者根据前八十回的一些表象断定曹雪芹原著八十回后也有贾母"厌黛喜钗"的情节，同时还从前八十回找一些"佐证"，力图证明在曹雪芹的原著里贾母也是厌黛喜钗。比

---

① 梁归智：《〈石头记〉探佚》，山西人民出版社 1983 年版，第 89—109 页。

如有人提出小说第二十八回写道贾母要给宝钗过生日，这似乎是贾母喜欢宝钗的重要证据，其实是一种误读。脂砚斋在此处留下这样一条批语：

> 最奇者黛玉乃贾母溺爱之人，不闻为作生辰，却云特意与宝钗，实非人想得着之文。此书通部皆用此法，瞒过多少见者，余故云不写而写是也。

脂砚斋明确指出这是曹雪芹故意使用的一种写作技法，写贾母给宝钗过生日是"不写之写"，即反衬贾母给黛玉过生日。所以，这条"证据"并不可信。

还有人提出小说第五十四回贾母批评说书女艺人讲的才子佳人小说《凤求鸾》，是在影射、警告宝玉和黛玉的恋爱关系。这种观点也值得商榷。如前文所述，贾母的这番话是在代曹雪芹立言，此处曹雪芹是通过贾母之口再次强调自己的创作原则——反对将《红楼梦》创作成"千部共出一套"的才子佳人小说。而脂砚斋的批语"首回楔子内云古今小说千部共出一套云云，犹未泄真，今借老太君一写，是劝后来胸中无机轴之君子不可动笔作书"，则有力印证了曹雪芹的用意。

诸如以上的种种"证据"均不能令人信服，所以在曹雪芹原著的八十回后不可能出现贾母"厌黛喜钗"的情节，贾母也不会接受所谓的"掉包计"。不仅如此，贾母还是宝黛爱情的支持者。理由如下：其一，从亲疏关系看，贾母会赞成宝、黛。黛玉是贾母的外孙女，而宝钗与贾母并无血缘关系，眷顾亲情的贾母必然会倾向林黛玉。其二，从性格类型上看，贾母似乎更青睐林黛玉。贾母固然喜欢李纨、宝钗，但她似乎更喜欢凤姐、黛玉那种颇具锋芒的个性。比如陪侍贾母的鸳鸯和贾母调教出来的晴雯都是颇具个性的人；在迎春、探春、惜春三个孙女中，贾母也更喜欢泼辣的探春。而对于袭人之类中规中矩的人，贾母则不甚喜欢。其三，小说第二十九回还正面透露出贾母对宝、黛爱情的态度：

贾母道："上回有和尚说了，这孩子命理不该早娶，等再大一大再定吧。你如今打听着，不管他根基富贵，只要模样配得上就好，来告诉我，便是那家子穷，给他几两银子罢了。只是模样性格难得好的。"

贾母的话说得很得体，却透露了弦外之音。一是打出和尚的招牌，不同意早谈亲事。二是借此提出贾府给宝玉择媳的标准："不管他根基富贵，只要模样配得上就好。"模样性格难得好，却没有了根基富贵的是谁呢，显然是"花中魁首"林黛玉。基于以上三点理由，笔者认为贾母"厌黛喜钗"的情节安排不符合曹雪芹的原意，贾母本是宝、黛爱情的支持者。

其次，我们来看王熙凤的态度。在程高本中王熙凤是"掉包计"的筹划者，是酿成宝、黛爱情悲剧的罪魁祸首。事实上真的如此吗？我们来分析一下。前八十回的种种细节告诉我们，王熙凤是一个嗜权如命、视财如命的女人，不断满足对权力和财富的占有是其强大的人生动力。其实，宝玉成婚并不简单，它涉及荣国府内部权力的再分配。荣国府现有的权力格局是二房管家，可王夫人年逾中年，无暇顾及家事，二房的长媳李纨又无管家之才，所以，身为大房儿媳的王熙凤才被借调到二房管家。如果宝玉成婚，那么新的宝二奶奶自然要管家，王熙凤就要回归大房，这显然是王熙凤不愿意接受的事实。如果宝玉娶了宝钗，恪守妇德的宝钗必然要管家，王熙凤就要放弃手中的权力；如果宝玉娶了黛玉，黛玉虽有管家之才，但其柔弱的诗人气质，可能会不屑于管理家庭琐事，那么王熙凤可能继续留在二房管家，这也是王熙凤希望看到的结局。所以，就自身利益的角度来看，王熙凤会更倾向于宝、黛，而不会献上"掉包计"。另外，小说的前八十回还多次写道王熙凤拿宝、黛开玩笑，如第二十五回写道：

林黛玉听了笑道："你们听听，这是吃了他们家一点子茶叶，就来使唤人了。"凤姐笑道："到求你，你到说这些闲话？吃茶吃水的，你既吃了我们家的茶，怎么不给我们家作媳妇？"

　　王熙凤居然在大庭广众开这种玩笑，这只能说明宝、黛之间的关系在贾府是个"公开的秘密"，而且是得到贾母默许的，否则那么善于迎合贾母、揣测贾母心理的王熙凤怎么会开这种玩笑呢？可见，贾母和王熙凤均不会反对宝、黛爱情。

　　再次看宝钗的态度。由于程高续书的影响，宝钗成了一个典型的"第三者"，也成了好多读者所诟病的"野心家"和"伪君子"。梁归智先生在《〈石头记〉探佚》中对这个问题进行了详细的阐释，梁先生的理由如下。其一，薛宝钗是一个深受封建礼教影响的贵族女性，她无时无刻不以封建礼教来约束自己的言行，并常常规劝周围的众女儿和宝玉。如此恪守封建礼教的薛宝钗对自己的终身大事只怕连想也不敢想，在她的意念中，想那些事情就是对封建礼教的不忠诚。其二，黛玉和宝钗虽有小矛盾，但到了第四十二回"蘅芜君兰言解疑癖"之后，黛、钗之间的矛盾完全化解，并成了挚友。这种密切的关系决定了薛宝钗不可能成为宝、黛之间的"第三者"。所以，程高本后四十回对宝钗性格的改造是不符合曹雪芹原意的，宝、黛的爱情悲剧与宝钗无关。

　　最后看王夫人的态度。就人物性格发展的连续性而言，王夫人的态度很可能是八十回后酿成宝黛爱情悲剧的重要因素。其一，从亲疏关系上来看，宝钗与王夫人有直接的血缘关系，所以，王夫人会更倾向宝钗。其二，黛玉来到贾府后，经常与宝玉产生摩擦，王夫人对此颇为不满。其三，从第五十五回开始，王夫人的态度开始明朗化。第五十五回凤姐生病，李纨、探春代理家务，王夫人破例请来了宝钗帮忙，组成了荣国府中的"三驾马车"临时执政。宝钗本不是贾府的人，王夫人却请她来管家，用意非常明显。到了第七十四回，王夫人通过"抄检大观园"将晴雯赶出贾府。"晴为黛影，袭为钗副"，王夫人对晴雯的态度就暗示了其对黛玉的态度。所以，王夫人应该是八十回后主张"弃黛娶钗"的关键人物。当然，造成宝黛爱情悲剧的原因很复杂，笔者推测首先应该是贾母的去世，宝黛失去了保护伞；接着家族斗争开始白热化，王夫人感觉在家族斗争中势单力孤，于是便决定娶宝钗为儿媳妇，为自己增加有力的臂膀；最后黛玉泪尽而亡，而宝玉只能"空对着，山中高士晶莹雪；终不忘，世外仙姝寂寞林"。宝、黛的爱情悲剧绝非"假拟出男女二人姓名，又必旁出一小人其间拨乱"的一般才子佳人小说的"陈腐旧套"，而是"令世人换新眼"的创新之作。明确这一点后，我们可以从三个角度重新审视宝、黛的爱情悲剧：

第一，命运注定的悲剧。黛玉是西方灵河岸上的绛珠仙草，而宝玉则是赤瑕宫的神瑛侍者。神瑛侍者以"甘露灌溉"，绛珠仙草得以久延岁月，因此绛珠仙草决定眼泪还债。这个故事的框架是悲剧性的，"眼泪"即为悲剧的象征。这种悲剧性的"故事框架"就决定了宝、黛爱情必然是一场悲剧。

第二，诗性世界被理性世界吞噬的悲剧。大观园是一个女儿的世界，更是一个诗性的世界。大观园众女儿离散的过程从某种程度上看，正是诗性世界被理性世界吞噬的过程，众女儿所极力建构的诗性世界终究无法超脱于昏暗的理性世界，贾宝玉和林黛玉同为"诗人气质"的人物，也必然无法逃脱被理性世界吞噬的噩运。"黛玉葬花"的情节正象征着美的幻灭和诗人的幻灭。

第三，伴随着家族败亡而发生的悲剧。家族兴亡是《红楼梦》的主线，爱情悲剧《红楼梦》的副线，这两条线索不是平行推进的，而是交错推进的。宝、黛的爱情悲剧是在家族败亡的背景下产生的，家族败亡也是造成宝黛爱情悲剧的重要原因，王夫人所以选择宝钗，家族利益是其考量的关键因素。

（三）人生悲剧

《红楼梦》对人生悲剧的阐释主要是通过大观园众女儿的命运来体现的。第十七回宝玉"试才题对额"的时候在大观园的亭子上题名"沁芳"，周汝昌先生曾说"沁芳"是进入大观园的一把总钥匙，即"沁芳"所代表的"花落水流红""流水落花春去也"的朦胧诗境正象征着众女儿的人生悲剧。这里我们以贾府四位女儿的人生经历为例，看一看众女儿的悲剧命运。

第一位是贾元春。元春才华出众，被选入宫里做女秘书，后来又成了皇妃。在普通人看来，元春的人生辉煌至极，对其所在的家族来说也是万分荣耀。其实，对于元春个人而言，这是她人生悲剧的开始。宫廷的生活是冷酷而险恶的，所以小说的第十七回和第十八回在写贾元春归省的时候，元春一直在哭，可见这种深宫幽禁的生活是多么悲惨！元春以个人的悲剧性遭遇来维持一个家族的命运，这对于她个人来说是一个巨大的悲剧。元春在曹雪芹原著的八十回后是如何死去的呢？我们试看元春的判词：

> 画：一张弓，弓上挂一香橼。
> 判词：二十年来辨是非，榴花开处照宫闱。三春争及初春景，虎兔（兕）相逢大梦归。

一般认为"弓"是谐音"宫"，而"橼"是谐音"元"，隐喻元春死在宫廷中。这种解释没错，但有些笼统。元春究竟是如何死在宫中的呢？有些细节值得思考。《礼记》中记载中国古代的女性如果生了男孩，有在产房外挂"弓"的习惯，所以这里的"弓"暗指元春生子，而判词中恰恰出现了"榴花"意象，这一意象恰是"多子"的象征。所以元春入宫后可能因为生子而卷入宫廷斗争中。同时"弓"又是战争的象征，"香橼"有代表女性之义，香橼挂在弓上似乎隐喻着元春可能像杨贵妃一样死于兵祸，而小说中又多次以杨贵妃暗指元春，所以元春非常可能死于兵祸。再看与这首判词相对的曲子：

> 【恨无常】喜荣华正好，恨无常又到。眼睁睁，把万事全抛；荡悠悠，把芳魂销耗。望家乡，路远山高。故向爹娘梦里相寻告：儿命已入黄泉，天伦呵，须要退步抽身早！

"望家乡，路远山高"，这说明元春并没有死在宫中，而是像杨贵妃一样死在路上。一位妙龄女子，因为宫廷斗争而死于兵祸，这难道不是一种悲剧吗？

第二位是贾迎春。贾迎春的命运更加悲惨，生性懦弱，加之庶出的身份，使迎春在未出阁的时候便处于一种弱势的地位。后来嫁给了一个纨绔子弟，终于被丈夫折磨致死。试看迎春的判词：

> 画：一个恶狼，追扑一美女，欲啖之意。
>
> 判词：子系中山狼，得志便猖狂。金闺花柳质，一载赴黄粱。

画中"恶狼"暗指"孙绍祖"，"美女"暗指"迎春"，"恶狼追扑美女"暗指孙绍祖对迎春的欺凌。判词中的"子"与"系"合起来为繁体的"孫"，指孙绍祖，他作为一个纨绔子弟猖狂至极。"金闺花柳质，一载赴黄粱"，即迎春被孙绍祖折磨致死。

> 【喜冤家】中山狼，无情兽，全不念当日根由。一味的骄奢淫荡贪欢媾。觑着那，侯门艳质如蒲柳；作践的，公府千金似下流。叹芳魂艳魄，一载荡悠悠。

结婚本是喜事，而婚后的双方却成了仇敌，所以叫"喜冤家"。这就是八十回后贾迎春的悲剧命运。

第三位是贾探春。探春的悲剧跟她的出身有关，那么聪明伶俐的一个女孩子居然有个恶毒无比的生母——赵姨娘，这为她引来诸多不必要的麻烦，她只能很痛心地一次次拿起礼教的大原则，以主子的身份压制自己的生母。同时由于是庶出的身份，所以探春后来背井离乡，远嫁海外。试看探春的判词：

> 画：两人放风筝，一片大海，一只大船，船中有一女子掩面泣涕之状。
>
> 判词：才自精明志自高，生于末世运偏消。清明涕送江边望，千里东风一梦遥。

"风筝"往往飞得很远，这隐喻着探春嫁得很远；"大海"和"大船"隐喻着探春出嫁时走的是海路，如果探春如高鹗所言嫁到海疆（即边疆）完全可以走陆路，为什么要走海路呢？况且中国古人对大海有着强烈的敬畏心理，如果不是嫁到海外，探春是不可能走海路的。再看判词中的三、四句"清明涕送江边望，千里东风一梦遥"，显然是"一去不返"的架势。

再看曲子：

> 【分骨肉】一帆风雨路三千，把骨肉家园齐来抛闪。恐哭损残年，告爹娘：休把儿悬念。自古穷通皆有定，离合岂无缘？从今分两地，各自保平安。奴去也，莫牵连！

梁归智先生对这支曲子进行了深刻的分析：山遥路远，凄凄惨惨，生离死别，分明是远适海外、一去不复返的调子。"一帆风雨路三千"，从这一句看，探春远嫁时走的路程大部分是海路，很显然是去海外，绝非海疆；"把骨肉家园齐来抛闪"，骨肉家园，应该指整个神州故国。只有远嫁异域才可能"恐哭损残年"，仅仅嫁到海疆是不可能有如此深哀剧痛的。

"才自精明志自高"的大家闺秀，终因家族的败亡而远嫁海外，这种人生归宿正是一种大悲剧。

第四位是贾惜春。惜春是嫡出，地位很高，但她看到了姐妹们的悲剧命运，早早地看破红尘，万念俱灰，遁入空门。正如她的判词所言："可怜绣户侯门女，独卧青灯古佛旁。"惜春是如何遁入空门的？是三位姐姐的人生悲剧让她顿悟了，试看曲子《虚花悟》所言"说什么，天上夭桃盛，云中杏蕊多。到头来，谁把秋捱过？则看那，白杨村里人呜咽，青枫林下鬼吟哦。更兼着，连天衰草遮坟墓。这的是，昨贫今富人劳碌，春荣秋谢花折磨。似这般，生关死劫谁能躲？闻说道，西方宝树唤婆娑，上结着长生果"。

《红楼梦》为这些贵族小姐，设计了一个人间天堂——大观园。她们在这里过了一段愉快幸福的生活，充分展现了她们的青春活力和个性生命，但是最后还是展现了她们的悲剧命运，在曹雪芹看来，这种人生悲剧是不可避免的，也是人类的一种宿命。

二 《红楼梦》的超前之思

《红楼梦》作为两百多年前诞生的一部小说，它的思想却能穿越时空，引领后人，表现出后世小说无法企及的"超前之思"，这种"超前之思"主要源于曹雪芹对社会、历史、人生乃至人性的深刻体认。比如他打破"男尊女卑"的腐朽思想，抒写女性的赞歌；他以情作为人类社会的终极关怀，化解人间所有的恨；他将"同性恋情"纳入人类正常情爱模式的范畴，并在"意淫"与"皮肤滥淫"的镜像下对"同性恋情"进行了多维审视与观照。以下我们就以《红楼梦》中的"同性爱恋"为例，看看曹公的"超前之思"。

在明清小说中，涉及"同性恋"题材的作品很多。据施晔《明清同性恋小说的男风特质及文化蕴涵》一文统计，明清时期涉及"同性恋"题材的小说有100多部。① 文言小说如王世贞的《艳异编·男宠部》、冯梦龙的《情史·情外类》、阿蒙的《断袖篇》、王同轨的《耳谈》、纪昀的《阅微草堂笔记》、袁枚的《子不语》、蒲松龄的《聊斋志异》、乐钧的《耳食录》、曾七如的《小豆棚》等。明清通俗小说中涉及"同性恋"题材的作品更为丰富，既有艳情小说如《浪史》《浓情快史》《杏花天》《肉蒲团》等，又有世情小说如《金瓶梅》《醒世恒言》《红楼梦》《官场现形记》等，更有专门描写男风的作品，如《龙阳逸史》《弁而钗》《宜春香质》《品花宝鉴》等。在笔者看来，除《红楼梦》外，明清时期的此类小说在观照"同性恋"这一题材的过程中往往具有如下特质：

其一，以艳情描写为主，即在小说中充斥着大量的关于同性之间的情色描写，也即对同性性器官及性事的细致入微、绘声绘色绘形的自然主义描写。换言之，此类小说大都遵循的是"欲大于情"的模式。

其二，主从双方人格、地位严重失衡。"同性恋的主动方一般都是权力结构中的强势方，他们中的大部分为官员、商贾、富人、名士，或有金钱，或有权力，或有地位，并且一般都是双性恋者，有家

---

① 施晔：《明清同性恋小说的男风特质及文化蕴涵》，《文学评论》2008 年第 3 期。

有室，但是或为满足畸形性欲、猎奇心理，或为寻求情感慰藉，甚至仅为附庸风雅，便将目光投向弱势群体中年轻貌美的男子，百计追求，必逞己欲而后快。同性恋被动方则相对弱势，他们有职业和非职业之分。"① 多数此类小说并没有将"同性爱恋"纳入人类正常的爱欲模式当中，而是将其作为"异性恋"的畸形补充。

其三，以性别认同的戏拟性取代真实性。中国古代男风就其实质而言是将男色想象、戏拟成女色而加以亵玩或爱恋的风气，即主动方以欣赏异性的态度来欣赏同性，尤其是男子以欣赏"女性化"的男子（如男宠、娈童、优伶等）为盛。这种以性别"认同错位"取代"同性爱恋"的方式，是以爱恋双方的不平等为前提的，就某种层面而言，是对异性爱恋的一种"复制"。

与此相对照，《红楼梦》中的"同性恋"描写则在诸多层面实现了对上述"特质"的突破。首先，艳情描写完全淡化。《红楼梦》更加凸显的是"同性爱恋"双方真情的付出与心灵的契合，贾宝玉、北静王、柳湘莲、蒋玉菡等人的同性恋情都是以"情"为核心指要的。曹雪芹虽然也提及了"同性滥情者"，如薛蟠、邢大舅等人的"纵欲"行为，但此类行为在曹公"意淫"的价值框架下是被鄙夷的。其次，"同性爱恋"双方地位、人格完全平等。《红楼梦》中的同性恋者既有公侯贵胄、富家子弟，又有逸士高人、优伶戏子，但他们之间的恋情既无地位的界限（如贾宝玉和北静王），也无人格的压制（如贾宝玉和蒋玉菡）。再次，"同性爱恋"植根现实，戏拟性降低到极点。《红楼梦》中的"同性爱恋"双方不是以"戏拟性"而是以"共同的精神气质"为前提，即爱恋双方都是"正邪二气所赋"之人，都具有艺术家或诗人的气质。最后，曹雪芹是在价值观的层面上观照"同性爱恋"的，而不只停留在"性"和普适性的"情"的层面上。在笔者看来，这是《红楼梦》"同性恋描写"最突出的艺术特质，通过价值观层面的观照使《红楼梦》中的"同性爱恋"在某种程度上彰显了一种富于现代色彩的价值观。

---

① 施晔：《明清同性恋小说的男风特质及文化蕴涵》，《文学评论》2008 年第 3 期。

可以说，曹雪芹以"意淫"这把武器对"同性爱恋"这一现象在价值观层面进行了革命性扬弃与超越性重构，并力图将其复归于人的正常爱欲范畴之内。遗憾的是，前贤们的研究对此关注甚少。笔者在中国知网上查阅了近年来关于《红楼梦》"同性恋描写"的文章，总体来看，前贤的研究大概集中在以下几个方面：其一，关注《红楼梦》"同性恋"描写的类型，如拙文《〈红楼梦〉同性观的回归性建构》（《赤峰学院学报》2010 年第 10 期）；其二，关注《红楼梦》"同性恋"描写的技法，如张杰《〈红楼梦〉及其相关著作中的同性恋》（《首届性科学国际论坛论文集》，2005 年 10 月）；其三，以性心理学的视角解析《红楼梦》中同性恋现象的形成原因，如杨丽静《〈红楼梦〉中藕官—蕊官性脚本的解构意义》（《泉州师范学院学报》2002 年第 5 期）；其四，关注《红楼梦》"同性恋"描写中"皮肤滥淫"与"意淫"的对照，如施晔《〈红楼梦〉与〈姑妄言〉同性恋书写比较研究》（《红楼梦学刊》2008 年第 4 期）、付晓蕾《以生命情怀观红楼里的同性恋叙写》（《曹雪芹研究》2014 年第 4 期）。综合来看，关注《红楼梦》"同性恋描写"中"价值建构"的研究成果尚未出现，这里，我们将以此为突破口，力图通过对《同楼梦》"同性爱恋"的多维度体察，展现《红楼梦》情爱观和婚姻观的深刻内涵与现代色彩，进而窥探曹雪芹的"超前之思"。

（一）同性爱恋与"情爱观"的建构

在人类漫长的历史进程中，"情爱"这一词汇似乎仅仅架构于男女两性之间，也只有在男女两性的话语背景下才能建构"情爱"的意义。而在中国传统文化语境下，"情爱"又要以婚姻为保障，只有身着婚姻这件"外衣"，情爱的意义才能在两性之间得以生发。所以在既定文化形态与世俗婚恋观念的影响下，"同性爱恋"与"情爱"是相去甚远的，甚至与低俗、无耻、变态相等同。时至今日，诸多社会学者仍然在为"同性爱恋"而大声疾呼①，同性恋者仍然做着坚决而

---

① 近年来，著名社会学家李银河不断在全国"两会"期间，寻求支持以递交关于同性恋合法化的提案。

又略显无奈的抗争。曹雪芹却在两百多年前，便将悖谬于传统道德框架和世俗观念的"同性恋情"纳入人类正常情爱模式的范畴，并在"意淫"与"皮肤滥淫"的镜像下对"同性恋情"进行了多维审视与观照，进而建构一种更贴近人性的"情爱观"，我们因此不得不惊叹于曹公的超前之思。

《红楼梦》中有"同性爱恋"倾向的人物甚多，如宝玉、秦钟、北静王、柳湘莲、薛蟠、邢全德、贾琏等。曹雪芹在文本中正视了这一现象的存在，并没有"稍加穿凿"，而是以"写实"的视角予以观照，小说第十五回、二十一回、三十三回、五十八回、七十五回，对上述人物的"同性爱恋"或"同性性行为"均做了略显朦胧的勾画，曹公冷静的叙述让这种"另类现象"（"同性爱恋"或"同性性行为"）远离了传统道德语境的否定与压制，而表现出了某种常态性特征。曹公为何能以惊人的视角正视这一现象的存在？笔者认为，首先源于明清时期浓重的"男风文化"的影响。明、清两代，由于受到启蒙思想的影响，"男风文化"作为对抗程朱理学和禁欲主义的一种文化现象显得异常浓重。《暖姝由笔》说："明正德初，内臣最为宠狎者，如'老儿当'犹等辈也，皆选年少俊秀内臣为之，明官吏、儒生乃至流寇、市儿皆好男色。"到了清代，"男风"成为官方与民间共为认同的社会风尚，清人张亨甫的《金台残泪记》就记载了清代嘉道时期北京"八大胡同"附近的男妓招揽客人的情景，"王桂官居粉坊街……每当华月照天，银筝拥夜，家有愁春，巷无闲火，门外青骢呜咽，正城头画角将阑矣。当有倦客侵晨经过此地，但闻莺千燕万，学语东风不觉，泪随清歌并落。嗟乎！是亦销魂之桥，迷香之洞耶？"可见，浓重的"男风文化"语境，使曹公在文本中对这一文化现象给予了特殊的观照。其次源于曹公对人性深刻的体察。在曹雪芹看来，"同性爱恋"作为"男风文化"的突出显现是植根于人性的，"异性爱恋"与"同性爱恋"是人性深层爱欲的不同表现方式，只不过"异性爱恋"作为一种文化现象，在人类社会发展的过程中获得了广泛的认同感，甚至成为情爱领域的"文化权威"，而"同性爱恋"则是悖谬于既定"文化权威"和传统道德语境的另类现象，其实于人性的层面上看无可厚非。

曹雪芹正视了"同性爱恋"这一文化现象，并力图摆脱传统文化语境与道德框架的束缚，对其给予客观的审视与反思，这已然在某种程度上表现出了曹公的超前性。更令后人惊讶的是，曹雪芹还以"意淫"这一文化代码对"同性爱恋"进行了革命性的扬弃，并建构了一种贴近人性又富于现代色彩的"情爱观"。何为"意淫"？"意淫"是与单纯强调肉欲的"皮肤滥淫"相对立的。在笔者看来，所谓意淫"不是一个完全排斥'肌肤之亲'或'性'而孤立强调精神恋爱的命题，它是以感官的愉悦为出发点的'情痴情种'的个性"[1]。换言之，"意淫"不排斥"肉欲"，但更追求心灵的契合。在曹公看来，无论是"异性爱恋"还是"同性爱恋"，都有"意淫"和"皮肤滥淫"之分，并在作品中经常将两者做对照描写。我们这里主要探讨"同性爱恋"的问题，小说第十五回通过闹书房将宝玉与秦钟的"意淫"和薛蟠的"皮肤滥淫"进行了对照，第二十八回通过"情赠茜香罗"将宝玉与蒋玉菡的"意淫"和薛蟠的"皮肤滥淫"进行了对照，第四十七回通过"薛蟠调戏柳湘莲"又将两者进行了对照。作品通过多次对照，力图让读者深入体悟"意淫"的深刻内涵，同时又通过"意淫"对"同性爱恋"这个传统道德视域下的否定性命题进行了革命性的扬弃。也就是说，在曹雪芹看来，"同性爱恋"并不应该一概否认，只要双方秉持着"意淫"这样一面精神旗帜，即超越肉体的局限而追求心灵的契合，那么这种被世俗视为"另类"的恋情也是值得肯定的。

通过"意淫"这种文化代码，曹雪芹建构了一种新型的情爱观，即以"心灵的契合"为核心指要，强调爱的给予和付出。曹公首先在"异性爱恋"层面将"意淫"和"皮肤滥淫"进行了对照，凸显了两性之间"心灵契合""精神体贴""爱之付出"的重要意义；其次在"同性爱恋"层面将"意淫"和"皮肤滥淫"进行了对照，将情爱的

---

① 李大博：《执着于理想和现实之间的情与爱》，《西藏民族学院学报》2004 年第 6 期。

外延扩大至男女两性之外的同性之间，即在"意淫"的视域下，使
"同性爱恋"获得感性层面的回归。至此，曹公便完成了一种新型情
爱观的建构。若从理性层面加以反思，我们可以得出如下认识：这种
新型的情爱观不排斥"肉欲"，但更追求心灵的契合，在"灵"与
"肉"的关系中，曹公更看重属于精神层面的前者；同时，这种新型
的情爱观又冲破了"男女两性"爱欲模式的限制，在更为广阔的范围
内，获得情与爱的终极意义。

（二）同性爱恋与"婚恋观"的建构

中国传统的婚恋观讲究节烈，从一而终。"妇人贞洁，从一而终"
（《周易·恒》）；"一女不更二夫"，"一与之齐，终身不改，故夫此
不嫁"（《礼记·郊特牲》）。至宋代，随着程朱理学的兴起，社会上
普遍提倡这种从一而终的节烈观，鲁迅先生在《我之节烈观》（《鲁
迅杂文集·坟》）一文中说："由汉至唐也并没有鼓吹节烈。直到宋
朝，有一班'业儒'才说出饿死事小，失节事大的话。"可以说，宋
代对女性贞洁的重视超出了历代王朝，"存天理，灭人欲"，"饿死事
小，失节事大"，"妻者，齐也。一与之齐，终身不改。故忠臣不事二
主，贞女不事二夫"。① 明清两代，理学之风的影响更加广泛，贞洁观
成为衡量婚姻道德的重要尺度，《大明会典》中有明文规定："民间寡
妇，三十以前夫亡守志，五十以后不改节者，旌表门闾，除免本家差
役"，"以旌善亭傍，立贞洁碑，通将女生字年籍镌石，以垂永远。"②
可见，"节烈""从一而终"是中国传统婚恋观的重要表征，似乎也
是中国传统社会中人们衡量婚姻"纯度"的重要依据。在曹雪芹看
来，这种婚恋观并不可取，其最大的问题在于"重形式而不重实质"，
曹公通过"同性爱恋"的诗意表达为我们建构了一种既顺乎自然又贴
近人性的新型的婚恋观。③

《红楼梦》第五十八回，宝玉偶然发现了在大观园中烧纸的藕官，

---

① 转引自陈九如《封建社会女子节烈观的演变》，《阜阳师范学院学报》2003年第
6期。

② 同上。

③ 梁归智：《新评新校红楼梦》，山西古籍出版社1995年版，第911页。

这让宝玉非常疑惑，后通过向芳官询问方得知其烧纸的原因。原来藕官是演小生的，菂官是演小旦的，由于两人在戏中经常扮演夫妻，就产生了感情，后来就有了同性恋的情感。可不久之后菂官不幸夭亡，这让藕官异常痛苦，所以每到年节藕官便在园子里烧纸钱祭奠死去的菂官。与此同时，藕官又有了一个新恋人，即蕊官，有人嘲笑藕官，说他喜新厌旧，可藕官却自有一番道理：

> 这又有个大道理。比如男子丧了妻，或有必当续弦者，也必要续弦为是。便只是不把死的丢过去不提，便是情深意重了。若一味因死的不续，孤守一世，妨了大节，也不是理，死者反不安了。

芳官的这番话是非常富有哲理和诗意的，实则代表了曹雪芹所建构的一种超越性的婚恋观。如前文所述，过去我们都比较赞赏那种从一而终的爱情与婚姻，《孔雀东南飞》《梁山伯与祝英台》中的主人公都以殉情的方式表达了对爱情的忠贞，我们中国人每每对此发出由衷的赞叹，也就是说传统的婚恋观讲求"节烈"，丈夫如果死了，那就要求妻子不能再出嫁，要守节甚至自杀。曹公在此以藕官、菂官、蕊官三人之间的"同性爱恋"对传统的婚恋观予以质疑和颠覆，曹公认为人虽有情却不可以死害生，应当续弦，但不可忘了死者，所谓对爱情的忠贞并不在于形式上的"恪守"，而在于对"真情"与"知己之感"的认同与执着坚守。这种婚恋观与传统的婚恋观相比更为自然、健康，也更贴近人性，这种婚恋观的核心指要在于重实质、重内容而不重形式。[1] 笔者认为，即便是在追求个性解放、人性回归的当代社会，人们所秉持的婚恋观也不过如此，而在两百多年以前曹公便有如此深刻的认识，可谓极具"超前之思"。更为可贵的是，这种深刻的认识是通过"同性爱恋"的方式得以展现的，曹公并不以"同性恋"为病态，其关注的焦点在于"是否有真情"，可见，曹公的体认

---

[1] 梁归智：《新评新校红楼梦》，山西古籍出版社 1995 年版，第 911 页。

何其超前！何其深刻！正是由于这种婚恋观的超前性和深刻性，因此才合了宝玉的"呆意"：

> 宝玉听了这篇呆话，独合了他的呆性，不觉又是欢喜，又是悲叹，又称奇道绝，说："天既生这样人，又何用我这须眉浊物玷辱世界！"

根据梁归智先生的推测，八十回之后宝玉正是在这种婚恋观的影响下，才先后与宝钗、湘云结合，却终不忘"世外仙姝寂寞林"。①我们看，曹公先让这种新型的婚恋观以"诗意"的方式得以表达，之后又让宝玉对其进行了生活层面的"实践"，进而完成了对这种新型婚恋观的建构，可见曹公用心之良苦。

"同性爱恋"作为人类一种特殊的情爱形态，曹雪芹并未以世俗之见和传统道德框架对其进诋毁与贬斥，而是以一种超越性的姿态对"同性爱恋"进行了客观、冷静的观照，并在"意淫"与"皮肤滥淫"的对照描写中，让"同性爱恋"渗透出富于现代气息的价值观、情爱观和婚恋观，进而对"同性爱恋"这个传统道德视域下的否定性命题进行革命性的扬弃。曹公的超前之思与超越性体认也在于此。

第五节　难以逾越的巅峰之作

《红楼梦》是中国古典小说史上的巅峰之作，集中国古典小说艺术之大成。《红楼梦》不仅在中国小说史上是首屈一指的艺术杰作，在世界文学史上也是不可磨灭的文学经典。关于《红楼梦》的艺术成就完全可以用一本著作的篇幅加以论述，篇幅所限，这里我们只能概要性地加以阐释。

一　《红楼梦》的写人艺术

《红楼梦》为中国文学画廊塑造了一系列个性鲜明的人物形象，

---

① 梁归智：《独上红楼》，山西古籍出版社 2005 年版，第 175 页。

《红楼梦》巨大的艺术成就，也突出表现在人物形象的塑造上。《红楼梦》究竟写了多少个人物？这是很多读者经常追问的一个问题。民国初年兰上星作《红楼梦人物谱》，共收 721 人；近人徐恭时历时数年统计出《红楼梦》的人物共计 975 人。这里我们姑且不论"红楼人物"的具体数量，在笔者看来，这种统计人物数量的做法其实是对文本的一种误读。我们知道，《红楼梦》是一部"诗化小说"，其创作原则之一就是"用写诗的方法写小说"，而诗歌创作的核心要素又在于"意境"的创设，所以，《红楼梦》非常重视"意境"的创设。就人物形象而言，作者主要塑造"意境人物"，换言之，作者塑造人物的目的在于创设意境，所以，小说中很多人物的名字会随着意境创设的需要而发生变化。试看以下几个例子：小说第五回作者写到秦可卿房中有一个叫媚人的小丫头服侍宝玉睡午觉，可到了第四十九回作者便把"媚人"这个名字改成了"可人"，这是为什么呢？笔者认为作者的真实目的是通过这种改变提醒读者不要忘了死去的秦可卿；小说第二十一回提到晴雯的嫂子多姑娘与贾琏偷情，可到了第七十七回作者又将"多姑娘"改成了"灯姑娘"，"多姑娘"是隐喻此人多情，"灯姑娘"这个名字则是出于意境创设的需要，作者让这盏"明灯"照亮了宝玉和晴雯那种冰清玉洁的关系；赵姨娘身边的小丫头叫小雀，可在赵姨娘兄弟去世的时候，作者却把"小雀"改成了"小吉祥儿"，这里很显然蕴含了一种调侃的意味。由以上三例可见，由于《红楼梦》遵循"意境写人"的创作原则，人物的名字作为一种符号性的表征会随着意境的变化而发生变化，因此，对于《红楼梦》中出现的人物，其数量是不可统计的，这是由《红楼梦》作为诗化小说的特质所决定的。

（一）注重人物形象的真实自然

所谓真实自然，就是《红楼梦》打破了以往古典小说中人物塑造的"脸谱化"倾向和作者塑造人物时的审美指向性，使人物作为一个个活生生的"人"展现在读者面前，而不是某种道德符号的化身。《红楼梦》开卷第一回，作者就借石头之口，激烈抨击了野史和才子佳人小说写男子则"貌如潘安，才似子建"，写女子则"沉鱼落雁，闭月羞花"之类的陈腐俗套，曹雪芹笔下的人物，都是其按照生活的本真状态客观、如实地刻画出来的真实、自然的形象。正如鲁迅先生所言："其要点在于如实描写，并无讳饰，和从前的小说叙好人完全是好，坏人完全是坏的，大不相同，所以其中所叙的人物，都是真的人物。"① 比如，大观园中的众女儿都是集"天地日月之精华"的美丽女子，但作者并有把她们写得尽善尽美。林黛玉虽为"花中魁首"，但体弱多病；薛宝钗贤淑大方，却过于丰满；史湘云身姿优美，却是个"爱""二"不分的咬舌子；鸳鸯"蜂腰削背，鸭蛋脸面"，两腮上却有几点雀斑；香菱虽美，却既"呆"且"憨"，小说第四十八回，脂砚斋这样点评道："呆头呆脑的，有趣之至。最恨野史中有一百个女子皆曰聪明伶俐，究竟看来他行为平平。今以呆字为香菱定评，何等妩媚之至。"《红楼梦》打破了"恶则无往不恶，美则无一不美"（庚辰本第四十三回脂批）的传统写人模式，所以给人以真实感。

（二）注重人物性格的复杂立体

《红楼梦》特别注重对人物进行多侧面描写，使人物性格表现出复杂性和立体化的特征。《红楼梦》中并无以往古典小说中经常出现的"性格扁平"的人物，曹雪芹笔下的人物均为"立体化"人物。作者还特别善于运用反复皴染的方法多次描写，多角度地描写，进而展现人物复杂的性格特质。比如《红楼梦》中"两大主角"之一的王熙凤，就是作者着力打造的复杂、立体的典型形象。王熙凤在与每一个人物的联系，甚至与同一个人物的每次联系中，都在体现着她性格的一个侧面或者一个侧面的不同表现。协理宁国府，体现了她的杀伐果断；毒设相思局，体现了她的阴险凶狠；弄权铁槛寺，体现了她的贪赃枉法；计赚尤二姐，体现了她的口蜜腹剑；效戏彩斑衣，体现了她的善于逢迎。这种复杂立体的性格特质，很难让读者以单维的"道德视角"加以定位，正如王朝闻在《论凤姐》中所说，"恨凤姐，骂凤姐，不见凤姐想凤姐"。再比如贾母，她是一个善良宽厚的人，对小辈总是给予细致周到的关怀，无微不至的慈爱，甚至百般迁就、

---

① 鲁迅：《中国小说的历史的变迁》，转引自袁行霈主编《中国文学史》（第四卷），高等教育出版 2014 年版，第 311 页。

溺爱。林黛玉来到贾府，她体贴入微，备加爱护；"宝玉挨打"时，她不问是非，一味加以袒护。她是一个老于世故的人，风趣诙谐，善于辞令。在王熙凤这个孙媳妇面前，调侃逗趣，恩威并施；在刘姥姥这个村妇面前，她谈吐得体，亲和友善，以"老亲家"呼之；对张道士的提亲，她巧妙回绝，留有余地。她是一个位尊权重的人，常常倚老卖老，以伦理角色压制对方。在贾赦、贾政、贾琏的面前，她常常拿出"伦理权威"的撒手锏，平息各种家庭矛盾。所以，贾母虽是一个典型的老祖母的形象，但其性格特质则是复杂、立体的。

（三）注重人物心理的刻画描摹

中国古典小说的心理描写一向比较薄弱。首先是数量少；其次是缺少直接的心理描写，往往借助人物的行为和外在的环境暗示人物的心理活动。《红楼梦》是一个例外，它成功的心理描写在中国古典小说史上是独树一帜的。

《红楼梦》善于深入人物的心灵，生动地写出感情与理性的真实搏斗。小说第三十四回宝玉挨打后，薛宝钗去看望贾宝玉，作者这样写道：

> 她点头叹道："早听人一句话，也不至今日。别说老太太、太太心疼，就是我们看着，心里也疼……"刚说了半句又忙咽住，自悔说的话急了，不觉得就红了脸，低下头来。

这里作者成功地表现了宝钗内心深处感情与理性的搏斗。作为一个处于青春期的妙龄女子，她自然会产生对宝玉的爱慕，因此，她说出了"心里也疼"的肺腑之言；同时，作为一个深受礼教影响的"封建淑女"，她时时要以礼教约束自己的言行，因此，她"刚说了半句又忙咽住，自悔说的话急了，不觉得就红了脸，低下头来"。"心疼"之言是感性的冲动，"脸红"之举又是理性的制约。

《红楼梦》还常常使用静态的笔触，对人物的心理活动进行静态描摹。如第二十九回对宝、黛吵架后各自心理活动的描写；第三十二回宝玉"诉肺腑"后，作者对宝、黛二人心理活动的描写，就属于静态的心理描摹。

（四）采用丰富多样的写人技法

《红楼梦》之所以在人物形象塑造方面取得了巨大成功，源于曹雪芹所采用的一系列的塑造人物的技法。作者笔下的人物，多为未出阁的闺中女子，在相近的年龄，相同的环境，相似的身份、教养等因素的制约下，作者主要采用巧妙的技法凸显人物个性。

1. 以相互对比区别个性

以相互对比区别个性，即通过相互对比突出人物的性格特质。比如林黛玉和薛宝钗，两人都是寄居贾府的贵族小姐，都美丽多才，但一个是"行为豁达，随分从时"，有时不免矫揉造作；一个是"孤高自许""目下无尘"，有时不免任性尖酸；一个倾向理智，是"任是无情也动人"的"冷美人"，一个执着于感情，具有诗人般的热烈和冲动；一个是以现实的利害来规范自己的言行，一个是以感情的追求作为人生的目标。作者就是通过多次对比，凸显钗、黛的不同性格特质。再比如晴雯和平儿，同为贾府的大丫头，同样美若仙子，但一个感情用事，无所顾忌，一个理性豁达，表现出政治家的风范；一个遭人嫉妒，被人误解，一个善于平衡各种矛盾。尤二姐和尤三姐，同为宁国府的两个"尤物"，一个懦弱无能，一个刚烈泼辣。在对比中凸显个性，避免了因为作者主观情感的过多介入而影响人物的真实性特征。

2. 无中生有，不写之写

无中生有，即在"无"中表现"有"；不写之写，即在不写中进行叙写。这是独具中国特色的写人技法，也是《红楼梦》中使用频率较高的一种技法。比如小说第三回，写林如海向贾雨村介绍自己的两位内兄：

> 如海笑道："若论舍亲，与尊兄犹系同谱，乃荣公之孙。大内兄先袭一等将军，名赦，字恩侯。二内兄名政，字存周，现任工部员外郎。其为人谦恭厚道，大有祖父遗风，非膏粱轻薄仕宦之流，故弟方致书烦托。"

我们看，林如海在介绍贾赦的时候，对其人品未置一词，而在介绍贾政的时候，则对其人品赞赏有加，这里显然运用了"不写之写"的技法，没有评价贾赦的为人，即有暗含褒贬之义。

小说第四十回，刘姥姥第二次来到荣国府，贾母在大观园宴请刘姥姥之时，刘姥姥突然来了一句"老刘，老刘，食量大似牛，吃一个老母猪不抬头"，引得众人大笑不止。此处，作者几乎写到了每个人的笑，却唯独没有写宝钗的笑，显然作者是用"不写之写"的技法突出宝钗的理性。第五十七回，紫鹃用一句玩笑话惹得宝玉昏迷不醒，此时作者几乎写到了所有人的表现，却唯独没有写王夫人的表现，这里的"不写之写"是在暗示王夫人对此事的态度。这种写人技法让读者通过"无"来体会"有"，给读者留下了永久的想象空间。

3. 以环境描写衬托个性

中国古典小说中人物与环境的关系，类似于古典诗词中"情"与"景"的关系。《红楼梦》常以"居处"来写人，实质上，就是以环境描写衬托个性。比如林黛玉居住的潇湘馆，清幽凄冷，有千百竿翠竹掩映，竹影参差，苔痕浓淡，衬托出林黛玉的诗人气质。黛玉爱哭，又不由得让人想起舜之二妃"泪洒斑竹"的典故，进而衬托出黛玉多愁善感、孤高忧郁的悲剧性格。贾探春所居秋爽斋，"三间屋子不曾隔断"，衬托出探春开阔疏朗的性格。宝玉所居怡红院，如小姐的绣房一般，衬托出宝玉的"女儿"气质。薛宝钗住的蘅芜院，雪洞一般，冷寂淡雅，这与薛宝钗任是无情也动人的"冷美人"性格非常协调。

4. 以诗词表现个性

中国古典诗词很早就形成了"代言"的传统，即诗人代替诗中的形象来传情达意。这种"传统"被小说家借鉴，就形成了"以诗词表现人性"的创作技法。《红楼梦》中的诗词甚多，有很多是直接为人物形象服务的。如小说第三十七回，大观园结社咏海棠，宝、黛、钗、探春、湘云五人各作七律一首，脂砚斋评论说："一人是一人口气。逸才仙品固让颦儿，温雅沉着终是宝钗"，"最恨今日小说中一百美人诗词语气，只得一个艳稿"。曹雪芹此处是以诗词的妙境来彰显人物的个性。

二　《红楼梦》的结构艺术

对《红楼梦》结构艺术的探讨早在旧红学时期就已经开始了，脂砚斋、戚蓼生都曾对《红楼梦》的结构特点进行论及。新红学诞生后，学者们对《红楼梦》结构艺术的探讨，一方面受到中国古代小说结构理论的影响，另一方面借鉴了西方文艺理论思想。吴宓是 20 世纪最早明确言及《红楼梦》结构的学者，"凡小说中，应以一件大事为主干，为枢轴，其他情节，皆与之附丽关合，如树之有枝叶，不得凭空架，一也；此一件大事，应逐渐酝酿蜕化，行而不滞，续不起断，终至结局，如河流之蜿蜒入海者然，二也；一切事实，应由因生果，按步登程，全在情理之中，不能无端出没，亦不可以意造作，事之重大者，尤须遥为伏线，三也；首尾前后须照应，不可有矛盾之处，四也。以上四律，《石头记》均有合。"① 此后，出现了"第四回总纲"说、"结构主线"说、"网状结构"说、"阴阳五行结构"说、"两翼对称结构"说等多种说法。笔者对周汝昌先生提出的"两翼对称结构"说颇为赞同，因此，我们这里主要借鉴周汝昌先生的观点，将《红楼梦》的结构概括为"三个世界"与"两大扇面"。

（一）"三个世界"

余英时先生曾提出《红楼梦》有两个世界，即理想世界和现实世界。笔者认为《红楼梦》具有三个世界，即空的世界、色的世界和情的世界。这三个世界相互映衬、相互融通，构成了虚实相生的宏大象征体系。空的世界即空灵、虚幻的境界。《红楼梦》中的贾宝玉本是赤瑕宫的神瑛侍者临凡，他佩戴的通灵宝玉是大荒山无稽崖的补天顽石，大观园中的众女儿本是太虚幻境中的"群钗"临凡。因此，空的世界主要包括大荒山无稽崖和太虚幻境这两个组成部分。色的世界即现实世界，这一世界构成了《红楼梦》的现实内容，主要包括宁、荣

---

① 吴宓：《红楼梦新谈》，转引自李萍《20 世纪〈红楼梦〉结构主线研究综述》，《河南教育学院学报》2004 年第 4 期。

二府的日常生活和兴衰荣辱以及贾府之外的封建末世的社会生活。情的世界即精神的世界、情感的世界，这一世界主要以大观园为舞台，展现了宝、黛、钗三个人的爱情悲剧和众女儿的离散、诗意世界的解构。宝玉并众女儿由空的世界来到色的世界，产生了对现实世界的情感，这就是第一回所言"因空见色，由色生情"；他们建构了一个人间的天堂"大观园"，这是一个诗的世界、美的世界、情的世界，他们要将诗、美、情传递给现实世界，这就是第一回所言的"传情入色"。但最终他们经历的却是家族的败亡与众女儿的离散，并因此领悟到"自色悟空"的境界。这便是"空""色""情"三个世界之间的复杂关联。

（二）"两大扇面"

周汝昌先生认为曹雪芹原著的《红楼梦》当是108回，每九回一大段，共十二大段。① 他认为小说整体上采用了"大对称"的结构，前五十四回为第一大扇面，后五十四回为第二大扇面，其中"前扇"为盛，"后扇"是衰，第五十四和第五十五回为前后扇面的分水岭。笔者非常赞同周先生的这种观点。笔者在阅读文本时发现，从小说第五十五回开始，气氛为之一变。"老太妃身体欠安""王熙凤小月流产"，无论是"大气候"还是"小环境"，都在朝着不利的方向发展。更主要的是，第五十六回出现了一个重要人物——甄宝玉，这显然是"假（荣华富贵）将去，真（败落灭亡）即来"的象征性笔墨。小说第十二回出现的"贾天祥正照风月鉴"的情节，即隐喻《红楼梦》由两大镜面（扇面）构成，前五十四回为风月宝鉴正照，后五十四回为风月宝鉴反照，甄宝玉的出现就是风月宝鉴由正照开始变成反照的暗示。基于此，笔者认为周先生关于《红楼梦》"大对称"结构的认识是合理的。除了两大扇面的对称，周先生还提出了"三春"与"三秋"，即元宵节和中秋节是《红楼梦》的两大关键节日，曹雪芹的原著写了三个元宵节和三个中秋节。前八十回我们所能看到的是，第十八回贾元春归省是在元宵节；第三十七回写道"八月二十贾政点了学

---

① 周汝昌：《红楼梦的真故事》，华艺出版社1995年版，第273页。

差"，暗点中秋节；第五十四回写贾府过元宵节；第七十五回贾母过生日，与中秋节很近。元宵节与中秋节所构成的"春荣秋衰"的对称正暗示着小说"由兴盛到衰败"的基本格局。

如果说"盛衰对称"是《红楼梦》的宏观结构，那么其微观结构则如周先生所说"每九回一大段，共十二大段"，每一段都是"由大喜到大悲（由兴盛到衰败）"基本格局。以小说的第二大段为例，从第十回到第十八回，小说写了"秦可卿之死"和"贾元春归省"两件大事，这两件大事一喜一悲，正是"由大喜到大悲"的格局。小说由微观到宏观的转化，正隐喻着《红楼梦》两大扇面"盛衰对称"的基本结构。

三　《红楼梦》的叙事艺术

《红楼梦》对中国古典小说的叙事方法进行了全面的突破与创新，彻底颠覆了民间通俗小说的"说书"模式，其高超的叙事技巧为后世的小说创作提供了丰富的艺术借鉴。《红楼梦》的叙事策略种类繁多，灵活多样，一般可概括为楔子引入、线索隐括、网络推进、"草蛇灰线、伏脉千里"等。

楔子引入，即通过神话故事或小说以外的故事引入小说中的相关人物或情节。如小说第一回所讲的三个故事均为"楔子引入"的叙事策略：通过"女娲补天"的故事引入《红楼梦》的主旨——大旨谈情；通过"眼泪还债"的故事引入宝、黛的爱情悲剧；通过甄士隐的故事引入作者对人生本质的思考。再如小说第四回通过"葫芦僧判断葫芦案"的故事引入薛家的故事；小说第五回通过"宝玉梦游太虚境"的故事引入大观园中的众女儿。

线索隐括，即通过明晰的线索推动故事情节的发展。如前文所述，《红楼梦》有"一主一副"两大线索：一是家族兴亡史（主线），主要以荣国府中大房与二房的矛盾、二房内部嫡子派与庶子派之间的矛盾为背景；二是爱情悲剧（副线），主要是以宝、黛、钗的三角关系为背景。两条线索交错并进，推动故事情节的发展。这两大线索将《红楼梦》中大大小小的故事贯穿起来，形成一个统一的整体。

网络推进，即《红楼梦》突破了中国古代小说单线结构的方式，虽然有两条很明晰的主线，但在行文的过程中作者却采取了多条线索齐头并进、交互联结又相互制约的网状结构。如三个世界（色、空、情）的建构，贾家与甄家的相互影射，黛、钗、湘爱情婚姻三部曲的相互关联，等等，都属于网络推进的叙事策略。

"草蛇灰线、伏脉千里"，是《红楼梦》最为独特的一种叙事策略。从字面上理解，"草蛇灰线、伏脉千里"就是蛇在草丛中游走，留下一点印迹，断断续续的灰线，留下一些印记，但却能指向千里之外；就叙事策略而言，即小说的前文处处留下对后文的伏笔和暗示。这种方法不是偶然使用的，而是遍布《红楼梦》的每一个章节。根据梁归智先生的研究，"草蛇灰线、伏脉千里"的叙事策略具体来说包括谐音法、谶语法、影射法、引文法、化用典故法五种形式。

第一种是谐音法。谐音法是运用古老的谐音文化暗示人物命运或故事情节的走向。如小说第一回出场的两个人物——贾雨村、甄士隐，即谐音"将真事隐去，用假语村言"，隐去的"真事"就是曹家所经历的"血泪史"，用假语表现的即是小说中贾家的故事。再如小说中贾家的四姐妹——元春、迎春、探春、惜春，是谐音"原应叹息"，这里寄托了作者对八十回后四姐妹悲剧命运的慨叹。贾府的三个头面家人——吴新登、戴良、钱华，是谐音"无星戥""大量""花钱"，作者以此暗示贾家经济状况的不断恶化。

第二种是谶语法。所谓谶语就是我们对语言的一种迷信，谶语法具体可以分为诗谶、谜谶、戏谶、语谶四种。

诗谶，即以诗歌的形式暗示人物命运或情节走向。以小说的第五回为例，宝玉在太虚幻境所见金陵十二钗的判词就是典型的诗谶。试看黛玉和宝钗的判词："可叹停机德，堪怜咏絮才。玉带林中挂，金簪雪里埋。"前两句是说宝钗与黛玉的德行和才华，后两句是隐喻黛玉和宝钗未来的结局。再看巧姐的判词："势败休云贵，家亡莫论亲。偶因济刘氏，巧得遇恩人。"显然是在隐喻巧姐在八十回后嫁给刘姥姥的外孙板儿的悲剧结局。

谜谶，即通过谜语的方式暗示人物命运或情节走向。小说第二十二回就典型地运用了谜谶的方法。元宵节期间贾府众女儿玩起了猜谜游戏，试看迎春的谜："天运人功理不穷，有功无运也难逢。因何镇日纷纷乱，只为阴阳数不同。"这个谜的谜底是算盘。古人常用阴阳关系隐喻夫妻关系，所以"只为阴阳数不同"是暗示迎春婚后夫妻关系不和谐，最后被孙绍祖折磨致死。探春的谜，谜底为风筝，隐喻其远嫁；惜春的谜，谜底为佛灯，隐喻其遁入空门。

戏谶，即通过戏剧表演暗示人物命运或情节走向。如第十八回贾元春归省时点了四出戏：《豪宴》《乞巧》《仙缘》《离魂》，脂砚斋此处明确指出："所点之戏剧伏四事，乃通部书之大过节大关键。"《豪宴》暗示贾家败落，《乞巧》暗示元春之死，《仙缘》暗示甄宝玉送玉，《离魂》暗示黛玉之死。

语谶，就是小说中某些人物的某些对话具有谶语性质。如小说中提到宝玉经常说"要去做和尚"，这显然是八十回后宝玉遁入空门的语谶；第四十九回黛玉因为薛宝琴的到来，而慨叹自己没有亲人，宝玉赶紧劝解，黛玉拭泪道："近来我只觉心酸，眼泪却像比旧年少了些的。心里只管酸痛，眼泪却不多。"黛玉之言其实是在暗示"眼泪还债"已经还得差不多了，这是黛玉"死期将至"的语谶。

第三种是影射法。影射法即人与人或人与物相互影衬，具体分为两种：一种是人物之间的影射，如脂批所言"晴为黛影，袭为钗副"，即晴雯是林黛玉的影子，袭人是薛宝钗的影子；另一种是以物品来影射人。比如说风筝是贾探春的象征，放风筝就暗示着探春八十回后会远嫁他乡；螃蟹是贾环的象征，螃蟹横行暗示着贾环八十回后"横行霸道"的恶行。此外，《红楼梦》还以各种花卉隐喻众女儿，如芙蓉花象征黛玉、杏花象征探春、牡丹花象征宝钗等。

第四种是引文法。引文法就是前八十回中的某一个情节，它实际上像引子一样，引导着八十回以后的另外一个情节。我们举一个最能说明问题的例子，小说第四十一回写刘姥姥二进荣国府，刘姥姥的外孙板儿和王熙凤的女儿巧姐在一起玩耍的时候，两个人交换了柚子和佛手。脂砚斋点评道："小儿常情，伏脉千里。"即板儿和巧姐交换柚子和佛手的过程就暗示着八十回后巧姐会嫁给板儿。就是说前面的这个情节，引导着八十回以后两人成为夫妻的情节。

第五种是化用典故法。化用典故法即运用贴切的典故暗示人物命运或情节走向。如第三十七回起诗社的时候，大家互相起别号，贾探春给林黛玉送了个雅号，叫作潇湘妃子。说你住在潇湘馆，那么多竹子，你又爱哭，将来你想林姐夫，那个竹子也要变成斑竹的，我们就叫你潇湘妃子吧。这里显然化用了娥皇、女英泪洒斑竹、投湘江而亡的典故。这个典故的化用极为贴切，小说中的林黛玉即为宝玉身边的娥皇或女英，而"泪洒斑竹"则象征着黛玉泪尽而亡。

曹雪芹正是运用了谐音法、谶语法、影射法、引文法、化用典故法这五种方法建构了"草蛇灰线、伏脉千里"的叙事策略。这种叙事策略天衣无缝地照应了八十回后的人物命运和情节指向，也为读者提供了不竭的审美动力。

四 《红楼梦》的语言艺术

《红楼梦》的语言艺术达到了炉火纯青的境地，那种简洁而略显古雅的风格在中国古代白话小说中首屈一指。《红楼梦》的叙事语言形象生动、精练准确、骈散结合又充满诗情画意，人物语言个性鲜明。

（一）生动形象

曹雪芹对日常生活的体悟很深，特别善于从日常生活中吸取精华，使小说的叙事语言生动形象。如第四十二回刘姥姥离开荣国府时，凤姐送了她很多东西，刘姥姥则以念佛的方式答谢："平儿说一样刘姥姥念一句佛，已经念了几千声佛了。"作者通过"念佛"之举就活画出刘姥姥作为一个村妇的典型形象。第五十七回，紫鹃"情辞试莽玉"后宝玉发病，袭人情急中到潇湘馆向黛玉回报："那个呆子眼也直了，手脚也冷了，话也不说了，李妈妈掐着也不疼了，已死了大半个了。""已死了大半个了"形象地表现出宝玉的痛苦之状。第八回宝玉因接受了宝钗的建议不饮冷酒，而让黛玉有了醋意，作者这样写道："黛玉嗑着瓜子，只抿着嘴笑。"形象地勾勒出黛玉的心理状态。

（二）精练准确

曹雪芹特别善于拿捏语言，对叙事语言的把握精准凝练。如第二十八回对王熙凤的描写，"（宝玉）可巧走到凤姐院门前，只见凤姐蹬着门槛子拿耳挖子剔牙，看着十来个小厮们挪花盆呢"。这是王熙凤的另一幅肖像，一种闲适而略带俗气的神态跃然纸上。第十九回茗烟带着宝玉来到袭人家，袭人既惊慌又欢喜，作者这样写道：

> （袭人）一面说，一面将自己的坐褥拿了铺在一个炕上，宝玉坐了；用自己的脚炉垫了脚；向荷包内取出两个梅花香饼来，又将自己的手炉掀开焚上，仍盖好，放与宝玉怀内；然后将自己的茶杯斟了茶，递与宝玉。

这里作者连用了几个"自己的"，含蓄而准确地表现出袭人与宝玉的特殊关系。再如，第二十九回贾母称清虚观的张道士为"老神仙"；第四十回刘姥姥称贾母为"老寿星"，贾母称刘姥姥为"老亲家"，都是精准无比的称呼语。

（三）骈散结合

《红楼梦》的叙事语言基本属于浅近文言，以北方口语为基础，融会了古典书面语言的精粹，尤其在写景时，多采用骈散结合的方式。如第十一回作者在描写宁国府花园景致的时候，运用的就是一段骈体四六文：

> 黄花满地，白柳横坡。小桥通若耶之溪，曲径接天台之路。石中清流激湍，篱落飘香；树头红叶翩翩，疏林如画。西风乍紧，初罢莺啼；暖日当暄，又添蜩语。遥望东南，建几处依山之榭；纵观西北，结三间临水之轩。笙簧盈耳，则有幽情；罗绮穿林，倍添韵致。

这段文字可谓仙笔，在凤姐偶遇贾瑞的紧张气氛中增添了一份诗情画意。

（四）融诗入画

《红楼梦》是一部诗化小说，所谓"诗化"不仅体现在"诗化"意境的创设和"诗化"人物的塑造上，还表现在小说语言的"诗化"倾向上。如第二十三回作者对"宝玉大观园内读《会真记》"的描写：

> （宝玉）正看到"落红成阵"，只见一阵风过，把树头上桃花吹下一大半来，落的满身满书满地皆是。宝玉要抖将下来，恐怕脚步践踏了，只得兜了那花瓣，来至池边，抖在池内。那花瓣浮在水面，飘飘荡荡，竟流出沁芳闸去了。

宝玉沉浸在美妙爱情故事中的时候，树上的桃花居然落在他的身上，这是典型的"诗境"；因为不忍落红被践踏，宝玉居然将落红兜入水中，让其随水而去，这是典型的诗人之举，更蕴含着"流水落花春去也"的朦胧诗境。

再看同一回黛玉听到梨香院中的小戏子演唱《牡丹亭》时的表现：

> （黛玉）又侧耳时，只听唱道："则为你如花美眷，似水流年……"林黛玉听了这两句，不觉心动神摇。又听道"你在幽闺自怜"等句，亦发如醉如痴，站立不住，便一蹲身坐在一块山子石上，细嚼"如花美眷，似水流年"八个字的滋味。忽又想起前日见古人诗中有"水流花谢两无情"之句，再又有词中有"流水落花春去也，天上人间"之句，又兼方才所见《西厢记》中"花落水流红，闲愁万种"之句，都一时想起来，凑聚在一处。仔细忖度，不觉心痛神痴，眼中落泪。

这是《红楼梦》中最美的一段文字，不仅是文字的美，更是诗的美，青春的美，生命的美，是美的极致。

"诗画结合"是中国古典诗词营构的一种妙境，《红楼梦》的语言不仅深得诗家之妙，更融画家之法。试看第三十八回宝玉并众女儿吃螃蟹后在大观园中自在的表现：

> 林黛玉因不大吃酒，又不吃螃蟹，自令人掇了一个绣墩倚栏杆坐着，拿着钓竿钓鱼。宝钗手里拿着一枝桂花玩了一回，俯在窗槛上掐了桂蕊掷向水面，引的游鱼浮上来唼喋。湘云出一回神，又让一回袭人等，又招呼山坡下的众人只管放量吃。探春和李纨、惜春立在垂柳阴中看鸥鹭。迎春又独在花阴下拿着花针穿茉莉花。宝玉又看了一回黛玉钓鱼，一回又俯在宝钗旁边说笑两句，一回又看袭人等吃螃蟹，自己也陪她饮两口酒。

这段文字可谓一幅"绝妙仕女图"，每个人的神态跃然纸上，尤其"湘云出了一回神"一句，更是妙境无穷，将其内心的"无限丘壑"表现出来。

（五）个性鲜明

《红楼梦》的人物语言更为后世所称道。作者能精准把握人物的身份地位、背景经历，进而形神兼备地凸显其个性特征。同为闺中小姐，宝钗的语言理性、豁达，而黛玉的语言则感性、含蓄；同为少妇，秦可卿语言柔和，李纨平淡无味，凤姐机智诙谐，性情各异。我们仅举一例，试看第三十四回宝玉挨打后，宝钗和黛玉看望宝玉时的不同言辞：

> （宝钗）点头叹道："早听人一句话，也不至今日。别说老太太、太太心疼，就是我们看着，心里也疼……"刚说了半句又忙咽住，自悔说的话急了，不觉得就红了脸，低下头来。
> 宝玉半梦半醒，都不在意。忽又觉有人推他，恍恍忽忽听得有人悲戚之声。宝玉从梦中惊醒，睁眼一看，不是别人，却是林黛玉……半日，（黛玉）方抽抽噎噎的说道："你从此可都改了罢！"

我们看，与宝钗那种理性的劝说不同，黛玉表现得极为感性、含蓄，钗、黛的个性特征顿时跃然纸上。

第六节 《红楼梦》的海外传播

《红楼梦》是中国迄今为止最伟大的一部古典小说。18 世纪以来，《红楼梦》的艺术价值、美学价值、文化价值逐渐被认识、发掘和重构，也正因为如此，《红楼梦》才拥有了千千万万的海外受众。

一 《红楼梦》海外传播的基础和现状

清乾隆五十八年（1793），《红楼梦》从浙江的乍浦港漂洋过海，流传到日本的长崎。这是在现存资料中，我们见到的《红楼梦》流传海外的最早记载。在此后的两百多年间，《红楼梦》不仅在朝鲜、越南、日本等亚洲国家拥有了广泛的读者群，而且从 19 世纪 30 年代开始，它在英、法、德、意等欧洲国家流传开来。《红楼梦》先后被译成 17 种文字，拥有千千万万的读者，成为在世界范围内受众最为广泛的中国古典小说。《红楼梦》两百多年的传播史，其重要基础便在于《红楼梦》永恒的艺术价值及对人性富于普遍意义与现代色彩的体认与阐释。"《红楼梦》深蕴的意涵，独有的东方神韵，在广泛的文化层次上，将永远具有现代意义，永远不会竭尽它对人类思想宝库所做出的最重要的贡献。"①《红楼梦》如何在新的时代背景与文化语境下得以传播，如何让 21 世纪的读者以更多的途径了解并接受《红楼梦》，这是红学研究中面临的一大重要课题。

以往《红楼梦》在海外主要是以文本的形式得以传播，具体而言，就是通过翻译和大众评论这两种方式让海外读者得以了解和接受《红楼梦》。如今，红学已经成为一门世界性的学问，这与《红楼梦》的海外传播是分不开的，归根结底是大量海外译本的存在，因此红楼译本的传播作用是毫无疑义的。根据胡文彬先生的统计，目前存在的

---

① 胡文彬：《〈红楼梦〉在国外》，中华书局 1994 年版，第 2 页。

海外译本有上百种，包括摘译、节译、全译三种形式，其中具有代表性的全译本有二十多个，这是《红楼梦》海外传播最为重要的基础和载体。同时海外学者以大众评论的方式对《红楼梦》的研究、评点，为《红楼梦》的海外传播也起到了不可估量的作用，如日本的松枝茂夫、伊藤漱平，韩国的崔溶澈等著名汉学家的精深研究，无疑是《红楼梦》海外传播的重要途径。近年来，世界汉学家中《红楼梦》的研究者呈现越来越多的趋势，其中达到较高层次的研究者有几十位。文本传播是《红楼梦》海外传播的最重要的途径，但随着传播手段和技巧的多样化、现代化，文本传播的局限性也更多地表现出来，因此，探索《红楼梦》海外传播新形式、新途径也就成为红学研究的必然选择。

二　《红楼梦》海外传播的途径

（一）海外译本与文本传播

随着网络和新媒体等传播手段兴起，文本传播不断受到冲击，但到目前为止文本传播仍然是《红楼梦》海外传播的重要途径。红楼译本是《红楼梦》最主要的文本传播形式，依据胡文彬《红楼梦在国外》一书对《红楼梦》海外传播情况的研究，现存海外全译本二十多种，具有代表性的如韩国的乐善本、日本伊藤漱平的日文译本、英国大卫·霍克斯的八十回全译本等。虽然目前《红楼梦》海外译本众多，但翻译质量有待于提高，其传播效果也就值得我们思考了。以人物姓名为例，英译本将平儿译为 Patience（忍耐）；将袭人译为 Assails Man（袭击男人）；将林黛玉译为 Black Jade（黑色的玉）；将鸳鸯译为 Faithful Goose（忠诚的鹅）；将司棋译为 Chess（国际象棋）。这些令人匪夷所思的译文背后隐藏的是文化背景的差异与隔阂。"译文读者对原著的理解要比原文读者的理解狭窄，因为译文读者缺乏原文读者的文化知识背景，这样，原文反映的某些信息就不容易理解。"① 我

① 赵建忠：《〈红楼梦〉在国外传播的跨文化翻译问题》，《天津外国语学院学报》2000 年第 3 期。

们知道，中国传统文化的基本特征之一在于贵和尚中、含蓄内敛，因此"观物取象"也就成为中国古人一种重要的审美选择，中国文学也随之出现了"意象"这一概念。《红楼梦》塑造人物最重要的特征便在于"意境写人"，即通过诗意的象征凸显人物的个性。很多红楼人物的名字本身就是一种诗化的象征，比如"紫鹃"这个名字，很显然化用了"杜鹃啼血"的典故，她是黛玉身边的丫鬟，从某种程度上象征着黛玉最终"泪尽而亡"；贾家四大丫头抱琴、司棋、侍书、入画，连起来恰为"琴棋书画"，正象征着贾家四姐妹的诗人气质；再如"麝月"这个名字，"麝月"的词源在古典文艺中为"镜子"，她是宝玉身边的丫头，实则是风月宝鉴的象征，她最终要见证贾家的兴衰；"平儿"这个名字，"平"意味着"不倾斜""安稳"，象征着平儿在大观园中主要起到"平衡"的作用。如果不了解这些名字背后所隐藏的文化信息和作者塑造人物的特殊手法，译文便很难真正地将文本信息传达出去，其传播效果也会大大弱化。翻译不仅仅是一种语言活动，从根本上讲是一种文化交流，周汝昌先生说《红楼梦》是一部文化小说，文化差异构成了《红楼梦》海外传播的最大障碍。因此，红楼译本必须首先着眼文化视域的融合，译者要分考虑到语言背后所隐藏的宗教信仰、伦理观念、价值观念等文化层面的差异，同时还要关注《红楼梦》所运用的特殊的艺术手段，这样才能建构最佳的文本传播效应。

（二）网络阅读与网络传播

当今，网络已经成为对传统媒体冲击最大，也最具活力、最具优势的大众传播媒介。《红楼梦》的网络传播为世界读者了解并接受《红楼梦》提供了新空间。在互联网上，有关《红楼梦》的网站、网页、新闻和图片非常多，笔者见到的关于《红楼梦》的专题网站就有数十个，具有代表性的包括红楼网（http：//www.myhonglou.com）、红楼艺苑网（http：//www.52hlpm.com）、红学馆网（http：//www.hongxue.org）、悼红轩网（http：//www.reddream.net）等。可以说，《红楼梦》的网络传播，使全球红迷最终实现了对《红楼梦》全方位、跨时空、多语境的接受。网络阅读与传播对《红楼梦》的海外传播具有极为重要的价值，首先，网络传播打破了时间和空间的限制，处于世界任何角落的读者，只要通过互联网这一媒介，便可以在任何时候获得关于《红楼梦》的信息资源。并且网络相对于文本来说，提供的信息资源更加丰富，读者既可以获得静态的文字信息，也可以获得动态的图像信息，"网络实际上是借助文字、声音、图像三种传媒符号传输信息的综合媒体，而《红楼梦》的网络传播也就具有了多媒体传播的综合优势"①。其次，网络传播打破了文本传播中信息传递的单维性，也在一定程度上打破了研究者的话语权威，使研究者与受众、受众之间在多元语境下建构起"即时交互模式"。普通读者在文本传播中所获得的信息是单向的，读者如何接受信息，接受效果如何并不能及时反馈给传播者，读者间的交流也受到限制，同时文本传播主体又以研究者居多，因此，研究者话语权威便随之形成。在网络传播的背景下，网络受众的话语权得到了相应的尊重，参与度也空前提高，受众可以根据自己的需要在网站上选择信息，也可以通过网络论坛或聊天室将自己的阅读感受或研究成果及时上传，可以说网络为《红楼梦》的受众，特别是广大海外受众和红迷提供了一个表达接受态度和倾向的平台，而受众话语权的获得又为《红楼梦》的传播提供了强大动力。再次，《红楼梦》的网络传播形式多样，如利用"文化讲坛"进行的网络传播，影视剧和娱乐节目对《红楼梦》的网络传播，网络游戏和动漫对《红楼梦》的网络传播等，广大受众可以借助网络平台，通过多种形式接受这部经典巨著。虽然有人指出，网络传播中的多元化立场消解了《红楼梦》的经典地位，但网络为《红楼梦》提供的多元化的传播形式，为受众提供的巨大的接受空间，是不容置疑的。

（三）戏剧改编与戏剧传播

改编是《红楼梦》传播的重要方式之一，《红楼梦》产生之后曾被改编为说唱、戏剧、影视等多种艺术形式。就戏剧改编而言，清代以来的红楼戏不仅数量多，而且成就高。据统计，清代和民国时期的

---

① 李根亮：《〈红楼梦〉的传播与接受》，黑龙江人民出版社 2007 年版，第 234 页。

红楼戏大概有 40 种之多，当代红楼戏（包括戏曲、话剧、歌剧、舞剧）的数量和影响力皆不如前代。就海外戏剧改编来说，朝鲜歌剧《红楼梦》取得了较高的成就。20 世纪 60 年代，朝鲜艺术家曾以民俗戏剧"唱剧"的形式改编并演出了《红楼梦》，2009 年朝鲜推出了歌剧《红楼梦》，公演后，观众好评如潮。海外戏剧改编为《红楼梦》的海外传播提供了新空间，海外传播者在尊重原著的前提下，以本民族熟知的戏剧样式对《红楼梦》进行戏剧形式的演绎与重构，无疑更有利于拓宽《红楼梦》的传播空间与海外受众对《红楼梦》的接受。朝鲜歌剧《红楼梦》的成功尝试为《红楼梦》的海外传播提供了重要启示：利用多种艺术形式开拓《空楼梦》的传播空间，是《红楼梦》海外传播的重大课题。

三　《红楼梦》海外传播的价值

周汝昌先生曾说《红楼梦》是一部"文化小说"："《红楼梦》是我们中华传统文化的具有极大代表性的伟著，我们应当从'文化小说'这个角度重新看待它。"① 就某种程度而言，《红楼梦》是中国文化的重要载体，它对中国传统文化进行了全方位的呈现与反思。因此，《红楼梦》海外传播的过程即传播中国文化的过程，这一过程彰显了《红楼梦》作为经典文本的艺术价值、美学价值、文化价值，以及超越时空与文化语境的永恒价值。

更重要的是，这一过程使中国传统文化在更广泛的视域范围内、在多元文化语境下获得认同与传承，也为中国传统文化注入了新活力。《红楼梦》海外传播的实质在于文化的传承与重构，即中华文化在世界范围内的传承与现代性重构。

---

① 周汝昌：《红楼梦与中华文化》，中国工人出版社 1992 年版，第 12 页。

参考文献

［1］鲁迅：《中国小说史略》，人民文学出版社 1981 年版。

［2］北京大学中文系：《中国小说史》，人民文学出版社 1978 年版。

［3］杨义：《中国古典小说史论》，中国社会科学出版社 2004 年版。

［4］叶郎：《中国小说美学》，北京大学出版社 1982 年版。

［5］陈大康：《明代小说史》，人民文学出版社 2007 年版。

［6］陈文新：《明清章回体小说流派研究》，武汉大学出版社 2003 年版。

［7］张俊、沈治钧：《明清小说简史》，山西人民出版社 2005 年版。

［8］徐岱：《小说叙事学》，商务印书馆 2010 年版。

［9］党月异，张廷兴：《明清小说研究概论》，中央编译出版社 2011 年版。

［10］郭英德：《中国四大名著讲演录》，广西师范大学出版社 2012 年版。

［11］［美］夏志清：《中国古典小说导论》，胡益民译，安徽文艺出版社 1988 年版。

［12］石昌渝：《中国古代小说提要》，山西人民出版社 2004 年版。

［13］谭邦和：《明清小说史》，湖北人民出版社 2002 年版。

［14］贾三强：《明清小说研究》，西北大学出版社 2008 年版。

［15］石麟：《从"三国"到"红楼"》，河南人民出版社 2008 年版。

［16］谭洛非：《〈三国演义〉与中国文化》，巴蜀书社 1991 年版。

［17］郑铁生：《三国演义叙事艺术》，新华出版社2000年版。

［18］邱振声：《三国演义纵横谈》，漓江出版社1983年版。

［19］朱一玄、刘毓忱：《三国演义资料汇编》，百花文艺出版社1983年版。

［20］郑公盾：《水浒传论文集》，宁夏人民出版社1983年版。

［21］汪远平：《水浒艺术探胜》，山东人民出版社1985年版。

［22］朱一玄、刘毓忱：《水浒传资料汇编》，百花文艺出版社1983年版。

［23］萨孟武：《水浒与中国社会》，岳麓书社1987年版。

［24］文史哲编辑部：《文学与社会：明清小说名著探微》，商务印书馆2010年版。

［25］苏兴：《吴承恩年谱》，人民文学出版社1980年版。

［26］陆钦：《名家解读〈西游记〉》，山东人民出版社1998年版。

［27］张锦池：《西游记考论》，黑龙江教育出版社1997年版。

［28］萨孟武：《〈西游记〉与中国古代政治》，广西师范大学出版社2005年版。

［29］吴红、胡邦炜：《〈金瓶梅〉的思想和艺术》，巴蜀书社1987年版。

［30］黄霖：《金瓶梅资料汇编》，中华书局1987年版。

［31］张远芬：《金瓶梅新证》，齐鲁书社1984年版。

［32］聂付生：《冯梦龙研究》，学林出版社2002年版。

［33］谭正璧：《三言二拍资料》，上海古籍出版社1980年版。

［34］韩田鹿：《三言二拍看明朝》，中华书局2011年版。

［35］马瑞芳：《蒲松龄评传》，人民文学出版社1986年版。

［36］张稔穰：《聊斋志异艺术研究》，山东教育出版社1995年版。

［37］袁世硕：《蒲松龄事迹著述新考》，齐鲁书社1988年版。

［38］李汉秋：《儒林外史研究资料》，上海古籍出版社1984年版。

［39］陈汝衡：《吴敬梓传》，上海文艺出版社1981年版。

［40］竺青：《名家解读〈儒林外史〉》，山东人民出版社1999年版。

［41］周汝昌：《〈红楼梦〉新证》，人民文学出版社1976年版。

［42］梁归智：《〈石头记〉探佚》，山西人民出版社1983年版。

［43］周汝昌：《曹雪芹小传》，百花文艺出版社1980年版。

［44］蔡义江：《红楼梦诗词曲赋鉴赏》，中华书局2001年版。

［45］宋淇：《红楼梦识要》，中国书店2000年版。

［46］梁归智：《箫剑集》，山西教育出版社2000年版。

［47］韩进廉：《红学史稿》，河北教育出版社1989年版。

［48］王昆仑：《大家小书：红楼梦人物论》，北京出版社2004年版。

［49］周汝昌：《大家小书：红楼小讲》，北京出版社2002年版。

［50］周汝昌、周伦苓：《红楼梦与中华文化》，中国工人出版社1992年版。

［51］孙逊：《红楼脂评初探》，上海古籍出版社1981年版。

［52］梁归智：《红楼梦诗词韵语新赏》，北京师范大学出版社2010年版。

［53］邓狂言：《红楼梦释真》，辽宁古籍出版社1997年版。

［54］梁归智：《红楼探佚红》，作家出版社2007年版。

［55］周汝昌：《红楼夺目红》，作家出版社2003年版。

［56］刘梦溪：《红楼梦与百年中国》，河北教育出版社1999年版。

［57］梁归智：《独上红楼》，山西古籍出版社2005年版。

［58］吴恩裕：《曹雪芹丛考》，上海古籍出版社1980年版。

［59］张宝坤：《名家解读〈红楼梦〉》，山东人民出版社1998年版。

［60］张锦池：《红楼梦考论》，黑龙江教育出版社1998年版。

后　记

　　本人涉足明清小说研究大约十年的时间，拙著乃是本人近年来从事明清小说教学与研究的一些感悟。当年在选择研究方向时，我曾在宋词和明清小说之间徘徊，那时我正是一个容易伤感的文学青年，婉约词凄美的风格总能打动我的心，而明清小说的理性叙事离我似乎有些距离。但宋词的研究太热，我最终将明清小说作为自己的研究方向。历时 2 年、草创告竣，视之再三，却颇类涂鸦。对名著内涵及意蕴的解读不唯缺乏慧眼，几经修改，却难如己愿。虽曰就教于大方之家，却深感才疏学浅，修炼低劣，想来只有接受业内同仁的批评，且聊以自遣了。

　　感谢我的研究生导师，辽宁师范大学文学院的韩向东教授，是她引导我走上了学术之路，是她给予了我不可或缺的关爱和支持！大连外国语大学对本书的出版给予资助，本人在此表示由衷的感谢！同时还要对关心本书出版的大连外国语大学文化传播学院的张恒军、孙明材、张景业三位教授，一并致以诚挚的谢意！最后感谢中国社会科学出版社给本书一个出版的机会，责任编辑慈明亮老师严肃认真的工作态度让我受益匪浅，对于他辛勤的付出是无法用感谢一词来酬答的。

李大博

2016 年 12 月于大连